Orgulho e preconceito

CLÁSSICOS ZAHAR
em EDIÇÃO COMENTADA E ILUSTRADA

Persuasão*
Jane Austen

Jane Eyre*
Charlotte Brontë

O morro dos ventos uivantes*
Emily Brontë

Alice*
Lewis Carroll

David Copperfield
Charles Dickens

Frankenstein*
Mary Shelley

Mary Poppins*
A volta de Mary Poppins
P.L. Travers

Jaqueta Branca
Moby Dick
Herman Melville

Aventuras de Huckleberry Finn
As aventuras de Tom Sawyer
Mark Twain

* Disponível também em edição bolso de luxo
Veja a lista completa da coleção no site zahar.com.br/classicoszahar

Jane Austen

Orgulho e preconceito

EDIÇÃO COMENTADA

Tradução, apresentação e notas:
Julia Romeu

ZAHAR

Grafia atualizada segundo o Acordo Ortográfico da Língua Portuguesa de 1990, que entrou em vigor no Brasil em 2009.

Título original
Pride and Prejudice

Capa e ilustração
Rafael Nobre

Preparação
Silvia Massimini Felix

Revisão
Valquíria Della Pozza
Paula Queiroz

Dados Internacionais de Catalogação na Publicação (CIP)
(Câmara Brasileira do Livro, SP, Brasil)

Austen, Jane, 1775-1817
Orgulho e preconceito : Edição comentada / Jane Austen ; tradução, apresentação e notas Julia Romeu. — 1ª ed. — Rio de Janeiro : Clássicos Zahar, 2023.

Título original: Pride and Prejudice.
ISBN 978-65-84952-06-5

1. Ficção inglesa I. Romeu, Julia. II. Título.

23-151023 CDD-823

Índice para catálogo sistemático:
1. Ficção : Literatura inglesa 323

Cibele Maria Dias — Bibliotecária — CRB-8/9427

EDITORA SCHWARCZ S.A.
Praça Floriano, 19, sala 3001 — Cinelândia
20031-050 — Rio de Janeiro — RJ
Telefone: (21) 3993-7510
www.companhiadasletras.com.br
www.blogdacompanhia.com.br
facebook.com/editorazahar
instagram.com/editorazahar
twitter.com/editorazahar

SUMÁRIO

APRESENTAÇÃO

O livro mais amado de uma autora genial[1]

Em uma carta de 29 de janeiro de 1813 para sua irmã Cassandra, Jane Austen (1775-1817) comenta a reação que uma amiga da família teve após ler seu recém-publicado romance *Orgulho e preconceito*: "Ela realmente parece admirar Elizabeth. Devo confessar que *eu* a considero a criatura mais encantadora que já apareceu em uma obra impressa e não sei como serei capaz de tolerar aqueles que não gostarem *dela*, pelo menos".[2] Nesta carta, Austen mostra que fazia alguma ideia de como sua criação era extraordinária. *Orgulho e preconceito*, a autora sabia, contém uma heroína apaixonante — risonha e bem-humorada, Elizabeth Bennet é também espirituosa e inteligente, e até seus defeitos são cativantes. Porém, mesmo tendo consciência do seu talento, seria difícil para Jane Austen prever que seu romance se tornaria um dos livros mais amados de todos os tempos, inspirando incontáveis adaptações para as telas, continuações e recriações da história e objetos os mais diversos estampados com citações da obra e referências a ela. *Orgulho e preconceito*, a história de amor de seus protagonistas Elizabeth e sr. Darcy, sua fabulosa galeria de personagens secundários e suas frases elegantes e irônicas são, hoje, parte da nossa cultura, e sua popularidade e vitalidade só fazem crescer.

Jane Austen começou a escrever ainda criança, aos doze anos. Em seus escritos de juventude, a chamada juvenília, a autora quase sempre parodia a literatura da sua época, que consumia com voracidade. Nesse período, além de narrativas curtas em prosa (que Austen ora classifica como romances, ora como contos), há peças, poemas e até um livro de história, *A história da Inglaterra, de uma historiadora parcial, preconceituosa e ignorante*, que, tristemente, ainda

1. Atenção: a apresentação contém detalhes da trama.
2. Jane Austen, *Jane Austen's Letters*. Org. de Deirdre Le Faye. 3. ed. Oxford: Oxford University Press, 1995, p. 201.

não tem tradução para o português. Neles, Jane Austen não apenas zomba das convenções da literatura do final do século XVIII como ataca todas as instituições de sua sociedade, como a nobreza, a Igreja e o casamento, sem considerar nada tão sagrado que não possa ser motivo de riso. Ao falar da juvenília no ensaio "Jane Austen", Virginia Woolf escreveu: "O que é essa nota que jamais se mistura ao resto, que soa, nítida e penetrante, ao longo de todo o volume? É o som do riso. De seu canto da sala, a menina de quinze anos ri do mundo".[3] Para Woolf, quando Austen nasceu, o dom da comédia lhe foi concedido, talvez por uma fada, e ela decidiu que ali seria o seu reino.

Os escritos de juventude mostram claramente a liberdade pouco usual como leitora e escritora de que ela pôde usufruir na casa dos pais. Filha de um pastor da Igreja anglicana, nascida e criada num vilarejo do interior da Inglaterra — Steventon, no condado de Hampshire —, Jane Austen, que recebeu apenas um ano de educação formal numa escola para moças, poderia ter tido seus hábitos de leitura muito mais circunscritos, mas gozava de livre acesso à considerável biblioteca do pai. Na infância e na adolescência, leu romances como *Tom Jones* (1749), de Henry Fielding, e *A vida e as opiniões do cavalheiro Tristram Shandy* (1767), de Laurence Sterne, nos quais temas como adultério, alcoolismo e violência são tratados com franqueza. E também pôde conhecer as romancistas mulheres que vinham desabrochando aos montes na Inglaterra do final do século XVIII, como Charlotte Lennox, Ann Radcliffe, Frances Burney, Charlotte Smith e Maria Edgeworth, diversas das quais são citadas por Austen em suas obras. Isso numa época em que muitos autores de livros de conduta para jovens desaconselhavam a leitura de romances, alegando que eram capazes de perverter sua mente e pôr em risco sua castidade.

Mas Jane Austen não apenas pôde ler como pôde escrever. As obras da juvenília, quase todas contendo dedicatórias a um de seus seis irmãos, à irmã Cassandra, aos pais e a tios, primos, vizinhos e amigos, eram escritas apenas para consumo dos mais íntimos. Mas o encorajamento desses primeiros leitores e sobretudo de seu pai, George Austen, além do exemplo das magníficas escritoras que a precederam na vida literária inglesa, fizeram com que Austen começasse a pensar em ser lida por um público mais amplo. Quando tinha entre

3. Virginia Woolf, *Um quarto só seu e três ensaios sobre as grandes escritoras inglesas: Jane Austen, Charlotte & Emily Brontë e George Eliot*. Trad. e seleção de textos de Julia Romeu. Rio de Janeiro: Bazar do Tempo, 2021, p. 185.

dezessete e dezoito anos, escreveu aquela que é considerada sua primeira obra madura: *Lady Susan*, um romance epistolar que foi incluído na edição de *Persuasão* da Zahar, traduzida por Fernanda Abreu. A personagem-título, também protagonista, é perversa, egoísta e manipuladora, bem diferente das outras heroínas austenianas. Por motivos desconhecidos, Austen se desinteressou pelo romance, que tem um final apressado, como se sua autora quisesse registrar o destino dos personagens sem se preocupar em desenvolvê-lo. Algum tempo depois de abandonar *Lady Susan*, em 1795, ela começou a trabalhar em outro romance epistolar chamado *Elinor e Marianne*, que viria a ser a primeira versão de *Razão e sensibilidade*. Estava, então, com dezenove anos.

Como não restou nenhum manuscrito de *Elinor e Marianne*, é impossível ter certeza de quanto dele foi aproveitado na obra final. O que se sabe é que a história já girava em torno de duas irmãs, uma mais sensata, outra mais passional, e que Austen trabalhou nela durante o ano de 1795. Em outubro de 1796, aos vinte anos, começou a escrever *Primeiras impressões*, que viria a se tornar *Orgulho e preconceito*. Esse manuscrito, também perdido, foi completado em cerca de nove meses. Ao terminá-lo, a autora decidiu revisar *Elinor e Marianne*, desistindo do formato epistolar e mudando o título para *Razão e sensibilidade*. Na sequência, entre 1798 e 1799, ela escreveu *Susan*, uma primeira versão de *A abadia de Northanger*. Portanto, Jane Austen escreveu três romances em quatro anos, ainda muito jovem. Seu pai, reconhecendo que tinha na família um talento literário, enviou *Primeiras impressões* para uma editora londrina, mas o manuscrito foi devolvido sem sequer ser lido, naquela que provavelmente foi uma das piores decisões jamais tomadas por um editor.

No entanto, após esse período de produtividade espetacular, Jane Austen passou quase dez anos praticamente sem escrever. Diversos biógrafos já tentaram explicar esse hiato, mas é possível apenas especular o porquê de ele haver ocorrido. Sabe-se que, em dezembro de 1800, quando a autora tinha acabado de completar vinte e cinco anos, seus pais decidiram deixar a casa de Steventon onde ela passara a vida toda e se mudar para a agitada cidade de Bath. Por serem mulheres solteiras sem renda própria, Jane e a irmã Cassandra não tiveram alternativa além de acompanhar os pais. Essa profunda mudança numa rotina até então rural e sossegada coincidiu com a interrupção na produção literária da autora. Austen viveria em Bath até 1805, quando, devido à morte do pai, ela, a mãe e a irmã ficaram em circunstâncias financeiras difíceis e precisaram se mudar para diversos endereços. Em 1809, Edward, o irmão mais rico de Jane Austen, que herdara uma fortuna de um primo, ofereceu a elas uma casa em uma de suas propriedades: Chawton Cottage, onde a autora moraria pelo resto da vida e onde hoje fica o Museu Casa de Jane Austen.

Desde que saíra de Steventon, Austen apenas revisara o manuscrito de *Susan* (que chegou a ser vendido por seu irmão Henry a um editor, mas não foi publicado) e começara um romance chamado *Os Watson*, que abandonaria sem terminar. Porém, quando retornou à vida no campo em Chawton Cottage, ela voltou a escrever a todo vapor. Começou revisando mais uma vez *Razão e sensibilidade*, oferecido por Henry Austen a um editor chamado Thomas Egerton, que concordou em publicá-lo contanto que Henry arcasse com os custos. Em outubro de 1811, *Razão e sensibilidade* foi lançado. O nome de sua autora permaneceu desconhecido — como era de costume para escritoras mulheres na época, a folha de rosto indicava apenas que a obra fora escrita "por uma senhora" —, mas Jane Austen, aos trinta e cinco anos, viu seu livro ser lido por outras pessoas que não seus familiares e amigos, receber boas críticas na imprensa e render-lhe cento e quarenta libras, o primeiro dinheiro que ganhou por conta própria na vida. Egerton, diante daquele sucesso, ofereceu-se para publicar sua obra seguinte, dessa vez arcando ele próprio com os custos.

Austen então retomou o manuscrito de *Primeiras impressões*, mudando seu título para *Orgulho e preconceito*, possivelmente por uma questão de marketing (já que o uso de um par de substantivos remete ao título de *Razão e sensibilidade*), ou talvez em referência a um trecho de *Cecilia* (1782), de Frances Burney, autora que foi uma de suas grandes influências. O segundo livro, publicado em 28 de janeiro de 1813, também foi muito bem recebido pela crítica e pelo público e, nas altas-rodas de Londres, sua autoria não era mais anônima. Austen começou a receber convites para conhecer literatos e grandes damas da sociedade, um privilégio do qual se esforçou enormemente para escapar. Mas suas cartas mostram o quanto se deliciou com a boa recepção do livro e com as cento e dez libras que sua venda lhe proporcionou, chamando-o de "meu filhinho querido" e imaginando que suas próximas obras seriam compradas por Egerton a preços cada vez maiores.

Antes mesmo de *Orgulho e preconceito* ser publicado, Jane Austen já havia começado a trabalhar no romance seguinte, *Mansfield Park* (1814). A primeira edição se esgotou e rendeu mais a Austen do que *Razão e sensibilidade* e *Orgu-*

lho e preconceito juntos. Austen, mais uma vez por intermédio do irmão Henry, passou então a ser publicada por John Murray, dono de uma editora muito maior e que tinha em seu catálogo nomes como Lorde Byron e Walter Scott. Àquela altura, até o príncipe regente já sabia quem era Jane Austen, e seu bibliotecário lhe escreveu informando que ela tinha a permissão de dedicar a ele sua próxima obra, que seria *Emma*, publicada em 1815. Austen, que detestava o príncipe, hesitou, mas entendeu que a permissão era na verdade uma ordem e que, além disso, a dedicatória poderia lhe render mais vendas. Numa carta para Cassandra, pediu que esta explicasse a uma amiga em comum que concordara em fazer a dedicatória "apenas pelos motivos mais mercenários". [4]

Emma seria o último livro que Jane Austen publicaria em vida. Em 1816, ela escreveu *Persuasão* mas não o ofereceu a seu editor, talvez por não ter conseguido revisá-lo a contento. Naquele mesmo ano, começou a ter os primeiros sintomas da doença que lhe tiraria a vida e que hoje se acredita ter sido a doença de Addison, um distúrbio das glândulas adrenais cujos sintomas incluem fadiga e náuseas. Em janeiro de 1817, começou a escrever *Sanditon*, um livro em que, já muito doente, ela caçoa dos males imaginários dos hipocondríacos. Jamais o terminaria. Após ir a Winchester em busca de tratamento médico, morreu em 18 de julho de 1817. Henry, sempre ele, negociou com John Murray a publicação póstuma de *A abadia de Northanger* e *Persuasão*, que sairiam numa edição conjunta em 1818, pela primeira vez com o nome da autora impresso na capa.

Nessa edição, Henry Austen escreveu uma nota biográfica sobre a irmã na qual afirma que ela não tinha nenhuma confiança em seu trabalho, que decidiu esperar um bom tempo antes de publicar suas obras por medo de não serem boas o suficiente e que jamais esperou obter qualquer lucro com elas. Na primeira biografia inteiramente dedicada à autora, *Uma memória de Jane Austen*, escrita em 1869 por seu sobrinho James Edward Austen-Leigh, consolidou-se essa imagem de alguém que escrevia quase sem querer, dando muito mais importância aos cuidados domésticos do que à carreira literária, sem buscar reconhecimento ou dinheiro. A publicação das cartas de Jane Austen, que só ocorreu em 1932, e biografias mais recentes tornam a imagem mais complexa. Quem as lê percebe que desde os tempos da juvenília, que continuou a revisar

4. Jane Austen, *Jane Austen's Letters*, op. cit., p. 300.

e passar a limpo até o fim da vida, Austen sabia que seus escritos eram especiais e que, mesmo sem buscar ativamente as rodas literárias e da alta sociedade de Londres, ela gostava de ser lida e apreciada e tinha imenso orgulho da relativa independência financeira que seus livros lhe asseguraram. Se o irmão Henry e o sobrinho James Edward contaram algo diferente ao público, foi por desejarem criar para a parenta que tinham amado tanto uma imagem considerada ideal no século XIX. Mas Jane Austen foi uma mulher real e com defeitos, assim como as heroínas de seus livros — e foi também um gênio, dona de uma obra imortal criada através de estudo, trabalho, sucessos e decepções.

OS PERSONAGENS DE *ORGULHO E PRECONCEITO*

Um dos aspectos mais notáveis dos romances de Jane Austen é a capacidade da autora de delinear os personagens quase exclusivamente através dos diálogos. Em seus livros, basta que um personagem comece a falar para que o leitor, mesmo na ausência de uma descrição, compreenda que está diante de um tolo, de um arrogante, de uma coquete e assim por diante. Muitos críticos já escreveram sobre a qualidade dramática da obra austeniana, enxergando entre as influências da autora dramaturgos ingleses que eram mestres dos diálogos cômicos como William Congreve (1670-1729) e Richard Brinsley Sheridan (1751-1816). *Orgulho e preconceito* não é diferente: seus personagens têm vozes muito características e, através não apenas do que dizem, mas de *como* o dizem, vão se descortinando para nós à medida que o romance avança, de modo que o leitor atento é capaz de descobrir até mais sobre eles do que os próprios parecem saber.

Elizabeth Bennet, a protagonista, comete erros, julga de maneira açodada e permite que seus preconceitos a ceguem, mas ainda assim nos cativa com a inteligência, humor e franqueza que exibe nos diálogos, e em especial em seus duelos verbais com o herói, o sr. Darcy. Suas falas são repletas de *wit*, ou espirituosidade, aquele humor inglês fino e irônico do qual, no panteão da literatura, a própria Jane Austen é umas das principais divindades. O escritor Martin Amis chegou a afirmar que Elizabeth Bennet *é* Jane Austen, só que bonita (sem explicar como concluiu que a autora era feia, já que não existe nenhum retrato que mostre suas feições com clareza). Essa ideia, ainda que atraente, é um tanto simplista. Elizabeth não é Jane Austen, mas quando ela diz de si mesma "As tolices e bobagens, os caprichos e inconstâncias me divertem, confesso, e deles eu rio sempre que posso", conseguimos imaginar a autora se descrevendo da mesma maneira.

O riso de Elizabeth não é a amabilidade plácida considerada ideal para as mulheres do início do século XIX e que é muito bem exemplificada por sua irmã mais velha, a doce e bela Jane. É um riso zombeteiro, perturbador, que, aliás, não é sua única característica não convencional. Vivendo numa sociedade em que os exercícios não eram considerados uma atividade feminina, ela demonstra um extraordinário vigor físico, sendo, das heroínas de Jane Austen, a mais associada ao verbo correr. Numa das cenas mais importantes do romance, ao saber que a irmã está doente, Elizabeth percorre sozinha uma distância de três milhas, "atravessando campo após campo a passos rápidos, pulando cercas e saltando poças com energia e impaciência e, afinal, avistando a casa, com tornozelos doloridos, meias sujas e o rosto brilhando com o calor do exercício". Essa prova de vitalidade — e também de independência, já que Elizabeth faz tudo isso sem ninguém para acompanhá-la — causa uma forte reação em quase todos os personagens do romance. A maioria se choca, mas o sr. Darcy fica entre a desaprovação e o desejo, "dividido entre admirar o brilho que o exercício dera à pele dela e duvidar se a ocasião justificava que tivesse caminhado tanto sozinha". É justamente a não convencionalidade de Elizabeth, e em especial sua capacidade de discordar dele e desafiá-lo, que irá atraí-lo.

É ao sr. Darcy, e não a Elizabeth Bennet, que cabe o título de personagem mais popular de *Orgulho e preconceito*. O nome e a imagem desse herói lindo, alto e rico ilustram inúmeras camisetas, canecas e sacolas de leitores (em sua maioria, leitoras) que declaram estar à procura de um homem idêntico na vida real, e ele já foi homenageado até com uma estátua no Hyde Park. Porém, apesar de suas inúmeras qualidades, Darcy, assim como Elizabeth, não é perfeito. Aquilo que Jane Austen chama de orgulho, e que poderíamos também chamar de arrogância, é sua característica mais reprovável. Numa sociedade altamente estratificada como a da Inglaterra do início do século XIX, não era considerado errado para quem estava no topo da pirâmide social se ver como superior aos demais em todos os sentidos. A arrogância de Darcy, no entanto, o leva a ser "egoísta e autoritário, a me importar apenas com aqueles que pertenciam ao meu círculo familiar, a ver com desdém todo o resto do mundo, a, ao menos, *desejar* ver com desdém o bom senso e o valor deles quando comparados aos meus". Esse defeito, exacerbado por uma grande timidez, algo que nem sempre associamos a esse personagem aparentemente tão senhor de si, faz com que Darcy seja sisudo e, muitas vezes, até grosseiro. Logo no início do romance, Darcy ofende Elizabeth, e essa ofensa será a base sobre a qual ela irá construir uma imagem equivocada dele. Ao longo da história, ambos terão que aprender lições e se tornar pessoas melhores para merecerem seu final feliz.

Entre os personagens secundários, vale citar os pais de Elizabeth, o sr. e a sra. Bennet, suas irmãs mais novas Mary e Lydia e sua melhor amiga, Charlotte Lucas. O sr. e a sra. Bennet são um dos muitos casais infelizes da obra austeniana, na qual o casamento com enorme frequência é mostrado como fonte de dissabores. O sr. Bennet, "cativado não só pela juventude e pela beleza, mas também pela aparência de bom humor que a juventude e a beleza dão, se casara com uma mulher cuja parca inteligência e mente vulgar havia, desde o começo do casamento, feito com que ele deixasse de sentir qualquer afeição real por ela". Decepcionado com sua escolha, o sr. Bennet passa os dias enfurnado em sua biblioteca e acaba negligenciando a educação das filhas. A sra. Bennet, frívola e tola, só pensa em conseguir um marido para elas, importando-se apenas em saber quanto de renda um homem possui para considerá-lo um bom partido. Ela não está errada, na verdade, pois devido à imprudência dos pais as irmãs Bennet vão herdar apenas cinco mil libras no total, valor que, se aplicado, lhes dará cinquenta libras por ano de renda — enquanto o sr. Bennet, por exemplo, tem duas mil libras por ano. Na Inglaterra do início do século XIX, havia poucas opções de profissões disponíveis para as mulheres, que não podiam frequentar universidades. Assim, o matrimônio era também uma questão econômica, e a sra. Bennet, apesar de sua vulgaridade, tem razão para se preocupar com esse aspecto.

A filha mais velha, Jane, é um modelo de feminilidade que parece ter sido extraído de um manual de conduta para moças, enquanto a segunda, Elizabeth, compensa seus poucos defeitos com um temperamento solar e uma inteligência brilhante. As três mais novas, no entanto, parecem fazer mais sentido como a prole de um casamento entre duas pessoas tão pouco adequadas uma à outra. A terceira, Mary, lembra o personagem da "mulher filósofa" que ganhou popularidade na imprensa e no teatro inglês a partir do século XVII: não se interessa por flertes nem festas e passa seu tempo lendo e estudando música. Toda essa dedicação, no entanto, não a torna uma grande sábia, mas apenas alguém que repete platitudes, sem talento ou inteligência. Para muitos leitores contemporâneos, a narradora parece exageradamente cruel com a pobre Mary, que já ganhou finais admiráveis em muitas continuações e recriações de *Orgulho e preconceito*. Mas a intenção de Jane Austen parece ter sido usá-la para ridicularizar aqueles que, por mais que se empenhem nos estudos, parecem incapazes de ter uma ideia original.

A quarta filha, Catherine, é a irmã de personalidade menos marcante, tendo por traço principal o fato de ser suscetível à influência da caçula da família, Lydia. Lydia é descrita pela narradora como "indomável, despudorada, selvagem, barulhenta e temerária". Essa impressionante fileira de adjetivos é usada para definir uma jovem que põe seus desejos, e em especial o desejo sexual que sente por George Wickham, acima de tudo, sem nunca refletir sobre a consequência de seus atos. Austen deixa claro, no entanto, que Lydia não é assim por ter a natureza ruim, mas devido à omissão do pai e à permissibilidade da mãe, que nada fazem para corrigir sua impulsividade natural. A punição por seu casamento impensado é a mesma sofrida pelo sr. Bennet: uma vida de infelicidade conjugal.

Se Lydia é impulsiva demais na hora de escolher um marido, seu extremo oposto talvez seja Charlotte Lucas, a melhor amiga de Elizabeth. Charlotte, apesar de ser inteligente e generosa, aceita se casar com o sr. Collins, um dos personagens mais repugnantes da galeria austeniana. A explicação é simples e angustiante: "Sem uma opinião muito boa nem dos homens nem do matrimônio, Charlotte sempre tivera o objetivo de se casar. O casamento era a única maneira honrosa que uma moça bem-educada e sem grande fortuna tinha de se sustentar e, por menos certeza de felicidade que trouxesse, sem dúvida era a mais atraente defesa contra a necessidade". Charlotte, que além de ser ainda mais pobre do que as irmãs Bennet não é bonita e, aos vinte e sete anos, já está quase passando da idade de casar, decide se tornar a esposa do sr. Collins de maneira inteiramente calculista. Elizabeth fica escandalizada com a escolha da amiga, afirmando para Jane que "o sr. Collins é um homem arrogante, pomposo, mesquinho e tolo; você sabe disso tão bem quanto eu. E deve sentir, assim como eu, que qualquer mulher que se casar com ele não pode ter uma maneira correta de pensar. Você não irá defendê-la, mesmo sendo Charlotte Lucas".

Charlotte, no entanto, não recebe uma punição severa da autora, e sua vida com um marido desagradável, porém de boa situação financeira, parece ser mais satisfatória do que a de Lydia. Ao dar-lhe esse fim, Austen talvez quisesse indicar para o leitor que casar por dinheiro podia ser compreensível numa sociedade que deixava as mulheres sem opções. Ela, porém, não permite que sua heroína caia nessa tentação. Elizabeth deixa de assegurar o futuro econômico da família ao recusar dois pedidos de casamento vantajosos, mas não é condenada pela autora — ao contrário, é recompensada com o herói mais fascinante de toda a obra austeniana. A união ideal, dentro do universo de Jane Austen, não pode ser a atração insensata e puramente física de Lydia por Wickham, mas tampouco baseada apenas em questões pragmáticas como o casamento de Charlotte com o sr. Collins: em suma, o amor é não negociável.

O MUNDO DE *ORGULHO E PRECONCEITO*

Quando Jane Austen já era uma autora publicada, dois de seus sobrinhos, interessados em se tornar escritores também, pediram-lhe conselhos sobre a maneira como deviam desenvolver as histórias em que estavam trabalhando. Austen enviou diversas cartas para eles sobre o assunto, compiladas naquele que se tornou o único registro existente de seus métodos e preferências. Numa dessas cartas, escrita em 9 de setembro de 1814, a autora afirma que "Três ou quatro famílias num vilarejo do interior é o material perfeito com o qual trabalhar".[5] Esse, de fato, é o material que ela utiliza em *Orgulho e preconceito*, cuja ação transcorre no interior de três condados da Inglaterra — Hertfordshire (onde os Bennet vivem), Kent (onde Lady Catherine vive e para onde Charlotte se muda quando se casa com o sr. Collins) e Derbyshire (para onde Elizabeth vai de férias com os tios e onde fica Pemberley) — e cujos personagens são alguns poucos membros da chamada *gentry*, ou seja, da classe de médios e grandes proprietários de terra sem títulos de nobreza, como o sr. Bennet e o sr. Darcy. O romance não trata da vida nas cidades grandes, da vida da aristocracia nem da vida das famílias mais pobres que compunham a

5. Jane Austen, *Jane Austen's Letters*, op. cit., p. 275.

vasta maioria da população inglesa na época. Seu mundo, como o de todos os livros de Jane Austen, não é vasto.

É um mundo de extrema formalidade, em que há regras para controlar quase tudo: como as pessoas devem se dirigir umas às outras, em que ordem devem entrar na sala de jantar, quando e como devem fazer suas visitas. Austen escreveu para um público que, assim como ela, era familiarizado com essas regras e, para ajudar o leitor brasileiro contemporâneo a compreender o significado de certos gestos, que às vezes podem denotar uma amabilidade extraordinária ou uma falta de educação grotesca, procurou-se dar explicações sobre eles nas notas. Além da extrema rigidez, o mundo de *Orgulho e preconceito*, assim como o de todos os romances de Austen, também tem como característica o fato de que a vida parece ser composta apenas de eventos sociais. Há poucas menções a trabalho, com o sr. Darcy, o sr. Bingley e o sr. Bennet tendo, em raras ocasiões, que interromper atividades mais agradáveis para cuidar de negócios. Mesmo as Guerras Napoleônicas, em que a Inglaterra lutou contra a França e que duraram de 1801 a 1815, só são lembradas como pretexto para a chegada de alguns oficiais do Exército a Meryton, cidadezinha perto da qual os Bennet moram.

Essa sucessão de passeios, ceias, jantares, visitas e bailes já fez com que alguns críticos acusassem Jane Austen de tratar apenas de temas triviais. Mas era nesses cenários que as moças da classe social que ela retrata, e à qual pertencia, podiam participar dos flertes e cortejos que antecediam ao casamento. Todas as heroínas austenianas são mostradas no processo de escolha de um marido, decisão que muito provavelmente seria para a vida toda, já que o divórcio era quase impossível de obter. Quando uma mulher se casava, tudo o que ela possuía, assim como tudo o que poderia vir a herdar ao casar, passava a ser legalmente do marido. Por isso, muitas famílias escolhiam fazer testamentos com cláusulas que não permitiam que suas propriedades fossem herdadas por filhas mulheres, como é o caso dos Bennet. Assim, quando selecionavam quem seria o seu marido, mocinhas, muitas vezes ainda na adolescência, estavam selecionando o homem que seria seu amo e senhor, e que iria definir quanto dinheiro elas teriam no dia a dia, onde iriam morar e com quem iriam conviver. Os inúmeros casamentos infelizes entre os personagens secundários são um lembrete perene de que, longe de ser frívola, essa escolha era a mais importante que uma mulher poderia fazer.

Quando o sr. Bingley se muda para Netherfield no início do romance, a sra. Bennet e suas filhas ficam entusiasmadas com a chegada de um homem rico e solteiro à vizinhança, entusiasmo que aumenta quando se descobre que ele pretende ir a um baile, pois "Gostar de dançar era o primeiro passo para se apaixonar". Os bailes, que tanto podiam ser públicos quanto em mansões particulares, eram uma das poucas ocasiões em que jovens solteiros do sexo oposto tinham permissão para se tocar e passar cerca de meia hora (tempo de duas danças, sempre dançadas de maneira contígua) num tête-à-tête praticamente ininterrupto. Os personagens de *Orgulho e preconceito* têm diversas oportunidades de dançar, e o capítulo mais longo é dedicado ao baile de Netherfield. É um capítulo magistral, no qual Jane Austen insere os principais atores do romance num microcosmo ainda menor do que aquele pelo qual eles geralmente circulam, fazendo-os se revelarem uns para os outros em suas diversas interações.

Outra atividade importante em *Orgulho e preconceito* são as viagens. Na época em que o livro se passa, as mulheres da *gentry* tinham sua mobilidade física muito restrita. Antes que os trens se espalhassem pela Inglaterra a partir da década de 1820, viajar era difícil e dispendioso e, ao contrário dos homens, que podiam percorrer longas distâncias sozinhos a cavalo, elas só podiam fazê-lo em carruagens fechadas e sempre acompanhadas, para não quebrar as regras do decoro. Elizabeth, mesmo com essas restrições, tem duas oportunidades de viajar, primeiro para Kent, onde vai visitar a recém-casada Charlotte, e depois para Derbyshire, onde faz um passeio turístico com os tios — um hábito que estava começando a se popularizar no início do século XIX. Em ambas as viagens, ela pode conviver mais com Darcy, passando a conhecê-lo melhor e a se livrar de alguns dos preconceitos que tinha em relação a ele. E, quando vai a Derbyshire, conhece também a quase mítica Pemberley, residência de Darcy.

Ao entrar na propriedade, Elizabeth fica impactada com a beleza dos jardins, que não passaram incólumes pela mania do paisagismo, então muito em voga, porém tampouco foram descaracterizados por mudanças severas demais, fazendo-a pensar que "nunca vira um lugar mais favorecido pela natureza, nem onde a beleza natural fora tão pouco neutralizada por um gosto inconveniente". Orgulho, o defeito mais associado a Darcy ao longo do romance, não é, nesse caso, forte o suficiente para fazer com que ele subjugue o natural em nome de seus caprichos. Em Pemberley, Elizabeth descobre também o quanto Darcy leva a sério suas responsabilidades de grande senhor de terras, cuidando com zelo e generosidade das inúmeras pessoas cuja felicidade depende dele e sendo adorado pelos inquilinos e criados, como mostrado pelo testemunho de sua governanta. Quando Elizabeth passeia por Pemberley, é Darcy quem se revela para ela, que então, pela primeira vez, começa a considerar a possibilidade de se casar com ele. Assim como Darcy e Elizabeth formam o casal mais popular da obra de Jane Austen, Pemberley é o lugar mais fascinante dos livros da autora. É um cenário quase perfeito, que une elegância e bom gosto, tradição e modernidade, e parece resumir o próprio relacionamento entre os protagonistas.

Elizabeth e Darcy se casam, claro, e a heroína se torna senhora de Pemberley. Muitos críticos já observaram que, embora Jane Austen nunca tenha se casado, o casamento é a conclusão reservada para todas as protagonistas dos seus livros. Alguns até enxergam nisso a expressão de um desejo frustrado da autora. Porém, é importante lembrar que o casamento era o final convencional de um romance na Inglaterra do final do século XVIII e início do XIX, época em que Austen viveu e escreveu, além de ser, desde a Antiguidade clássica, o final apropriado para os textos cômicos. E *Orgulho e preconceito* é não apenas uma apaixonante história de amor como o livro mais engraçado de uma das autoras cômicas mais geniais da história da literatura.

JULIA ROMEU

Julia Romeu é tradutora literária há mais de quinze anos, tendo trabalhado com autores como Anne Brontë, Emily Brontë, Edith Wharton, William Faulkner, Rudyard Kipling e Virginia Woolf, entre muitos outros. Este é o quarto livro de Jane Austen que traduz. Em parceria com Heloisa Seixas, escreveu três peças e uma biografia de Carmen Miranda para crianças, *Carmen, a grande Pequena Notável*, lançada pela Pequena Zahar em 2020. É mestre e doutoranda em literaturas de língua inglesa pela Uerj.

Orgulho e preconceito

CAPÍTULO 1

É UMA VERDADE UNIVERSALMENTE conhecida que um homem solteiro, dono de boa fortuna, deve estar precisando de uma esposa.

Por mais desconhecidos que sejam os sentimentos e opiniões de tal homem quando ele chega a uma região, essa verdade está tão gravada na mente das famílias vizinhas que ele é considerado propriedade de direito de alguma de suas filhas.

— Meu caro sr. Bennet — disse sua senhora um dia —, você ouviu dizer que Netherfield Park finalmente foi alugada?

O sr. Bennet respondeu que não.

— Mas foi — atalhou ela —, pois a sra. Long, que acabou de sair daqui, me contou.

O sr. Bennet não disse nada.

— Não quer saber quem alugou? — exclamou sua esposa, impaciente.

— *Você* quer me contar, e eu não faço objeção a ouvir.

Isso já foi o bastante.

— Ah, meu querido, pois saiba, a sra. Long disse que Netherfield foi alugada por um jovem muito rico do norte da Inglaterra; que ele veio ver o lugar em uma caleche puxada por quatro cavalos[1] e gostou tanto que concordou imediatamente com os termos do sr. Morris; que vai tomar posse da casa antes do Dia de São Miguel[2] e que alguns dos seus criados já vão chegar no fim da semana.

— Como ele se chama?

— Bingley.

— É casado ou solteiro?

1. A manutenção dos cavalos era cara, e chegar em uma carruagem puxada por quatro deles é uma indicação de que Bingley é um homem rico.
2. Dia 29 de setembro, feriado importante na Inglaterra desde a Idade Média.

— Ah! Solteiro, meu querido, claro! Um homem solteiro de grande fortuna; quatro ou cinco mil libras por ano.[3] Que coisa boa para as nossas meninas!

— Por quê? De que forma isso pode afetá-las?

— Meu querido sr. Bennet, como você pode ser tão aborrecido? Deve saber que estou pensando em vê-lo casado com uma delas.

— É com essa intenção que ele vem morar aqui?

— Intenção! Que bobagem, isso é coisa que se diga? Mas é muito provável que o sr. Bingley se apaixone por uma delas, por isso você precisa ir visitá-lo assim que ele chegar.[4]

— Não vejo nenhum motivo para isso. Você e as meninas podem ir, ou você pode mandá-las sozinhas, o que talvez seja melhor ainda, pois, como é tão bonita quanto qualquer uma delas, pode ser que o sr. Bingley a prefira.

— Meu querido, você é muito lisonjeiro. Eu certamente *já fui* bonita, mas não tenho a pretensão de ser nada de extraordinário agora. Quando uma mulher tem cinco filhas crescidas, deve parar de pensar na própria beleza.

— Nesses casos, com frequência a mulher não tem muita beleza em que pensar.

— Mas, meu querido, você precisa mesmo ir ver o sr. Bingley quando ele chegar à vizinhança.

— Não pretendo assumir esse compromisso, posso lhe garantir.

— Mas considere suas filhas. Pense só que casamento seria para uma delas. Sir William e Lady Lucas estão decididos a ir lá só por causa disso, pois você sabe que eles não visitam nenhum recém-chegado. Você precisa ir, sim, pois será impossível para nós visitar o sr. Bingley se você não for primeiro.

— Você está sendo escrupulosa demais, sem dúvida. Tenho certeza de que o sr. Bingley ficará muito feliz em vê-la. E eu mando um bilhete pelas suas mãos assegurando-lhe que consentirei, entusiasmado, se ele quiser se casar com qualquer uma das meninas; mas vou ter de acrescentar uma palavrinha recomendando minha pequena Lizzy.

3. Para ter essa renda anual, era preciso possuir uma fortuna total de cerca de 100 mil libras em aplicações financeiras ou propriedades. A renda provinha do lucro de 5% advindo desses investimentos.

4. Segundo as regras de etiqueta da época, mulheres não podiam visitar um homem primeiro. Assim, o sr. Bennet precisa se apresentar a Bingley para que este então possa retribuir a visita e conhecer as mulheres da família. A sugestão do sr. Bennet na fala seguinte é irônica.

— Não quero que você faça nada disso. Lizzy não é nem um pouco melhor do que as outras. Não tem nem a metade da beleza de Jane, nem a metade do bom humor de Lydia. Mas você vive dando preferência a ela.

— Nenhuma delas tem muitas qualidades. São todas bobas e ignorantes, como as outras meninas. Mas Lizzy é um pouco mais viva do que as irmãs.

— Sr. Bennet, como pode insultar suas próprias filhas desse jeito? Você adora me irritar. Não tem compaixão pelos meus pobres nervos.

— Você está enganada, minha querida. Tenho um grande respeito pelos seus nervos. Eles são meus velhos amigos. Ouço-a falar deles com bastante apreço há vinte anos, pelo menos.

— Ah! Você não sabe o que eu sofro.

— Mas espero que se recupere e viva para ver muitos rapazes com quatro mil libras por ano chegarem à vizinhança.

— Não vai nos adiantar de nada se chegarem vinte rapazes assim se você se recusa a visitá-los.

— Tenha certeza, minha querida, de que quando houver vinte assim visitarei todos.

O sr. Bennet era uma mistura tão estranha de sagacidade, sarcasmo, reserva e capricho que vinte e três anos de experiência não tinham sido suficientes para a esposa compreender sua personalidade. A mente *dela* era mais fácil de decifrar. Era uma mulher de inteligência escassa, pouco conhecimento e temperamento volátil. Quando estava descontente, imaginava que sofria dos nervos. Sua única ocupação era casar as filhas; suas distrações eram as visitas e as novidades.

CAPÍTULO 2

O SR. BENNET FOI UM DOS PRIMEIROS a visitar o sr. Bingley. Ele sempre tivera a intenção de fazer isso, embora continuasse a garantir à esposa que não iria; e, até uma noite depois da visita, ela não soube de nada. A informação então foi revelada da seguinte maneira. Ao observar a segunda filha mais velha ocupada em enfeitar um chapéu, o sr. Bennet de súbito se dirigiu a ela:

— Espero que o sr. Bingley goste, Lizzy.

— Nós não temos como saber *do que* o sr. Bingley gosta, já que não podemos visitá-lo — respondeu a mãe, ressentida.

— Mas a senhora está esquecendo, mamãe — disse Elizabeth —, que nós vamos encontrá-lo nos bailes públicos[5] e que a sra. Long prometeu nos apresentar a ele.

— Não acredito que a sra. Long vá fazer nada disso. Ela própria tem duas sobrinhas. É uma mulher egoísta e hipócrita e eu não quero saber dela.

— Nem eu — disse o sr. Bennet —, e fico feliz por você não depender de favores.

A sra. Bennet não se dignou a responder; mas, sem conseguir se conter, começou a ralhar com uma das filhas.

— Pare de tossir assim, Kitty, pelo amor de Deus! Tenha um pouco de compaixão pelos meus nervos. Você está acabando comigo.

— Kitty não é criteriosa ao tossir — disse o pai. — Escolhe o momento errado.

— Eu não tusso para me distrair — respondeu Kitty, mal-humorada. — Quando vai ser o próximo baile, Lizzy?

— Daqui a duas semanas, contando a partir de amanhã.

— É mesmo! — exclamou a mãe. — E a sra. Long só volta um dia antes. Então vai ser impossível que ela nos apresente ao sr. Bingley, pois ela própria não o conhecerá.

5. No original, *assemblies*. Bailes que ocorriam em *assembly rooms*, ou salas de reunião, ou seja, em locais públicos, como estalagens, e não em casas particulares.

— Ou seja, minha querida, você terá uma vantagem sobre sua amiga e poderá apresentar o sr. Bingley para *ela.*

— Impossível, sr. Bennet, impossível, quando eu própria não o conheço. Como pode me provocar desse jeito?

— Eu admiro sua cautela. Duas semanas é decerto muito pouco tempo para conhecer uma pessoa. Não se pode saber quem um homem é de verdade depois de duas semanas. Mas se *nós* não nos atrevermos, outra pessoa o fará; e, afinal de contas, a sra. Long e suas sobrinhas merecem uma oportunidade. Portanto, como ela irá considerar isso uma gentileza, se você abrir mão da tarefa eu mesmo a realizarei.

As meninas olharam espantadas para o pai. A sra. Bennet disse apenas "Que bobagem!".

— Qual é o significado dessa exclamação enfática? Você considera as regras das apresentações e o valor que se dá a elas uma bobagem? *Com isso* eu não posso concordar. O que você me diz, Mary? Pois eu sei que é uma moça de reflexões profundas, que lê livros importantes e copia trechos deles em cadernos.

Mary quis dizer algo sensato, mas não soube como.

— Enquanto Mary está organizando suas ideias — continuou o sr. Bennet —, vamos voltar ao sr. Bingley.

— Estou cansada do sr. Bingley! — exclamou a sra. Bennet.

— Lamento ouvir *isso.* Mas por que não me disse antes? Se eu soubesse esta manhã, decerto não teria ido visitá-lo. É muita falta de sorte. Mas, como já fui vê-lo, é tarde demais para evitar as apresentações de vocês.

As damas exibiram exatamente o espanto que ele desejara, com a sra. Bennet talvez ultrapassando todas as outras. No entanto, passado o alegre tumulto da descoberta, ela começou a declarar que já vinha esperando por aquilo.

— Que bondade a sua, meu querido sr. Bennet! Mas eu sabia que ia acabar persuadindo você. Tinha certeza de que amava demais suas meninas para dispensar conhecer alguém como o sr. Bingley. Ah, como estou feliz! E que engraçado você ter ido esta manhã e não dizer uma palavra sobre a visita até agora!

— Agora, Kitty, você pode tossir o quanto quiser — disse o sr. Bennet; e, enquanto falava, deixou a sala, cansado do êxtase da esposa.

— Que pai excelente vocês têm, meninas — falou a sra. Bennet, depois que a porta foi fechada. — Não sei como vocês vão recompensá-lo por tanta gentileza; e nem a mim, aliás. Na nossa idade não é tão agradável, fiquem sabendo, conhecer pessoas novas todos os dias. Mas, por vocês, nós faríamos qualquer coisa. Lydia, meu amor, embora você seja a mais nova, aposto que o sr. Bingley vai chamá-la para dançar no próximo baile.

— Ah! — disse Lydia, ousada —, eu não tenho medo. Pois, apesar de ser a mais nova, sou a mais alta.

O resto da noite foi passado em conjecturas sobre quando o sr. Bingley retribuiria a visita do sr. Bennet e em decidir quando deveriam convidá-lo para jantar.

CAPÍTULO 3

No ENTANTO, ncm todas as pcrguntas quc a sra. Bcnnct, com a ajuda dc suas cinco filhas, conseguiu fazer sobre o assunto foram suficientes para arrancar do marido uma descrição satisfatória do sr. Bingley. Elas o atacaram de diversas maneiras: indagações diretas, suposições engenhosas e conclusões vagas; mas, apesar da habilidade de todas, ele se evadiu, afinal, foram obrigadas a aceitar a informação de segunda mão da vizinha, Lady Lucas, cujo relato foi altamente favorável. Sir William ficara encantado com o recém-chegado. Ele era bastante jovem, espantosamente bonito, muito afável e, para coroar tudo isso, pretendia ir ao próximo baile público e levar consigo um grupo grande de pessoas. Nada poderia ser mais encantador! Gostar de dançar era o primeiro passo para se apaixonar; e foram nutridas profundas esperanças de conquistar o coração do sr. Bingley.

— Se eu puder ver uma das minhas filhas feliz, na posição de senhora de Netherfield — disse a sra. Bennet para o marido —, e todas as outras igualmente bem casadas, não desejarei mais nada.

Depois de poucos dias, o sr. Bingley retribuiu a visita do sr. Bennet e ficou cerca de dez minutos com ele na biblioteca. O rapaz tivera a esperança de que lhe permitissem vislumbrar as moças da família, de cuja beleza já ouvira muito falar; mas viu apenas o pai. As moças foram um pouco mais afortunadas, pois tiveram a vantagem de constatar, de uma janela do segundo andar, que ele usava um casaco azul e vinha montado em um cavalo preto.

Logo depois, um convite para jantar foi enviado; e a sra. Bennet já tinha planejado os pratos que iriam ajudá-la a exibir o bom funcionamento de sua casa quando chegou uma resposta que adiou tudo. O sr. Bingley seria obrigado a ir à capital no dia seguinte e, consequentemente, lamentava não poder aceitar o gracioso convite etc. A sra. Bennet ficou desconcertada. Ela não podia imaginar o que ele teria a fazer na cidade tão pouco tempo depois de chegar a Hertfordshire, e começou a temer que vivesse correndo de um lugar para outro, sem nunca parar em Netherfield como deveria. Lady Lucas tranquilizou-a um pouco ao sugerir que o sr. Bingley fora a Londres apenas para buscar um grupo grande para levar ao baile; e logo começou a circular um boato de que ele iria comparecer ao evento com doze damas e sete cavalheiros. As meninas lamentaram o número tão grande de damas, mas se consolaram na véspera do evento ao saber que, em vez de doze, o sr. Bingley trouxera apenas seis damas de Londres: suas cinco irmãs e uma prima. E, quando o grupo entrou no salão de baile, consistia de apenas cinco no total: o sr. Bingley, suas duas irmãs, o marido da mais velha e outro rapaz.

O sr. Bingley era bonito e distinto; tinha um semblante agradável e modos naturais, sem afetação. As irmãs eram belas mulheres, com uma aparência decididamente elegante. O cunhado, o sr. Hurst, apenas se vestia bem; mas o amigo, o sr. Darcy, logo atraiu a atenção de todo o salão por ser alto e bem-apessoado, ter belas feições e um porte nobre; e pelo boato que começou a circular cinco minutos depois de sua entrada de que possuía uma renda de dez mil libras por ano.[6] Os homens declararam que ele tinha uma boa figura e as mulheres, que era muito mais bonito do que o sr. Bingley; e ele foi visto com grande admiração por cerca de metade da noite, quando seus modos causaram um desprazer que fizeram a maré de sua popularidade virar: pois se descobriu que o sr. Darcy era orgulhoso, recusava-se a se misturar e não gostava de nada; e nem sua enorme propriedade em Derbyshire pôde salvá-lo de exibir um semblante muito severo e desagradável e de não ser digno de comparação com o amigo.

O sr. Bingley logo fez questão de ser apresentado a todas as pessoas mais ilustres do salão; era vivaz e sem reservas, participou de todas as danças, reclamou pelo fato de o evento acabar tão cedo e falou em oferecer ele próprio um baile em Netherfield. Tais qualidades tão amáveis falam por si. Que contraste entre ele e o amigo! O sr. Darcy dançou apenas uma vez com a sra. Hurst e uma vez com a srta. Bingley, recusou-se a ser apresentado a qualquer outra moça e passou o resto da noite andando pelo salão e falando de quando em quando com uma das pessoas com quem viera. Sua personalidade foi estabelecida: era o homem mais orgulhoso e desagradável do mundo, e todos tiveram esperan-

6. Isso coloca a família de Darcy como uma das quatrocentas mais ricas da Inglaterra na época ou, de acordo com outra estimativa, faz dele uma das 0,25% pessoas mais ricas do país.

ças de que jamais voltasse a pisar ali. Entre aqueles que descreveram o sr. Darcy com maior violência estava a sra. Bennet, cuja aversão pelo comportamento do rapaz foi enfatizada e transformada em um ressentimento particular pelo fato de ele ter cometido uma desfeita a uma de suas filhas.

Elizabeth Bennet fora obrigada, devido à escassez de cavalheiros, a permanecer sentada por duas danças;[7] e, durante parte desse tempo, o sr. Darcy estava perto o bastante para que ela ouvisse uma conversa entre ele e o sr. Bingley, que deixara seu par durante alguns minutos para insistir que o amigo participasse também.

— Venha, Darcy, você precisa dançar. Detesto vê-lo aí parado sozinho desse jeito bobo. Vai ser muito melhor se você vier.

— De forma alguma. Você sabe o quanto eu detesto dançar, a não ser que conheça muito bem minha parceira. Em um baile público como este, seria insuportável. Suas irmãs já têm parceiro e, para mim, seria uma punição dançar com qualquer outra mulher no salão.

— Eu não seria tão exigente quanto você nem por um reino inteiro! — exclamou Bingley. — Palavra de honra, nunca conheci tantas moças simpáticas na vida quanto nesta noite; e você pode ver que várias delas são extraordinariamente bonitas.

— *Você* está dançando com a única moça bonita do salão — disse o sr. Darcy, olhando a mais velha das irmãs Bennet.

— Ah! Ela é a criatura mais linda que eu já vi! Mas uma das suas irmãs está sentada logo atrás de você: é muito bonita e acredito que deva ser bastante simpática. Por favor, deixe-me pedir à minha parceira que os apresente.

— A qual delas você se refere? — Então, voltando-se, Darcy observou Elizabeth por um instante, até que, quando ela o encarou, ele desviou o olhar e disse friamente: — Ela é razoável, mas não bonita o bastante para me tentar. Além disso, no momento, não estou disposto a prestigiar jovens que foram desprezadas por outros homens. É melhor você voltar para a sua parceira e desfrutar dos sorrisos dela, pois está perdendo seu tempo comigo.

O sr. Bingley seguiu o conselho. O sr. Darcy se afastou; e Elizabeth ficou ali, com sentimentos não muito cordiais em relação a ele. No entanto, contou a his-

7. O costume era que cada par dançasse sempre duas danças consecutivas. Cada dança durava cerca de quinze minutos, de modo que Elizabeth, por não ter parceiro, fica meia hora sem dançar.

tória com grande humor para as amigas, pois era vivaz e brincalhona e achava graça de tudo o que era ridículo.

A noite, de maneira geral, foi prazerosa para toda a família. A sra. Bennet viu sua filha mais velha ser muito admirada pelo grupo de Netherfield. O sr. Bingley dançara com Jane duas vezes, e as irmãs dele tinham sido atenciosas com ela. Jane ficou tão satisfeita com isso quanto a mãe, mas de maneira mais serena. Elizabeth sentiu-se feliz pela irmã. Mary ouviu-se sendo mencionada para a srta. Bingley como a moça mais prendada da vizinhança; e Catherine e Lydia tiveram a sorte de nunca ficar sem parceiro, o que era tudo o que tinham aprendido a esperar de um baile. Elas, portanto, voltaram de bom humor para Longbourn, o vilarejo onde viviam e no qual eram a família de maior posição social. Encontraram o sr. Bennet ainda acordado. Quando estava com um livro, ele não via o tempo passar; e, naquela ocasião, estava curioso para saber como se desenrolara uma noite que criara expectativas tão esplêndidas. Desejava muito que a esposa se desapontasse por completo com o novo vizinho; mas logo descobriu que tinha uma história muito diferente a ouvir.

— Ah! Meu querido sr. Bennet — disse ela ao entrar no cômodo —, foi uma noite maravilhosa, um baile excelente. Gostaria que você tivesse ido. Jane foi tão admirada! Foi uma coisa extraordinária. Todo mundo percebeu o quanto ela estava bonita; e o sr. Bingley a achou linda e dançou com ela duas vezes. Pense só, meu querido: ele realmente dançou com ela duas vezes. E Jane foi a única moça no salão que ele convidou uma segunda vez. Para as duas primeiras danças, tirou a srta. Lucas. Fiquei muito irritada ao vê-lo levá-la para o meio do salão. Mas o sr. Bingley não a achou nem um pouco bonita, o que teria mesmo sido impossível, você sabe, e pareceu bastante impressionado com Jane conforme dançava. Então perguntou quem ela era, foi apresentado e chamou-a para as duas seguintes. Então as duas terceiras dançou com a srta. King, as duas quartas com Maria Lucas e as duas quintas com Jane de novo, e depois as duas sextas com Lizzy, e o *Boulanger*.[8]

— Se ele tivesse alguma compaixão por mim, não teria dançado nem a metade! — exclamou o marido, impaciente. — Pelo amor de Deus, não fale mais das parceiras do rapaz! Ah! Se ele tivesse torcido o tornozelo na primeira dança!

---

8. Dança francesa muito popular na época.

— Ah, meu querido! — continuou a sra. Bennet. — Eu estou absolutamente deliciada com ele. É tão bonito! E suas irmãs são encantadoras. Eu nunca na vida vi nada mais elegante que as roupas delas. Imagino que a renda no vestido da sra. Hurst...

Nesse ponto, ela foi interrompida de novo. O sr. Bennet protestou contra qualquer descrição de vestuário. Assim, a sra. Bennet foi obrigada a procurar outro aspecto do assunto e relatou, com muita amargura e algum exagero, a grosseria impressionante do sr. Darcy.

— Mas eu posso lhe garantir — acrescentou — que Lizzy não perde muito por não ter sido do gosto *dele*. É um homem muito desagradável e irritante, a quem não vale a pena contentar. Tão arrogante e presunçoso que chega a ser insuportável. Ficou andando de um lado para o outro, se achando muito superior! Não é bonita o bastante para ser tirada para dançar! Gostaria que você estivesse lá, meu querido, para lhe passar uma das suas descomposturas. Como eu detesto esse homem!

CAPÍTULO 4

QUANDO JANE E ELIZABETH ESTAVAM sozinhas, a primeira, que fora cautelosa em seus elogios ao sr. Bingley até então, contou para a irmã o quanto de fato o admirava.

— Ele é exatamente o que um rapaz deve ser — disse ela —, sensato, bem-humorado e vivaz. E eu nunca vi um temperamento tão alegre! Natural e, ao mesmo tempo, tão educado!

— E ele é bonito — respondeu Elizabeth —, o que um rapaz também deve ser, se for possível. Portanto, não falta nada.

— Fiquei muito lisonjeada por ele ter me tirado para dançar uma segunda vez. Não esperava tamanha cortesia.

— Não? Eu esperava, em seu nome. Mas essa é uma das grandes diferenças entre nós duas. As lisonjas sempre pegam *você* de surpresa, mas nunca a *mim*. O que poderia ser mais natural do que o sr. Bingley tirá-la para dançar duas vezes? Seria impossível ele não notar que você era cinco vezes mais bonita do que todas as outras garotas no salão. Não foi nenhum cavalheirismo. Bem, o sr. Bingley certamente é muito amável e eu lhe dou permissão para gostar dele. Você já gostou de pessoas bem mais estúpidas.

— Lizzy!

— Ah! Você sabe que tem uma propensão grande demais a gostar das pessoas. Nunca vê defeito em ninguém. O mundo inteiro é bom e simpático aos seus olhos. Jamais a ouvi falar mal de um ser humano na vida.

— Não gostaria de criticar ninguém de forma impensada. Mas sempre falo o que penso.

— Sei que fala, e é *isso* que causa espanto. Com seu bom senso, ser tão honestamente cega para as tolices e bobagens dos outros! A doçura fingida é muito comum: vê-se em todos os lugares. Mas ser doce sem ostentação ou cálculo, pegar o que há de bom na personalidade de todo mundo, tornar ainda melhor e não dizer nada do que há de ruim... só mesmo você. E quer dizer que gosta das irmãs desse homem também? Elas não são tão simpáticas quanto ele.

— De jeito nenhum... a princípio. Mas são mulheres muito afáveis quando se conversa com elas. A srta. Bingley vai morar com o irmão e cuidar dos afazeres domésticos para ele; e muito me engano se não vamos achá-la uma vizinha encantadora.

Elizabeth ouviu em silêncio, mas não ficou convencida. O comportamento das irmãs de Bingley no baile não tivera a intenção de agradar. E, como Elizabeth contava com mais perspicácia e um temperamento menos maleável do que o da irmã, além de não ter tido sua opinião adulterada por nenhuma atenção especial dedicada a ela própria, estava muito pouco disposta a gostar delas. As irmãs de Bingley, na verdade, eram damas muito elegantes, a quem não faltava bom humor com aqueles que lhes agradavam e que sabiam ser muito afáveis quando queriam; mas eram orgulhosas e arrogantes. As duas eram bastante bonitas, haviam sido educadas em um dos melhores internatos da capital,[9] possuíam uma fortuna de vinte mil libras e tinham o hábito de gastar mais do que deveriam e de conviver com pessoas de alta posição social; assim, em todos os aspectos, sentiam-se no direito de se julgarem superiores às outras pessoas. Eram de uma família respeitável do norte da Inglaterra e isso deixara uma impressão mais funda em suas memórias do que o fato de a fortuna do irmão, assim como a delas, ter sido feita no comércio.[10]

O sr. Bingley herdara quase cem mil libras do pai, que tivera a intenção de comprar uma propriedade mas falecera antes disso. O filho também tinha essa intenção e, às vezes, escolhia o condado onde pretendia se estabelecer; mas, como agora tinha uma casa boa e terras onde havia permissão para caçar, aqueles que conheciam melhor seu temperamento brando achavam que ele talvez passasse o resto de seus dias em Netherfield e deixasse a compra para a próxima geração.

As irmãs de Bingley queriam muito que ele tivesse uma propriedade; mas, embora ele fosse apenas um inquilino naquele momento, a srta. Bingley estava

9. Era comum moças de classe média e alta serem enviadas para internatos durante alguns anos. A própria Jane Austen estudou em dois deles quando tinha entre sete e dez anos. Nessas escolas para moças, aprendia-se inglês, línguas estrangeiras, geografia, história, dança, música e desenho. Em *Reivindicação dos direitos da mulher* (1792), Mary Wollstonecraft denunciou que a educação das mulheres as transformava em objetos sexuais ao prepará-las apenas para casar, e não para ganhar o próprio sustento.

10. As famílias que enriqueciam com o comércio eram, na época, consideradas de status social mais baixo do que aquelas cuja riqueza vinha da propriedade de terras.

muito disposta a ocupar a outra cabeceira de sua mesa,[11] e a sra. Hurst, que se casara com um homem de mais prestígio do que fortuna, não menos disposta a considerar-se em casa em Netherfield sempre que desejasse. O sr. Bingley tinha se tornado maior de idade havia menos de dois anos[12] quando se sentiu tentado, devido a uma recomendação casual, a ir dar uma olhada em Netherfield. Olhou-a por fora e por dentro durante meia hora, ficou contente com a localização e os principais cômodos, satisfeito com os elogios que o dono fez à casa e alugou-a imediatamente.

Entre ele e Darcy havia uma amizade muito leal apesar de suas personalidades opostas. Bingley era querido por Darcy por ser dócil, franco e sem afetações, embora nenhum temperamento pudesse formar um contraste maior com o seu próprio e embora, com esse temperamento, ele jamais parecesse insatisfeito. Bingley tinha imensa confiança na amizade de Darcy e uma excelente opinião de sua capacidade de julgar. Darcy era superior em inteligência. Bingley não era tolo de forma alguma, mas Darcy era brilhante. Ao mesmo tempo, era altivo, reservado e exigente e, embora fosse polido, não tinha modos convidativos. Quanto a isso, seu amigo tinha uma vantagem muito maior. Bingley agradava aonde quer que fosse, enquanto Darcy só ofendia.

A forma como falaram dos convidados do baile público de Meryton foi suficientemente característica. Bingley nunca conhecera pessoas mais simpáticas ou moças mais bonitas na vida; todos tinham sido muito gentis e atenciosos, não houvera nenhuma formalidade, nenhuma frieza e ele logo se sentira íntimo de todos no salão; e quanto à srta. Bennet, não se podia conceber nem um anjo mais belo. Darcy, ao contrário, vira um grupo de pouca beleza e nenhuma elegância, dentro do qual ninguém lhe despertara o menor interesse, ninguém lhe chamara a menor atenção ou lhe causara o menor prazer. Ele reconheceu que a srta. Bennet era bonita, mas ela sorria demais.

A sra. Hurst e a srta. Bingley concordaram — mas, mesmo assim, acharam a srta. Bennet bonita, gostaram dela e declararam que era uma moça adorável, com quem não fariam objeção em ter mais intimidade. Assim, estabeleceu-se que a srta. Bennet era uma moça adorável e o irmão delas sentiu-se autorizado, diante desse elogio, a pensar nela da maneira que bem quisesse.

---

11. Ou seja, fazer as vezes de senhora da casa, já que Bingley não é casado.

12. Atingia-se a maioridade aos vinte e um anos; Bingley, portanto, ainda não completou vinte e três.

CAPÍTULO 5

A UMA DISTÂNCIA CURTA A PÉ de Longbourn vivia uma família de quem os Bennet eram particularmente íntimos. Sir William Lucas trabalhara como comerciante em Meryton, onde fizera uma fortuna razoável e, enquanto estava ocupando o cargo de prefeito da cidade, fora agraciado com o título de cavaleiro depois do envio de uma petição ao rei.[13] É possível que a honraria tenha causado uma reação forte demais. Devido a ela, Sir William passou a ter aversão por seu negócio e pelo fato de residir em uma pequena cidade mercantil. Deixando ambos, mudara-se com a família para uma casa a cerca de uma milha de Meryton que, a partir daquele momento, passou a se chamar Lucas Lodge; lá, pôde refletir com prazer sobre a própria importância e, sem as amarras do trabalho, se ocupar apenas em espalhar afabilidade pelo mundo. Pois, embora a nova posição social de Sir William o houvesse deixado extasiado, ela não o tornara presunçoso; ao contrário, ele era muito atencioso com todos. Por natureza inofensivo, amistoso e gentil, depois de sua apresentação em St. James[14] ele passara a ser cortês.

Lady Lucas era uma mulher muito simpática, cujo intelecto não chegava ao ponto de torná-la uma vizinha inútil para a sra. Bennet. O casal tinha vários filhos. A mais velha era uma jovem sensata e inteligente de vinte e sete anos que era amiga íntima de Elizabeth.

Era absolutamente necessário que as irmãs Lucas e as irmãs Bennet se encontrassem para discutir o baile; e, na manhã seguinte ao evento, as primeiras foram a Longbourn ouvir algumas coisas e contar outras.

— *Você* começou bem a noite, Charlotte — disse a sra. Bennet, com autocontrole e cortesia, para a srta. Lucas.[15] — Foi a primeira escolha do sr. Bingley.

---

13. Quando os cidadãos do Reino Unido querem que alguém seja sagrado cavaleiro, podem enviar uma petição ao monarca.
14. Ou seja, no Palácio de St. James, então residência oficial dos monarcas britânicos e onde os cavaleiros recebiam seus títulos.
15. Quando diversas irmãs solteiras estavam presentes no mesmo recinto, o costume era usar o sobrenome da família para se referir apenas à mais velha.

— Sim, mas ele pareceu gostar mais da segunda.

— Ah! Imagino que esteja falando de Jane, pois ele dançou com ela duas vezes. Realmente, pareceu *mesmo* que o sr. Bingley a achou bonita. Na verdade, creio que *sim*. Ouvi alguma coisa sobre isso... não sei bem o que foi... alguma coisa sobre o sr. Robinson.

— Talvez esteja se referindo à conversa entre ele e o sr. Robinson que eu escutei. Não a mencionei para a senhora? O sr. Robinson perguntou se o sr. Bingley estava gostando do seu primeiro baile público em Meryton, se não achava que havia muitas mulheres bonitas no salão e *qual* ele considerava a mais bonita. E ele respondeu imediatamente à última pergunta dizendo: "Ah! A mais velha das irmãs Bennet, sem dúvida. É impossível alguém ter outra opinião".

— Minha nossa! Ora, foi bem claro mesmo. De fato, parece que... Mas pode ser que não dê em nada, você sabe.

— A conversa que *eu* escutei foi mais agradável do que a que *você* escutou, Eliza — disse Charlotte. — Vale menos a pena ouvir o sr. Darcy do que o amigo dele, não é? Pobre Eliza! Ser apenas *razoável*.

— Por favor, não ponha na cabeça de Lizzy que ela deve ficar aborrecida com a falta de educação daquele homem, pois ele é tão desagradável que seria um grande azar despertar seu interesse. A sra. Long me contou que ontem à noite ele ficou sentado ao lado dela meia hora sem abrir a boca nem uma vez.

— A senhora tem certeza? Não pode ser um engano? — perguntou Jane. — Eu sem dúvida vi o sr. Darcy falando com a sra. Long.

— Claro, porque ela perguntou o que o sr. Darcy estava achando de Netherfield e ele foi obrigado a responder... mas ela disse que ele ficou bastante aborrecido por ser abordado.

— A srta. Bingley me contou que ele nunca fala muito, a não ser quando está entre amigos íntimos — disse Jane. — Com *eles*, é extraordinariamente simpático.

— Eu não acredito em nem uma palavra, meu bem. Se ele fosse mesmo tão simpático, teria conversado com a sra. Long. Mas já imagino o que aconteceu; toda a gente diz que ele é inflado de orgulho e aposto que ouviu dizer que a sra. Long não tem uma carruagem própria e foi ao baile em uma alugada.

— Não me importo de o sr. Darcy não ter conversado com a sra. Long, mas gostaria que ele tivesse dançado com Eliza — disse a srta. Lucas.

— Da próxima vez, Lizzy, se eu fosse você, *eu* é que não dançaria com o sr. Darcy — falou a mãe.

— Creio que posso prometer sem medo que *nunca* vou dançar com ele.

— O orgulho do sr. Darcy não me ofende tanto quanto o orgulho em geral, pois há uma desculpa nesse caso — comentou a srta. Lucas. — Não é de se espantar que um rapaz tão bonito, rico, de família ilustre, tendo tudo a seu favor, se considere em alta conta. Se é que posso me expressar assim, ele tem o *direito* de ser orgulhoso.

— É bem verdade — respondeu Elizabeth —, e eu poderia facilmente perdoar o orgulho do sr. Darcy se ele não houvesse ferido tanto o *meu*.

— Acredito que o orgulho é um defeito bastante corriqueiro — observou Mary, que se jactava da solidez de suas reflexões. — Por tudo o que já li, acredito que de fato é muito comum, que a natureza humana é particularmente propensa a ele e que há poucos de nós que não acalentam certa autoadmiração devido a uma ou outra qualidade, real ou imaginária. A vaidade e o orgulho são coisas diferentes, embora as palavras muitas vezes sejam usadas como sinônimos. Uma pessoa pode ser orgulhosa sem ser vaidosa. O orgulho tem mais relação com nossa opinião de nós próprios, enquanto a vaidade com o que gostaríamos que os outros pensassem de nós.

— Se eu fosse tão rico quanto o sr. Darcy não ia nem querer saber se era orgulhoso! — exclamou um jovem membro da família Lucas que acompanhara as irmãs. — Ia ter uma matilha de cachorros para caçar raposas e beber uma garrafa de vinho todos os dias.

— Então você iria beber muito mais do que deveria — disse a sra. Bennet. — E, se eu o visse, iria tomar sua garrafa na hora.

O menino protestou que não iria nada; ela continuou a declarar que iria sim; e a discussão só terminou com o fim da visita.

CAPÍTULO 6

As senhoras de Longbourn[16] logo foram visitar as de Netherfield. A visita foi retribuída como manda a etiqueta. Os modos afáveis da srta. Bennet fizeram aumentar a boa vontade da sra. Hurst e da srta. Bingley e, mesmo depois de decidir que a mãe era intolerável e que com as mais novas não valia a pena conversar, elas expressaram o desejo de ter mais intimidade com as duas irmãs mais velhas. Por Jane, essa atenção foi recebida com o maior prazer; mas Elizabeth continuou a ver arrogância na maneira como elas tratavam todo mundo, mal abrindo uma exceção para sua irmã, e achou impossível ter-lhes amizade. Isso apesar de sua gentileza para com Jane, ainda que falha, ter o valor de, muito provavelmente, ser uma consequência da admiração de seu irmão por ela. Sempre que se encontravam, ficava evidente para todos que o sr. Bingley *de fato* admirava Jane; e, para Elizabeth, era igualmente evidente que Jane estava cedendo à inclinação que sentira desde o primeiro momento e prestes a ficar muito apaixonada. Mas ela refletiu, com prazer, que seria difícil para os outros descobrirem isso, já que Jane, apesar de ter sentimentos fortes, possuía também uma compostura e um temperamento sempre alegre que a protegeriam das suspeitas dos atrevidos. Ela mencionou isso para sua amiga, a srta. Lucas.

— Talvez seja bom — respondeu Charlotte — conseguir enganar o público em um caso como esse; mas, às vezes, é uma desvantagem ser tão cautelosa. Se uma mulher, com a mesma habilidade, oculta o que sente do objeto de sua afeição, pode perder a oportunidade de firmar um compromisso com ele. Então será um parco consolo acreditar que o resto do mundo compartilha da mesma ignorância. Há tanto de gratidão ou vaidade em quase qualquer afeição que não é seguro deixar nenhuma crescer sozinha. Todos nós conseguimos começar com facilidade; ter uma leve preferência por alguém é bastante natural. Mas muito poucos têm firmeza o suficiente para realmente se apaixonar sem en-

16. Longbourn é o nome do vilarejo, mas também da casa em que os Bennet moram.

corajamento. Em nove entre dez casos é melhor uma mulher demonstrar *mais* afeição do que sente. Bingley, sem dúvida, gosta da sua irmã; mas talvez nunca faça mais do que gostar se ela não o ajudar um pouco.

— Mas ela o ajuda, tanto quanto sua natureza permite. Se *eu* consigo perceber o que Jane sente pelo sr. Bingley, ele precisa ser muito obtuso para não discernir isso.

— Lembre-se, Eliza, de que ele não conhece o temperamento de Jane tão bem quanto você.

— Mas se uma mulher tem preferência por um homem e não tenta ocultar, ele fatalmente irá descobrir.

— Talvez sim, se a vir o suficiente. Mas, embora Bingley e Jane se encontrem com uma frequência razoável, nunca permanecem muitas horas juntos; e, como sempre estão com grupos grandes de homens e mulheres, é impossível que cada instante seja passado em uma conversa a sós. Assim, Jane deveria aproveitar ao máximo cada meia hora que tiver a atenção dele. Quando estiver de compromisso firmado, terá tempo o bastante para se apaixonar o quanto quiser.

— Seu plano é bom, quando não há nada em questão a não ser o desejo de fazer um bom casamento — respondeu Elizabeth. — E, se eu estivesse decidida a obter um marido rico, ou qualquer marido, iria adotá-lo. Mas Jane não é assim; ela não está agindo de maneira calculada. Por enquanto, não pode sequer ter certeza da força do que sente, nem se o que sente é sensato. Ela conhece o sr. Bingley há apenas duas semanas. Dançou quatro danças com ele em Meryton; viu-o uma manhã na sua própria casa e, desde então, jantou com ele quatro vezes. Isso não é o suficiente para que compreenda sua personalidade.

— Não da maneira como você descreve. Se Jane houvesse apenas jantado com Bingley, talvez pudesse só ter descoberto se ele tem um bom apetite. Mas lembre-se de que, depois de cada jantar, houve quatro reuniões[17] em que eles também estiveram juntos... e em quatro reuniões muita coisa pode acontecer.

— Sim; essas quatro reuniões permitiram que eles se certificassem de que ambos gostam mais de vinte e um do que de *commerce*;[18] mas, em relação a

17. O jantar naquela época podia ser tanto no meio da tarde quanto mais à noitinha. Era uma ocasião formal, na qual em geral se usava roupas de luxo e, depois, jogava-se cartas e ouvia-se música tocada pelas senhoras.
18. Jogo de cartas parecido com o pôquer.

qualquer outra característica importante, não imagino que muito tenha sido revelado.

— Bem — disse Charlotte —, desejo sucesso a Jane de todo o coração; e, se ela se casasse com ele amanhã, acho que teria tanta chance de ser feliz quanto se estudasse sua personalidade durante um ano inteiro. A felicidade no casamento é pura sorte. Mesmo se os temperamentos de ambos os envolvidos forem muito bem conhecidos e parecidos, isso em nada torna mais provável a felicidade. Eles sempre mudarão o bastante para causar certo desprazer um ao outro; e é melhor saber o menos possível sobre os defeitos da pessoa com quem você vai passar a vida.

— Você me faz rir, Charlotte; mas isso não é correto. Sabe que não é correto, e que você mesma jamais agiria assim.

Ocupada em observar as atenções do sr. Bingley à sua irmã, Elizabeth estava longe de suspeitar que ela própria se tornava objeto de algum interesse aos olhos do amigo dele. O sr. Darcy, a princípio, a custo admitira que Elizabeth fosse bonita; ao vê-la no baile, não a admirara; e, na vez seguinte, encontrara apenas motivo para reprovação. Mas, assim que deixara claro para si mesmo e para os amigos que ela mal chegava a ter um traço bonito no rosto, descobriu que este adquiria um ar de inteligência excepcional devido à bela expressividade de seus olhos escuros. A essa descoberta, seguiram-se outras igualmente mortificantes. Embora, com seu olhar crítico, ele houvesse detectado mais de uma falha de simetria no feitio de Elizabeth, foi forçado a reconhecer que era interessante e agradável; e, apesar de ter afirmado que ela não tinha os modos que se via na alta sociedade, ficou impressionado com sua naturalidade e seu bom humor. De tudo isso, Elizabeth estava inteiramente inconsciente: para ela, o sr. Darcy era apenas o homem que não se esforçava para agradar ninguém e que não a achara bonita o bastante para tirá-la para dançar.

O sr. Darcy passou a desejar conhecê-la melhor e, como um passo na direção de conversar com Lizzy ele próprio, começou a escutar sua conversa com os outros. Esse fato chamou atenção de Elizabeth. Aconteceu na casa de Sir William Lucas, onde havia um grupo grande reunido.

— O que o sr. Darcy pretendia ao ficar ouvindo minha conversa com o coronel Forster? — perguntou ela a Charlotte.

— Essa é uma pergunta à qual apenas o sr. Darcy pode responder.

— Mas, se ele continuar, eu certamente deixarei claro que percebi o que está fazendo. O sr. Darcy tem um olhar sarcástico e, se eu própria não começar sendo insolente, em breve passarei a ter medo dele.

Quando o sr. Darcy se aproximou delas logo depois, sem parecer ter nenhuma intenção de dizer nada, a srta. Lucas desafiou a amiga a mencionar o assunto. Elizabeth, imediatamente provocada, virou-se para o sr. Darcy e disse:

— Sr. Darcy, o senhor não achou que me expressei extraordinariamente bem agora há pouco, quando estava insistindo para que o coronel Forster desse um baile para nós em Meryton?

— Com muita energia. Mas esse é um assunto que sempre torna as mulheres animadas.

— O senhor é duro conosco.

— Daqui a pouco, é com *ela* que vão insistir — disse a srta. Lucas. — Eu vou abrir o instrumento, Eliza, e você sabe o que vai acontecer a seguir.

— Você é uma espécie muito estranha de amiga! Sempre querendo que eu toque e cante na frente de todo mundo! Se minha vaidade fosse musical, você teria sido inestimável. Mas, na verdade, prefiro não tocar diante daqueles que devem ter o hábito de ouvir os melhores músicos. — Como a srta. Lucas insistiu, no entanto, Elizabeth acrescentou: — Muito bem. Se assim tem de ser, assim será. — E, olhando o sr. Darcy com uma expressão grave: — Existe um velho ditado que, é claro, todos aqui conhecem: "Em boca fechada não entra mosca". E eu agora só vou abrir a minha para cantar.

O desempenho de Elizabeth agradou, mas não foi brilhante. Depois de uma ou duas canções, e antes que ela pudesse responder aos diversos pedidos para que cantasse outra vez, foi avidamente substituída por sua irmã Mary que, por ser a única feia da família, trabalhara duro para adquirir conhecimento e prendas e estava sempre impaciente para se exibir.

Mary não tinha nem talento nem bom gosto; e, embora a vaidade a houvesse tornado aplicada, também lhe dera um ar pedante e um comportamento presunçoso que teriam causado danos mesmo a um nível maior de excelência do que aquele que ela havia alcançado. Elizabeth, sem formalidade ou afetação, fora ouvida com muito mais prazer, apesar de Mary tocar duas vezes melhor; e esta, ao final de um longo concerto, de bom grado comprou elogios e gratidão tocando cantigas escocesas e irlandesas a pedido das irmãs mais novas que, junto com alguns dos membros da família Lucas e alguns dos oficiais, se puseram alegremente a dançar em um dos cantos da sala.

O sr. Darcy estava de pé perto deles, em um silêncio indignado diante daquela maneira de passar a noite, que impedia qualquer possibilidade de conversa, e absorto demais pelos próprios pensamentos para se dar conta de que Sir William Lucas estava ao seu lado, até que este o abordou:

— Que distração encantadora para os jovens, sr. Darcy. Afinal de contas, não existe nada como a dança. Eu a considero um dos elementos mais refinados das sociedades educadas.

— Certamente, senhor. E também tem a vantagem de estar em voga nas sociedades menos educadas do mundo. Qualquer selvagem sabe dançar.

Sir William apenas sorriu.

— Seu amigo dança maravilhosamente — continuou ele depois de uma pausa, ao ver Bingley se juntar ao grupo —, e não duvido de que o senhor também seja especialista nessa ciência, sr. Darcy.

— Acredito que tenha me visto dançar em Meryton, senhor.

— De fato, e senti um prazer considerável. O senhor dança com frequência em St. James?

— Nunca, senhor.

— Não acha que seria uma maneira adequada de prestar honras ao lugar?

— É uma honra que não presto a nenhum lugar, se puder evitar.

— Imagino que o senhor tenha uma casa na cidade.

O sr. Darcy assentiu com uma mesura.

— Certa época eu também pensei em ir morar na cidade, pois gosto de conviver com gente superior. Mas não tive certeza se a atmosfera de Londres seria benéfica para Lady Lucas.

Sir William fez uma pausa, na esperança de receber uma resposta; seu interlocutor, no entanto, não estava disposto a dar nenhuma; e como, naquele instante, Elizabeth veio andando na direção de ambos, Sir William teve a ideia de fazer um gesto galante e chamou-a.

— Minha querida srta. Eliza, por que não está dançando? Sr. Darcy, permita-me apresentar-lhe esta moça como uma parceira muito desejável. Tenho certeza de que o senhor não pode se recusar a dançar com tanta beleza diante de si. — E, pegando a mão de Elizabeth, o anfitrião a teria dado ao sr. Darcy que, embora extremamente surpreso, estava disposto a aceitá-la; mas ela a recolheu no mesmo instante e disse, com alguma irritação, para Sir William:

— Eu garanto, senhor, que não tenho a menor intenção de dançar. Peço-lhe que não imagine que vim para cá com o propósito de implorar por um parceiro.

O sr. Darcy, com uma polidez grave, pediu a Elizabeth que lhe desse a honra de dançar com ele; mas foi em vão. Ela estava decidida, e Sir William não conseguiu de maneira alguma fazê-la ceder com suas tentativas de persuasão.

— A senhorita dança de forma tão excelente, srta. Eliza, que é cruel me negar a felicidade de observá-la. E, embora este cavalheiro não goste dessa distração de maneira geral, tenho certeza de que não vai se recusar a nos fazer esse favor durante meia hora.

— O sr. Darcy é extremamente bem-educado — falou Elizabeth, sorrindo.

— De fato. Mas, considerando-se o incentivo, minha cara srta. Eliza, não podemos nos admirar de sua complacência; pois quem faria objeção a tal parceira?

Elizabeth fez uma expressão atrevida e deu-lhes as costas. Sua resistência não a diminuíra aos olhos do cavalheiro, que estava pensando nela com certo prazer quando foi abordado pela srta. Bingley:

— Tenho certeza de que sei sobre o que o senhor está refletindo.

— Imagino que não.

— Está pensando em como seria insuportável passar muitas noites dessa maneira, com essa companhia. De fato, eu concordo perfeitamente. Nunca me senti tão irritada! Como essas pessoas são insípidas, porém barulhentas; insignificantes, porém soberbas! O que eu daria para ouvir suas críticas a elas!

— Sua suposição está totalmente incorreta, garanto. Minha mente estava ocupada com pensamentos mais agradáveis. Ponderava sobre o imenso prazer que é capaz de proporcionar um par de lindos olhos no rosto de uma bela mulher.

A srta. Bingley imediatamente fixou os olhos no rosto dele e pediu-lhe que lhe dissesse que dama tivera o mérito de inspirar tais reflexões. O sr. Darcy respondeu, com intrepidez:

— A srta. Elizabeth Bennet.

— A srta. Elizabeth Bennet! — repetiu a srta. Bingley. — Estou completamente atônita. Há quanto tempo o senhor tem tamanha preferência por ela? E, diga-me, quando poderei lhe desejar felicidades?

— Essa é exatamente a pergunta que eu esperava que a senhorita fosse fazer. A imaginação das mulheres é muito célere; ela salta da admiração para o amor e do amor para o matrimônio em um instante. Sabia que a senhorita ia me desejar felicidades.

— Não, se está falando sério considerarei a questão decidida. O senhor realmente terá uma sogra encantadora, e é claro que ela fará frequentes visitas a Pemberley.

O sr. Darcy ouviu a srta. Bingley com a mais perfeita indiferença enquanto ela se divertia dessa maneira e, como a tranquilidade dele a convenceu de que poderia fazê-lo sem correr nenhum risco, sua torrente de gracejos seguiu por um longo tempo.

CAPÍTULO 7

OS BENS DO SR. BENNET consistiam quase inteiramente em uma propriedade que rendia duas mil libras por ano e que, para a tristeza de suas filhas, seria herdada por um parente distante, pois ele não tivera filhos homens.[19] Já a fortuna da sra. Bennet, embora considerável para alguém de sua proveniência, não seria uma substituta adequada na falta da de seu marido. Seu pai havia sido advogado em Meryton e lhe deixara quatro mil libras.

A sra. Bennet tinha uma irmã casada com o sr. Philips, que trabalhara no escritório de advocacia do sogro e passara à posição de chefe com a morte dele, e um irmão que morava em Londres e era dono de uma respeitável casa comercial.

O vilarejo de Longbourn ficava a apenas uma milha da cidade de Meryton: uma distância muito conveniente para as jovens, que em geral se sentiam tentadas a caminhar até lá três ou quatro vezes por semana para visitar a tia e uma chapeleira que ficava no caminho. As duas irmãs mais novas, Catherine e Lydia, faziam essa gentileza com particular frequência. A mente delas era mais vazia do que a das irmãs e, quando não havia nada melhor para ocupá-las, uma caminhada até Meryton ajudava a passar as horas da manhã e fornecer assunto para a tarde; e, por menos novidades que pudesse haver na região, elas sempre conseguiam obter alguma da tia. Mas, naquele momento, estavam bem supridas tanto de novidades quanto de felicidade, devido à chegada de um regimento da milícia[20]

---

19. Na Inglaterra do início do século XIX, algumas propriedades só podiam ser deixadas para parentes homens. Certas famílias escolhiam fazer isso porque, de acordo com as leis da época, tudo que pertencia a uma mulher passava a ser de seu marido quando esta se casasse. As esposas só puderam ter bens independentes de seus maridos com a Lei da Propriedade da Mulher Casada, de 1882.

20. A palavra no contexto austeniano tem a acepção de conjunto de cidadãos armados que não fazem parte do Exército regular ou oficial. Na Inglaterra, eram formados regimentos de milícia quando o país estava em guerra e o Exército regular precisava ser deslocado para combater em solo estrangeiro. O papel da milícia era permanecer em solo inglês para defender a pátria de uma possível invasão. Quando *Orgulho e preconceito* foi publicado, a Inglaterra estava lutando nas Guerras Napoleônicas, que se estenderam de 1801 a 1815.

à vizinhança; ele iria ficar ali durante todo o inverno, e Meryton era seu quartel-general.

As visitas à sra. Philips passaram a ser a origem de informações muitíssimo interessantes. A cada dia, Catherine e Lydia descobriam mais acerca dos sobrenomes e das famílias dos oficiais. O local de seu alojamento deixou de ser segredo e, depois de algum tempo, elas foram apresentadas aos oficiais. O sr. Philips se dava com todos e isso abriu para suas sobrinhas uma fonte de alegria até então desconhecida. Elas só conseguiam falar dos oficiais; e a grande fortuna do sr. Bingley, cuja menção entusiasmava a mãe, não tinha valor nenhum a seus olhos diante do uniforme de um porta-bandeira.[21]

Certa manhã, depois de ouvir as efusões de ambas sobre o assunto, o sr. Bennet observou com frieza:

— Pelo que posso concluir ouvindo sua maneira de falar, vocês devem ser duas das meninas mais bobas do país. Eu já suspeitava disso fazia algum tempo, mas agora estou convencido.

Catherine ficou desconcertada e não respondeu; mas Lydia, com a mais perfeita indiferença, continuou a expressar sua admiração pelo capitão Carter e a esperança de vê-lo ao longo do dia, já que ele iria para Londres na manhã seguinte.

— Fico espantada, meu querido, de você achar suas próprias filhas bobas com tanta facilidade — disse a sra. Bennet. — Se eu quisesse desdenhar dos filhos de alguém, não seria dos meus.

— Se minhas filhas são bobas, espero ter ciência disso.

— Claro. Mas, por acaso, elas são todas muito espertas.

— Quero crer que esse é o único ponto no qual nós não concordamos. Minha esperança era que nossos sentimentos coincidissem em todos os detalhes, mas discordo de você a ponto de achar nossas duas filhas mais novas extraordinariamente tolas.

— Meu caro sr. Bennet, você não pode esperar que meninas tão novas tenham o mesmo bom senso dos pais. Quando elas chegarem à nossa idade, acredito que vão pensar em oficiais tanto quanto nós. Eu me lembro da época em que eu mesma gostava muito de um rapaz de casaco vermelho.[22] E, no

21. Oficial de patente mais baixa do Exército inglês.
22. Cor do uniforme dos oficiais britânicos.

fundo, ainda gosto. Se um coronel jovem e bonito com cinco ou seis mil libras por ano[23] quiser uma das minhas meninas, eu não vou lhe dizer não; e achei que o coronel Forster estava muito garboso de uniforme na outra noite na casa de Sir William.

— Mamãe! — exclamou Lydia. — Minha tia disse que o coronel Forster e o capitão Carter não vão mais à casa da srta. Watson com a mesma frequência do que quando chegaram à cidade. Hoje ela sempre os vê de pé na frente da biblioteca do Clarke.

A sra. Bennet não pôde responder devido à entrada de um copeiro com um bilhete para a srta. Bennet. Ele fora enviado de Netherfield e o criado de lá ficara esperando uma resposta. Os olhos da sra. Bennet brilharam de prazer e, enquanto a filha lia, ela ia dizendo, ansiosa:

— Bem, Jane, de quem é? Sobre o que é? O que ele escreveu? Ande, Jane, conte logo. Ande, meu amor.

— É da srta. Bingley — falou Jane, que então leu o bilhete em voz alta.

> Minha querida amiga,
> Se você não tiver compaixão e vier jantar comigo e com Louisa, nós correremos o risco de nos odiar pelo resto da vida, pois um dia inteiro de tête-à-tête entre duas mulheres jamais termina sem uma briga. Venha assim que receber isto. Meu irmão e os outros cavalheiros irão jantar com os oficiais. Da sua,
>
> Caroline Bingley

— Com os oficiais! — exclamou Lydia. — Não sei por que minha tia não nos contou *isso*.

— Vão jantar fora! Que falta de sorte! — disse a sra. Bennet.

— Posso usar a carruagem? — perguntou Jane.

— Não, minha querida, é melhor você ir a cavalo, pois parece que vai chover. Então vai ter de passar a noite lá.

— Seria um excelente plano se a senhora tivesse certeza de que elas não irão oferecer sua carruagem para trazê-la de volta — disse Elizabeth.

---

23. Esse seria um salário estupendo para um oficial britânico, o que mostra a ignorância da sra. Bennet.

— Ah! Mas os cavalheiros terão usado a caleche do sr. Bingley para ir a Meryton, e os Hurst não têm cavalos para puxar a deles.

— Eu prefiro ir no nosso coche.

— Mas, minha querida, tenho certeza de que seu pai não pode abrir mão dos cavalos. Eles precisam ser usados na fazenda, não é, sr. Bennet?

— Eles precisam ser usados na fazenda com muito mais frequência do que consigo ficar com eles.

— Mas se o senhor os estiver usando hoje, o objetivo da mamãe terá sido alcançado — disse Elizabeth.

Ela, afinal, extraiu do pai uma declaração de que os cavalos estavam ocupados. Assim, Jane foi obrigada a ir cavalgando e sua mãe a levou à porta, prevendo alegremente que o tempo ia fechar. Suas esperanças não foram vãs: Jane saíra há pouco quando começou a chover forte. As irmãs se preocuparam, mas a mãe ficou deliciada. A chuva continuou a tarde toda, sem parar; Jane, sem dúvida, não iria poder voltar para casa.

— Essa foi mesmo uma ótima ideia minha! — disse a sra. Bennet mais de uma vez, como se o mérito de fazer chover fosse todo dela. Até a manhã seguinte, no entanto, não se deu conta do quanto seu plano fora venturoso. A família mal acabara de tomar o café da manhã quando um criado de Netherfield trouxe o seguinte bilhete para Elizabeth:

> Minha querida Lizzy,
> Não estou me sentindo nada bem esta manhã; algo que, suponho, pode ser imputado ao fato de que fiquei encharcada até os ossos ontem. Minhas boas amigas não querem nem me ouvir falar em voltar para casa até estar melhor. Elas também insistem que eu me consulte com o sr. Jones. Por isso, não fique alarmada se souber que ele veio aqui me examinar. Estou apenas com a garganta inflamada e dor de cabeça — nada grave. Da sua,
>
> Jane

— Bem, minha querida — falou o sr. Bennet, depois que Elizabeth leu o bilhete em voz alta —, se sua filha tiver uma doença grave, se ela morrer, será um consolo saber que foi tudo em nome do sr. Bingley e seguindo ordens suas.

— Ah! Eu não tenho o menor medo de ela morrer. As pessoas não morrem por causa de resfriadinhos bobos. Ela vai ser muito bem cuidada. Enquanto ficar lá, estará tudo ótimo. Eu iria vê-la, se pudesse usar a carruagem.

Elizabeth, realmente preocupada, estava decidida a ir cuidar de Jane, embora a carruagem estivesse indisponível; e, como não cavalgava, caminhar era sua única alternativa. Ela declarou sua intenção.

— Como você pode pensar nessa tolice com toda essa lama! — exclamou a mãe. — Não vai estar em condições de ver ninguém quando chegar lá.

— Estarei em condições de ver Jane, que é tudo o que eu quero.

— Isso é uma insinuação para eu mandar trazerem os cavalos, Lizzy? — perguntou o pai.

— Não é, garanto. Não quero evitar a caminhada. A distância não é nada quando se tem um objetivo: apenas três milhas. Eu voltarei para o jantar.

— Admiro o dinamismo da sua benevolência — observou Mary —, mas cada impulso emotivo deve ser guiado pela razão e, na minha opinião, o esforço sempre deve ser proporcional ao necessário.

— Nós vamos até Meryton com você — falaram Catherine e Lydia. Elizabeth aceitou sua companhia e as três moças saíram juntas.

— Se nos apressarmos — disse Lydia, quando estavam caminhando — talvez seja possível ver o capitão Carter antes de ele ir.

Em Meryton, elas se separaram. As duas mais novas se dirigiram para a residência da esposa de um dos oficiais e Elizabeth continuou sua caminhada sozinha, atravessando campo após campo a passos rápidos, pulando cercas e saltando poças com energia e impaciência e, afinal, avistando a casa, com tornozelos doloridos, meias sujas e o rosto brilhando com o calor do exercício.

Ela foi levada para a sala de café da manhã, na qual todos, menos Jane, estavam reunidos, e sua aparência causou muita surpresa.[24] Que tivesse percorrido três milhas tão cedo, com tanta lama, e sozinha, foi quase inacreditável para a sra. Hurst e para a srta. Bingley e, Elizabeth teve certeza, motivo de desprezo para ambas. Elas, no entanto, a receberam com muita educação; e, nos modos de seu irmão, Elizabeth discerniu algo melhor: bom humor e bondade. O sr. Darcy falou pouco e o sr. Hurst não disse absolutamente nada. O primeiro estava dividido entre admirar o brilho que o exercício dera à pele dela e duvidar se a ocasião justificava que tivesse caminhado tanto sozinha. O segundo pensava apenas em seu café.

---

24. Os Bennet tomam café da manhã muito mais cedo que os habitantes de Netherfield, o que indica que estes últimos são mais acostumados aos hábitos das cidades grandes.

As perguntas que Elizabeth fez sobre a irmã não receberam respostas muito favoráveis. A srta. Bennet tinha dormido mal e, embora houvesse se levantado, estava muito febril e não se encontrava bem o suficiente para deixar o quarto. Elizabeth, de bom grado, foi levada até sua presença no mesmo instante; e Jane, que só deixara de expressar em seu bilhete o quanto ansiava por essa visita por medo de causar receio ou inconveniência, ficou deliciada ao vê-la entrar. Ela, no entanto, não estava em condições de conversar muito e, quando a srta. Bingley deixou-as a sós, apenas expressou sua gratidão pela gentileza extraordinária com a qual estava sendo tratada. Elizabeth cuidou de Jane em silêncio.

Depois do café da manhã, a sra. Hurst e a srta. Bingley foram encontrá-las; e Elizabeth começou a gostar delas também quando viu como eram carinhosas e atenciosas com Jane. O boticário veio e, depois de examinar a paciente, disse, como era de se esperar, que ela pegara um resfriado forte e que precisavam combatê-lo, aconselhando-a a voltar para a cama e prometendo enviar alguns xaropes. O conselho foi seguido prontamente, pois a febre de Jane aumentou e ela passou a ter uma dor de cabeça aguda. Elizabeth não deixou seu quarto um só instante e as outras senhoras também não se ausentaram por muito tempo: como os cavalheiros tinham saído, elas, na realidade, não tinham nada para fazer em nenhum outro lugar.

Quando deu três horas, Elizabeth sentiu que precisava voltar e declarou isso, embora sem nenhuma vontade de fazê-lo. A srta. Bingley ofereceu a carruagem e ela pretendia aceitá-la com apenas um pouco de insistência. Mas Jane expressou tamanho receio com sua partida que a srta. Bingley foi obrigada a transformar a oferta da carruagem em um convite para permanecer em Netherfield. Elizabeth aceitou, muito agradecida, e um criado foi enviado a Longbourn para avisar à família e trazer algumas roupas.

CAPÍTULO 8

Às CINCO HORAS, as duas senhoras se retiraram para se vestir e, às seis e meia, Elizabeth foi chamada para o jantar. Às perguntas educadas feitas por todos, entre as quais ela teve o prazer de distinguir a preocupação muito superior do sr. Bingley, Elizabeth não pôde responder de forma muito favorável. Jane não estava nem um pouco melhor. As irmãs de Bingley, ao ouvir isso, repetiram três ou quatro vezes o quanto lamentavam, como era aterrador ter um resfriado forte e como elas próprias detestavam ficar doentes. Depois não pensaram mais no assunto, e sua indiferença a Jane quando ela não estava à sua frente fez com que Elizabeth pudesse voltar a desfrutar de toda a sua antipatia inicial.

Na verdade, o sr. Bingley era o único do grupo que Elizabeth conseguia ver com bons olhos. Sua preocupação com Jane era evidente e suas atenções com a própria Elizabeth eram muito agradáveis, impedindo-a de se sentir a intrusa que acreditava ser considerada pelos outros. Quase mais ninguém prestou muita atenção nela. A srta. Bingley estava absorta pelo sr. Darcy e sua irmã também, quase tanto quanto. Já o sr. Hurst, ao lado de quem Elizabeth estava sentada, era um homem indolente, que vivia apenas para comer, beber e jogar cartas e que, ao saber que ela preferia um prato simples a um ragu,[25] não teve mais nada a dizer-lhe.

Após o jantar, Elizabeth voltou imediatamente para o quarto de Jane, e a srta. Bingley começou a ofendê-la assim que ela saiu do cômodo. Declarou que Elizabeth tinha péssimos modos — uma mistura de orgulho e impertinência —, que não sabia conversar e que não contava com estilo, bom gosto ou beleza. A sra. Hurst concordou e acrescentou:

25. O ragu é um prato de origem francesa e considerado refinado para a época. Durante o século XVIII, a culinária francesa foi ganhando popularidade na Inglaterra, o que levou alguns intelectuais a lamentarem o abandono dos pratos tipicamente ingleses, que em geral eram menos elaborados. Lembramos que *Orgulho e preconceito* se passa durante as Guerras Napoleônicas e que, portanto, a Inglaterra estava em conflito com a França.

— Em resumo, sua única qualidade é ser uma excelente andarilha. Eu jamais me esquecerei da aparência dela esta manhã. Realmente, ela quase parecia uma selvagem.

— Parecia mesmo, Louisa. Eu mal consegui disfarçar meu espanto. Que coisa sem sentido vir até aqui! Ficar vagando por aí só porque a irmã está resfriada? Com os cabelos tão mal presos, todos desgrenhados!

— Sim, e a anágua: espero que tenha visto a anágua, que estava com seis polegadas de lama, tenho a mais absoluta certeza; ela deixou o vestido solto para tentar esconder, mas não adiantou.

— Talvez você esteja descrevendo a cena com exatidão, Louisa — disse Bingley —, mas eu não reparei em nada disso. Achei que a srta. Elizabeth Bennet tinha a aparência extraordinariamente boa quando entrou aqui esta manhã. A anágua suja me escapou por completo.

— Tenho certeza de que *o senhor* notou, sr. Darcy — disse a srta. Bingley —, e acredito que não gostaria que *sua irmã* se exibisse dessa forma.

— De maneira alguma.

— Andar três, quatro, cinco milhas, ou sejam lá quantas forem, com lama até os tornozelos, e sozinha, completamente sozinha! Qual pode ter sido a intenção dela? Para mim, isso mostra uma presunção de independência que é abominável, uma indiferença ao decoro típica do interior.

— Mostra uma afeição pela irmã que é muito simpática — disse Bingley.

— Temo, sr. Darcy — provocou a srta. Bingley, em um meio sussurro —, que essa aventura tenha afetado bastante sua admiração pelos lindos olhos dela.

— Nem um pouco. Eles ganharam brilho com o exercício — respondeu ele.

Uma breve pausa seguiu-se, e então a sra. Hurst voltou a falar.

— Tenho um enorme carinho por Jane Bennet, ela mesmo é uma moça adorável, e eu gostaria de todo coração que estivesse bem casada. Mas com aquele pai, aquela mãe e parentes em posição tão baixa, temo que não haja nenhuma chance de isso acontecer.

— Pensei ter ouvido você dizer que o tio delas é advogado em Meryton.

— Sim. E elas têm outro que mora em algum lugar perto de Cheapside.[26]

— Que maravilha — falou a srta. Bingley, e as duas irmãs deram uma gargalhada.

---

26. Rua de Londres repleta de mercados e associada à atividade comercial, cujo status social era mais baixo.

— Se elas tivessem tios o bastante para encher *toda* a Cheapside, mesmo assim não seriam nem um pouco menos agradáveis! — exclamou Bingley.

— Mas isso deve diminuir consideravelmente quaisquer chances de se casar com homens de alguma importância — disse Darcy.

Bingley não respondeu nada; mas suas irmãs concordaram de forma enfática e caçoaram durante algum tempo dos parentes vulgares de sua querida amiga.

Com renovada ternura, no entanto, foram até o quarto dela ao deixar a sala de jantar e ficaram em sua companhia até serem chamadas para tomar café. Jane ainda estava bastante mal e Elizabeth recusou-se a deixá-la até bem mais tarde, quando se tranquilizou ao vê-la dormir e lhe pareceu que o mais correto, ainda que não o mais prazeroso, seria ela própria descer. Ao entrar na sala de estar, encontrou todos da casa jogando *loo*[27] e imediatamente foi convidada a juntar-se a eles. Mas, suspeitando que estivessem apostando altas somas, recusou e, usando a irmã como desculpa, disse que iria se distrair com um livro durante o breve tempo que podia passar ali embaixo. O sr. Hurst olhou-a com perplexidade.

— A senhorita prefere ler a jogar cartas? — perguntou. — Que peculiar.

— A srta. Elizabeth Bennet despreza as cartas — disse a srta. Bingley. — É uma grande leitora e não sente prazer em nenhuma outra coisa.

— Eu não mereço nem esse elogio nem essa censura — exclamou Elizabeth. — *Não* sou uma grande leitora e sinto prazer com diversas coisas.

— Em cuidar da sua irmã tenho certeza de que sente prazer — disse Bingley —, e espero que logo tenha o prazer ainda maior de vê-la curada.

Elizabeth agradeceu de coração e se dirigiu a uma mesa, na qual havia alguns livros dispostos. Bingley imediatamente se ofereceu para mandar pegar outros: todos que houvesse em sua biblioteca.

— E gostaria que a coleção fosse maior para seu benefício e meu mérito. Mas sou um sujeito preguiçoso e, embora não tenha muitos livros, tenho mais do que jamais li.

Elizabeth assegurou-lhe de que aqueles que estavam na sala serviriam perfeitamente.

— Eu fico perplexa por meu pai ter deixado uma coleção de livros tão pequena — disse a srta. Bingley. — Que biblioteca maravilhosa o senhor tem em Pemberley, sr. Darcy!

27. Outro jogo de cartas que pode ser considerado um ancestral do pôquer.

— Ela tem obrigação de ser boa — respondeu ele —, pois foi obra de muitas gerações.

— E o senhor acrescentou tanto a ela. Vive comprando livros.

— Não posso compreender a negligência com uma biblioteca particular nos dias de hoje.

— Negligência! Tenho certeza de que o senhor não deixa de fazer nada que acrescente beleza àquele nobre lugar. Charles, quando você construir *sua* casa, espero que ela proporcione metade do deleite de Pemberley.

— Eu também espero.

— Mas realmente aconselho que você compre uma propriedade naquela região e use Pemberley como uma espécie de modelo. Não existe na Inglaterra nenhum condado mais belo do que Derbyshire.

— Farei isso de bom grado. Comprarei a própria Pemberley se Darcy quiser vender.

— Estou falando de coisas possíveis, Charles.

— Palavra de honra, Caroline, que acho mais possível obter Pemberley comprando-a do que a imitando.

Elizabeth ficou tão interessada na conversa que prestou pouquíssima atenção em seu livro. Logo deixando-o de lado, aproximou-se da mesa de cartas e se sentou entre o sr. Bingley e a irmã mais velha para observar o jogo.

— A srta. Darcy cresceu muito desde a primavera? — perguntou a srta. Bingley. — Vai ser tão alta quanto eu?

— Acho que sim. Agora está mais ou menos da altura da srta. Elizabeth Bennet, ou um pouco mais alta.

— Como eu desejo vê-la de novo! Nunca conheci ninguém com quem tenha ficado mais deliciada. Que feições, que modos! E tão extremamente prendada para a idade! É magnífica a maneira como toca piano.

— Espanta-me como as moças têm paciência para serem tão prendadas, como todas elas são — disse Bingley.

— Todas as moças são prendadas! Meu querido Charles, o que quer dizer com isso?

— Sim, acho que são. Todas pintam mesas, decoram biombos e tecem bolsas. Eu não conheço praticamente nenhuma que não consiga fazer tudo isso, e tenho certeza de que nunca ouvi uma moça ser mencionada pela primeira vez sem ser informado de que é muito prendada.

— Sua lista das habilidades mais comuns é muito verdadeira — disse Darcy. — A palavra prendada é usada para muitas mulheres que sabem apenas tecer uma bolsa ou decorar um biombo. Mas eu discordo bastante da sua avaliação das senhoras de maneira geral. Entre todas as minhas conhecidas, não posso me gabar de haver mais de meia dúzia de mulheres realmente prendadas.

— Eu também não, sem dúvida — concordou a srta. Bingley.

— Ou seja, a lista de habilidades de uma mulher prendada, para o senhor, deve ser muito extensa — observou Elizabeth.

— Sim. De fato, é.

— Ah! — exclamou a fiel assistente. — Decerto ninguém pode ser considerada verdadeiramente prendada se não ultrapassar muito o que se vê por aí. Uma mulher deve ter um profundo conhecimento de música, canto, desenho, dança e das línguas modernas para merecer o adjetivo. E, além de tudo isso, deve possuir algo na sua postura e no seu modo de andar, no tom da sua voz, na sua maneira de falar e nas suas expressões, ou o epíteto será apenas parcialmente merecido.

— Tudo isso ela deve possuir — disse Darcy. — E, a tudo isso, deverá acrescentar ainda algo mais substancial e aprimorar sua mente através da leitura de numerosos livros.

— Não estou mais surpresa de o senhor conhecer *apenas* seis mulheres prendadas. Agora estou espantada de conhecer *uma*.

— A senhorita é tão exigente com seu sexo a ponto de duvidar que tudo isso é possível?

— *Eu* nunca vi tal mulher. Nunca vi toda a habilidade, bom gosto, aplicação e elegância que o senhor descreve unidos em uma só pessoa.

A sra. Hurst e a srta. Bingley protestaram ambas contra a injustiça da dúvida insinuada por Elizabeth e estavam as duas garantindo que conheciam muitas mulheres que se encaixavam naquela descrição quando o sr. Hurst chamou-as à ordem, reclamando azedamente de sua desatenção com o jogo. A conversa terminou aí e Elizabeth, pouco depois, deixou o cômodo.

— Elizabeth Bennet — disse a srta. Bingley quando a porta foi fechada — é uma dessas moças que tentam se tornar mais desejáveis aos olhos do sexo oposto desmerecendo o seu próprio, e imagino que isso funcione com muitos homens. Mas, na minha opinião, é um expediente muito torpe, um ardil indigno.

— Sem dúvida — respondeu Darcy, o principal objeto da declaração anterior — há algo de indigno em todos os ardis aos quais as senhoras às vezes se rebaixam para cativar os homens. Tudo que se aproxima da impostura é desprezível.

A srta. Bingley não ficou tão satisfeita com essa réplica a ponto de continuar o assunto.

Elizabeth juntou-se a eles de novo apenas para dizer que sua irmã estava pior e que não iria poder deixá-la. Bingley insistiu para que eles mandassem buscar o sr. Jones imediatamente, enquanto suas irmãs, convencidas de que nenhum conselho de um boticário do interior pudesse adiantar de nada, recomendaram o envio de um mensageiro expresso à cidade para trazer um dos mais eminentes médicos de lá. A isso Elizabeth recusou-se, mas estava disposta a aceitar a proposta do irmão delas. Assim, ficou decidido que iriam mandar buscar o sr. Jones de manhã cedo se a srta. Bennet não estivesse visivelmente melhor. Bingley ficou bastante receoso e suas irmãs afirmaram que estavam arrasadas. Elas, no entanto, se consolaram de sua desdita cantando duetos depois da ceia, enquanto ele não conseguiu pensar em maneira melhor de aliviar seus sentimentos do que dando ordens à governanta para que todas as atenções possíveis fossem prestadas à doente e sua irmã.

CAPÍTULO 9

Elizabeth passou a maior parte da noite no quarto de Jane e, pela manhã, teve o prazer de enviar uma resposta razoavelmente positiva às perguntas acerca do estado dela que recebeu bem cedo do sr. Bingley através de uma das criadas da casa, e algum tempo depois das duas senhoras elegantes que eram as criadas pessoais das irmãs. Apesar dessa melhora, no entanto, pediu que enviassem um bilhete seu a Longbourn, requisitando que a mãe viesse ver Jane e formasse sua própria opinião. O bilhete foi enviado imediatamente e o chamado de Elizabeth atendido com igual prontidão. A sra. Bennet, acompanhada pelas duas filhas mais novas, chegou a Netherfield logo depois do café da manhã.

Se houvesse encontrado Jane em algum perigo aparente, a sra. Bennet teria ficado muito infeliz. Mas, depois de ter certeza de que sua doença não era alarmante, não desejou que ela se recuperasse de imediato, pois, quando recobrasse a saúde, era provável que deixassse Netherfield. Portanto, recusou-se a dar ouvidos ao pedido da filha, que queria ser levada para casa; o boticário, que chegou mais ou menos na mesma hora, também não considerou isso nada aconselhável. Depois de ficarem algum tempo com Jane e, diante de um convite feito em pessoa pela srta. Bingley, a mãe e as três filhas foram para a sala de café da manhã. Bingley recebeu-as expressando sua esperança de que a sra. Bennet não houvesse encontrado Jane em um estado pior do que o previsto.

— Encontrei, sim — respondeu ela. — Jane está doente demais para ser levada daqui. O sr. Jones disse que não devemos pensar em levá-la. Precisaremos abusar um pouco mais da sua hospitalidade.

— Levada daqui! — exclamou Bingley. — Não podemos nem pensar nisso. Minha irmã vai se recusar a permitir, sem dúvida.

— A senhora pode ter certeza — disse a srta. Bingley, com fria polidez — de que a srta. Bennet receberá toda a atenção possível enquanto permanecer conosco.

A sra. Bennet agradeceu profusamente.

— Ah! Se não fosse por amigos tão bons não sei o que ia ser de Jane, pois ela está muito doente e sofrendo demais, embora com a maior paciência do mundo, aliás como sempre, pois tem, sem nenhuma exceção, o melhor temperamento que eu já vi na vida. Sempre digo para as minhas outras meninas que elas não são nada comparadas a Jane. Esta sala é muito bonita, sr. Bingley, com uma vista tão boa daquela aleia de cascalho. Não conheço nenhum lugar na região que seja igual a Netherfield. Espero que o senhor não esteja pensando em deixar a casa às pressas, embora tenha alugado por um período curto.

— Tudo o que eu faço é às pressas — respondeu Bingley. — Portanto, se resolvesse deixar Netherfield, provavelmente partiria em cinco minutos. Mas, no momento, considero minha residência aqui fixa.

— Isso é justo o que eu teria imaginado que o senhor faria — disse Elizabeth.

— Quer dizer que a senhorita está começando a me compreender? — perguntou ele, voltando-se para ela.

— Ah, sim! Já o conheço perfeitamente.

— Gostaria de considerar isso um elogio, mas temo que me mostrar tão transparente seja lamentável.

— As coisas são como são. Mas não precisamos concluir que uma personalidade profunda e intrincada seja mais ou menos cativante do que uma como a sua.

— Lizzy! — exclamou a mãe. — Lembre-se de onde está e não saia falando qualquer maluquice como a deixam fazer em casa.

— Eu não sabia — continuou Bingley, no mesmo instante — que a senhorita estudava personalidades. Deve ser um passatempo bastante divertido.

— Sim. Mas as personalidades intrincadas são as mais divertidas. Essa vantagem, ao menos, elas têm.

— O interior, em geral, não deve oferecer muitos objetos para tal estudo — comentou Darcy. — Em uma cidade pequena, a sociedade é muito limitada e sem variações.

— Mas as pessoas mudam tanto que sempre há algo novo a ser observado nelas.

— É mesmo! — exclamou a sra. Bennet, ofendida pela maneira como ele falara das cidades do interior. — Garanto que *disso* há tanto no interior quanto nas cidades grandes.

Todos ficaram surpresos e Darcy, depois de fitá-la por um instante, deu-lhe as costas sem dizer nada. A sra. Bennet, que imaginou tê-lo derrotado por completo, continuou com seu triunfo.

— Eu, da minha parte, não vejo que grande vantagem Londres tem em relação ao interior, com exceção das lojas e dos locais públicos. O interior é muito mais agradável, não é, sr. Bingley?

— Quando estou no interior — respondeu ele — nunca quero ir embora. E, quando estou na cidade, acontece mais ou menos a mesma coisa. Cada um tem suas vantagens, e eu consigo ser igualmente feliz em ambos.

— Sim, porque tem o temperamento certo. Mas aquele senhor — falou a sra. Bennet, olhando para Darcy — pareceu achar que o interior não é nada.

— Não, mamãe, a senhora está enganada — disse Elizabeth, corando com o comportamento da mãe. — Não entendeu o sr. Darcy. Ele quis dizer apenas que no interior não há tanta variedade de pessoas como na cidade, e isso a senhora precisa admitir que é verdade.

— Certamente, meu bem, ninguém disse que havia. Mas quanto a não haver muita gente nesta vizinhança, eu acredito que poucas sejam maiores. Sei que nós nos relacionamos com vinte e quatro famílias.[28]

Nada além de sua preocupação com Elizabeth teria permitido a Bingley se manter impassível. Sua irmã foi menos delicada e olhou para o sr. Darcy com um sorriso um tanto expressivo. Elizabeth, em busca de um assunto que levasse a mãe a pensar em outra coisa, perguntou-lhe se Charlotte Lucas estivera em Longbourn durante sua ausência.

— Sim, ela foi nos visitar ontem com o pai. Que homem agradável é Sir William, sr. Bingley. Não é? Tão elegante! Tão gentil, tão desembaraçado! Sempre tem algo a dizer a todo mundo. Para mim, *isso* é que é boa educação. E essas pessoas que se acham muito importantes e nunca abrem a boca se enganam totalmente.

— Charlotte jantou com vocês?

— Não, ela insistiu em voltar para casa. Acho que precisava cuidar das tortas de carne. Já *eu*, sr. Bingley, só tenho empregados que sabem fazer o próprio trabalho sozinhos. *Minhas* filhas são criadas de outro jeito. Mas cada um sabe de si e as irmãs Lucas são muito boazinhas, pode ter certeza. É uma pena que não sejam bonitas! Não que eu ache Charlotte tão feia *assim*. Ela é muito amiga da nossa família.

— Parece ser uma moça muito simpática — disse Bingley.

---

28. Achar que isso é muita gente mostra o provincialismo da sra. Bennet.

— Ah, é sim. Mas o senhor precisa admitir que é um bocado feia. A própria Lady Lucas já falou isso muitas vezes e comentou que sente inveja da beleza de Jane. Não gosto de me gabar da minha própria filha, mas claro que Jane… raramente se vê moça mais bonita. É o que todo mundo diz. Eu não confio na minha própria parcialidade. Quando Jane tinha apenas quinze anos havia um cavalheiro que frequentava a casa do meu irmão, o sr. Gardiner, na cidade tão apaixonado por ela que minha cunhada tinha certeza de que ele ia fazer um pedido de casamento antes de irmos embora. Mas não fez. Talvez tenha achado que Jane era nova demais. No entanto, escreveu alguns versos sobre ela, e eram versos muito bonitos.

— E assim acabaram-se os sentimentos dele — declarou Elizabeth, impaciente. — Imagino que tenha havido muitos outros que foram superados da mesma maneira. Gostaria de saber quem descobriu a eficiência da poesia para afugentar o amor!

— Eu fui acostumado a considerar a poesia como o *alimento* do amor — disse Darcy.

— Talvez de um amor belo, robusto e saudável. Tudo nutre o que já é forte. Mas se for uma preferência leve e tênue, estou convencida de que um bom soneto a mata de fome.

Darcy apenas sorriu, e seguiu-se uma pausa na conversa que fez Elizabeth estremecer de medo de sua mãe começar a se expor novamente. Ela queria muito falar, mas não conseguiu pensar em nada para dizer; e, depois de um breve silêncio, a sra. Bennet começou a repetir seus agradecimentos ao sr. Bingley por sua gentileza com Jane, desculpando-se por também incomodá-lo com a presença de Lizzy. O sr. Bingley foi genuinamente cortês em sua resposta e forçou a irmã a ser cortês também e dizer o que a ocasião exigia. Ela, na verdade, desempenhou seu papel por obrigação, mas a sra. Bennet ficou satisfeita e, pouco tempo depois, mandou chamar sua carruagem. A esse sinal, a mais nova de suas filhas deu um passo à frente. As duas meninas tinham passado a visita toda sussurrando uma com a outra e o resultado foi que a mais nova se comprometeu a cobrar do sr. Bingley a promessa de dar um baile em Netherfield que ele fizera ao chegar.

Lydia era uma menina atrevida e robusta de quinze anos, com uma pele bonita e um ar bem-humorado. Era a preferida da mãe e, devido à afeição dela, debutara ainda bem jovem. Era ávida e entusiasmada e tinha uma autoconfiança natural que se transformara em segurança com as atenções dos oficiais, que gostavam dela devido aos bons jantares de seu tio e a seu próprio temperamento expansivo. Portanto, não teve nenhum receio de abordar o sr. Bingley para falar do baile, lembrando-o abruptamente de sua promessa e acrescentando que seria vergonhoso se ele não a cumprisse. A resposta dele a esse ataque súbito foi deliciosa para os ouvidos da sra. Bennet:

— Garanto-lhe que estou plenamente disposto a manter minha palavra; e, quando sua irmã estiver recuperada, a senhorita, por favor, marque para mim a data do baile. Tenho certeza de que não vai querer dançar enquanto ela estiver doente.

Lydia declarou-se satisfeita:

— Ah, sim! Seria muito melhor esperar até Jane estar boa e, a essa altura, o capitão Carter provavelmente estará de volta a Meryton. E, quando o senhor tiver dado *seu* baile, eu insistirei para eles darem um também. Direi ao coronel Forster que será uma vergonha se ele não fizer isso.

A sra. Bennet e as filhas então partiram e Elizabeth voltou imediatamente para o quarto de Jane, deixando que seu comportamento e o de suas parentas fossem discutidos pelas duas senhoras e pelo sr. Darcy. Este, no entanto, não foi convencido a unir-se às outras nas censuras a Elizabeth, apesar de todos os gracejos que a srta. Bingley fez sobre *lindos olhos*.

CAPÍTULO 10

O DIA TRANSCORREU DE FORMA muito parecida com o anterior. A sra. Hurst e a srta. Bingley tinham passado algumas horas da manhã com a enferma, que continuou a melhorar, embora lentamente; e, à noite, Elizabeth foi ter com os outros na sala de estar. A mesa de *loo*, no entanto, não apareceu. O sr. Darcy estava escrevendo e a srta. Bingley, sentada ao seu lado, observava o progresso de sua carta distraindo-o repetidas vezes com recados para sua irmã. O sr. Hurst e o sr. Bingley estavam jogando *piquet*,[29] e a sra. Hurst acompanhava o jogo.

Elizabeth pegou uma costura para fazer e distraiu-se o suficiente prestando atenção na conversa de Darcy e sua interlocutora. Os louvores intermináveis da jovem à sua letra, à retidão das linhas que traçava ou à extensão da carta, somada à perfeita indiferença com a qual os elogios eram recebidos, formavam um curioso diálogo e se encaixavam perfeitamente na opinião que Elizabeth tinha de cada um.

— Como a srta. Darcy vai ficar encantada ao receber essa carta!

Ele não respondeu.

— O senhor escreve extraordinariamente rápido.

— A senhorita está enganada. Eu escrevo bem devagar.

— Quantas cartas deve ter de escrever ao longo de um ano! E para resolver questões de trabalho também! Como eu as acharia odiosas!

— É uma sorte, portanto, que elas sejam parte do meu trabalho e não do seu.

— Por favor, diga à sua irmã como eu desejo vê-la.

— Já escrevi isso uma vez, a pedido seu.

— Acho que sua pena não está boa. Deixe-me afiar a ponta para o senhor. Eu afio pontas extremamente bem.

— Obrigado, mas sempre as afio eu mesmo.

— Como o senhor consegue escrever em linhas tão retas?

---

29. Jogo de cartas para duas pessoas.

Ele ficou em silêncio.

— Diga à sua irmã que estou encantada de saber que ela está mais hábil na harpa, e por favor conte-lhe que estou em êxtase com seu lindo projetinho de mesa[30] e que o acho infinitamente superior ao da srta. Grantley.

— A senhorita me permite adiar o relato do seu êxtase até eu voltar a escrever para ela? No momento, não tenho espaço para fazer-lhe justiça.

— Ah! Não tem importância. Eu irei vê-la em janeiro. Mas o senhor sempre escreve cartas tão longas e encantadoras para ela, sr. Darcy?

— Em geral, são longas; mas, se sempre são encantadoras, não cabe a mim decidir.

— Considero uma regra que se uma pessoa consegue escrever uma carta longa com facilidade sempre escreve bem.

— Esse elogio não é adequado para Darcy, Caroline! — exclamou Bingley. — Ele *não* escreve com facilidade. Pensa demais para escolher palavras de quatro sílabas. Não é, Darcy?

— Meu estilo de escrever é bem diferente do seu.

— Ah! — exclamou a srta. Bingley. — Charles escreve da maneira mais descuidada possível. Esquece metade das palavras e mancha o resto.

— Minhas ideias fluem tão depressa que eu não tenho tempo de expressá-las. Por isso, minhas cartas não comunicam nada aos meus correspondentes.

— Sua humildade deve mitigar as reprimendas, sr. Bingley — disse Elizabeth.

— Nada é mais enganoso do que a aparência de humildade — afirmou Darcy. — Com frequência é uma opinião formada com descuido e, às vezes, uma maneira indireta de se vangloriar.

— E qual das duas coisas você acha que foi esse *meu* exemplo recente de modéstia?

— Uma maneira indireta de se vangloriar. Você, na verdade, tem orgulho dos seus defeitos ao escrever, pois acredita que advenham de uma rapidez de pensamento e de um descuido na execução que, se não forem cativantes, são ao menos dignos de interesse. O poder de fazer qualquer coisa depressa é sempre considerado muito valioso por quem o possui, muitas vezes sem nenhuma

---

30. A srta. Darcy desenhou uma mesa que vai mandar um marceneiro fazer, algo comum na época.

atenção à imperfeição do desempenho. Quando você disse à sra. Bennet esta manhã que, se resolvesse deixar Netherfield, o faria em cinco minutos, sua intenção era fazer uma espécie de panegírico, de louvor a si mesmo. No entanto, o que há de tão louvável em uma precipitação que sem dúvida deixará questões importantes não resolvidas e que não poderá trazer nenhuma vantagem nem para você nem para mais ninguém?

— Ah, não! — exclamou Bingley. — Isso é demais, lembrar à noite de todas as tolices que foram ditas de manhã. No entanto, palavra de honra que acreditei que o que estava dizendo sobre mim era verdade, e continuo acreditando. Pelo menos, não me vangloriei de uma precipitação desnecessária apenas para me exibir diante das senhoras.

— Imagino que tenha acreditado, mas não estou nem um pouco convencido de que partiria com tanta rapidez. Sua conduta dependeria tanto do acaso quanto a conduta de qualquer outro homem que conheço. E se, quando estivesse montando seu cavalo, um amigo dissesse "Bingley, é melhor você ficar até a semana que vem", provavelmente obedeceria e não iria. E, se ele insistisse, poderia ficar mais um mês.

— Com isso, o senhor só provou que o sr. Bingley não fez justiça ao próprio temperamento! — exclamou Elizabeth. — Agora louvou-o muito mais do que ele próprio o fez.

— Estou profundamente grato pela senhorita ter transformado o que meu amigo disse em um elogio à doçura do meu temperamento — disse Bingley. — Mas temo que sua interpretação esteja muito distante daquilo que aquele senhor pretendeu expressar, pois ele decerto teria uma opinião melhor de mim se, na mesma circunstância, eu me recusasse peremptoriamente e saísse cavalgando o mais depressa possível.

— Quer dizer que o sr. Darcy consideraria abrandado o fato de sua intenção inicial ter sido impensada pela sua obstinação em mantê-la?

— Palavra de honra, não consigo explicar direito. Darcy terá de fazer isso ele próprio.

— A senhorita espera que eu explique opiniões que escolhe chamar de minhas, mas que eu jamais admiti. No entanto, se o caso ocorresse da maneira como está imaginando, srta. Bennet, precisa se lembrar de que o amigo que pediu que Bingley voltasse para Netherfield e adiasse seus planos apenas pediu, sem oferecer nenhum argumento defendendo essa opção como sendo a correta.

— Ceder de pronto, e facilmente, à *persuasão* de um amigo não é nenhum mérito para o senhor.

— Ceder sem convicção não é um elogio à inteligência nem de um nem do outro.

— O senhor não parece levar em consideração a influência da amizade e da afeição. Uma amizade por quem faz o pedido, com frequência, leva alguém a realizá-lo prontamente, sem esperar por argumentos que apelem à razão. Não estou falando particularmente de um caso como esse que o senhor supôs para o sr. Bingley. De qualquer maneira, talvez seja melhor esperarmos que a circunstância ocorra para discutirmos a prudência do comportamento dele. Mas, em casos gerais e comuns, entre dois amigos, quando um deseja que o outro mude uma decisão pouco momentosa, o senhor criticaria uma pessoa por acatar esse desejo sem precisar ser convencida racionalmente?

— Não seria aconselhável, antes de seguirmos com esse assunto, decidir com mais precisão o nível de importância concernente ao assunto, assim como o nível de intimidade existente entre as partes?

— Claro! — exclamou Bingley. — Vamos ouvir todos os detalhes, sem esquecer a altura e o tamanho comparativo deles; pois isso terá mais peso do que a senhorita talvez imagine. Garanto-lhe que se Darcy não fosse tão alto em comparação a mim eu não teria nem metade da deferência para com ele. Não conheço ninguém mais assustador do que Darcy em certas ocasiões e em certos lugares; sobretudo na casa dele, e em uma noite de domingo, quando está sem nada para fazer.

O sr. Darcy sorriu, mas Elizabeth achou que ele tinha ficado bastante ofendido e, por isso, segurou o riso. A srta. Bingley se ressentiu furiosamente da indignidade a que ele fora exposto, ralhando com o irmão por falar tantas bobagens.

— Estou vendo o que você pretende, Bingley — disse o amigo. — Não gosta dos debates e quer pôr um ponto final neste.

— Talvez. Os debates se parecem demais com as discussões. Se você e a srta. Bennet puderem adiar o seu até eu sair da sala, ficarei muito agradecido. E, então, vocês poderão dizer o que quiserem de mim.

— O que o senhor pede não é nenhum sacrifício da minha parte — disse Elizabeth. — E será muito melhor o sr. Darcy terminar de escrever a carta dele.

O sr. Darcy aceitou o conselho e terminou mesmo de escrever a carta.

Ao completar essa tarefa, ele pediu que a srta. Bingley e Elizabeth lhe dessem o prazer de tocar um pouco. A srta. Bingley aproximou-se do piano com entusiasmo e, depois de requisitar educadamente que Elizabeth tocasse primeiro — algo que esta, com tanta polidez quanto e mais ênfase, recusou —, sentou-se diante dele.

A sra. Hurst cantou com a irmã e, enquanto elas estavam assim ocupadas, Elizabeth, ao virar as páginas de alguns cadernos de partituras que estavam sobre o instrumento, não pôde deixar de observar a frequência com que o sr. Darcy fixava os olhos nela. Não imaginava ser objeto de admiração para um homem tão importante; no entanto, que ele decidisse olhá-la porque não gostava dela era ainda mais estranho. Elizabeth, afinal, concluiu que chamava a atenção do sr. Darcy porque havia nela coisas mais erradas e repreensíveis, de acordo com as ideias dele do que era correto, do que em qualquer outra pessoa presente. Essa suposição não a magoou. Ela gostava tão pouco dele que não se importava com sua aprovação.

Após algumas canções italianas, a srta. Bingley procurou outra maneira de encantar a plateia e passou a tocar uma vivaz cantiga escocesa. Logo depois, o sr. Darcy aproximou-se de Elizabeth e disse:

— A senhorita não sente uma grande inclinação de aproveitar essa oportunidade e dançar uma escocesa?

Elizabeth sorriu, mas não respondeu. Ele repetiu a pergunta, um pouco surpreso com seu silêncio.

— Ah! Eu já tinha ouvido, mas não consegui decidir como responder. Sei que queria que eu dissesse sim para ter o prazer de desprezar meu mau gosto. Mas sempre me deleito em frustrar esse tipo de plano e impedir que a pessoa sinta o desdém premeditado. Portanto, resolvi dizer ao senhor que não quero nem um pouco dançar uma escocesa. E agora despreze-me, se for capaz.

— De fato, não sou capaz.

Elizabeth, que esperara afrontá-lo, ficou atônita com o galanteio. Mas havia uma mescla de doçura e altivez em seus modos que fazia com que fosse difícil para ela afrontar qualquer pessoa; e Darcy jamais ficara tão enfeitiçado por nenhuma outra mulher. Ele realmente acreditava que, se não fosse pela condição inferior dos parentes dela, estaria correndo um certo perigo.

A srta. Bingley viu ou suspeitou o bastante para sentir ciúmes; e sua grande ansiedade pela recuperação da querida amiga Jane foi um pouco ajudada por seu desejo de se livrar de Elizabeth.

Ela com frequência tentava provocar Darcy a não gostar da convidada, falando do suposto casamento dos dois e planejando a felicidade dele após a união.

— Espero — disse a srta. Bingley quando eles estavam caminhando juntos em meio às sebes do jardim no dia seguinte — que, quando esse ditoso acontecimento ocorrer, o senhor insinue para sua sogra que existem vantagens em tomar cuidado com a língua. E, se conseguir, faça com que as meninas mais jovens deixem de correr atrás dos oficiais. Além disso, se eu posso mencionar um assunto tão delicado, tente controlar aquela leve característica, beirando a presunção e a impertinência, presente na sua senhora.

— A senhorita tem mais alguma coisa a propor para a minha felicidade doméstica?

— Ah, sim! Não deixe de pendurar os retratos do sr. e da sra. Philips, seus futuros tios, na galeria em Pemberley. Ponha-os ao lado do seu tio-avô que foi juiz. Eles têm todos a mesma profissão, é claro; apenas em níveis diferentes. E, quanto ao retrato da sua Elizabeth, não tente mandar pintá-lo, pois quem poderia fazer justiça àqueles belos olhos?

— De fato não seria fácil capturar a expressão deles, mas a cor, o formato e os cílios, tão extraordinários, podem ser copiados.

Naquele momento, a sra. Hurst e a própria Elizabeth deram com eles, vindas de outra aleia.

— Eu não sabia que vocês pretendiam caminhar — disse a srta. Bingley, um pouco constrangida, temendo que eles tivessem sido ouvidos.

— Vocês foram abomináveis conosco — respondeu a sra. Hurst — ao sair correndo sem nos contar que vinham para o jardim.

Então, tomando o braço livre do sr. Darcy, deixou Elizabeth para caminhar sozinha. Na aleia só cabiam três pessoas. O sr. Darcy percebeu a descortesia e imediatamente disse:

— Esta aleia não é larga o suficiente para nós. É melhor irmos para a avenida.

Mas Elizabeth, que não tinha a menor vontade de continuar com eles, respondeu, rindo:

— Não, não. Fiquem onde estão. O grupo de vocês está encantador, forma uma linda cena. Se entrar uma quarta pessoa, iremos quebrar as regras do pitoresco.[31] Até logo.

E saiu correndo muito alegre, regozijando-se, durante seu passeio, com a esperança de estar de volta a sua casa em um ou dois dias. Jane já estava tão melhor que tinha intenção de passar algumas horas fora do quarto naquela noite.

---

31. O pintor inglês William Gilpin (1724-1804) definiu o que era pitoresco, ou seja, o que numa paisagem ou construção possuía beleza estética o suficiente para ser pintado, numa série de seis livros publicada entre 1782 e 1809 que se tornou muito popular na Inglaterra. Um dos irmãos de Jane Austen, Henry, no primeiro texto biográfico publicado sobre ela — que saiu na edição póstuma de *Persuasão* e *A abadia de Northanger* —, escreveu que a irmã "desde cedo ficou enamorada por Gilpin e pelo pitoresco". No entanto, sempre que há uma referência a Gilpin ou ao pitoresco na obra de Austen, ela é feita em tom irônico. Gilpin, por exemplo, escreveu num de seus livros sobre o número ideal de vacas para uma paisagem, definindo que duas era pouco e quatro, demais. Parece ser a esse trecho que Elizabeth se refere ao falar do pitoresco nessa passagem.

CAPÍTULO 11

Quando as senhoras se retiraram após o jantar,[32] Elizabeth subiu correndo até o quarto da irmã e, certificando-se de que estava bem protegida do frio, levou-a para a sala de estar, onde ela foi recebida por suas duas amigas com muitas expressões de prazer. Elas jamais tinham sido tão afáveis com Elizabeth quanto foram durante a hora que se passou antes de os cavalheiros chegarem. Ambas sabiam conversar muito bem. Conseguiam descrever um evento com exatidão, relatar uma história com humor e rir de seus conhecidos com entusiasmo.

Mas, quando os cavalheiros entraram, Jane deixou de ser o principal objeto de sua atenção. Os olhos da srta. Bingley imediatamente se voltaram para o sr. Darcy e ela teve algo a dizer-lhe antes que ele houvesse avançado muitos passos. Darcy dirigiu-se primeiro à srta. Bennet, felicitando-a educadamente; o sr. Hurst também fez uma leve mesura e disse que estava "muito feliz"; mas só a saudação de Bingley foi efusiva e carinhosa. Ele se mostrou muito satisfeito e atencioso. A primeira meia hora foi passada empilhando lenha no fogo, para que a srta. Bennet não sofresse com a mudança de cômodo; e, a pedido dele, ela se mudou para o outro lado da lareira, de modo a ficar mais longe da porta. Então Bingley sentou-se ao seu lado e quase não falou com mais ninguém. Elizabeth, costurando no canto em frente, assistiu a tudo isso com grande deleite.

Quando terminaram de tomar chá,[33] o sr. Hurst mencionou a mesa de cartas para a cunhada — mas foi em vão. A srta. Bingley obtivera a informação privada de que o sr. Darcy não desejava jogar e, logo, o sr. Hurst viu até seu pedido expresso ser recusado. Ela lhe assegurou que ninguém pretendia jogar e o silêncio de todos os outros presentes acerca do assunto corroborou a informação. O sr. Hurst, portanto, não teve mais nada a fazer além de se esticar em um dos

32. Era costume as mulheres se retirarem da sala de jantar antes dos homens, deixando-os conversar a sós.
33. O chá, nessa época, era tomado após o jantar, e não no meio da tarde.

sofás e dormir. Darcy pegou um livro; a srta. Bingley fez o mesmo; e a sra. Hurst, cuja principal ocupação estava sendo brincar com seus braceletes e anéis, participava de tempos em tempos da conversa do irmão com a srta. Bennet.

A atenção da srta. Bingley estava tão dedicada a observar o progresso do sr. Darcy no livro *dele* quanto à leitura do seu próprio. Continuamente, ela ou fazia alguma pergunta ou olhava a página do sr. Darcy. Não conseguiu, no entanto, envolvê-lo em nenhuma conversa; ele apenas respondia e continuava a ler. Afinal, exausta de tanto tentar se distrair com seu livro, que escolhera apenas por ser o segundo volume do de Darcy, a srta. Bingley deu um enorme bocejo e disse:

— Como é agradável passar a noite dessa maneira! Afinal de contas, não há nada mais divertido que a leitura! Nos cansamos de qualquer coisa antes de nos cansarmos de um livro! Quando eu tiver minha própria casa, ficarei arrasada se não houver uma excelente biblioteca.

Ninguém respondeu. Ela, então, bocejou de novo, atirou o livro para o lado e olhou ao redor em busca de alguma distração; ao ouvir o irmão mencionar um baile para a srta. Bennet, virou-se de repente para ele e disse:

— Aliás, Charles, você está mesmo pensando em dar um baile em Netherfield? Antes de decidir fazer isso, aconselho-o a consultar nossos hóspedes. Ou muito me engano, ou um baile seria mais uma punição do que um prazer para alguns de nós.

— Se você está falando de Darcy, ele pode ir para a cama, se quiser! — exclamou o sr. Bingley. — Mas, quanto ao baile, já está decidido. E, assim que Nicholls tiver feito creme de vitela[34] o suficiente, vou distribuir os convites.

— Eu gostaria muito mais dos bailes se eles fossem organizados de modo diferente — respondeu a srta. Bingley. — Existe algo de insuportavelmente enfadonho na maneira usual de uma reunião dessas se desenrolar. Decerto seria muito mais racional conversar e não dançar estivesse na ordem do dia.

— Seria muito mais racional, minha querida Caroline, mas não se pareceria nada com um baile.

A srta. Bingley não respondeu e, logo depois, se levantou e pôs-se a andar pela sala. Sua silhueta era elegante e ela caminhava com graciosidade — mas

---

34. Sopa feita à base de caldo de vitela, creme e amêndoas, ocasionalmente com arroz ou migalhas de pão para engrossar. Era servida nos bailes por ser considerada nutritiva, o que era importante em eventos nos quais os convidados passavam horas dançando madrugada adentro.

Darcy, que era o alvo de tudo isso, continuava impassível em seus estudos. Em seu desespero, ela decidiu fazer um esforço final e, voltando-se para Elizabeth, disse:

— Srta. Eliza Bennet, permita-me persuadi-la a seguir meu exemplo e dar uma volta na sala. Garanto-lhe que é revigorante depois de ficar sentada tanto tempo na mesma posição.

Elizabeth ficou surpresa, mas concordou de imediato. A srta. Bingley foi igualmente bem-sucedida no real propósito de sua cortesia: o sr. Darcy ergueu os olhos. Um gesto atencioso daquela procedência foi uma novidade tão grande para o sr. Darcy quanto para a própria Elizabeth e, sem perceber, ele fechou o livro. No mesmo instante, foi convidado a acompanhá-las mas recusou, observando que podia imaginar apenas dois motivos para elas escolherem andar para cima e para baixo na sala juntas, e que sua presença iria interferir em ambos.

O que ele queria dizer? A srta. Bingley estava morrendo de vontade de saber — e perguntou a Elizabeth se ela tinha compreendido.

— Nem um pouco — foi a resposta —, mas pode ter certeza de que a intenção do sr. Darcy é ser severo conosco, e a maneira mais segura de desapontá-lo é não fazer nenhuma pergunta.

A srta. Bingley, no entanto, era incapaz de desapontar o sr. Darcy em qualquer coisa e, assim, insistiu em saber quais eram os dois motivos que ele mencionara.

— Não faço a menor objeção a explicar — disse ele, assim que ela permitiu que falasse. — Ou vocês escolheram passar o tempo dessa forma porque são confidentes e têm assuntos secretos a discutir ou porque sabem que suas silhuetas ficam em sua melhor aparência quando estão caminhando. Se for o primeiro, eu atrapalharia completamente; e, se for o segundo, posso observá-las muito melhor sentado perto do fogo.

— Ah! Que escândalo! Jamais ouvi algo tão abominável. Como vamos puni-lo por dizer isso?

— Nada é mais fácil: basta haver a inclinação. Nós todos podemos torturar e punir uns aos outros. Provoque-o, ria dele. Como vocês são íntimos, a senhorita deve saber como fazê-lo.

— Mas palavra de honra que *não sei*. Asseguro-lhe que minha intimidade com o sr. Darcy ainda não me ensinou como fazer *isso*. Provocar alguém com o temperamento tão sereno, com tamanha presença de espírito? Não, não. Temo que ele vá nos frustrar. E quanto a rir, por favor... não vamos nos expor rindo sem motivo. O sr. Darcy pode se congratular.

— Não se pode rir do sr. Darcy! — exclamou Elizabeth. — Essa é uma vantagem incomum, e espero que continue assim, pois seria uma grande perda para *mim* ter muitos conhecidos como ele. Eu gosto muito de rir.

— A srta. Bingley me concede um atributo que não existe — disse o sr. Darcy. — O melhor e mais sábio dos homens... não, a melhor e mais sábia das ações de um homem pode ser tornada ridícula por uma pessoa cujo principal objetivo na vida é rir.

— Decerto essas pessoas existem, mas eu espero não ser uma delas — respondeu Elizabeth. — Espero jamais ridicularizar o que é sábio e bom. As tolices e bobagens, os caprichos e inconstâncias me divertem, confesso, e deles eu rio sempre que posso. Mas essas características, imagino, são exatamente as que o senhor não possui.

— Talvez isso não seja possível para ninguém. Mas eu passei a vida toda me dedicando a evitar as fraquezas que muitas vezes expõem uma grande inteligência ao ridículo.

— Tais como a vaidade e o orgulho.

— Sim, a vaidade de fato é uma fraqueza. Mas o orgulho... quando existe uma mente verdadeiramente superior, o orgulho sempre será bem medido.

Elizabeth se virou para esconder um sorriso.

— Presumo que seu exame do sr. Darcy tenha terminado — disse a srta. Bingley. — Por favor, diga qual foi o resultado.

— Estou perfeitamente convencida de que o sr. Darcy não tem defeitos. Ele próprio o admite sem disfarçar.

— Não, eu não tenho essa pretensão — falou Darcy. — Tenho diversas falhas, mas espero que não sejam de inteligência. Já pelo meu temperamento, não me atrevo a responder. Ele é, acredito, pouco flexível demais, certamente insuficiente para a conveniência do resto do mundo. Não consigo esquecer as tolices e os vícios dos outros tão depressa quanto deveria, nem suas ofensas contra mim. Meus sentimentos não se movem com qualquer sopro. Talvez eu possa ser chamado de rancoroso. Minha boa opinião de alguém, uma vez perdida, está perdida para sempre.

— *Isso* realmente é um defeito! — exclamou Elizabeth. — O rancor implacável de fato é uma nódoa no caráter. Mas o senhor escolheu bem. Eu não posso mesmo *rir* disso. O senhor está a salvo de mim.

— Acredito que, em todas as personalidades, há uma tendência a um mal específico, uma falha natural, que nem mesmo a melhor educação consegue sanar.

— E a falha do senhor é uma propensão a detestar todas as pessoas.

— E a da senhorita é propositalmente interpretá-las mal — respondeu o sr. Darcy, com um sorriso.

— Vamos ouvir um pouco de música! — exclamou a srta. Bingley, cansada de uma conversa da qual não estava participando. — Louisa, você não vai se importar de eu acordar o sr. Hurst, vai?

A irmã não fez a menor objeção e o piano foi aberto. Darcy, depois de alguns instantes de reflexão, não lamentou. Começou a sentir o perigo de dar atenção demais a Elizabeth.

CAPÍTULO 12

DEVIDO A UM COMBINADO DAS DUAS IRMÃS, Elizabeth escreveu para a mãe na manhã seguinte pedindo que ela mandasse a carruagem buscá-las em algum momento do dia. Mas a sra. Bennet, que calculara que as filhas iriam ficar em Netherfield até a terça seguinte, com a estada de Jane completando uma semana exata, não conseguiu se conformar em recebê-las antes disso. Sua resposta, portanto, não foi muito auspiciosa, pelo menos não para Elizabeth, que estava impaciente querendo voltar para casa. A sra. Bennet mandou avisar que não havia meios de a carruagem estar disponível antes de terça-feira; e, no post scriptum, escreveu que, se o sr. Bingley e a irmã insistissem para que ficassem mais tempo, poderia muito bem passar sem elas. Porém, Elizabeth estava decidida a não ficar mais tempo, e tampouco esperava que o convite fosse feito. Temendo que considerassem que elas, ao contrário, estivessem se intrometendo na casa por um período desnecessariamente longo, insistiu que Jane pegasse a carruagem do sr. Bingley emprestada de imediato e, afinal, ficou definido que a intenção de deixar Netherfield naquela manhã seria mencionada e o pedido seria feito.

A declaração causou muitas expressões de preocupação, e tanto se rogou para que as irmãs Bennet continuassem sua estada até pelo menos o dia seguinte que Jane foi convencida e a partida, adiada. A srta. Bingley então lamentou ter proposto o adiamento, pois seu ciúme e antipatia por uma das irmãs eram muito maiores do que sua afeição pela outra.

O dono da casa ouviu com verdadeira tristeza que as irmãs Bennet partiriam em tão pouco tempo e tentou, diversas vezes, persuadir a srta. Bennet de que fazê-lo não seria seguro para ela, pois não estava suficientemente recuperada. Mas Jane era firme quando sentia que tinha razão.

Para o sr. Darcy, a informação foi bem-vinda. Elizabeth já estava havia tempo demais em Netherfield. Ela o atraía mais do que lhe convinha. Além disso, a srta. Bingley era descortês com *ela* e fazia mais provocações do que o normal com *ele*. Darcy tomou a sábia decisão de ser particularmente cuidadoso em não demonstrar mais nenhuma admiração — nada que pudesse estimular em Elizabeth a esperança de ter influência sobre sua felicidade —, ciente de que, se tal ideia houvesse sido sugerida, seu comportamento durante o último dia teria grande importância em confirmá-la ou destruí-la. Firme em seu propósito, mal disse dez palavras a Elizabeth durante todo o sábado e, embora os dois tenham, em dado momento, ficado a sós durante meia hora, ele se concentrou conscienciosamente no livro que estava lendo e nem sequer olhou para ela.

No domingo, após o culto matinal, a separação, tão agradável para quase todos, ocorreu. No final, a cortesia da srta. Bingley para com Elizabeth aumentou muito, assim como sua afeição por Jane; e, quando elas se separaram, depois de assegurar à segunda que sempre lhe daria imenso prazer vê-la tanto em Longbourn quanto em Netherfield e abraçá-la com grande carinho, ela até apertou a mão da primeira. Elizabeth se despediu do grupo com a maior alegria.

Elas não foram recebidas de maneira tão cordial pela mãe. A sra. Bennet se espantou com sua volta, achou muito errado elas darem todo aquele trabalho e teve certeza de que Jane devia ter se resfriado de novo. Mas o pai, apesar de um tanto lacônico em suas expressões de prazer, ficou realmente feliz em vê-las. Ele sentira sua importância no círculo familiar. Quando todos se reuniam, a conversa noturna perdera boa parte da animação e quase todo o bom senso com a ausência de Jane e Elizabeth.

Encontraram Mary, como sempre, estudando profundamente as harmonias musicais e a natureza humana, e houve mais alguns trechos de livros copiados a admirar e alguns novos moralismos banais a ouvir. Já Catherine e Lydia tinham outro tipo de informação para compartilhar. Muito fora feito e muito fora dito no regimento desde a quarta anterior: diversos dos oficiais haviam jantado recentemente com o tio delas, um soldado tinha sido açoitado e corria o boato de que o coronel Forster ia se casar.

CAPÍTULO 13

— Eu espero, minha querida — disse o sr. Bennet para a esposa quando eles estavam tomando café na manhã seguinte —, que você tenha mandado fazer um bom jantar hoje à noite, pois tenho motivos para esperar um convidado.

— Como assim, meu querido? Não sei de ninguém que vem jantar conosco, a não ser que Charlotte Lucas por acaso venha nos visitar, e espero que *meus* jantares sejam bons o bastante para ela. Não acredito que jante tão bem assim na própria casa.

— A pessoa a quem me refiro é um cavalheiro e um estranho.

Os olhos da sra. Bennet brilharam.

— Um cavalheiro e um estranho! Ora, Jane, você não disse uma palavra sobre isso. Quanta esperteza! Bem, claro que ficarei extremamente satisfeita em receber o sr. Bingley. Mas... santo Deus! Que falta de sorte! Hoje não foi possível comprar nem uma posta de peixe. Lydia, meu amor, toque a sineta. Preciso falar com Hill neste instante.

— *Não é* o sr. Bingley — disse o marido. — É uma pessoa que eu nunca vi na minha vida.

Isso causou um espanto geral, e ele teve o prazer de ser interrogado avidamente pela esposa e as cinco filhas ao mesmo tempo.

Depois de se divertir um pouco com tamanha curiosidade, o sr. Bennet explicou.

— Há cerca de um mês eu recebi esta carta, e por volta de duas semanas atrás respondi-a, pois considerei uma questão delicada que requeria pronta atenção. É do meu primo, o sr. Collins, que, quando eu morrer, vai poder expulsar todas vocês daqui assim que quiser.

— Ah, meu querido! — exclamou a esposa. — Não suporto ouvir o nome dele. Por favor, não fale desse homem odioso. Eu realmente acho a coisa mais dura do mundo sua propriedade não ser herdada pelas suas próprias filhas e tenho certeza de que, se eu fosse você, já teria tentado tomar alguma providência a respeito.

Jane e Elizabeth tentaram explicar a ela os termos nos quais o pai herdara a propriedade. Já tinham tentado fazer isso muitas vezes antes, mas esse era um assunto no qual a sra. Bennet estava além do alcance da razão, e ela continuou a falar amargamente sobre a crueldade que era tirar uma propriedade de uma família com cinco filhas e deixá-la para um homem ao qual ninguém dava a menor importância.

— Decerto é muita perversidade — disse o sr. Bennet —, e nada pode inocentar o sr. Collins da culpa de herdar Longbourn. Mas, se você ouvir a carta dele, talvez fique um pouco enternecida com sua maneira de se expressar.

— Não, tenho certeza de que isso não vai acontecer. E acho que foi muito impertinente da parte dele escrever, e bastante hipócrita. Detesto esses falsos amigos. Por que ele não podia continuar brigando com você que nem o pai?

— De fato, ele parece ter tido alguns escrúpulos filiais acerca disso, como você ouvirá.

Hunsford, cercanias de Westerham, Kent,
15 de outubro

Meu caro senhor,
A divergência existente entre o senhor e meu caro e falecido pai sempre foi motivo de muita inquietação para mim e, desde que tive o infortúnio de perdê-lo, com frequência desejei restabelecer nosso vínculo, mas, durante algum tempo, fui impedido de fazê-lo por minhas próprias dúvidas, no temor de que pudesse parecer um desrespeito à sua memória ter boas relações com alguém de quem ele sempre se satisfez em divergir.

— Aí está, sra. Bennet. — comentou ele, e então continuou.

Eu, no entanto, me decidi, pois, após minha ordenação na Páscoa, tive a felicidade de receber a distinção da patronagem da Muito Honrável Lady Catherine de Bourgh, viúva de Sir Lewis de Bourgh, graças a cuja generosidade e beneficência recebi a valiosa dádiva de me tornar clérigo desta paróquia,[35] onde me esforça-

35. A posição de pároco ou vigário muitas vezes podia ser concedida pelos donos das grandes propriedades onde determinada paróquia ficava. Quem tinha a posição ganhava o direito de ocupar uma casa, um salário anual e, às vezes, terras cujos produtos podiam ser vendidos para aumentar a renda. Esse era o caso do pai de Jane Austen, pároco da cidadezinha de Steventon e também dono de uma pequena fazenda.

rei profundamente para me comportar com respeito e gratidão para com Lady Catherine e estar sempre pronto a desempenhar os ritos e cerimônias instituídos pela Igreja anglicana. Outrossim, como pároco, percebo como meu dever promover e estabelecer a bênção da paz no seio de todas as famílias que estão ao alcance de minha influência; devido a isso, creio que posso reconhecer que esse meu gesto de boa vontade é altamente louvável e que o senhor me fará a gentileza de considerar irrelevante o fato de eu ser o herdeiro da propriedade de Longbourn e não rejeitar o ramo de oliveira oferecido. Não posso deixar de me preocupar com o fato de ser eu um instrumento que vá prejudicar suas gentis filhas e peço-lhe que me permita pedir desculpas por isso, além de assegurar-lhe que estou disposto a compensá-las de todas as maneiras possíveis — mas, sobre isso, falaremos mais tarde. Se o senhor não fizer nenhuma objeção a receber-me em sua casa, proponho-me a satisfação de visitar sua família na segunda-feira, dia 18 de novembro, às quatro da tarde, e é provável que me valha de sua hospitalidade até o sábado da semana seguinte, algo que poderei fazer sem qualquer inconveniência, já que Lady Catherine está longe de não permitir uma ausência ocasional aos domingos, contanto que outro pároco fique a cargo dos deveres do dia. Com meus respeitosos cumprimentos à sua senhora e às suas filhas, de seu devotado amigo,

William Collins

— Às quatro da tarde, portanto, nós podemos esperar esse cavalheiro para reatar relações — anunciou o sr. Bennet, enquanto dobrava a carta. — Ele de fato me parece ser um rapaz muito consciencioso e educado; e não duvido de que provará ser uma companhia valiosa, sobretudo se Lady Catherine for indulgente a ponto de permitir que venha nos visitar de novo.

— Mas há um certo bom senso no que ele escreveu sobre as meninas; e, se está disposto a compensá-las, não serei eu a desencorajá-lo.

— Embora seja difícil — disse Jane — adivinhar de que maneira ele pretende fazer a reparação que acredita nos dever, o desejo de fazê-lo certamente é um mérito.

Elizabeth ficara mais impressionada com a extraordinária deferência dele diante de Lady Catherine e com sua amável intenção de batizar, casar e enterrar os membros de sua paróquia sempre que isso fosse necessário.

— Ele deve ser uma pessoa estranha, creio — constatou ela. — Não consigo compreender. Há algo de muito pomposo no seu estilo. E qual é sua intenção em pedir desculpas por ser o herdeiro de Longbourn? Não podemos supor que impediria isso de acontecer, se pudesse. É possível que seja um homem sensato, senhor?

— Não, meu bem. Creio que não. Tenho grandes esperanças de encontrar exatamente o contrário. Há uma mistura de subserviência e arrogância na carta dele que promete muito. Estou impaciente para vê-lo.

— Em termos de escrita — disse Mary —, a carta não me pareceu ruim. A ideia do ramo de oliveira talvez não seja inteiramente nova, mas acho que foi bem expressada.

Para Catherine e Lydia, nem a carta nem o homem que a escrevera pareciam sequer um pouco interessantes. Era quase impossível que seu primo surgisse usando um casaco vermelho, e já fazia algumas semanas que elas não sentiam prazer na companhia de um homem vestindo qualquer outra cor. Quanto à mãe, a carta do sr. Collins fizera desaparecer boa parte de sua má vontade, e ela estava preparada para recebê-lo com uma compostura que deixou perplexos o marido e as filhas.

O sr. Collins chegou pontualmente e foi recebido com grande cortesia por toda a família. O sr. Bennet, na verdade, disse pouco; mas as senhoras estavam dispostas a conversar e o sr. Collins não pareceu nem precisar de encorajamento nem estar inclinado a se manter em silêncio. Era um rapaz alto e corpulento de vinte e cinco anos. Sua expressão era grave e solene e seus modos, muito formais. Ele estava ali havia pouco tempo quando elogiou a sra. Bennet por ter filhas tão bem-apessoadas: disse que ouvira falar muito da beleza delas, mas que daquela vez a fama não fizera jus à realidade; e acrescentara que não duvidava de que todas, em seu devido tempo, fariam bons casamentos. Esses galanteios não foram muito ao gosto de alguns de seus ouvintes, mas a sra. Bennet, que não ficava insatisfeita com nenhum louvor, respondeu prontamente:

— É muita bondade do senhor e espero, de todo o coração, que isso aconteça, ou elas vão ficar na miséria. As coisas foram arranjadas de forma demasiado estranha.

— A senhora se refere, creio, ao fato de a propriedade ter de passar para as mãos do herdeiro homem mais próximo.

— Ah! Isso mesmo. Há de convir que é uma infelicidade para as minhas pobres meninas. Não que eu ache que seja culpa do *senhor*, pois sei que essas coisas são pura sorte. Ninguém sabe aonde vai parar uma propriedade quando há essas cláusulas no testamento.

— Eu estou ciente, senhora, da situação difícil das minhas belas primas. Poderia dizer muito a respeito, mas não desejo parecer presunçoso e precipitado. Contudo, posso assegurar às senhoritas que vim preparado para admirá-las. No momento, não direi mais, porém, talvez, quando tivermos mais intimidade...

Ele foi interrompido quando se anunciou o jantar. As meninas sorriram umas para as outras. Elas, no entanto, não foram os únicos objetos da admiração do sr. Collins. O saguão, a sala de jantar e todos os móveis foram examinados e louvados; e seus elogios teriam tocado o coração da sra. Bennet se não fosse pela mortificante suspeita de que ele avaliava tudo como sua futura propriedade. O jantar também, quando chegou, foi largamente admirado, e o sr. Collins perguntou quais de suas belas primas era responsável por aqueles pratos tão excelentes. Mas, nesse ponto, foi corrigido pela sra. Bennet, que lhe assegurou com certa aspereza que eles tinham meios mais do que suficientes para contratar uma boa cozinheira e que suas filhas não cuidavam da comida. O sr. Collins pediu perdão por tê-la aborrecido. Em um tom mais brando, ela declarou que não estava nem um pouco ofendida, mas ele continuou a pedir desculpas por mais um quarto de hora.

CAPÍTULO 14

DURANTE O JANTAR, o sr. Bennet quase não falou; mas, depois que os criados se retiraram, achou que já estava na hora de conversar um pouco com seu hóspede e, portanto, mencionou um assunto no qual esperava que ele brilhasse, observando que parecia ter muita sorte com sua patrona. A atenção de Lady Catherine de Bourgh a suas vontades e a consideração dela por seu conforto pareciam extraordinárias. O sr. Bennet não poderia ter escolhido melhor. O sr. Collins foi eloquente em seus elogios. O assunto o levou a comportar-se de maneira ainda mais solene do que a normal e, com uma expressão muito altiva, ele declarou que nunca na vida testemunhara tal comportamento em um membro da nobreza — tamanha afabilidade e complacência como as que Lady Catherine lhe demonstrara. Ela concedera a graciosa bondade de aprovar ambos os sermões que ele tivera a honra de fazer em sua presença. Também o chamara para jantar duas vezes em Rosings e, no sábado anterior mesmo, mandara buscá-lo para formar as duplas que iam jogar *quadrille*[36] à noite. Lady Catherine era considerada orgulhosa por muitas pessoas que o sr. Collins conhecia, mas *ele* nunca vira nada além de afabilidade nela. A patrona sempre o tratara como a qualquer outro cavalheiro; não tivera a menor objeção a ele se misturar à sociedade da região nem a deixar sua paróquia de quando em quando durante uma ou duas semanas para visitar parentes. Condescendera até em aconselhá-lo a se casar assim que pudesse, contanto que escolhesse com prudência; e, certa vez, fizera uma visita a sua humilde residência, onde aprovara inteiramente todas as alterações que ele vinha fazendo e até se dignara a sugerir algumas: prateleiras nos armários do andar de cima.

— Isso é tudo muito correto, muito educado — disse a sra. Bennet —, e eu imagino que ela seja uma mulher bastante gentil. É uma pena que as damas da nobreza, em geral, não sejam assim. Ela mora perto do senhor?

36. Jogo de cartas em que são necessários quatro jogadores.

— O jardim onde fica minha humilde residência é separado apenas por uma aleia de Rosings Park, onde Lady Catherine vive.

— O senhor disse que Lady Catherine é viúva, não? Ela tem parentes?

— Apenas uma filha, que é herdeira de Rosings e de uma grande fortuna.

— Ah! — exclamou a sra. Bennet, balançando a cabeça. — Então ela tem mais sorte do que muitas meninas. E como é essa jovem? Bonita?

— É uma jovem encantadora, sem dúvida. A própria Lady Catherine diz que, em se tratando de verdadeira beleza, a srta. De Bourgh é muito superior às mais belas mulheres, pois, nas suas feições, há aquilo que marca uma moça de alta estirpe. Infelizmente, é uma jovem enfermiça e isso a impediu de ser tão prendada quanto, de outro modo, decerto haveria de ser, como me informou a senhora que supervisionou sua educação e que ainda vive com elas. Mas a srta. De Bourgh é perfeitamente afável e com frequência se digna a passar pela minha humilde residência com seu faetonte e seus pôneis.

— Ela foi apresentada à rainha?[37] Não me lembro de ver seu nome entre os das damas da corte.

— Sua saúde debilitada, infelizmente, a impede de ir à cidade. Isso, como eu mesmo disse a Lady Catherine um dia, privou a corte britânica do seu mais belo ornamento. Lady Catherine pareceu gostar dessa imagem e, como a senhora pode imaginar, fico muito feliz de, em todas as ocasiões, fazer esses pequenos elogios delicados que são sempre aceitáveis para as senhoras. Mais de uma vez observei a Lady Catherine que sua encantadora filha parece ter nascido para ser uma duquesa e que o mais alto título de nobreza, em vez de dar-lhe distinção, seria adornado por ela. Essas são as coisinhas que agradam Lady Catherine e é o tipo de atenção que considero ser meu dever particular prestar.

— O senhor avaliou muito bem — disse o sr. Bennet. — E que bom que tem o talento de elogiar com delicadeza. Diga-me, esses gestos atenciosos surgem do impulso do momento ou são resultado de uma reflexão prévia?

— Eles surgem sobretudo do que está ocorrendo no momento e, embora eu às vezes me distraia criando e arranjando esses pequenos agrados elegantes

37. As jovens de família nobre eram apresentadas à corte no início da vida social, numa cerimônia diante do monarca ou de seu consorte. Em 1813, quando *Orgulho e preconceito* foi publicado, uma jovem teria sido apresentada à rainha Charlotte, mãe do príncipe regente e esposa do rei louco, Jorge III. A tradição foi abolida pela rainha Elizabeth II em 1958.

que podem ser adaptados às situações comuns, sempre tento dar a eles o ar mais natural possível.

As expectativas do sr. Bennet foram plenamente atendidas. Seu primo era tão absurdo quanto esperara e ele o escutou com o mais profundo prazer, mantendo, enquanto isso, uma expressão impassível e não exigindo que ninguém compartilhasse de sua diversão, lançando apenas um olhar ocasional para Elizabeth.

Quando chegou a hora do chá, no entanto, a dose já fora suficiente e o sr. Bennet, de bom grado, acompanhou o hóspede de volta até a sala de estar e, depois do chá, convidou-o a ler em voz alta para as senhoras. O sr. Collins aquiesceu prontamente e um livro foi-lhe entregue. Porém, ao olhá-lo (pois tudo indicava que era de uma biblioteca circulante),[38] ele se afastou com um sobressalto e, pedindo desculpas, declarou que nunca lia romances. Kitty olhou-o, atônita, e Lydia soltou uma exclamação. Outros livros foram trazidos e, após certa deliberação, o sr. Collins escolheu os *Sermões* de Fordyce.[39] Lydia fez uma expressão de espanto quando ele abriu o volume e, antes que tivesse lido três páginas com uma gravidade absolutamente monótona, interrompeu-o:

— Mamãe, sabia que o tio Philips falou que vai demitir o Richard e que, se ele fizer isso, o coronel Forster vai contratá-lo? Foi minha tia quem me disse no sábado. Vou até Meryton amanhã para saber mais detalhes e perguntar quando o sr. Denny volta de Londres.

As duas irmãs mais velhas de Lydia mandaram-na se calar; mas o sr. Collins, ofendido, deixou o livro de lado e falou:

— Eu com frequência observei quão pouco as moças se interessam por livros sérios, embora eles sejam escritos unicamente em seu benefício. Isso, confesso,

---

38. As bibliotecas circulantes foram estabelecimentos comerciais que surgiram na Inglaterra no século XVIII e contribuíram enormemente para a ampliação do público leitor do país. Tornando-se um assinante de uma biblioteca circulante, a pessoa podia pegar livros emprestados, o que era mais barato do que comprar — o circulante se referia aos livros, que iam de uma casa para outra. As bibliotecas circulantes tinham a fama de oferecer livros frívolos, em especial romances, daí o desprezo do sr. Collins por elas. Em 18 de dezembro de 1798, Jane Austen escreveu uma carta para sua irmã Cassandra contando que ela e a mãe tinham se tornado assinantes de uma biblioteca circulante e que a dona lhes garantiu que não tinha apenas romances, mas livros de todo tipo. Segundo Jane, "ela podia ter se poupado desse fingimento com nossa família, pois somos grandes leitores de romances e não nos envergonhamos disso".

39. O reverendo James Fordyce (1720-96) lançou, em 1766, o livro *Sermons to Young Women* [Sermões para jovens mulheres], que se tornou muito popular na Inglaterra. Nesse seu manual de conduta para moças, Fordyce desaconselhava a leitura de romances, afirmando que as cenas de amor da maioria poderiam ser prejudiciais para a castidade.

me deixa perplexo, pois decerto não pode haver vantagem maior para elas do que a instrução. Mas não vou mais importunar minha jovem prima.

Então, voltando-se para o sr. Bennet, ele se ofereceu para ser seu adversário no gamão. O sr. Bennet aceitou o desafio, observando que o sr. Collins agia com sabedoria ao deixar as meninas com suas distrações tolas. A sra. Bennet e as filhas pediram desculpas muito cortesmente pela interrupção de Lydia e prometeram que aquilo não aconteceria de novo se ele voltasse a ler o livro; mas o sr. Collins, depois de lhes garantir que não ficara ressentido com a jovem prima e que jamais consideraria seu comportamento uma afronta, se sentou diante de outra mesa com o sr. Bennet e se preparou para o gamão.

CAPÍTULO 15

O sr. Collins não era um homem sensato e sua deficiência natural não fora muito ajudada nem por sua educação nem por suas companhias. Ele passara a maior parte da vida sob a orientação de um pai ignorante e avarento; e, embora tivesse estudado em uma universidade, apenas cumprira o período necessário para se formar, sem fazer nenhuma amizade útil. A submissão na qual seu pai o criara lhe dera, no começo, modos bastante humildes, mas isso agora fora largamente contrabalançado pela presunção de um homem de cabeça fraca que vivera isolado e os sentimentos surgidos de uma prosperidade precoce e inesperada. Por acaso, o sr. Collins fora recomendado a Lady Catherine de Bourgh quando o cargo de pároco de Hunsford ficou vago; e o respeito que sentia pela alta posição dela, sua veneração por tê-la como patrona, combinados a uma excelente opinião de si mesmo, de sua autoridade como membro da Igreja e de seus direitos de pároco, o transformaram em uma mistura de orgulho e obsequiosidade, arrogância e humildade.

Como agora possuía uma boa casa e uma renda mais do que suficiente, o sr. Collins pretendia se casar; e, ao buscar se reconciliar com a família de Longbourn, tinha em vista uma esposa, pois pretendia escolher uma das irmãs Bennet se elas de fato fossem tão belas e amáveis quanto todos afirmavam. Era essa a compensação — a reparação — que ele planejava para elas por herdar a propriedade de seu pai; e considerava-a excelente, muito adequada e bem pensada, um gesto profundamente generoso e desinteressado de sua parte.

Seu plano não mudou quando ele as viu. O lindo rosto da srta. Bennet confirmou a intenção e estabeleceu todas as suas noções mais rígidas do que era devido às mais velhas; e, durante a primeira noite, *ela* foi sua escolha. Na manhã seguinte, no entanto, houve uma alteração; pois, durante um tête-à-tête de um quarto de hora com a sra. Bennet antes do café da manhã, a conversa, que começou com o sr. Collins descrevendo a casa de pároco que habitava e rumou naturalmente para a confissão de sua esperança de encontrar uma senhora para essa casa em Longbourn, fez com que ela, em meio a sorrisos muito complacentes e um ar geral de encorajamento, o avisasse de que não devia pensar em Jane, justo quem ele escolhera. "Quanto a suas filhas mais novas, ela não podia garantir... não tinha certeza... mas não sabia de nenhuma simpatia especial por ninguém. Já sobre a filha *mais velha*, precisava mencionar... achava que devia indicar que era muito provável que ficasse noiva dentro de muito pouco tempo."

O sr. Collins tinha apenas de mudar de Jane para Elizabeth. E isso ele logo fez — quando a sra. Bennet estava avivando o fogo. Elizabeth, que era inferior apenas a Jane tanto em idade quanto em beleza, foi sua sucessora natural.

A sra. Bennet acalentou aquela menção e teve a confiança de que logo poderia ter duas filhas casadas. O homem de quem não suportava falar no dia anterior então se tornou um grande favorito.

A intenção de Lydia de caminhar até Meryton não foi esquecida. Todas as irmãs, com exceção de Mary, concordaram em ir com ela; e o sr. Collins iria acompanhá-las a pedido do sr. Bennet, que estava ansioso para se livrar dele e ficar com sua biblioteca só para si, pois o primo seguira-o até aquele cômodo depois do café e lá insistira em permanecer, ao que parecia lendo um dos maiores in-fólios da coleção mas na realidade conversando com seu anfitrião, quase sem cessar, sobre sua casa e seu jardim em Hunsford. Isso perturbou demais o sr. Bennet. Em sua biblioteca, ele sempre tinha lazer e tranquilidade assegurados; e, embora, como dizia a Elizabeth, estivesse preparado para encontrar tolice e presunção em todos os outros cômodos da casa, estava acostumado a ver-se livre deles ali. Assim, o sr. Bennet muito prontamente teve a cortesia de convidar o sr. Collins a acompanhar suas filhas na caminhada; e este, que na realidade tinha muito mais habilidade para andar do que para ler, fechou o grande livro e saiu com enorme contentamento.

Até eles entrarem em Meryton, o tempo transcorreu com o sr. Collins dizendo trivialidades pomposas e as primas concordando educadamente. Então ele deixou de despertar a atenção das mais novas. Elas de imediato começaram a perscrutar as ruas em busca de oficiais, e nada menos do que um chapéu muitíssimo elegante ou um corte de musselina novo na vitrine de uma loja era capaz de atrair seu olhar.

Mas a atenção de todas as senhoras logo foi voltada para um rapaz que elas nunca tinham visto antes, de aparência muito distinta, caminhando com um oficial do outro lado da rua. O oficial era justamente o sr. Denny cuja volta de Londres Lydia viera investigar, e ele fez uma mesura quando elas passaram. Todas ficaram impressionadas com o aspecto do estranho, todas se perguntaram quem ele poderia ser, e Catherine e Lydia, determinadas a descobrir, se possível, atravessaram a rua na frente, alegando que queriam algo da loja do outro lado. Por sorte, elas haviam acabado de subir na calçada quando os dois cavalheiros, voltando, chegaram ao mesmo local. O sr. Denny cumprimentou-as no mesmo instante e pediu permissão para apresentar seu amigo, o sr. Wickham, que voltara com ele da cidade no dia anterior e, para sua satisfação, aceitara um posto no regimento. Fora uma decisão perfeita, pois o rapaz só precisava de um uniforme militar para ser completamente encantador. Sua aparência era muito favorável. Ele tinha tudo que há de mais atraente: feições bonitas, uma figura esbelta e modos muito simpáticos. Depois de ser apresentado, mostrou-se afável e disposto a falar, mas de maneira polida e sem excesso de familiaridade. O grupo todo ainda estava de pé, levando uma conversa muito agradável, quando o som de cavalos chamou sua atenção e Darcy e Bingley logo foram discernidos descendo a rua. Ao ver as senhoras do grupo, os dois cavalheiros imediatamente vieram em sua direção e começaram a expressar as cortesias usuais. Bingley foi quem mais falou, dirigindo-se sobretudo à srta. Bennet. Ele disse que estava a caminho de Longbourn para perguntar como ela estava. O sr. Darcy corroborou com uma mesura e estava começando a tomar a decisão de não fixar os olhos em Elizabeth quando eles foram subitamente atraídos pelo estranho. Elizabeth, que por acaso viu o rosto de ambos ao se fitarem, ficou perplexa com o efeito do encontro. Ambos mudaram de cor: um ficou branco e o outro, vermelho. O sr. Wickham, depois de alguns instantes, tocou o chapéu — um cumprimento que o sr. Darcy mal se dignou a retribuir. Qual podia ser o significado daquilo? Era impossível imaginar; era impossível não desejar saber.

Depois de mais um minuto o sr. Bingley, sem parecer perceber o que havia se passado, se despediu e saiu cavalgando com o amigo.

O sr. Denny e o sr. Wickham acompanharam as jovens até a porta da casa da sra. Philips e então fizeram suas mesuras de despedida, apesar da insistência de Lydia para que entrassem e mesmo apesar de a sra. Philips escancarar a janela da sala e reforçar o convite com alarde.

A sra. Philips sempre ficava feliz ao ver as sobrinhas, e as duas mais velhas, devido à ausência recente, foram mais bem-vindas do que nunca. Ela expressou enfaticamente sua surpresa com a volta súbita delas para casa: como não ocorrera na carruagem da família, jamais teria sido de seu conhecimento se não houvesse encontrado por acaso na rua o rapaz que trabalhava na botica do sr. Jones, que lhe contou que eles não iam mais mandar xaropes para Netherfield já que as irmãs Bennet tinham ido embora de lá. Foi então que a sra. Philips teve de voltar sua atenção para o sr. Collins, pois Jane apresentou-o. Ela o recebeu com muita educação e ele retribuiu com muito mais, pedindo desculpas por aquela intrusão, que ocorria sem nenhuma apresentação prévia mas que, acreditava poder afirmar, era justificada devido a seu parentesco com as senhoritas que o haviam levado até ali. A sra. Philips ficou completamente aturdida com tamanho excesso de polidez, mas sua contemplação de um estranho logo chegou ao fim devido às exclamações e perguntas acerca do outro, sobre quem, no entanto, só pôde dizer às sobrinhas aquilo que elas já sabiam: que o sr. Denny o trouxera de Londres e ele ia ocupar um posto de tenente no regimento de ...shire. Ela afirmou que passara a última hora a observá-lo enquanto subia e descia a rua e, se o sr. Wickham tivesse aparecido, Kitty e Lydia decerto teriam continuado a realizar a tarefa. Mas, por infelicidade, ninguém passou pelas janelas da sra. Philips, com exceção de alguns dos oficiais que, em comparação com o estranho, haviam se tornado “uns camaradas desagradáveis e sem graça”. Alguns deles iam jantar com os Philips no dia seguinte e a tia prometeu obrigar o marido a visitar o sr. Wickham e convidá-lo também, se a família de Longbourn aparecesse à noite. As meninas concordaram, e a sra. Philips avisou que haveria um divertido e barulhento sorteio, sem formalidades, e, depois, um lanchinho quente. A perspectiva dessas delícias era muito animadora e eles todos estavam contentes ao se despedir. O sr. Collins pediu desculpas mais uma vez ao deixar a sala e a sra. Philips, com uma cortesia incansável, assegurou-lhe que suas desculpas eram inteiramente desnecessárias.

Quando estavam caminhando para casa, Elizabeth relatou a Jane o que vira se passar entre os dois cavalheiros; mas, embora Jane estivesse preparada para defender qualquer um dos dois ou ambos se parecessem haver feito algo de errado, foi tão incapaz de explicar seu comportamento quanto a irmã.

O sr. Collins, ao chegar, deixou a sra. Bennet bastante satisfeita ao admirar os modos e a educação da sra. Philips. Ele declarou que, com a exceção de

Lady Catherine e da filha, jamais vira mulher mais elegante; pois ela não só o recebera com a maior cortesia como até mesmo fizera questão de incluí-lo no convite para a noite seguinte, embora houvesse acabado de conhecê-lo. O sr. Collins imaginava que isso, em parte, podia ser atribuído a seu parentesco com os Bennet, mas ainda assim jamais recebera tanta atenção em toda a sua vida.

CAPÍTULO 16

COMO NÃO FOI FEITA NENHUMA OBJEÇÃO ao combinado das meninas com a tia, e todos os escrúpulos do sr. Collins em deixar o sr. e a sra. Bennet a sós ao longo de uma noite sequer durante sua visita foram combatidos com muita firmeza, o coche, em um horário adequado, levou a ele e às cinco primas para Meryton. As meninas tiveram o prazer de saber, ao adentrar a sala de estar, que o sr. Wickham tinha aceitado o convite de seu tio e encontrava-se ali naquele instante.

Depois de essa informação ser dada e todos terem se sentado, o sr. Collins pôde olhar ao redor e admirar, e ficou tão impressionado com o tamanho do cômodo e com os móveis que declarou quase acreditar estar na sala de café da manhã que era usada em Rosings durante o verão. Essa comparação, a princípio, não foi muito gratificante; mas, depois que a sra. Philips compreendeu, graças a ele, o que Rosings era e quem era sua proprietária ao ouvir a descrição de apenas uma das salas de estar de Lady Catherine, e descobriu que só o consolo da lareira custara oitocentas libras, ela sentiu toda a força do elogio e mal teria se ressentido com uma comparação com o quarto da governanta.

Ao descrever para a sra. Philips todo o esplendor de Lady Catherine e de sua mansão, com digressões ocasionais para louvar sua própria humilde residência e as melhorias que estavam sendo feitas nela, o sr. Collins manteve-se alegremente ocupado até os outros cavalheiros chegarem. A sra. Philips foi uma ouvinte muito atenta, cuja opinião da importância dele foi aumentando conforme escutava, e resolveu repetir tudo aquilo para os vizinhos assim que pudesse. Para as meninas, que não conseguiam prestar atenção no primo e que não tinham nada a fazer além de lamentar a ausência de um instrumento e examinar as travessas de barro imitando porcelana que elas próprias tinham pintado sobre o consolo da lareira, a espera pareceu demasiado longa. Contudo, afinal, terminou. Os cavalheiros surgiram e, quando o sr. Wickham entrou na sala, Elizabeth sentiu que não o vira antes nem pensara nele desde então com o mínimo grau de admiração exagerada. Os oficiais do ...shire eram, em geral, um grupo muito atraente e elegante, e os melhores deles estavam presentes ali; mas o sr. Wickham tinha uma figura, feições, modos e um andar tão superiores aos dos outros quanto *eles* em relação ao tio Philips, que chegou à sala por último, atarracado, com sua cara larga e o hálito cheirando a vinho do Porto.

Wickham foi o felizardo a quem quase todos os olhos femininos se voltaram, e Elizabeth, a felizarda ao lado de quem ele afinal se sentou; e a maneira afável com a qual no mesmo instante começou a conversar com ela, embora fosse apenas sobre o fato de o tempo estar fechado e de que aquela provavelmente seria uma temporada de chuvas, a fez sentir que o tópico mais ordinário, enfadonho e trivial poderia se tornar interessante graças à habilidade de quem o abordava.

Com tais rivais pela atenção das mulheres como o sr. Wickham e os oficiais, o sr. Collins parecia correr o risco de se tornar irrelevante. Para as mais jovens, ele decerto não era ninguém; mas, de tempos em tempos, ainda era ouvido bondosamente pela sra. Philips e, graças à sua atenção, foi suprido de quantidades abundantes de café e bolinhos.

Quando as mesas de cartas foram trazidas, ele teve uma oportunidade de retribuir a gentileza da anfitriã participando de uma partida de uíste.[40]

— Conheço pouco o jogo por enquanto — disse —, mas ficarei feliz com essa oportunidade de melhorar, pois alguém na minha situação...

A sra. Philips agradeceu por ele concordar, mas não pôde esperar para saber seu motivo.

O sr. Wickham não jogava uíste e, com imediato deleite, foi convidado a se sentar na outra mesa, entre Elizabeth e Lydia. A princípio, pareceu haver o risco de Lydia o manter completamente absorto, pois ela falava de maneira muito determinada; mas, como também adorava sorteios,[41] logo ficou interessada na brincadeira, ansiosa demais para fazer apostas e exclamar por prêmios para dar atenção a qualquer pessoa específica. Assim, quando não era necessário concentrar-se no jogo, o sr. Wickham teve tempo para conversar com Elizabeth. Ela estava bastante disposta a ouvi-lo, embora o que mais desejasse saber não pudesse ter esperanças de descobrir: como ele conhecia o sr. Darcy. Não ousou

40. Jogo de cartas ancestral do bridge.
41. O sorteio era feito usando cartas de baralho.

sequer mencionar aquele cavalheiro. Sua curiosidade, no entanto, foi inesperadamente satisfeita. O próprio sr. Wickham abordou o assunto. Indagou qual era a distância entre Netherfield e Meryton e, depois de obter a resposta, perguntou, com hesitação, há quanto tempo o sr. Darcy estava hospedado lá.

— Há cerca de um mês — disse Elizabeth. Então, desejando continuar o assunto, acrescentou: — Pelo que ouvi dizer, é um homem muito rico e nasceu em Derbyshire.

— Sim — respondeu Wickham —, a propriedade dele lá é magnífica. Rende dez mil libras por ano. A senhorita não poderia ter encontrado uma pessoa mais capaz de dar informações corretas sobre esse assunto do que eu, pois sou íntimo da família do sr. Darcy desde a infância.

Elizabeth não pôde deixar de demonstrar surpresa.

— Não é à toa que se surpreendeu com essa afirmação, srta. Bennet, depois de ter percebido, como talvez tenha, a enorme frieza com que nos cumprimentamos ontem. Conhece bem o sr. Darcy?

— Tanto quanto desejo conhecer! — exclamou Elizabeth. — Passei quatro dias na mesma casa que ele e o acho muito antipático.

— Não tenho o direito de dar *minha* opinião quanto a ele ser simpático ou não — disse Wickham. — Não sou qualificado para isso. Conheço-o bem demais e há tempo demais para ser justo ao julgá-lo. Seria impossível para *mim* ser imparcial. Mas acredito que sua opinião causaria espanto de maneira geral, e talvez a senhorita não a expressasse com tamanha ênfase em nenhum outro lugar. Aqui, está em família.

— Palavra de honra que não digo mais aqui do que poderia dizer em qualquer outra casa da região, com exceção de Netherfield. Ninguém gosta do sr. Darcy em Hertfordshire. Seu orgulho desagradou a todos. O senhor não encontrará ninguém que fale dele de maneira mais positiva.

— Não posso fingir lamentar — disse Wickham, após uma breve interrupção — que o sr. Darcy ou qualquer outro homem seja estimado além do que merece; mas, com *ele*, creio que isso não aconteça com frequência. O mundo fica cego com sua fortuna e sua importância, ou sente medo dos seus modos soberbos e impressionantes, e o vê apenas como ele escolhe ser visto.

— Apesar de conhecê-lo pouco, imagino que seja um homem de temperamento ruim.

Wickham apenas balançou a cabeça.

— Eu me pergunto — disse ele, na oportunidade seguinte que teve de falar — se ele vai passar muito mais tempo nesta região.

— Não faço ideia, mas não ouvi nada sobre sua partida quando estava em Netherfield. Espero que sua escolha pelo ...shire não seja afetada pelo fato de ele estar aqui também.

— Ah! Não, não sou *eu* quem fugirá do sr. Darcy. Se ele não quiser encontrar-me, precisará ir embora. Nós não nos damos bem e sempre me dói vê-lo, mas não tenho motivos para evitá-lo, a não ser aqueles que posso proclamar para o mundo todo: a certeza de ter sido muito maltratado e uma dor profunda por ele ser como é. O pai dele, srta. Bennet, o falecido sr. Darcy, foi um dos melhores homens que já existiram e o amigo mais fiel que eu já tive. Sempre que estou na companhia do filho, mil lembranças boas me pesam na alma. O comportamento dele comigo foi escandaloso; mas de fato acredito que poderia perdoar-lhe qualquer coisa, a não ser ter descumprido o desejo e desonrado a memória do pai.

Elizabeth ficou ainda mais interessada e voltou toda a sua atenção para ele; mas a delicadeza do assunto impediu-a de fazer perguntas.

O sr. Wickham começou a falar sobre tópicos mais gerais: Meryton, aquela região e as pessoas que conhecera, parecendo profundamente satisfeito com tudo o que vira até então e falando das últimas, em especial, com uma admiração sutil, porém inequívoca.

— Foi a perspectiva de ter companhias constantes, e boas companhias — acrescentou ele —, meu principal motivo para vir para o ...shire. Sabia que era um regimento muito respeitável e agradável e meu amigo Denny me fez ficar mais tentado ao falar da sua localização atual e das enormes gentilezas e excelentes pessoas que Meryton proporcionava. Confesso que tenho necessidade de companhia. Sou um homem que sofreu uma decepção e solidão, meu ânimo não suportaria o isolamento. *Preciso* de ocupação e companhia. Não planejara entrar para a vida militar, mas as circunstâncias me levaram a escolhê-la. Minha intenção era fazer carreira na Igreja. Fui educado para isso e deveria, neste momento, estar ocupando um cargo de alta remuneração se não fosse pelo cavalheiro de quem estávamos falando há pouco.

— Não me diga!

— Sim. O falecido sr. Darcy deixou-me de herança a próxima vaga para o melhor cargo eclesiástico que lhe cabia conceder. Ele era meu padrinho e tinha enorme afeição por mim. Não posso fazer jus à sua bondade. Sua intenção era deixar-me muito bem de vida e ele achou que tinha feito isso. Mas, quando o cargo ficou vago, ele foi dado a outra pessoa.

— Santo Deus! — exclamou Elizabeth. — Mas como isso foi possível? Como o testamento dele pôde ser ignorado? Por que o senhor não procurou a Justiça?

— A herança havia sido prometida com certa informalidade, de modo que a Justiça não poderia ter feito nada por mim. Um homem honrado teria sido incapaz de duvidar da sua intenção, mas o sr. Darcy escolheu fazê-lo... ou melhor, tratá-la como uma recomendação condicional e afirmar que eu abrira mão desta sendo extravagante, imprudente... em resumo, com qualquer pretexto. Certo é que o cargo ficou vago dois anos atrás, exatamente quando eu estava na idade certa para assumi-lo, mas ele foi concedido a outro homem; e não menos certo é que não posso me acusar de realmente haver feito nada para merecer perdê-lo. Tenho um temperamento vivo e franco, e talvez tenha expressado minha opinião *dele* e *para ele* com liberdade demais. Não consigo me lembrar de nada pior. Mas o fato é que nós somos homens muito diferentes e ele me detesta.

— Isso é revoltante! Ele merece ser publicamente humilhado.

— Algum dia será; mas não por mim. Até que eu possa esquecer seu pai, jamais poderei desafiá-lo ou expô-lo.

Elizabeth honrou-o por esses sentimentos e o achou mais belo do que nunca ao expressá-los.

— Mas qual terá sido a razão do sr. Darcy? — perguntou ela, após uma pausa. — O que pode tê-lo levado a se comportar de maneira tão cruel?

— Uma absoluta e profunda aversão por mim... uma aversão que não posso deixar de atribuir, em certa medida, ao ciúme. Se o falecido sr. Darcy me tivesse menos amizade, talvez seu filho me suportasse mais. Mas a afeição extraordinária do pai por mim irritou-o, acredito, desde muito cedo. Alguém com o temperamento do sr. Darcy jamais suportaria a espécie de competição que havia entre nós dois: a preferência que muitas vezes me era dada.

— Não pensei que o sr. Darcy fosse tão ruim assim. Embora jamais tenha gostado dele, minha opinião não era tão negativa. Imaginei que ele desprezasse as outras criaturas em geral, mas nunca desconfiei que se rebaixasse a essa vingança tão vil, a essa injustiça, a essa desumanidade!

Depois de alguns minutos de reflexão, no entanto, Elizabeth continuou:

— Porém, me lembro de certo dia, em Netherfield, em que o sr. Darcy se vangloriou dos seus ressentimentos implacáveis, de não ser capaz de perdoar. Ele deve ter um gênio terrível.

— Não me atrevo a opinar sobre o assunto — respondeu Wickham. — Dificilmente conseguirei ser justo com ele.

Ela mais uma vez pôs-se a refletir e, depois de algum tempo, exclamou:

— Tratar dessa maneira o afilhado, o amigo, o preferido do pai! — E poderia ter acrescentado: "E ainda por cima um rapaz como o *senhor*, cuja amabilidade se vê só pelo seu rosto". Mas contentou-se em dizer: — E alguém que foi seu companheiro na infância, que tinha com ele, como creio que o senhor disse, a maior intimidade!

— Nós nascemos na mesma paróquia, na mesma propriedade. A maior parte da nossa juventude foi passada junta. Habitávamos a mesma casa, participávamos das mesmas brincadeiras, éramos objetos do mesmo carinho paternal. Meu pai começou a vida na profissão que seu tio, o sr. Philips, parece exercer de maneira tão honrosa, mas abriu mão de tudo para ser útil ao falecido sr. Darcy e dedicou todo o seu tempo aos cuidados de Pemberley. Era muito estimado pelo sr. Darcy, um grande amigo e confidente. O sr. Darcy com frequência reconhecia dever muito à diligência do meu pai como supervisor e quando, logo antes da sua morte, lhe prometeu dar-me os meios de ganhar a vida, tenho certeza de que o fez tanto por gratidão a ele quanto por afeição a mim.

— Que estranho! — exclamou Elizabeth. — Que coisa abominável! Espanta-me que o próprio orgulho do sr. Darcy filho não o tenha feito ser justo com o senhor! Se ele não tinha motivo melhor, deveria ter sido orgulhoso demais para se mostrar tão desonesto; pois não posso deixar de chamar o que fez de desonestidade.

— De fato, é algo espantoso — respondeu Wickham —, pois quase todas as ações do sr. Darcy têm sua origem no orgulho que, muitas vezes, foi seu melhor amigo. O orgulho o aproxima mais da virtude do que qualquer outro sentimento. Mas todos nós somos inconstantes, e o comportamento dele para comigo surgiu de impulsos ainda mais fortes que o orgulho.

— Um orgulho tão abominável quanto o dele pode ter-lhe causado algum bem?

— Sim. Levou-o a ser nobre e generoso. A doar quantias abundantes de dinheiro, ser hospitaleiro, ajudar seus inquilinos e socorrer os pobres. O orgulho de família, o orgulho *filial*, o levaram a fazer isso, pois o sr. Darcy tem muito orgulho de quem seu pai foi. Não desonrar o sobrenome, não dissipar as qualidades que o fizeram popular, perder a influência de Pemberley: tudo isso é um forte motivo. Ele também tem orgulho da irmã, e isso, combinado a certa afeição fraternal, o fez ser um guardião gentil e cuidadoso dela, e a senhorita o ouvirá sendo descrito por todos como o mais atencioso e melhor dos irmãos.

— Como é a srta. Darcy?

Wickham balançou a cabeça.

— Gostaria de poder dizer que é uma moça amável. Dói-me falar mal de um membro da família Darcy. Mas ela é parecida com o irmão: muito, muito orgulhosa. Quando criança, era afetuosa e adorável, e gostava demais de mim. Já dediquei horas e horas à sua diversão. Mas, hoje em dia, a srta. Darcy não é nada para mim. É uma menina bonita, de quinze ou dezesseis anos, e, pelo que ouvi dizer, extremamente prendada. Desde a morte do pai, vive em Londres com uma senhora que supervisiona sua educação.

Depois de fazer muitas pausas e tentar falar de muitos assuntos, Elizabeth não pôde deixar de voltar ao primeiro, dizendo:

— Estou perplexa com a intimidade do sr. Darcy com o sr. Bingley! Como pode o sr. Bingley, que me parece ter um gênio tão bom e que é, acredito, uma pessoa realmente amável, ser amigo de tal homem? Como eles podem se dar bem? O senhor conhece o sr. Bingley?

— Não, nem de nome.

— É um homem doce, amável, encantador. Não é possível que saiba quem o sr. Darcy é.

— Provavelmente não, mas o sr. Darcy sabe agradar quando quer. Habilidades não lhe faltam. Ele sabe conversar bem, se achar que vale a pena. Entre aqueles que têm mais ou menos o mesmo nível de importância, é um homem bem diferente do que se mostra entre os menos prósperos. Seu orgulho jamais o abandona; mas, com os ricos, ele é tolerante, justo, sincero, racional, honesto e talvez simpático, levando-se em consideração sua fortuna e sua aparência.

A partida de uíste terminou pouco tempo depois e os jogadores se espalharam ao redor da outra mesa, com o sr. Collins sentando-se entre sua prima Elizabeth e a sra. Philips. Esta última fez as perguntas de praxe sobre o sucesso no jogo. Não fora muito grande: ele havia perdido todas as partidas. Mas, quando a sra. Philips começou a expressar sua preocupação, o sr. Collins assegurou com a maior solenidade que aquilo não tinha a menor importância, pois ele considerava o dinheiro uma ninharia, e pediu-lhe que não se inquietasse.

— Eu bem sei, senhora, que quando as pessoas se sentam para jogar cartas precisam se arriscar a esse tipo de coisa. Felizmente, minhas circunstâncias fazem com que cinco xelins perdidos não sejam relevantes. Sem dúvida, há muitos que não poderiam dizer o mesmo. Porém, graças a Lady Catherine de Bourgh, estou muito longe da necessidade de me importar com pequenezas.

Isso chamou a atenção do sr. Wickham; e, depois de observar o sr. Collins por alguns instantes, ele perguntou a Elizabeth em voz baixa se seu parente conhecia bem a família de Bourgh.

— Lady Catherine de Bourgh ofereceu a ele um cargo eclesiástico muito recentemente. Não sei quem recomendou o sr. Collins a ela, mas é certo que ele não a conhece há muito tempo.

— A senhorita deve saber que Lady Catherine de Bourgh e Lady Anne Darcy eram irmãs; consequentemente, ela é tia do sr. Darcy.

— Não, não sabia. Nunca tinha ouvido falar nos parentes de Lady Catherine. Só soube da existência dela ontem.

— A filha dela, a srta. De Bourgh, irá herdar uma imensa fortuna e acredita-se que ela e o primo irão unir ambas as propriedades.

Essa informação fez Elizabeth sorrir ao pensar na pobre srta. Bingley. Deveriam ser vãs todas as suas atenções, inútil toda a sua afeição pela irmã do sr. Darcy e todas as suas loas ao próprio se ele já decidira casar-se com outra.

— O sr. Collins — disse ela — faz muitos elogios a Lady Catherine e à filha dela; mas, por alguns detalhes que relatou, suspeito que sua gratidão o engana e que, apesar de ela ser sua patrona, é uma mulher arrogante e presunçosa.

— Acredito que seja, e muito — respondeu Wickham. — Não a vejo há muitos anos, mas me lembro bem de que jamais gostei dela, e que seus modos eram ditatoriais e insolentes. Lady Catherine tem a reputação de ser extraordinariamente sensata e perspicaz, mas creio que essas habilidades vêm em parte da sua posição e fortuna, em parte do seu comportamento autoritário e, de resto, do orgulho do sobrinho, que prefere que todos que se associem a ele tenham a reputação de possuir uma inteligência de primeira classe.

Elizabeth concordou que o sr. Wickham dera uma explicação bastante racional, e eles continuaram a conversar com satisfação até a chegada da ceia pôr um ponto final nos jogos de cartas e dar às outras senhoras seu quinhão da atenção do cavalheiro. Era impossível conversar em meio à barulhenta ceia da sra. Philips, mas os modos do sr. Wickham fizeram todos terem uma impressão favorável dele. Tudo o que ele dizia era dito com eloquência; e tudo o que fazia era feito com elegância. Elizabeth saiu de lá com ele na cabeça. Durante todo o trajeto até sua casa, só conseguiu pensar no sr. Wickham e no que ele lhe dissera, mas não teve tempo sequer de mencionar seu nome, pois nem Lydia nem o sr. Collins ficaram em silêncio um minuto. Lydia falou o tempo todo do sorteio e do peixe que tinha ganhado e do peixe que tinha perdido;[42] e o sr. Collins, ao descrever a educação do sr. e da sra. Philips, afirmar que não se importava nem um pouco com suas perdas no uíste, enumerar todos os pratos da ceia e lamentar repetidamente que estava deixando as primas apertadas dentro da carruagem, teve mais a dizer do que foi capaz antes de eles pararem diante de Longbourn.

42. Na Inglaterra durante o século XIX, era comum haver fichas, que eram acumuladas ou perdidas nos jogos de cartas, em formato de animais, sendo o peixe o mais usado. Essas fichas podiam ser de prata, madrepérola ou marfim, entre outros materiais.

CAPÍTULO 17

Elizabeth, no dia seguinte, relatou a Jane o que havia se passado entre ela e o sr. Wickham. Jane ouviu com perplexidade e preocupação: não conseguia acreditar que o sr. Darcy pudesse ser tão indigno da amizade do sr. Bingley. No entanto, não era de sua natureza questionar a veracidade das informações dadas por um rapaz de aparência tão afável. A possibilidade de ele ter sofrido tamanha crueldade foi o bastante para despertar toda a sua ternura. Por isso, restou-lhe apenas manter sua boa opinião de ambos, defender a conduta de cada um e acreditar que tudo que não podia ser explicado ocorrera devido a algum acidente ou equívoco.

— Acredito que ambos tenham sido enganados de alguma maneira que não podemos sequer imaginar — disse ela. — Talvez pessoas interesseiras tenham mentido sobre um para o outro. Em resumo, é impossível conjecturar quais causas ou circunstâncias os afastaram sem que nenhum dos dois tivesse culpa do ocorrido.

— Verdade, claro. E agora, minha querida Jane, o que você tem a dizer em defesa das pessoas interesseiras que provavelmente se envolveram no caso? Exima-as de culpa também, ou seremos obrigadas a pensar mal de alguém.

— Ria o quanto quiser, mas não vai me fazer mudar de opinião. Minha amada Lizzy, considere que desonra seria para o sr. Darcy ter tratado dessa maneira o favorito do pai, um rapaz que ele prometera ajudar. É impossível. Ninguém que tivesse alguma humanidade, nenhum homem que desse qualquer valor ao seu caráter seria capaz disso. Será que seus amigos mais íntimos teriam se equivocado tanto sobre ele? Ah, não!

— É muito mais fácil acreditar que o sr. Bingley tenha sido enganado do que achar que o sr. Wickham inventaria toda uma história sobre si mesmo como a relatada ontem à noite, com nomes, fatos, tudo dito sem a menor cerimônia. Se for mentira, o sr. Darcy que o contradiga. Ademais, a expressão dele mostrou que falava a verdade.

— É mesmo difícil. Angustiante. Não sabemos o que pensar.

— Perdão, mas sabemos exatamente o que pensar.

Contudo, Jane só podia ter certeza de uma coisa: o sr. Bingley, se houvesse *mesmo* sido enganado, sofreria muito quando o caso se tornasse público.

As duas moças tiveram de deixar as sebes do jardim, em meio às quais essa conversa se passara, depois da chegada de justamente algumas das pessoas de quem estavam falando: o sr. Bingley e as irmãs tinham vindo convidá-las pessoalmente para o aguardado baile em Netherfield, que fora marcado para a terça-feira seguinte. A sra. Hurst e a srta. Bingley ficaram extasiadas ao ver sua querida amiga de novo, afirmaram que havia séculos que não se encontravam e perguntaram diversas vezes o que ela andara fazendo desde então. Não deram muita atenção ao resto da família, evitando a sra. Bennet o máximo possível, dizendo pouco a Elizabeth e jamais se dirigindo às irmãs mais novas. Logo partiram, levantando-se com uma celeridade que pegou o irmão de surpresa e saindo às pressas, ansiosas para escapar das cortesias da sra. Bennet.

A expectativa do baile de Netherfield foi extremamente satisfatória para todas as mulheres da família. A sra. Bennet escolheu considerá-lo como dado em homenagem à sua filha mais velha e ficou particularmente lisonjeada por ter recebido o convite do sr. Bingley em pessoa, e não um cartão formal. Jane imaginou que passaria uma noite feliz na companhia das duas amigas, recebendo as atenções do irmão delas; e Elizabeth pensou com prazer em dançar bastante com o sr. Wickham e em ver na aparência e no comportamento do sr. Darcy uma confirmação de tudo o que ele dissera. A felicidade esperada por Catherine e Lydia dependia menos de qualquer acontecimento específico ou de qualquer pessoa em particular, pois, embora ambas, assim como Elizabeth, pretendessem dançar metade da noite com o sr. Wickham, ele não era de forma alguma o único parceiro capaz de satisfazê-las, e um baile era sempre um baile. Até Mary pôde assegurar à família que não lhe desagradava comparecer.

— Enquanto eu puder ter as manhãs para passar como quiser, isso basta — disse ela. — Não acho um sacrifício participar de quando em quando de eventos noturnos. Temos deveres para com a sociedade, e sou uma das pessoas que consideram intervalos de recreação e diversão desejáveis para todos.

Elizabeth ficou tão entusiasmada que, embora raramente falasse com o sr. Collins sem necessidade, não se conteve e perguntou se ele pretendia aceitar o convite do sr. Bingley e, caso aceitasse, se acharia apropriado participar das diversões da ocasião. Para sua surpresa, o sr. Collins respondeu que não tinha quaisquer escrúpulos quanto àquilo e que estava muito longe de temer uma censura tanto do arcebispo quanto de Lady Catherine de Bourgh caso se atrevesse a dançar.

— Asseguro-lhe que não acredito que um baile como esse, oferecido por um rapaz de bom caráter para pessoas respeitáveis, tenha qualquer tendência malévola; e estou tão longe de fazer objeções a dançar eu mesmo que espero ter a honra de contar com todas as minhas belas primas como parceiras ao longo da noite, e aproveito essa oportunidade para convidá-la, srta. Elizabeth, para as duas primeiras: uma preferência que, espero, minha prima Jane atribua à causa certa e não a qualquer desrespeito por ela.

Elizabeth sentiu que tinha caído em uma arapuca. Tivera a firme intenção de ser chamada pelo sr. Wickham para dançar exatamente aquelas danças — e, em vez dele, ter como parceiro o sr. Collins! Seu bom humor nunca fora expressado em pior hora. Mas estava feito. A felicidade do sr. Wickham e dela própria teria de esperar um pouco mais, e o pedido do sr. Collins foi aceito com toda a boa vontade possível. Ela não ficou mais satisfeita com aquele galanteio ao notar que sugeria algo mais. Ocorreu-lhe pela primeira vez que *ela* fora escolhida entre as irmãs como digna de ser a senhora da Casa Paroquial de Hunsford e de servir para formar as duplas de *quadrille* em Rosings quando fosse impossível obter convidados melhores. Logo se convenceu de que tinha razão ao observar as cortesias crescentes do sr. Collins para consigo e ouvir suas frequentes tentativas de elogiar a espirituosidade e a vivacidade dela. Elizabeth ficou mais atônita do que lisonjeada diante desse efeito de seus encantos, mas não demorou muito para sua mãe dar a entender que a probabilidade daquele casamento lhe dava profunda satisfação. Ela, no entanto, decidiu fingir que não tinha entendido a insinuação, pois sabia bem que qualquer resposta levaria a uma séria discussão. Talvez o sr. Collins nunca fizesse o pedido e, até fazer, era inútil brigar por causa disso.

Se não tivesse havido um baile em Netherfield para o qual se preparar e sobre o qual falar, as mais jovens irmãs Bennet poderiam ter ficado em um estado lamentável, pois, do dia do convite até a data do baile, caiu tanta chuva que elas não puderam ir até Meryton nem uma vez. Nada de tia, nada de oficiais, nada de notícias — até as rosas para os sapatos[43] do baile foram compradas por outra pessoa. Mesmo Elizabeth poderia ter considerado um teste para sua paciência o tempo que a impediu de aumentar sua intimidade com o sr. Wickham; e nada além de um baile na terça teria tornado uma sexta, um sábado, um domingo e uma segunda como aqueles suportáveis para Kitty e Lydia.

43. Espécie de pompom com que as moças enfeitavam as sapatilhas para os bailes.

CAPÍTULO 18

ATÉ ELIZABETH ENTRAR NA SALA DE ESTAR de Netherfield e procurar em vão pelo sr. Wickham em meio a todos os casacos vermelhos ali reunidos, ela não teve a menor dúvida de que ele estaria presente. A certeza de encontrá-lo não fora abalada por nenhuma das lembranças que poderiam, com alguma justiça, tê-la deixado receosa. Elizabeth se vestiu com mais cuidado que o normal e se preparou, no maior dos ânimos, para conquistar tudo que ainda não fora subjugado no coração de Wickham, confiante de que seria capaz de fazê-lo ao longo de uma única noite. Mas, de repente, surgiu a suspeita aterradora de que ele pudesse ter sido excluído do convite feito aos oficiais pelo sr. Bingley para agradar o sr. Darcy; e, embora não fosse esse exatamente o caso, o fato é que sua ausência foi declarada por seu amigo, o sr. Denny, quando este foi interrogado por Lydia. Ele contou que Wickham fora obrigado a ir à capital para resolver algumas questões e ainda não voltara, acrescentando, com um sorriso significativo:

— Suspeito que essas questões não o teriam feito viajar justo agora se não fosse seu desejo de evitar certo cavalheiro aqui.

Essa parte da informação, embora não tenha sido ouvida por Lydia, foi registrada por Elizabeth e, como lhe deu a certeza de que Darcy fora tão responsável pela ausência de Wickham quanto se sua primeira suposição houvesse sido justa, toda a sua antipatia foi tão agravada pela decepção do momento que ela mal conseguiu responder com cortesia razoável às perguntas cordiais que ele logo se aproximou para fazer. Educação, tolerância, paciência para com Darcy eram insultos a Wickham. Elizabeth decidiu que não conversaria nem um minuto com ele e deu-lhe as costas com tamanho mau humor que não conseguiu deixar este de lado nem ao se dirigir ao sr. Bingley, cuja parcialidade cega a irritava.

Mas Elizabeth não fora feita para o mau humor; e, embora todas as suas expectativas da noite houvessem sido destruídas, isso não abateu seu ânimo por muito tempo. Depois de relatar suas frustrações para Charlotte Lucas, que não via há uma semana, logo conseguiu, por iniciativa própria, mudar de assunto e falar das excentricidades do primo, apontando-o para a amiga. As duas primeiras danças, no entanto, fizeram ressurgir seu sofrimento. Foram mortificantes. O sr. Collins, desajeitado e solene, pedindo desculpas em vez de prestar assistência e muitas vezes indo na direção errada sem perceber, causou-lhe toda a vergonha e a infelicidade que um parceiro desagradável de duas danças pode causar. O momento em que se livrou dele foi um êxtase.

A seguir, Elizabeth dançou com um oficial e revigorou-se falando de Wickham e descobrindo que a simpatia por ele era universal. Quando essas danças acabaram, ela voltou para perto de Charlotte Lucas e estava conversando com a amiga quando subitamente foi abordada pelo sr. Darcy, que a pegou tão de surpresa ao convidá-la para dançar que, sem saber direito o que fazia, Elizabeth aceitou. Ele se afastou de imediato e ela ficou ali, culpando-se por sua falta de presença de espírito. Charlotte tentou consolá-la.

— Tenho certeza de que você vai gostar da companhia dele.

— Que o céu me proteja! *Isso* seria o pior infortúnio de todos! Gostar da companhia de um homem que estou determinada a detestar! Não me deseje tamanho mal.

Quando a dança recomeçou, no entanto, e Darcy se aproximou para levá-la ao meio da sala, Charlotte não se conteve e disse-lhe que não fosse simplória a ponto de permitir que sua preferência por Wickham a fizesse parecer desagradável aos olhos de um homem dez vezes mais importante. Elizabeth não respondeu e tomou seu lugar em meio aos dançarinos, atônita com a dignidade a que fora alçada ao ser escolhida para ser o par do sr. Darcy e adivinhando na expressão das outras garotas sua igual perplexidade diante daquela cena. Eles ficaram algum tempo sem trocar uma palavra e ela começou a imaginar que seu silêncio duraria as duas danças inteiras. A princípio resolveu não rompê-lo, mas, subitamente achando que a maior punição para seu parceiro seria obrigá-lo a falar, fez uma breve observação sobre a dança. O sr. Darcy respondeu e voltou a se calar. Depois de uma pausa de alguns minutos, Elizabeth dirigiu-se a ele pela segunda vez:

— Agora é *sua* vez de dizer algo, sr. Darcy. Eu falei sobre a dança e o *senhor* deve fazer algum comentário sobre o tamanho da sala ou o número de casais.

Ele sorriu e garantiu a Elizabeth que qualquer coisa que ela quisesse ouvir seria dita.

— Muito bem. Essa resposta servirá, por enquanto. Talvez, daqui a pouco, eu possa observar que bailes privados são muito mais agradáveis do que bailes públicos. Mas, por *enquanto*, podemos ficar em silêncio.

— Quer dizer que a senhorita conversa de acordo com essas regras quando está dançando?

— Às vezes. É preciso falar um pouco, o senhor sabe. Seria estranho ficar completamente em silêncio durante meia hora inteira. No entanto, para vantagem de *alguns*, a conversa pode ser arranjada de modo que se diga o menos possível.

— A senhorita está consultando a própria vontade nesse caso ou imagina estar satisfazendo a minha?

— As duas coisas — respondeu Elizabeth com atrevimento —, pois sempre vi enorme semelhança entre nós. Ambos temos um temperamento antissocial e taciturno e não gostamos de falar, a não ser que esperemos dizer algo que irá maravilhar a todos e passar à posteridade com o sucesso de um provérbio.

— Isso não é uma boa caracterização da sua personalidade, tenho certeza — disse o sr. Darcy. — Se é da *minha*, não sei dizer. A senhorita acredita que é um retrato fiel, sem dúvida.

— Não devo julgar o mérito do meu próprio desempenho.

O sr. Darcy não respondeu e eles voltaram a ficar em silêncio até terem atravessado a sala,[44] quando ele perguntou se Elizabeth e as irmãs caminhavam até Meryton com frequência. Ela disse que sim e então, incapaz de resistir à tentação, acrescentou:

— Quando o senhor nos viu lá no outro dia, havíamos acabado de ser apresentadas a uma pessoa.

O efeito foi imediato. A expressão do sr. Darcy assumiu uma maior altivez, mas ele não pronunciou uma palavra e Elizabeth, apesar de se culpar pela própria fraqueza, não conseguiu continuar. Afinal o sr. Darcy falou, no tom de alguém que tentava se conter:

— O sr. Wickham tem um temperamento tão alegre que sempre conseguirá *fazer* amigos. Se será igualmente capaz de *mantê-los* é outra questão.

44. Como indicado no começo do capítulo, os convidados do baile estão na sala de estar de Netherfield, que segundo o costume estaria quase sem móveis para a ocasião. Nas danças mais comuns da época, os pares seguiam coreografias parecidas com as de nossas quadrilhas, atravessando de uma ponta a outra do cômodo.

— Ele teve a infelicidade de perder *sua* amizade — disse Elizabeth, enfática —, e de uma maneira que provavelmente o fará sofrer por toda a vida.

Darcy não respondeu e pareceu desejar mudar de assunto. Naquele momento, Sir William Lucas surgiu perto deles com a intenção de passar em meio aos dançarinos e ir até o outro lado da sala; mas, ao ver o sr. Darcy, parou com uma mesura mais cortês do que o normal para cumprimentá-lo por sua habilidade e por sua parceira.

— Eu estou profundamente satisfeito, meu caro senhor. Não se vê com frequência um dançarino tão excelente. É evidente que o senhor frequenta a mais alta-roda. Permita-me dizer, no entanto, que sua bela parceira não é indigna do senhor e que espero ter esse prazer repetido muitas vezes, sobretudo quando ocorrer certo evento muito desejado, minha querida srta. Eliza — disse Sir William, olhando de relance para Jane e Bingley. — Quantas serão as felicitações nessa ocasião! Tenho certeza de que o sr. Darcy há de concordar. Mas não me deixe interrompê-lo. O senhor não irá me agradecer por afastá-lo da conversa encantadora dessa jovem, cujos olhos brilhantes também estão me repreendendo.

A última parte dessa fala mal foi ouvida por Darcy, pois a alusão de Sir William a seu amigo pareceu impressioná-lo fortemente e ele dirigiu o olhar com uma expressão muito séria para Bingley e Jane, que dançavam um com o outro. Recobrando-se, no entanto, logo se virou para a parceira e disse:

— A interrupção de Sir William me fez esquecer do que estávamos falando.

— Acho que não estávamos falando nada. Sir William não poderia ter interrompido outras duas pessoas com menos a dizer. Já tentamos dois ou três assuntos sem sucesso e não posso imaginar sobre o que vamos conversar agora.

— O que a senhorita acha dos livros? — disse ele, sorrindo.

— Livros? Ah, não! Tenho certeza de que nunca lemos os mesmos ou, quando muito, não com os mesmos sentimentos.

— Lamento que pense isso. Mas, se for o caso, pelo menos não nos faltará do que falar. Poderemos comparar nossas opiniões.

— Não. Não consigo falar de livros em um baile. Minha mente sempre está tomada por outra coisa.

— O presente sempre a ocupa em cenários como este. Não é? — perguntou Darcy, com um ar de dúvida.

— Sim, sempre — respondeu Elizabeth, sem saber o que dizia, pois seus pensamentos estavam muito distantes daquele assunto, o que ficou claro logo depois, quando ela exclamou de repente: — Eu me lembro de certa vez ouvir o senhor dizer que quase nunca perdoava, que seu ressentimento, depois de surgir, era impossível de ser apaziguado. Suponho que tenha muito cuidado antes de permitir que ele surja.

— Tenho sim — afirmou Darcy, com firmeza.

— E jamais permite que o preconceito o cegue?

— Espero que não.

— É uma obrigação maior, para aqueles que nunca mudam de opinião, ter a certeza de que julgaram adequadamente da primeira vez.

— Permite-me perguntar qual é o propósito dessas perguntas?

— Apenas ilustrar seu temperamento — disse ela, fazendo um esforço para parecer menos séria. — Estou tentando compreendê-lo.

— E está sendo bem-sucedida?

Elizabeth balançou a cabeça.

— Nem um pouco. Ouço relatos tão diferentes sobre o senhor que me encontro profundamente intrigada.

— Posso acreditar — disse ele, com ar grave — que as opiniões a meu respeito variem bastante; e gostaria que não tentasse delinear minha personalidade neste momento, pois há motivos para temer que o resultado não seja um mérito nem para mim nem para a senhorita.

— Mas se eu não fizer meu esboço agora, posso nunca mais ter outra oportunidade.

— Longe de mim privá-la de qualquer prazer — respondeu Darcy com frieza. Ela não disse mais nada e eles terminaram a dança e se separaram em silêncio, ambos insatisfeitos, mas não em igual grau; pois no peito de Darcy havia um sentimento razoavelmente poderoso por Elizabeth, que logo o fez perdoá-la e dirigir toda a sua raiva para outro.

Eles não haviam se distanciado fazia muito quando a srta. Bingley se aproximou dela e abordou-a com uma expressão de polido desdém.

— Então, srta. Eliza, ouvi dizer que está encantada por George Wickham! Sua irmã estava falando comigo sobre ele e me fazendo mil perguntas. Soube que o rapaz esqueceu de lhe dizer, em meio às suas outras comunicações, que era filho do velho Wickham, intendente do falecido sr. Darcy. No entanto, como sua amiga, permita-me recomendar que não confie implicitamente em tudo o que ele diz. Pois, quanto ao fato de o sr. Darcy tê-lo maltratado, é uma completa mentira. Ao contrário, ele sempre foi muito bondoso com George Wickham, embora este o tenha tratado de maneira infame. Não conheço os detalhes, mas sei muito bem que o sr. Darcy não tem culpa nenhuma, que não suporta que mencionem George Wickham e que, embora meu irmão não tenha podido deixar de incluí-lo no seu convite aos oficiais, ficou muito feliz por ele ter decidido não atrapalhar. Apenas o fato de ele ter vindo para esta região foi um bocado insolente, não sei como teve o atrevimento. Que pena, srta. Eliza, que você descobriu a culpa do seu favorito. Mas, realmente, considerando a origem dele, não era de se esperar coisa muito melhor.

— De acordo com a senhorita, parece-me que a culpa e a origem dele são a mesma coisa — respondeu Elizabeth, com raiva. — Não a ouvi acusá-lo de nada pior do que de ser filho do intendente do sr. Darcy e isso, garanto-lhe, ele próprio me informou.

— Perdão — respondeu a srta. Bingley, dando-lhe as costas com um sorriso de desprezo. — Desculpe-me pela minha interferência. Foi bem-intencionada.

"Menina insolente!", pensou Elizabeth. "Está muito enganada se espera me influenciar com um ataque tão baixo. Vejo aqui apenas sua ignorância obstinada e a maldade do sr. Darcy." Ela, então, foi procurar a irmã mais velha, que prometera fazer perguntas sobre o mesmo assunto a Bingley. Jane recebeu-a com um sorriso de prazer tão delicioso, um rubor tão alegre, que marcava o quanto ela estava satisfeita com os acontecimentos da noite. Elizabeth compreendeu imediatamente o que a irmã estava sentindo e, naquele momento, a preocupação com Wickham, o ressentimento contra seus inimigos e tudo o mais se dissipou diante da esperança de Jane estar rumando de maneira promissora para a felicidade.

— Eu quero saber — disse ela, com uma expressão tão risonha quanto a da irmã — o que você descobriu sobre o sr. Wickham. Mas talvez tenha estado ocupada de maneira agradável demais para pensar em qualquer terceira pessoa. Se for o caso, pode ter certeza de que vou perdoá-la.

— Não — respondeu Jane. — Eu não me esqueci dele. Mas não tenho nada de satisfatório a contar. O sr. Bingley não sabe a história toda e ignora por completo as circunstâncias da ofensa principal ao sr. Darcy; mas atesta pela boa conduta, probidade e honra do amigo e está inteiramente convencido de que o sr. Wickham mereceu muito menos atenção do sr. Darcy do que recebeu. E lamento dizer que, pelo relato dele e da irmã, o sr. Wickham não é um rapaz respeitável, de modo algum. Parece que ele foi muito imprudente e mereceu perder o respeito do sr. Darcy.

— O sr. Bingley não conhece o sr. Wickham em pessoa?

— Não. Viu-o pela primeira vez naquela manhã, em Meryton.

— Esse relato, portanto, é o que ele ouviu do sr. Darcy. Estou perfeitamente satisfeita. Mas o que ele diz do cargo eclesiástico?

— Ele não se lembra das circunstâncias exatas, embora tenha ouvido o sr. Darcy relatá-las mais de uma vez, mas acredita que o sr. Wickham foi indicado para o cargo de maneira condicional, apenas.

— Não tenho a menor dúvida da sinceridade do sr. Bingley — disse Elizabeth, convicta —, mas desculpe-me se não me convenço apenas com essas afirmações. Imagino que o sr. Bingley tenha defendido o amigo com muita habilidade, mas, como ele desconhece diversas partes da história e soube do resto por esse próprio amigo, me arriscarei a pensar nos dois cavalheiros como vinha fazendo antes.

Ela então mudou de assunto e passou a falar de algo que traria mais satisfação a ambas e sobre o qual não poderia haver conflito de sentimentos. Elizabeth ouviu, deliciada, à esperança alegre, ainda que modesta, que Jane tinha de Bingley sentir afeto por ela, e disse tudo o que podia para aumentar a confiança da irmã. Quando o próprio sr. Bingley veio se juntar a elas, Elizabeth foi ter com a srta. Lucas, a cuja pergunta sobre a amabilidade de seu último parceiro mal pôde responder quando o sr. Collins se aproximou e disse-lhe, exultante, que acabara de ter a felicidade de fazer uma importante descoberta.

— Descobri, por um acidente singular, que há na sala neste momento um parente próximo da minha patrona. Por acaso ouvi o cavalheiro em pessoa mencionando, para a jovem que faz as honras desta casa, os nomes da sua prima, a srta. De Bourgh, e da mãe dela, Lady Catherine. Que maravilha como essas coisas acontecem! Quem pensaria que eu encontraria alguém que talvez seja sobrinho de Lady Catherine justo aqui. Fico muito grato pela descoberta ter ocorrido a tempo de eu cumprimentá-lo, o que irei fazer agora, acreditando que ele me perdoará por não o ter feito antes. Minha completa ignorância do parentesco precisará ser minha desculpa.

— O senhor não vai se apresentar para o sr. Darcy, vai?

— Claro que vou. Vou pedir seu perdão por não o ter cumprimentado mais cedo. Acredito que ele seja *sobrinho* de Lady Catherine. Assim, poderei assegurar-lhe que Lady Catherine estava muito bem de saúde oito dias atrás.

Elizabeth tentou dissuadi-lo dessa ideia, garantindo que o sr. Darcy consideraria o fato de o sr. Collins dirigir-se a ele sem ter sido apresentado uma liberdade impertinente em vez de uma homenagem à tia; que não havia a menor necessidade de um deles cumprimentar o outro e, se houvesse, caberia ao sr. Darcy, que tinha a posição social mais elevada, iniciar as apresentações. O sr. Collins ouviu-a com o ar de alguém decidido a fazer a própria vontade e, quando ela parou de falar, respondeu:

— Minha querida srta. Elizabeth, tenho a melhor opinião do mundo a respeito do seu excelente bom senso em todas as questões que se encontram dentro da esfera do seu conhecimento, mas permita-me dizer que é preciso haver uma vasta diferença entre as formalidades estabelecidas para os leigos e aquelas que incidem sobre os membros da Igreja. Pois, com sua licença, devo dizer que considero os cargos eclesiásticos iguais em termo de dignidade às mais altas posições do reino, contanto que um comportamento adequadamente humilde seja mantido ao mesmo tempo. Portanto, a senhorita deve permitir que eu siga os ditames da minha consciência nesta ocasião que me levam a realizar o que considero ser um dever. Perdoe-me por deixar de seguir um conselho seu, conselhos que serão meus guias constantes em quaisquer outros assuntos, mas, neste caso específico, acredito ser mais preparado, graças à minha educação e minhas observações habituais, a decidir o que é certo do que uma jovem como a senhorita.

E, com uma mesura profunda, deixou-a e foi atacar o sr. Darcy, cuja reação à abordagem ela observou atentamente e cuja perplexidade em ver alguém se dirigir a ele daquela maneira foi evidente. O primo de Elizabeth começou fazendo uma mesura solene e, embora ela não tenha escutado uma palavra de seu discurso, sentiu-se como se estivesse ouvindo tudo e viu, no movimento dos seus lábios, as palavras "desculpas", "Hunsford", "Lady Catherine de Bourgh". Elizabeth ficou irritada ao vê-lo se expor a um homem daqueles. O sr. Darcy o observava com um espanto incontido e quando, afinal, o sr. Collins deu-lhe tempo para falar, respondeu com um ar de fria polidez. O sr. Collins, no entanto, sentiu-se encorajado a continuar falando e o desdém do sr. Darcy pareceu aumentar em grande medida ao longo de seu segundo discurso. No final, ele fez apenas uma breve mesura e se afastou. O sr. Collins, então, voltou para junto de Elizabeth.

— Não tive nenhum motivo, asseguro-lhe, para ficar insatisfeito com minha recepção. O sr. Darcy pareceu feliz com o cumprimento. Respondeu-me com a maior cortesia e até me deu a honra de dizer que está convencido do discernimento de Lady Catherine a ponto de saber que ela jamais faria um favor a alguém indigno. Foi um comentário muito generoso. De maneira geral, achei-o uma pessoa bastante afável.

Como Elizabeth não tinha mais nenhum interesse próprio do qual se ocupar, voltou sua atenção quase que inteiramente para Jane e o sr. Bingley, e as diversas ideias felizes que suas observações trouxeram deixaram-na, talvez, tão contente quanto a irmã. Ela a imaginou morando naquela casa, com toda a felicidade que pode proporcionar um casamento entre duas pessoas que têm verdadeira afeição uma pela outra; e sentiu-se capaz, naquela circunstância, de tentar até mesmo gostar das irmãs de Bingley. Percebeu que a mãe estava claramente pensando a mesma coisa e decidiu não se aventurar perto dela, para não ouvir demais. Por isso, quando todos foram cear, considerou uma grande falta de sorte o acaso que as pôs sentadas com apenas uma pessoa no meio; e ficou profundamente irritada por sua mãe estar falando com aquela pessoa (Lady Lucas) de maneira franca, sem rodeios, e apenas de suas expectativas de Jane em breve estar casada com o sr. Bingley. Era um assunto animador e a sra. Bennet parecia incapaz de se cansar enquanto enumerava as vantagens da união. O fato de ele ser um rapaz tão encantador, e tão rico, e de morar a apenas três milhas deles foram os primeiros pontos pelos quais se congratulou; e ademais era tão bom pensar em como as duas irmãs gostavam de Jane e ter a certeza de que deviam desejar a união tanto quanto ela. Além disso, era deveras promissor para suas filhas mais novas, já que o fato de Jane fazer um casamento tão bom deveria sem dúvida ajudá-las a conhecer outros homens ricos; e, por último, era muito agradável para alguém da sua idade poder deixar as filhas solteiras aos cuidados da irmã, para que não precisasse sair mais do que gostaria. Era necessário dizer que essa circunstância era positiva, pois era o que mandava a etiqueta naquelas ocasiões; mas a sra. Bennet era a última pessoa do mundo a achar bom ser obrigada a ficar em casa com qualquer idade. Ela concluiu desejando com a maior cordialidade que Lady Lucas em breve tivesse a mesma felicidade, embora evidentemente, por seu ar triunfal, acreditasse que não havia chance de isso acontecer.

Em vão Elizabeth tentou fazer a mãe falar menos ou persuadi-la a descrever sua alegria em um sussurro menos audível. Para sua inexprimível irritação, percebeu que quase tudo o que a sra. Bennet dizia estava sendo ouvido pelo sr.

Darcy, que se encontrava em frente a ambas. A sra. Bennet ralhou com Elizabeth, dizendo que ela estava falando bobagens.

— Mas me diga, quem é o sr. Darcy para me deixar com esse medo? Eu não lhe devo nenhum favor especial para não dizer nada que ele possa não gostar de ouvir.

— Pelo amor de Deus, fale mais baixo. Que vantagem é para a senhora ofender o sr. Darcy? Nunca vai agradar o amigo dele fazendo isso.

No entanto, nada do que Elizabeth disse adiantou. Sua mãe insistiu em falar o que pensava no mesmo tom de voz. Ela corou de vergonha e irritação. Não pôde deixar de espiar o sr. Darcy de quando em quando, embora cada olhar a deixasse mais convencida daquilo que temia, pois, mesmo que ele não ficasse sempre olhando a sra. Bennet, Elizabeth teve certeza de que prestava atenção em tudo o que ela dizia. A expressão do rosto dele mudou gradualmente de um desdém indignado para uma gravidade contida e imperturbável.

Afinal, no entanto, a sra. Bennet não teve mais o que dizer; e Lady Lucas, que vinha bocejando diante de deleites que dificilmente viveria, pôde se consolar com o presunto e o frango frios. Elizabeth, então, começou a recobrar o ânimo. Porém, o intervalo de tranquilidade não foi longo, porque, após a ceia, falou-se em cantar e ela teve a mortificação de ver Mary, depois de pouquíssima insistência, preparando-se para satisfazer os presentes. Com muitos olhares significativos e apelos silenciosos Elizabeth tentou prevenir tamanha prova de autoindulgência — em vão. Mary recusou-se a compreendê-los. Aquela oportunidade de se exibir era deliciosa para ela, que começou sua canção. Os olhos de Elizabeth permaneceram fixos em Mary com uma sensação dolorosa e ela observou-a passar pelas diversas estrofes com uma impaciência que foi muito pouco recompensada no final da canção; pois Mary, ao receber, entre os agradecimentos da mesa, a mais leve insinuação de um pedido de que pudesse agraciá-los mais uma vez, depois de uma pausa de meio minuto, começou a cantar outra. O talento de Mary não era de modo algum suficiente para aquele espetáculo: sua voz era fraca e seus modos, afetados. Elizabeth ficou na mais profunda agonia. Olhou para Jane, a fim de ver como ela estava reagindo. Mas Jane estava conversando com Bingley, bastante composta. Elizabeth fitou as duas irmãs de Bingley e viu-as fazendo sinais de zombaria uma para a outra, e para Darcy, que, no entanto, continuava com uma expressão de gravidade impenetrável. Então olhou para o pai para implorar pela interferência dele, pedindo que não deixasse Mary cantar a noite toda. O sr. Bennet entendeu e, quando Mary terminou a segunda canção, disse em voz alta:

— Muito bem, minha filha. Você já nos deliciou por tempo o suficiente, deixe que as outras moças tenham tempo de se exibir.

Mary, embora fingindo não ouvir, ficou um pouco desconcertada. E Elizabeth, lamentando por ela e pelo discurso do pai, temeu que sua ansiedade não houvesse adiantado de nada. Foi pedido a outros convidados que cantassem.

— Se eu tivesse a felicidade de saber cantar, teria grande prazer em agraciar os presentes com uma ária — falou o sr. Collins —, pois considero a música uma distração inocente, perfeitamente compatível com a profissão de pároco. No entanto, não desejo afirmar que é justificável dedicarmos tempo demais à música, pois decerto há outras coisas que requerem nossa atenção. O clérigo de uma paróquia tem muito a fazer. Em primeiro lugar, precisa chegar a um acordo sobre os dízimos que seja benéfico para si mesmo mas que não desagrade seu patrono. Precisa escrever seus próprios sermões. E o tempo restante não será excessivo para que cumpra os deveres da paróquia e cuide e faça melhorias na sua residência, que tem a obrigação de tornar o mais confortável possível. E acho de grande importância que demonstre modos atenciosos e conciliatórios com todos, em especial aqueles a quem deve sua indicação ao cargo. Não posso me eximir desse dever; nem poderia ter uma opinião positiva do homem que negligenciaria uma ocasião de demonstrar seu respeito para com algum membro da família. — E, com uma mesura para o sr. Darcy, concluiu o discurso, que proferira alto o suficiente para ser ouvido por metade da sala. Muitos o olharam com espanto; muitos sorriram; mas ninguém pareceu divertir-se mais do que o sr. Bennet, enquanto sua esposa elogiava, a sério, o sr. Collins por ter dito algo tão sensato, observando em um sussurro audível para Lady Lucas que era um rapaz bom e extraordinariamente inteligente.

Para Elizabeth, pareceu que se sua família houvesse combinado de se expor o máximo possível durante aquela noite teria sido impossível que todos desempenhassem seus papéis com mais entusiasmo ou maior sucesso. Ela considerou uma felicidade para Bingley e Jane parte do espetáculo não haver sido percebida pelo anfitrião, e não ser ele o tipo de pessoa que se perturbaria com as tolices que decerto testemunhara. Porém, que as duas irmãs de Bingley e o sr. Darcy fossem ter tamanha oportunidade para ridicularizar seus parentes já era desagradável o suficiente, e Elizabeth não conseguiu decidir o que era mais intolerável: se o desdém silencioso do cavalheiro ou os sorrisos insolentes das damas.

O resto da noite foi pouco prazeroso. O sr. Collins aborreceu-a, permanecendo com grande perseverança ao seu lado e, embora não tenha conseguido convencê-la a dançar mais uma vez, deixou-a incapaz de dançar com outros.[45] Em vão Elizabeth tentou persuadi-lo a convidar outra pessoa, oferecendo-se para apresentá-lo a qualquer jovem ali presente. O sr. Collins garantiu-lhe que era indiferente à dança e que seu principal objetivo era, através de delicadas atenções, ser-lhe agradável; e que, portanto, permaneceria com ela a noite inteira. Não havia como argumentar contra essa proposta. O maior alívio de Elizabeth veio de sua amiga, a srta. Lucas, que vinha juntar-se a eles vez ou outra e bondosamente distraía o sr. Collins com sua conversa.

Elizabeth, pelo menos, não precisou sofrer a ofensa de receber mais atenções do sr. Darcy. Embora ele diversas vezes tenha estado muito perto dela, sem falar com mais ninguém, jamais se aproximou o suficiente para que eles conversassem. Ela imaginou que aquela era uma provável consequência de suas alusões ao sr. Wickham e alegrou-se com isso.

O grupo de Longbourn foi o último a ir embora e, graças a uma manobra da sra. Bennet, precisou esperar por suas carruagens um quarto de hora a mais do que todos os outros convidados, o que lhes deu tempo bastante para ver quão ardentemente parte da família desejava sua partida. A sra. Hurst e a irmã mal abriram a boca, a não ser para reclamar de cansaço, e era evidente que estavam impacientes para ter a casa só para si. Elas repeliram todas as tentativas de conversa da sra. Bennet e, com isso, espalharam um langor pelo grupo que foi quase nada aliviado pelos longos discursos do sr. Collins elogiando o sr. Bingley e as irmãs pela elegância do baile e pela forma hospitaleira e cordial com que receberam os convidados. Darcy não disse nem uma palavra. O sr. Bennet, também em silêncio, desfrutava da cena. O sr. Bingley e Jane estavam juntos, um pouco afastados do resto, conversando apenas um com o outro. Elizabeth falou tão pouco quanto a sra. Hurst e a srta. Bingley; e até Lydia estava tão cansada que conseguia apenas soltar de quando em quando a exclamação "Meu Deus, como estou exausta!" acompanhada por um violento bocejo.

45. Uma dama só podia recusar um parceiro se afirmasse que não pretendia dançar. Caso Elizabeth, depois de haver recusado dançar com o sr. Collins, tivesse aceitado outro parceiro, estaria cometendo uma imensa falta de educação.

Quando afinal se levantaram para partir, a sra. Bennet afirmou com grande insistência que esperava ver a família toda em Longbourn em breve, dirigindo-se particularmente ao sr. Bingley e assegurando-lhe que todos adorariam que ele fosse jantar em família com eles, sem a cerimônia de um convite formal. Bingley expressou sua gratidão e seu prazer e de imediato garantiu que aproveitaria a primeira oportunidade de ir visitá-la após sua volta de Londres, para onde teria de ir no dia seguinte passar um curto período.

A sra. Bennet ficou satisfeitíssima e se foi com a deliciosa convicção de que, considerando-se o tempo necessário para os acordos de casamento, a compra de novas carruagens e a encomenda do enxoval, sua filha sem dúvida estaria morando em Netherfield em três ou quatro meses. No fato de ter outra filha casada com o sr. Collins, ela pensava com igual certeza e com considerável, porém não igual, prazer. De todas as suas filhas, Elizabeth era aquela de quem menos gostava; e, embora aquele homem e aquela união fossem bons o suficiente para ela, o valor de ambos foi ofuscado pelo sr. Bingley e por Netherfield.

CAPÍTULO 19

No dia seguinte, uma nova cena se descortinou em Longbourn. O sr. Collins fez uma declaração formal. Depois de ter resolvido assim proceder sem perda de tempo, já que sua licença se estendia apenas até o sábado seguinte, e sem nenhuma timidez que a tornasse algo angustiante nem durante o momento, ele começou de maneira bastante ordeira, com todas as observâncias que imaginou serem parte do negócio. Ao encontrar a sra. Bennet, Elizabeth e uma das irmãs mais novas juntas, logo após o café da manhã, dirigiu-se a elas:

— Posso contar, senhora, com sua influência sobre sua filha Elizabeth ao solicitar a honra de uma audiência privada com ela ao longo desta manhã?

Antes que Elizabeth tivesse tempo para qualquer coisa além de um rubor de surpresa, a sra. Bennet imediatamente respondeu:

— Minha nossa! Sim! Claro! Tenho certeza de que Lizzy ficará muito feliz. Tenho certeza de que ela não vai se opor. Venha, Kitty, preciso de você lá em cima. — E, pegando a costura, estava saindo às pressas quando Elizabeth disse bem alto:

— Não vá embora, mamãe. Por favor, não vá. O sr. Collins terá de me desculpar. Ele não pode ter nada a me dizer que todos não possam ouvir. Eu própria estava saindo.

— Não, não. Que bobagem, Lizzy. Quero que você fique. — E quando Lizzy parecia realmente prestes a escapar com uma expressão de irritação e constrangimento, ela acrescentou: — Lizzy, eu insisto que você fique e ouça o sr. Collins.

Elizabeth não podia se opor a tal injunção e, como um instante de reflexão a fez se dar conta de que seria melhor acabar com aquilo da maneira mais breve e discreta possível, ela voltou a se sentar e tentou, costurando sem parar, esconder seus sentimentos, entre os quais se misturavam a angústia e a hilaridade. A sra. Bennet e Kitty se afastaram e, assim que saíram, o sr. Collins começou.

— Acredite, minha cara srta. Elizabeth, que seu recato, longe de lhe fazer um desserviço, acrescenta mais uma às suas qualidades. A senhorita teria sido menos amável aos meus olhos se *não* houvesse demonstrado essa pequena hesitação; mas permita-me assegurar-lhe que tenho a permissão de sua respeitável mãe para dirigir-lhe a palavra. A senhorita decerto imagina o propósito do meu discurso, por mais que sua delicadeza natural a leve a disfarçar: minhas atenções foram marcadas demais para não serem compreendidas. Praticamente no instante em que entrei nesta casa escolhi a senhorita como a companheira da minha vida futura. Mas, antes que eu deixe meus sentimentos acerca desse assunto me dominarem, talvez seja aconselhável explicar por que motivos desejo me casar; e por que vim a Hertfordshire com o intuito de selecionar uma esposa, como de fato o fiz.

A ideia de que o sr. Collins, com toda a sua solenidade e compostura, pudesse deixar seus sentimentos o dominarem, fez Elizabeth chegar tão perto de dar uma risada que ela não pôde usar esta curta pausa para tentar interrompê-lo, e ele então continuou:

— Desejo me casar porque, em primeiro lugar, acredito ser correto para qualquer pároco em uma situação confortável, como eu, dar o exemplo do matrimônio a sua paróquia. Em segundo lugar, estou convencido de que aumentará muito minha felicidade. E, em terceiro lugar, algo que talvez devesse ter mencionado antes: isso foi-me aconselhado e recomendado particularmente pela nobilíssima dama que tenho a honra de chamar de patrona. Duas vezes ela teve a condescendência de me dar sua opinião sobre o assunto, e sem que eu pedisse! No sábado antes de eu partir de Hunsford, entre nossas partidas de *quadrille*, quando a sra. Jenkinson estava mudando a posição do banquinho no qual a srta. De Bourgh descansa os pés, ela disse, "Sr. Collins, o senhor deve se casar. Um pároco como o senhor deve se casar. Escolha corretamente: por mim, escolha uma moça educada; e, pelo senhor próprio, que ela seja uma pessoa ativa e útil, que não tenha sido criada com muitos mimos mas que saiba fazer bom uso de uma pequena renda. Esse é meu conselho. Encontre uma mulher com essas características assim que puder, traga-a para Hunsford e eu a visitarei". Aliás, minha bela prima, permita-me observar que não considero as atenções e gentilezas de Lady Catherine de Bourgh uma das menores vantagens que está em meu poder oferecer. A senhorita verá que não sou capaz de fazer justiça à polidez dela; e sua espirituosidade e vivacidade, creio, lhe serão aceitáveis, sobretudo quando amenizadas pelo silêncio e o respeito inevitavelmente despertados por alguém de tamanha posição social. Isso é tudo o que direi sobre minha opinião geral a respeito do matrimônio; resta-me explanar por que decidi vir a Longbourn em vez de me ater à minha própria vizinhança, onde, asseguro-lhe, há muitas jovens amáveis. O fato é que, como irei herdar esta propriedade depois da morte de seu honrado pai, que, no entanto, pode ainda viver mais muitos anos, não conseguiria ficar satisfeito se não escolhesse uma de suas filhas por esposa, de modo que a perda para elas fosse a menor possível quando esse melancólico acontecimento ocorrer — algo que, como eu já disse, talvez demore anos. Esse foi meu motivo, minha bela prima, e acredito que ele não a fará estimar-me menos. E agora basta apenas que eu lhe assegure, da maneira mais enfática possível, a força da minha afeição. A questão da fortuna me é perfeitamente indiferente e não farei nenhuma demanda dessa natureza a seu pai, pois sei muito bem que ela não poderia ser atendida, e que tudo o que a senhorita talvez venha a ter são mil libras investidas a juros de quatro por cento ao ano, que só serão suas após a morte da sua mãe. Sobre esse assunto, portanto, manterei um silêncio constante, e a senhorita pode ter certeza de que nenhuma censura mesquinha jamais me sairá dos lábios depois de nos casarmos.

Tornara-se absolutamente necessário interrompê-lo.

— O senhor se precipita! — exclamou Elizabeth. — Esquece-se de que não respondi ainda. Deixe-me fazê-lo sem perda de tempo. Aceite meus agradecimentos por essa lisonja. Tenho perfeita consciência da honra que é receber esse pedido, mas a única coisa que posso fazer é recusá-lo.

— Já era de meu conhecimento — respondeu o sr. Collins, com um aceno formal — ser um hábito das moças rejeitar o homem cujo pedido de casamento secretamente desejam aceitar quando ele o faz pela primeira vez; e também que às vezes a recusa é repetida duas ou até três vezes. Portanto, não fiquei de maneira alguma desencorajado pelo que a senhorita acaba de dizer, e espero levá-la ao altar em não muito tempo.

— Palavra de honra, é extraordinário que o senhor tenha essa esperança após minha declaração. Garanto-lhe que não sou uma dessas moças, se é que elas existem, que têm a ousadia de arriscar sua felicidade apostando na possibilidade de receberem um segundo pedido. Minha recusa é de todo séria. O senhor não poderia me fazer feliz e estou convencida de que sou a última mulher do mundo capaz de fazer *o senhor* feliz. Aliás, se sua amiga Lady Catherine me conhecesse, tenho certeza de que me acharia mal qualificada para a situação em todos os aspectos.

— Se eu estivesse certo de que Lady Catherine acharia isso... — disse o sr. Collins, muito grave. — Mas não imagino por que ela desaprovaria a senhorita. E pode ter certeza de que, quando eu tiver a honra de encontrar minha patrona, louvarei ao máximo sua modéstia, economia e outras qualidades amáveis.

— Creia-me, sr. Collins, todos os elogios a mim serão desnecessários. Dê-me a licença de julgar por mim mesma e me faça o favor de acreditar no que digo. Desejo que o senhor seja muito feliz e muito rico e, ao recusar sua mão, faço tudo o que posso para impedir o oposto de acontecer. Depois de me fazer esse pedido, o senhor decerto há de esquecer a delicada preocupação que teve em relação à minha família e poderá tomar posse de Longbourn, quando a propriedade se tornar sua, sem escrúpulos de consciência. Essa questão, portanto, pode ser considerada resolvida. — E, levantando-se ao dizer isso, Elizabeth teria deixado a sala se o sr. Collins não houvesse falado:

— Quando eu tiver a honra de abordar o assunto com a senhorita da próxima vez, espero receber uma resposta mais favorável do que essa que acabei de ouvir. Mas estou longe de acusá-la de crueldade por enquanto, pois sei que é um costume estabelecido do seu sexo rejeitar um homem quando este faz o pedido pela primeira vez. Talvez, mesmo agora, a senhorita tenha me dado todo o encorajamento adequado à verdadeira delicadeza feminina.

— Realmente, sr. Collins, o senhor me deixa muito intrigada! — exclamou Elizabeth, com alguma irritação. — Se o que eu disse até agora pode lhe parecer um encorajamento, não sei como expressar minha recusa de modo a convencê-lo de que ela é uma recusa.

— Minha querida prima, precisa me desculpar se acredito que sua recusa ao meu pedido é apenas uma questão formal. Meus motivos para isso são, em resumo, os seguintes: não me parece que minha mão seja indigna de ser aceita pela senhorita, ou que a situação que ofereço possa não ser altamente desejável. Minha posição, meu relacionamento com a família De Bourgh e meu parentesco com a sua própria são todas circunstâncias a meu favor. E a senhorita deve considerar também que, apesar dos seus muitos atrativos, não é possível ter certeza de que receberá qualquer outro pedido de casamento. Seu dote, infelizmente, é tão pequeno que é muito provável que anule os efeitos da sua beleza e das suas amáveis qualidades. Portanto, devo concluir que não fala sério ao me rejeitar, e escolherei atribuir isso a seu desejo de aumentar meu amor através do suspense, seguindo o costume das mulheres elegantes.

— Garanto ao senhor que não tenho a menor pretensão ao tipo de elegância que consiste em atormentar um homem respeitável. Prefiro que me faça o favor de acreditar na minha sinceridade. Agradeço muito pela honra do seu pedido, mas aceitá-lo é absolutamente impossível. Meus sentimentos, em todos os aspectos, me proíbem de fazê-lo. Acredito que não posso ser mais clara. Agora, não me considere mais uma mulher elegante que deseja azucriná-lo, e sim uma criatura racional falando a verdade de coração.

— A senhorita é incessantemente encantadora! — exclamou o sr. Collins, com um desajeitado ar galanteador. — E tenho certeza de que, ao ser aprovado pela autoridade expressa de ambos os seus excelentes pais, meu pedido não deixará de ser aceitável.

Elizabeth se recusou a responder diante dessa teimosa ilusão e, retirando-se imediatamente em silêncio, decidiu — se ele insistisse em considerar suas repetidas recusas como encorajamentos lisonjeiros — pedir a ajuda do pai, cuja resposta negativa seria feita de forma decidida e cujo comportamento não seria confundido com a afetação coquete de uma mulher elegante.

CAPÍTULO 20

O SR. COLLINS NÃO PÔDE ficar muito tempo contemplando em silêncio seu amor bem-sucedido, pois a sra. Bennet, que se demorara no vestíbulo para saber quando terminaria a conversa, assim que viu Elizabeth abrir a porta e atravessá-lo até a escada com passos rápidos, entrou na sala de café da manhã e parabenizou efusivamente tanto a ele quanto a si mesma pela feliz perspectiva do estreitamento de suas relações. O sr. Collins recebeu e retribuiu essas felicitações com igual prazer e então se pôs a relatar os detalhes de seu diálogo com a prima, com cujos resultados acreditava ter todos os motivos para estar satisfeito, já que sua recusa naturalmente fora produto do tímido recato e da genuína delicadeza desta última.

Essa informação, no entanto, assustou a sra. Bennet. Ela gostaria de ter a mesma certeza de que sua filha pretendera encorajar o sr. Collins recusando seu pedido, mas não ousava acreditar nisso e não pôde deixar de dizê-lo.

— Mas pode ter certeza, sr. Collins — acrescentou —, de que Lizzy será chamada à razão. Eu mesma irei falar com ela neste minuto. Ela é uma menina muito voluntariosa e tola, que não sabe o que é do próprio interesse. Mas eu irei *obrigá-la* a saber.

— Perdoe-me por interrompê-la, senhora! — exclamou o sr. Collins. — Porém, se ela for mesmo voluntariosa e tola, não sei bem se seria a esposa mais desejável para um homem na minha situação, que, naturalmente, busca a felicidade no matrimônio. Se a srta. Elizabeth de fato persistir em recusar meu pedido, talvez seja melhor não forçá-la a aquiescer, pois, se tiver esses defeitos de temperamento, não irá contribuir muito para o meu bem-estar.

— O senhor me entendeu mal — corrigiu-se a sra. Bennet, alarmada. — Lizzy só é voluntariosa em assuntos como esse. Em todas as outras coisas, é a menina mais dócil que já existiu. Eu irei falar imediatamente com o sr. Bennet e tenho certeza de que logo vamos resolver a questão.

Ela não lhe deu tempo para responder e, indo no mesmo instante ter às pressas com o marido, falou alto ao entrar na biblioteca:

— Ah, sr. Bennet! Preciso de você imediatamente. Estamos todos no maior alvoroço. Precisa obrigar Lizzy a se casar com o sr. Collins, pois ela jura que não o aceita e, se você não se apressar, ele vai mudar de ideia e não vai mais querê-la também.

O sr. Bennet ergueu os olhos do livro que estava lendo quando ela entrou e encarou-a com uma despreocupação que não foi sequer minimamente alterada por aquela declaração.

— Eu não tenho o prazer de compreendê-la — disse ele, quando a sra. Bennet terminou. — Sobre o que está falando?

— Sobre o sr. Collins e Lizzy. Lizzy declarou que não aceita se casar com o sr. Collins e ele começou a dizer que não quer mais se casar com ela.

— E o que eu devo fazer quanto a isso? Parece não haver solução.

— Fale com Lizzy pessoalmente. Diga-lhe que insiste que ela se case com ele.

— Mande-a descer. Ela irá ouvir minha opinião.

A sra. Bennet tocou a sineta e a srta. Elizabeth foi chamada à biblioteca.

— Venha aqui, minha filha — disse seu pai quando ela chegou. — Mandei chamá-la para tratar de um assunto importante. Disseram-me que o sr. Collins pediu sua mão em casamento. É verdade? — Elizabeth respondeu que sim. — Muito bem. E esse pedido de casamento, você recusou?

— Sim, senhor.

— Muito bem. Agora, chegamos ao ponto. Sua mãe insiste que você o aceite. Não é mesmo, sra. Bennet?

— Sim, ou nunca mais vou olhar para ela.

— Você tem uma infeliz alternativa pela frente, Elizabeth. Deste dia em diante, deverá deixar de estar na presença de um dos seus pais. Sua mãe nunca mais olhará para você caso se *recuse* a casar-se com o sr. Collins e eu nunca mais a olharei se você *aceitar.*

Elizabeth não pôde deixar de sorrir de tal conclusão após tal começo, mas a sra. Bennet, que acreditara que o marido via a questão da maneira como ela desejava, ficou profundamente decepcionada.

— O que pretende falando dessa maneira, sr. Bennet? Você me prometeu que ia *insistir* para que ela se casasse com ele.

— Minha querida — respondeu o marido —, tenho dois pequenos favores a pedir. Primeiro, que você me permita usar livremente minha inteligência nesta ocasião; e segundo, que me permita usar livremente este cômodo. Gostaria de ficar a sós na minha biblioteca assim que possível.

No entanto, apesar da decepção com o marido, a sra. Bennet não desistiu. Falou sem parar com Elizabeth, ora adulando, ora ameaçando. Tentou obter a ajuda de Jane, mas esta, com toda a doçura possível, se recusou a interferir. E Elizabeth respondeu a seus ataques ora com a maior seriedade, ora em tom brincalhão. Porém, embora sua reação alternasse, a resposta nunca mudava.

O sr. Collins, enquanto isso, ficou refletindo a sós sobre o que acontecera. Ele tinha uma opinião boa demais sobre si mesmo para compreender o motivo pelo qual a prima recusara o pedido; e, embora seu orgulho houvesse sido ferido, esse foi seu único sofrimento. Seu afeto por Elizabeth era puramente imaginário e a possibilidade de ela merecer a censura da mãe impediu-o de lamentar o ocorrido.

Enquanto a família estava nessa confusão, Charlotte Lucas veio passar o dia com eles. Foi recebida no vestíbulo por Lydia, que, correndo até ela, disse, em um sussurro audível:

— Que bom que você veio, pois aqui está tão divertido! O que acha que aconteceu esta manhã? O sr. Collins pediu Lizzy em casamento, mas ela recusou.

Charlotte mal teve tempo de responder quando Kitty se aproximou para contar a mesma novidade e, assim que elas entraram na sala de café da manhã, na qual a sra. Bennet se encontrava sozinha, esta também começou a falar no assunto, pedindo pela compaixão da srta. Lucas e implorando-lhe que convencesse a amiga Lizzy a acatar o desejo de toda a família.

— Por favor, faça isso, minha querida srta. Lucas — acrescentou, em tom melancólico —, pois ninguém está do meu lado, ninguém toma meu partido, me tratam com a maior crueldade, ninguém tem pena dos meus pobres nervos.

Charlotte foi poupada de responder pela entrada de Jane e Elizabeth.

— Ah, lá vem ela — continuou a sra. Bennet —, com a maior tranquilidade e se importando tanto conosco como se estivéssemos em York, contanto que possa fazer o que quer. Mas vou lhe dizer uma coisa, srta. Lizzy: se você enfiar na cabeça que vai continuar a recusar qualquer pedido de casamento desse jeito, nunca vai conseguir um marido. E eu não faço ideia de quem vai sustentá-la depois que seu pai morrer. *Eu* não vou poder. A senhorita está avisada. De hoje em diante, não quero mais saber de você. Eu lhe disse na biblioteca que nunca mais iria falar com você, e sou uma mulher de palavra. Não me dá o menor prazer conversar com uma filha desobediente. Não que eu sinta muito prazer em conversar com ninguém. Pessoas que sofrem dos nervos, como eu, não gostam muito de falar. Ninguém sabe como eu sofro! Mas é sempre assim. Ninguém sente pena de quem nunca reclama.

Suas filhas ouviram esse discurso em silêncio, pois sabiam que qualquer tentativa de argumentar ou consolá-la só aumentaria sua irritação. A sra. Bennet, portanto, continuou a falar sem ser interrompida por ninguém, até que chegou o sr. Collins, entrando na sala com um ar mais solene do que o habitual. Ao vê-lo, ela disse para as meninas:

— Agora, eu insisto que vocês, todas vocês, parem de tagarelar e deixem que eu e o sr. Collins conversemos.

Elizabeth desapareceu silenciosamente da sala, e Jane e Kitty a seguiram. Mas Lydia manteve sua posição, decidida a ouvir tudo quanto pudesse; e Charlotte, a princípio detida pela cortesia do sr. Collins, cujas perguntas sobre ela e toda a sua família foram muito detalhadas, e, depois, por uma leve curiosidade, contentou-se em ir até a janela e fingir que não estava escutando. Com uma voz chorosa, a sra. Bennet iniciou a conversa:

— Ah! Sr. Collins!

— Minha cara senhora — respondeu ele —, jamais voltemos a falar no assunto. Longe de mim — continuou, em um tom que expressava com clareza seu desprazer — ressentir-me do comportamento da sua filha. Resignação aos males inevitáveis é um dever de todos nós, peculiarmente de um rapaz tão afortunado quanto eu, nomeado ainda jovem para um cargo eclesiástico. Acredito estar de fato resignado. Talvez não menos por duvidar um pouco se teria ficado de fato feliz caso minha prima houvesse me honrado com sua mão. Pois já observei muitas vezes que a resignação nunca é tão perfeita quanto quando a bênção negada começa a perder seu valor aos nossos olhos. Espero que a senhora não considere que estou demonstrando qualquer desrespeito pela sua família ao retirar o pedido feito à sua filha sem antes ter dado à senhora e ao sr. Bennet a oportunidade de exercer sua autoridade em meu favor. Temo que minha conduta seja censurável, já que aceitei a recusa da sua filha e não da senhora. Mas todos nós somos passíveis de erro. Minha intenção decerto foi boa. Meu objetivo era obter uma companheira amável para mim mesmo, com a devida consideração a toda a sua família. E se meu modo de fazer isso foi repreensível, imploro-lhe que me desculpe.

CAPÍTULO 21

A DISCUSSÃO ACERCA DO PEDIDO do sr. Collins então praticamente cessou, com Elizabeth precisando sofrer apenas o desconforto que não poderia ter deixado de surgir na ocasião e, de tempos em tempos, alguma menção ao assunto, feita em tom irritado pela mãe. Quanto ao cavalheiro, este expressou seus sentimentos não com constrangimento ou tristeza, ou tentando evitá-la, mas através de um comportamento gélido e de um silêncio ressentido. O sr. Collins quase não falou com Elizabeth, e a atenção que tanto afirmara ter-lhe prestado foi transferida, durante o resto do dia, para a srta. Lucas, cuja gentileza em ouvi-lo foi um alívio temporário para toda a família e, em especial, para sua amiga.

No dia seguinte, nem o humor nem a saúde da sra. Bennet haviam melhorado. O sr. Collins também continuava magoado e aborrecido. Elizabeth esperara que o ressentimento encurtasse a visita dele, mas não pareceu modificar em nada seus planos. Sua ideia era ir embora no sábado, e até sábado ele ainda pretendia ficar.

Depois do café da manhã, as meninas caminharam até Meryton para perguntar se o sr. Wickham tinha voltado e para lamentar sua ausência no baile em Netherfield. Ele se juntou a elas quando chegaram à cidade e acompanhou-as até a casa da tia, onde suas explicações, seu pesar e a decepção geral foram discutidos a contento. Para Elizabeth, no entanto, o sr. Wickham confessou que a necessidade de se ausentar fora imposta por ele mesmo.

— Quando o momento se aproximou, achei melhor não me encontrar com o sr. Darcy — explicou. — Estar na mesma sala, na mesma festa que ele durante tantas horas poderia ser-me insuportável e causar cenas que seriam desagradáveis não só para mim como para outras pessoas.

Ela aprovou com entusiasmo o desprendimento dele. Tiveram tempo para discuti-lo em detalhes e para trocar diversas amabilidades, pois Wickham e outro oficial andaram com as meninas até Longbourn e, durante a caminhada, ele se ocupou quase inteiramente de Elizabeth. O fato de Wickham acompanhá-las teve uma dupla vantagem: Elizabeth sentiu que ele fez isso por causa dela e considerou aquela uma ótima ocasião para apresentá-lo a seus pais.

Logo depois de chegarem, uma carta foi entregue à srta. Bennet. Tinha sido mandada de Netherfield e foi aberta de imediato. O envelope continha uma elegante folhinha de papel prensado a quente[46] tomada por uma bela e harmônica caligrafia feminina. Elizabeth viu a expressão da irmã mudar enquanto lia a carta e observou-a se concentrar especialmente em alguns trechos. Jane logo se conteve e, guardando a carta, tentou participar da conversa com sua afabilidade usual, mas Elizabeth ficou tão receosa que não conseguiu dedicar toda a sua atenção nem para Wickham. Assim que ele e o amigo se despediram, Jane olhou-a, convidando-a a subir. Quando chegaram ao quarto de ambas, Jane pegou a carta e disse:

— Isso foi enviado por Caroline Bingley. Seu conteúdo me deixou bastante surpresa. A essa altura, todos eles já partiram de Netherfield e estão a caminho da cidade, sem nenhuma intenção de voltar. Ouça o que diz.

Ela então leu em voz alta a primeira frase, que continha a informação de que os outros quatro haviam decidido juntar-se ao sr. Bingley em Londres prontamente, onde pretendiam jantar naquele dia mesmo na rua Grosvenor, onde ficava a casa do sr. Hurst. Depois, vinham as seguintes palavras: "Não fingirei lamentar por nada do que deixo para trás em Hertfordshire a não ser sua companhia, minha amada amiga. No entanto, esperemos que, no futuro, voltemos a ter muitos outros encontros deliciosos; e, enquanto isso, podemos diminuir a dor da separação através de uma correspondência assídua e sem reservas. Conto com você". Essas declarações derramadas foram ouvidas por Elizabeth com toda a frieza da desconfiança; e, apesar de aquela partida súbita tê-la surpreendido, ela não viu naquilo nenhum motivo para lamentação. Não se podia supor que a ausência dos outros de Netherfield impedisse o sr. Bingley de visitar a casa que alugara; e Elizabeth tinha certeza de que Jane logo iria esquecer as irmãs, desfrutando da companhia do próprio.

— É uma falta de sorte você não poder ver suas amigas antes de elas deixarem a região — disse, depois de uma breve pausa. — Mas não podemos esperar que o período de felicidade antevisto pela srta. Bingley chegue antes do que ela imagina, e que os encontros deliciosos que vocês tiveram como amigas possam ser retomados com ainda maior satisfação na qualidade de cunhadas? O sr. Bingley não ficará em Londres por causa delas.

— Caroline afirma com convicção que nenhum deles voltará a Hertfordshire neste inverno. Vou ler para você: "Quando meu irmão nos deixou ontem, ima-

46. O papel prensado a quente era mais liso e mais caro.

ginou que os negócios que precisava resolver em Londres poderiam ser concluídos em três ou quatro dias. Mas, como nós temos certeza de que isso será impossível e, ao mesmo tempo, estamos convencidos de que, depois de Charles chegar à cidade, ele não terá a menor pressa de partir, decidimos nos juntar a ele para que não seja obrigado a passar suas horas de lazer no desconforto de um hotel. Muitos dos meus conhecidos já chegaram à cidade para passar o inverno.[47] Gostaria que você, amada amiga, me comunicasse sua intenção de fazer parte da multidão, mas temo que isso seja impossível. Espero sinceramente que o Natal em Hertfordshire seja transbordante das alegrias da estação e que você fique tão cercada de admiradores que não sinta a falta dos três dos quais iremos lhe privar".

— Com isso, está evidente que ele não vai mais voltar neste inverno — acrescentou Jane.

— Está evidente apenas que a srta. Bingley não *quer* que ele volte.

— Por que diz isso? Deve ser uma decisão do próprio sr. Bingley. Ele não deve obediência a ninguém. Mas você ainda não ouviu tudo. Irei ler o trecho que mais me machucou. De você, não esconderei nada: "O sr. Darcy está impaciente para ver a irmã e confesso que nós estamos quase tão ansiosas quanto ele para reencontrá-la. Acredito que não haja nenhuma mulher tão bela, elegante e prendada quanto Georgiana Darcy, e a afeição que Louisa e eu temos por ela se torna ainda mais interessante diante da esperança de que ela venha a se tornar nossa cunhada. Não sei se já mencionei alguma vez meus sentimentos acerca desse assunto, mas não deixarei a região sem fazer essa confidência, e acredito que você não a achará infundada. Meu irmão já admira Georgiana Darcy imensamente e, agora, terá oportunidades frequentes de vê-la com intimidade. Os parentes dela desejam a união tanto quanto os dele, e creio que minha parcialidade de irmã não me engana quando afirmo que Charles é muito capaz de conquistar o coração de qualquer mulher. Com todas essas circunstâncias a favor de um enlace e nada para impedi-lo, eu por acaso estou errada, minha amada Jane, em permitir-me ter a esperança de presenciar um acontecimento que irá causar a felicidade de tantas pessoas?".

47. O Parlamento inglês entrava em recesso no verão, quando em geral seus membros, acompanhados das famílias, iam passar uma temporada no campo. A partir do final de outubro, as sessões voltavam a acontecer e os parlamentares regressavam à capital. Com isso, tornou-se um hábito das classes abastadas passar o inverno em Londres, quando a cidade estava mais cheia e os eventos sociais mais importantes aconteciam.

— O que você acha dessa frase, minha querida Lizzy? — disse Jane, ao terminar de ler. — Não está bem claro? Não é uma declaração definitiva de que Caroline nem espera nem deseja me ter como cunhada; de que está inteiramente convencida da indiferença do irmão; e de que, se suspeita da natureza dos meus sentimentos, pretende, com enorme gentileza, dar-me um alerta? É possível ter outra opinião sobre esse assunto?

— Sim, é possível; pois a minha é completamente diferente. Deseja ouvi-la?

— De muito bom grado.

— Vou explicá-la em poucas palavras. A srta. Bingley viu que o irmão está apaixonado por você e quer que ele se case com a srta. Darcy. Foi para a cidade na esperança de mantê-lo lá e está tentando persuadi-la de que ele não gosta de você.

Jane balançou a cabeça.

— Realmente, Jane, você devia acreditar em mim. Ninguém que tenha visto vocês juntos pode duvidar do amor dele. A srta. Bingley não duvida, tenho certeza. Ela não é tão simplória assim. Se tivesse visto metade desse amor no sr. Darcy, já teria encomendado o enxoval. Mas o caso é este: nós não somos ricos o suficiente ou ilustres o suficiente para elas; e a srta. Bingley está ainda mais ansiosa para arranjar o casamento da srta. Darcy para o irmão por achar que, quando duas famílias se unem uma vez, é mais fácil se unirem uma segunda. Há certa engenhosidade nisso e imagino que fosse dar certo se a srta. De Bourgh não se mostrasse um obstáculo. Mas, minha amada Jane, você não pode de fato achar que, só porque a srta. Bingley disse que o irmão admira imensamente a srta. Darcy, ele tenha menos consciência dos seus méritos do que tinha na terça-feira; ou que a srta. Bingley tenha o poder de convencê-lo de que, em vez de estar apaixonado por você, ele está apaixonado pela amiga dela.

— Se nós tivéssemos a mesma opinião da srta. Bingley, sua interpretação de tudo isso poderia me deixar tranquila — disse Jane. — Mas eu sei que a base é injusta. Caroline é incapaz de enganar qualquer pessoa de propósito e eu só posso esperar que, nesse caso, ela própria esteja enganada.

— Isso mesmo. Essa é a melhor solução que poderia ter lhe ocorrido, já que você não quer se consolar com a minha. Acredite que ela está enganada, pronto. Assim, não deve nada à srta. Bingley e pode parar de se inquietar.

— Mas, minha querida irmã, será que, mesmo supondo o melhor, eu poderei ser feliz aceitando o pedido de casamento de um homem cujas irmãs e amigos todos desejam que ele se una a outra pessoa?

— Você deve decidir sozinha — disse Elizabeth. — Se, após profundas deliberações, acreditar que a tristeza de decepcionar as duas irmãs é maior do que a felicidade de ser esposa do sr. Bingley, por favor, recuse o pedido dele.

— Como pode dizer isso? — falou Jane, com um leve sorriso. — Deve saber que, apesar de ficar profundamente magoada com a desaprovação delas, eu o aceitaria sem hesitar.

— Foi o que pensei. E, como é assim, não posso considerar sua situação com muita compaixão.

— Mas se o sr. Bingley não voltar mais neste inverno, eu não precisarei fazer essa escolha. Mil coisas podem acontecer em seis meses!

A ideia de ele não voltar mais foi tratada por Elizabeth com o máximo desprezo. Pareceu-lhe ser apenas fruto dos interesses de Caroline. Ela não acreditou, nem por um instante, que esses interesses, ainda que expressados com franqueza ou engenhosidade, pudessem influenciar um rapaz que gozava da mais completa independência.

Elizabeth explicou à irmã sua forma de ver o caso da maneira mais enfática possível e logo teve o prazer de ver o efeito positivo dessa explicação. Jane não era melancólica por natureza e, aos poucos, voltou a ter esperança de que Bingley fosse voltar a Netherfield e realizar todos os desejos de seu coração, embora o receio, sempre presente naqueles que amam alguém, às vezes a desanimasse.

As irmãs decidiram que seria melhor só comunicar a partida da família para a sra. Bennet, sem lhe dar motivos para temer a conduta do rapaz. Mas mesmo essa informação parcial a deixou muito preocupada e ela afirmou que era uma imensa falta de sorte as senhoras de Netherfield terem ido embora justamente quando estavam ficando tão íntimas. No entanto, depois de lamentar durante algum tempo, a sra. Bennet se consolou ao pensar que logo o sr. Bingley voltaria e iria jantar em Longbourn. E, satisfeita, decidiu que, embora ele tivesse sido convidado apenas para um jantar em família, ela providenciaria dois serviços completos.[48]

---

48. No original, *two full courses*. No início do século XIX, o costume ainda era levar todos os pratos salgados à mesa ao mesmo tempo, incluindo sopas, carnes e vegetais, e deixar que os comensais se servissem. Em um jantar mais formal, essa operação podia ser repetida uma ou duas vezes, com cada conjunto de pratos constituindo um *course* ou serviço. A seguir, vinham os doces. Um jantar formal podia ter mais de sessenta pratos. Muitos livros de culinária incluíam diagramas para ensinar as donas de casa a posicionar as travessas.

CAPÍTULO 22

Os Bennet tinham combinado de almoçar com os Lucas e, mais uma vez, durante a maior parte do dia, a srta. Lucas teve a gentileza de dar atenção ao sr. Collins. Elizabeth aproveitou a oportunidade para agradecer. "Isso o deixa de bom humor", disse, "e sou mais grata do que poderia expressar." Charlotte garantiu que lhe dava satisfação ser útil e que aquilo era uma farta recompensa pelo pequeno sacrifício de seu tempo. Foi muito amável da parte dela, mas a gentileza era mais profunda do que Elizabeth poderia conceber: seu objetivo era nada menos do que proteger a amiga de voltar a ser cortejada pelo sr. Collins, desviando as atenções dele para si própria. Esse era o plano da srta. Lucas; e, quando as duas famílias se separaram naquela noite, ele parecia estar indo tão bem que ela estaria certa de seu sucesso se o sr. Collins não fosse deixar a região dali a tão pouco tempo. Mas Charlotte não fez justiça ao ardor e independência do temperamento do rapaz, pois este o levou a escapar de Longbourn House na manhã seguinte com admirável intrepidez e correr a Lucas Lodge para oferecer-lhe seu coração. O sr. Collins não desejava ser observado pelas primas, pois estava convencido de que, se elas o vissem sair, não deixariam de adivinhar sua intenção e não queria revelar o pedido até poder revelar também uma resposta positiva; pois, embora tivesse quase certeza de que a receberia, já que Charlotte decerto o encorajara, tornara-se comparativamente acanhado desde a aventura de quarta-feira. Sua recepção, no entanto, foi a mais lisonjeira possível. A srta. Lucas avistou-o de uma janela do segundo andar quando ele estava caminhando até a casa e, no mesmo instante, foi encontrá-lo por acidente na aleia do jardim. Mas não esperava encontrar ali tanto amor e tanta eloquência.

Em um tempo tão curto quanto permitiram os longos discursos do sr. Collins, tudo ficou resolvido entre os dois, para satisfação de ambos; e, quando entraram na casa, ele implorou avidamente que ela marcasse a data que o tornaria o mais feliz dos homens. Embora essa solicitação não pudesse ser atendida no momento, a srta. Lucas não estava inclinada a brincar com a felicidade do sr. Collins. A estupidez com que ele fora agraciado pela natureza livrava sua corte de quaisquer encantos que pudessem fazer uma mulher desejar prolongá-la; e Charlotte, que aceitara o pedido apenas devido ao desejo puro e desinteressado de ter uma residência própria, não se importava se essa residência fosse obtida em pouco tempo.

O consentimento de Sir William e Lady Lucas foi logo requisitado e eles o deram com entusiasmo. As circunstâncias atuais do sr. Collins o tornavam um ótimo partido para sua filha, a quem eles podiam dar apenas um pequeno dote, e a fortuna que ele herdaria no futuro era excelente. Lady Lucas começou de imediato a calcular, com mais interesse do que a questão jamais causara antes, quantos anos o sr. Bennet ainda tinha de vida; e Sir William declarou que, assim que o sr. Collins tomasse posse de Longbourn, seria altamente conveniente que ele e a esposa fossem apresentados em St. James. A família inteira, em resumo, sentiu a alegria que cabia à ocasião. As meninas mais novas tiveram esperanças de debutar um ou dois anos mais cedo e os meninos se livraram da apreensão de que Charlotte fosse morrer solteirona. A própria Charlotte permaneceu bastante tranquila. Ela conseguira o que queria e então teve tempo para refletir. O sr. Collins, é claro, não era nem sensato nem agradável; sua companhia era irritante e seu afeto por ela devia ser imaginário; ele, no entanto, iria ser seu marido. Sem uma opinião muito boa nem dos homens nem do matrimônio, Charlotte sempre tivera o objetivo de se casar. O casamento era a única maneira honrosa que uma moça bem-educada e sem grande fortuna tinha de se sustentar e, por menos certeza de felicidade que trouxesse, sem dúvida era a mais atraente defesa contra a necessidade. Essa defesa, ela agora obtivera; e, aos vinte e sete anos, sem nunca ter sido bonita, sentiu toda a sua boa sorte. O único lado desagradável da situação era a surpresa que haveria de causar a Elizabeth Bennet, a cuja amizade Charlotte dava mais valor do que à de qualquer outra pessoa. Elizabeth iria se espantar e era provável que fosse culpá-la; e, embora isso não fosse mudar o que decidira, ela ficaria magoada com tal desaprovação. Charlotte resolveu contar-lhe em pessoa e, assim, mandou que o sr. Collins, quando voltasse a Longbourn para almoçar, não fizesse qualquer menção ao ocorrido a ninguém da família. Ele, é claro, prometeu devidamente guardar segredo, mas não conseguiu fazê-lo sem dificuldade, pois a curiosidade causada por sua longa ausência foi expressada em perguntas tão diretas que foi necessária alguma engenhosidade para esquivar-se. Além disso, o sr. Collins estava demonstrando grande abnegação, pois ansiava por tornar público seu amor bem-sucedido.

Como ele, na manhã seguinte, iria partir cedo demais para encontrar qualquer membro da família, a despedida ocorreu quando as senhoras foram se deitar. A sra. Bennet, com educação e cordialidade, disse quanto eles ficariam felizes em vê-lo em Longbourn sempre que seus outros compromissos permitissem uma visita.

— Minha cara senhora — disse o sr. Collins —, fico particularmente satisfeito com esse convite, pois tinha grande esperança de recebê-lo. Pode ter certeza de que o aceitarei assim que possível.

— Mas não há perigo de Lady Catherine desaprovar? É melhor o senhor negligenciar seus parentes do que correr o risco de ofender sua patrona.

— Meu querido senhor — respondeu o sr. Collins —, agradeço muito por esse aviso amistoso. Garanto-lhe que não tomarei um passo tão importante sem a concordância de Lady Catherine.

Todos ficaram surpresos; e o sr. Bennett, que de forma alguma desejaria uma nova visita tão logo, emendou depressa:

— Mas não há risco de Lady Catherine desaprovar? É melhor negligenciar os parentes do que correr o risco de ofender sua patrona.

— Meu caro senhor — respondeu o Sr. Collins —, sou-lhe particularmente grato por esta amistosa advertência, e pode confiar que não darei um passo tão importante sem a concordância de minha patrona.

— Cautela nunca é demais. Arrisque tudo, mas não a contrarie; e, se temer desagradá-la ao vir nos visitar novamente, o que acho muito provável, fique tranquilo em casa, com a certeza de que *nós* não vamos nos ofender.

— Creia-me, meu caro senhor, minha gratidão é enorme diante de delicadeza tão afetuosa. Garanto que o senhor prontamente receberá uma carta de agradecimento por ela, assim como por todas as outras provas de estima que me deu durante minha estada em Hertfordshire. Quanto às minhas belas primas, embora minha ausência talvez não vá ser longa o suficiente para tornar isso necessário, agora tomarei a liberdade de desejar-lhes saúde e felicidade, sem excetuar minha prima Elizabeth.

Com as afabilidades adequadas, as senhoras então se retiraram, todas igualmente surpresas de saber que o sr. Collins planejava voltar em breve. A sra. Bennet escolheu enxergar nisso a intenção de cortejar uma de suas filhas mais novas, e Mary poderia ter sido convencida a aceitar um pedido dele. Mary tinha as habilidades do sr. Collins em muito mais alta conta do que qualquer das outras: havia uma solidez em suas reflexões que a impressionara. E, embora ele não fosse de maneira alguma tão inteligente quanto ela, Mary achava que, se fosse estimulado a ler e se aprimorar diante de um exemplo como o seu, poderia se tornar um companheiro agradável. Mas, na manhã seguinte, todas as esperanças nesse sentido se dissiparam. A srta. Lucas veio fazer uma visita logo depois do café da manhã e, em uma conversa privada com Elizabeth, relatou o acontecimento do dia anterior.

A possibilidade de o sr. Collins imaginar que estava apaixonado por sua amiga ocorrera a Elizabeth nos últimos dois dias; mas a ideia de Charlotte encorajá-lo parecia tão improvável quanto a ideia de ela própria o fazer. Seu espanto, consequentemente, foi tão enorme que rompeu as fronteiras do decoro, pois Elizabeth não se conteve e exclamou:

— Noiva do sr. Collins! Mas, minha querida Charlotte... isso é impossível!

A expressão impassível que a srta. Lucas conseguira manter enquanto contava a história deu lugar a um constrangimento momentâneo diante de uma censura tão direta; mas, como ela já esperava por algo parecido, logo recobrou a tranquilidade e respondeu calmamente:

— Por que você haveria de se surpreender, minha querida Eliza? Acha tão incrível que o sr. Collins seja capaz de obter a boa opinião de qualquer mulher só porque não teve a felicidade de ser bem-sucedido com você?

Mas Elizabeth então se controlou e, fazendo um grande esforço, foi capaz de garantir a Charlotte com firmeza razoável que a perspectiva de ela se tornar esposa de seu primo dava-lhe imensa satisfação e que lhe desejava toda a felicidade imaginável.

— Percebo o que você está sentindo — respondeu Charlotte. — Deve estar surpresa, muito surpresa. Afinal, o sr. Collins a pediu em casamento há tão pouco tempo. Porém, quando tiver a oportunidade de pensar bem, espero que fique satisfeita com o que fiz. Não sou romântica, como você sabe. Nunca fui. Peço apenas um lar confortável. E considerando-se o caráter, a família e a posição do sr. Collins, estou convencida de que minhas chances de ser feliz com ele são tão boas quanto as de qualquer pessoa que contrai matrimônio.

Elizabeth respondeu baixinho: "Sem dúvida". E, depois de uma pausa constrangida, elas foram se juntar ao resto da família. Charlotte não ficou muito mais tempo e Elizabeth então pôde refletir sobre o que ouvira. Passou-se um longo tempo até começar a aceitar a ideia de uma união tão descabida. A estranheza de o sr. Collins fazer dois pedidos de casamento em três dias não era nada em comparação ao fato de o segundo ter sido aceito. Elizabeth sempre tivera a impressão de que a opinião de Charlotte sobre o matrimônio não era exatamente igual à dela, mas não imaginara que, no momento de agir, sua amiga fosse sacrificar todos os sentimentos mais exaltados em nome do ganho material. Charlotte, esposa do sr. Collins, era uma imagem muito humilhante! E, à dor de ver uma amiga se desonrar e perder parte de sua estima, foi acrescentado o sofrimento de saber que seria impossível que ela fosse razoavelmente feliz com o quinhão que escolhera.

CAPÍTULO 23

ELIZABETH ESTAVA SENTADA COM A MÃE e as irmãs, pensando sobre o que ouvira e perguntando-se se tinha autorização para mencioná-lo, quando Sir William Lucas em pessoa apareceu, enviado pela filha para anunciar o noivado aos Bennet. Com muitas lisonjas a elas e muitas felicitações a si próprio diante da perspectiva de um elo entre as famílias, ele revelou tudo não apenas para espanto de suas ouvintes mas para sua absoluta incredulidade. Pois a sra. Bennet, com mais perseverança do que boas maneiras, protestou que Sir William só podia estar completamente enganado e Lydia, sempre indiscreta e tantas vezes mal-educada, exclamou com escândalo:

— Meu Deus! Sir William, como o senhor pode contar tamanha mentira? Não sabe que o sr. Collins quer se casar com Lizzy?

Foi preciso toda a polidez de um cortesão para suportar tal tratamento, mas a educação de Sir William o ajudou a atravessar tudo; e, embora ele tenha pedido licença para declarar sua certeza acerca da veracidade da informação, escutou toda a impertinência delas com a mais paciente cortesia.

Elizabeth, sentindo que devia ajudá-lo a sair de uma situação tão desagradável, adiantou-se para confirmar seu relato ao mencionar que Charlotte havia lhe contado em pessoa; e tentou pôr um ponto final nas exclamações da mãe e das irmãs com enfáticas congratulações, que Jane também veio prontamente expressar, e com diversos comentários sobre a felicidade que poderia ser esperada de tal união, a excelente reputação do sr. Collins e a distância conveniente entre Hunsford e Londres.

A sra. Bennet, na realidade, estava perturbada demais para dizer qualquer coisa enquanto Sir William permaneceu ali; mas, assim que ele se retirou, deu vazão ao que sentia. Em primeiro lugar, insistia em não acreditar em nada daquela história; em segundo, estava certa de que o sr. Collins havia sido enganado; em terceiro, tinha fé de que eles nunca seriam felizes juntos; e em quarto, acreditava que o noivado talvez pudesse ser rompido. Duas conclusões, no entanto, foram tiradas: uma, que Elizabeth era a verdadeira causa de toda a tragédia; e duas, que ela própria fora barbaramente maltratada por todos eles. Esses dois pontos foram seu principal assunto pelo resto do dia. Nada conseguia consolá-la, nem apaziguá-la. No dia seguinte, seu ressentimento ainda não havia se esgotado. Passou-se uma semana antes que a sra. Bennet visse Elizabeth sem ralhar com ela, um mês antes de conseguir ver Sir William ou Lady Lucas sem ser grosseira e muitos meses até perdoar a filha deles.

O sr. Bennet se manteve muito mais sereno, e afirmou ser bastante agradável a pouca emoção que sentiu: ficou feliz, disse, ao descobrir que Charlotte Lucas, que sempre achara razoavelmente sensata, era tão tola quanto sua esposa e mais tola do que sua filha!

Jane confessou que ficara um pouco surpresa com o noivado, mas falou menos de seu espanto que de seu sincero desejo de que eles fossem felizes; e Elizabeth não conseguiu convencê-la a considerar isso improvável. Kitty e Lydia estavam longe de invejar a srta. Lucas, pois o sr. Collins era apenas um pároco: para elas, foi só uma notícia para espalhar por Meryton.

Entre Elizabeth e Charlotte surgiu uma reserva que as impedia de falar sobre o assunto, e Elizabeth convenceu-se de que jamais poderia voltar a haver real intimidade entre elas. Sua decepção com Charlotte a fez sentir mais afeto pela irmã, sobre cuja retidão e delicadeza teve certeza de que jamais mudaria de opinião e por cuja felicidade temia mais a cada dia, pois Bingley já fora embora havia uma semana e nada se ouvira sobre sua volta.

Jane mandara uma resposta rápida à carta de Caroline e estava contando os dias até que fosse razoável esperar por notícias dela. A carta de agradecimento prometida pelo sr. Collins chegou na terça-feira, endereçada ao sr. Bennet e escrita com toda a solenidade e a gratidão que poderia ter sido justificada por uma estada de doze meses na casa da família. Depois de cumprir seu dever nesse ponto, o sr. Collins pôs-se a informá-los, com muitas expressões de êxtase, da felicidade em ter sido agraciado com as afeições de sua amável vizinha, a srta. Lucas, explicando então que fora apenas com a intenção de desfrutar da companhia dela que se mostrara tão disposto a aceitar seu convite de vê-lo em Longbourn novamente, para onde esperava voltar dali a duas semanas a partir de segunda-feira; pois, acrescentou, Lady Catherine aprovara seu noivado com tanto entusiasmo que queria que o casamento ocorresse o quanto antes, algo que, ele acreditava, seria um argumento irrefutável para sua amável Charlotte marcar sem demora a data que o tornaria o mais feliz dos homens.

A volta do sr. Collins a Hertfordshire não seria mais um prazer para a sra. Bennet. Ao contrário, ela ficou tão propensa a queixar-se disso quanto o marido. Era muito estranho ele se hospedar em Longbourn, e não em Lucas Lodge; além do mais, era inconveniente e terrivelmente irritante. Ela detestava ter hóspedes quando sua saúde estava tão ruim. E, de todas as pessoas do mundo, os apaixonados eram os piores. Esses eram os delicados murmúrios da sra. Bennet, que só cessaram diante da aflição maior causada pela ausência do sr. Bingley, que se estendia.

Nem Jane nem Elizabeth sentiam-se confortáveis com esse assunto. Dia após dia se passou sem que houvesse nenhuma notícia de Bingley, além dos boatos logo espalhados em Meryton de que ele não voltaria mais a Netherfield durante todo o inverno; boatos que deixavam a sra. Bennet furiosa e que ela nunca se furtava a contradizer, afirmando que eram uma mentira escandalosa.

Até Elizabeth começou a temer — não que Bingley fosse indiferente a Jane, mas que talvez suas irmãs fossem conseguir mantê-lo longe dali. Por menos disposta que estivesse a admitir uma ideia que fosse destruir tão completamente a felicidade de Jane e abalar tanto a constância de seu pretendente, não conseguiu impedi-la de ressurgir com frequência. Os esforços conjuntos de suas duas insensíveis irmãs e de seu influente amigo, auxiliados pelos atrativos da srta. Darcy e pelas diversões de Londres, talvez fossem demais, temeu ela, para a força de seu amor.

Quanto a Jane, seu temor diante desse suspense foi, é claro, mais agudo do que o de Elizabeth; mas, o que quer que sentisse, ela desejava ocultar e portanto o assunto nunca era mencionado entre as duas. Mas sua mãe não era contida por nenhuma delicadeza do tipo, e nem uma hora se passava sem que ela falasse de Bingley, expressasse sua impaciência por sua chegada ou até mesmo exigisse ouvir a filha confessar que, se ele não voltasse, ela iria se considerar muito maltratada. Foi preciso toda a doçura de Jane para suportar esses ataques com tranquilidade razoável.

O sr. Collins voltou pontualmente dali a duas semanas a partir de segunda-feira, mas sua recepção em Longbourn não foi tão gentil quanto da primeira vez. Ele, no entanto, estava feliz demais para precisar de muita atenção; e, para sorte dos outros, as obrigações do amor os livraram em grande medida de sua companhia. A maior parte de todos os dias era passada em Lucas Lodge, e o sr. Collins, às vezes, só voltava a Longbourn a tempo de pedir desculpas por sua ausência antes que a família fosse se deitar.

A sra. Bennet ficou em um estado lastimável. A simples menção a qualquer coisa referente ao casamento a fazia ter um ataque de mau humor, e ela ouvia falar no assunto aonde quer que fosse. A srta. Lucas tornou-se odiosa para ela. Como sua sucessora naquela casa, a sra. Bennet a encarava com suspeita e aversão. Sempre que Charlotte vinha fazer uma visita, concluía que estava antecipando o momento da posse; e, sempre que ela falava baixo com o sr. Collins, tinha certeza de que estavam conversando sobre as terras de Longbourn e decidindo expulsá-la da casa, junto com as filhas, assim que o sr. Bennet morresse. Ela reclamou com amargura de tudo isso com o marido.

— Francamente, sr. Bennet, é muito difícil pensar que Charlotte Lucas um dia vai ser senhora desta casa, que *eu* vou ter de ceder o lugar a *ela* e viver para vê-la ocupar meu posto!

— Minha querida, não se entregue a esses pensamentos melancólicos. Esperemos por coisas melhores. Vamos acreditar que *eu* sobreviverei a *você*.

Isso não foi muito consolador para a sra. Bennet e, portanto, em vez de responder, ela continuou:

— Não suporto pensar que eles vão ficar com toda essa propriedade. Se não fosse pela cláusula no testamento, eu não me importaria.

— Não se importaria com o quê?

— Não me importaria com nada.

— Vamos ser gratos por você ter sido resguardada de um estado de tamanha insensibilidade.

— Eu nunca poderei ser grata por nada que tem a ver com esse testamento, sr. Bennet. Por que alguém deixaria uma propriedade para alguém que não seja suas próprias filhas é algo que eu não consigo entender. E ainda por cima vai ficar tudo para o sr. Collins! Por que ele deveria ter mais do que os outros?

— Isso eu deixo para você decidir — disse o sr. Bennet.

CAPÍTULO 24

A CARTA DA SRTA. BINGLEY CHEGOU e pôs um fim às dúvidas. A primeira frase assegurava que eles todos pretendiam passar o inverno em Londres, concluindo com um pedido de desculpas do irmão por não ter tido tempo de se despedir dos amigos em Hertfordshire antes de deixar a região.

A esperança estava acabada, inteiramente acabada; e, quando Jane conseguiu ler o resto da carta, encontrou ali poucos motivos de consolo, com exceção da afeição por ela declarada pela remetente. A maior parte do conteúdo consistia em elogios à srta. Darcy. Seus muitos atrativos foram mais uma vez descritos com minúcia e Caroline vangloriou-se alegremente de sua crescente intimidade, ousando prever a realização do desejo que fora revelado na carta anterior. Ela também escreveu com grande prazer que o irmão estava hospedado na casa do sr. Darcy e mencionou extasiada alguns planos que este tinha de comprar móveis novos.

Elizabeth, a quem Jane logo relatou tudo isso, ouviu-a em silêncio, indignada. Seu coração estava dividido entre a preocupação com a irmã e o ressentimento por todos os outros. À afirmação de Caroline de que o irmão estava enamorado da srta. Darcy, ela não deu nenhum crédito. Continuou, como sempre, a não duvidar de que o sr. Bingley na realidade amasse Jane; e, por mais que sempre houvesse se disposto a gostar dele, não pôde deixar de pensar naquele temperamento flexível, naquela falta de resolução verdadeira, que o tornara escravo do ardil das irmãs e do amigo e o levara a sacrificar a própria felicidade ao capricho de suas inclinações. Se, no entanto, a felicidade dele tivesse sido o único sacrifício, talvez Elizabeth lhe permitisse brincar da maneira que achasse melhor. Mas a felicidade de Jane estava envolvida, e Elizabeth acreditava que ele próprio devia saber disso. Foi, em resumo, um assunto sobre o qual refletiu bastante, porém em vão. Mesmo sem conseguir pensar em mais nada, não concluiu se a afeição de Bingley de fato se extinguira ou fora suprimida pela interferência das irmãs e do amigo; se ele percebera o interesse de Jane ou se isso lhe escapara. Porém, qualquer que fosse o caso, embora sua opinião a respeito dele fosse profundamente afetada pela diferença, a situação de Jane continuava igual, sua paz seguia da mesma forma perturbada.

Um ou dois dias se passaram antes que Jane tivesse coragem de compartilhar seus sentimentos com Elizabeth; mas, afinal, quando a sra. Bennet as deixou a sós depois de uma diatribe mais longa do que a usual sobre Netherfield e o senhor da casa, ela não se conteve:

— Ah! Como eu queria que minha querida mãe soubesse se controlar melhor; ela não faz ideia da dor que me causa com suas contínuas menções a ele. Mas eu não irei me queixar. Não pode durar muito. Ele será esquecido e nós ficaremos como antes.

Elizabeth olhou a irmã com uma solicitude incrédula, mas não disse nada.

— Você duvida de mim! — exclamou Jane, corando de leve. — Mas não tem motivo, garanto. Ele seguirá na minha memória como o homem mais amável que já conheci, mas isso é tudo. Não há nada a esperar nem a temer; e não tenho nenhuma censura a fazer a ele. Graças a Deus! Essa dor, eu não tenho. Um pouco de tempo, portanto... Eu certamente tentarei melhorar. — Com a voz mais firme, ela logo acrescentou: — Tenho um consolo imediato: o de haver sido apenas um engano da minha imaginação, e não ter causado danos a ninguém além de mim.

— Minha querida Jane! — exclamou Elizabeth. — Você é boa demais. Sua doçura e generosidade são mesmo angelicais. Não sei o que lhe dizer. Sinto que nunca lhe fiz justiça e que nunca a amei como você merece.

A srta. Bennet negou enfaticamente que tivesse qualquer mérito extraordinário e elogiou, por sua vez, a afeição profunda da irmã.

— Não — disse Elizabeth —, isso não é justo. Você quer achar o mundo inteiro respeitável e se magoa se eu falo mal de quem quer que seja. Eu só quero achar você perfeita, mas você não deixa. Não tema que eu vá cometer nenhum excesso ou usurpar seus privilégios de boa vontade geral. Não é necessário. Existem poucas pessoas que eu amo de fato e menos pessoas ainda de quem tenho uma boa opinião. Quanto mais vejo o mundo, mais insatisfeita fico com ele; cada dia confirma minha crença na inconstância de todos os temperamentos humanos e no pouco que se pode depender da aparência de mérito ou bom senso. Encontrei dois exemplos recentemente. Um deles, não irei mencionar; e o outro é o casamento de Charlotte. É inexplicável! Sob qualquer ponto de vista, é inexplicável!

— Minha querida Lizzy, não se deixe levar por sentimentos assim. Eles vão destruir sua felicidade. Você não leva suficientemente em conta a diferença de temperamento e situação. Pense em como o sr. Collins é respeitável e em como Charlotte é prudente e firme. Lembre-se de que ela é uma de muitos irmãos; que, no que concerne à fortuna, é um casamento vantajoso; e esteja pronta a acreditar, pelo bem de todos, que é possível nossa amiga sentir alguma afeição e estima por nosso primo.

— Por você, eu seria capaz de acreditar em quase qualquer coisa, mas ninguém mais se beneficiaria de tal crença; pois, se eu me convencesse de que Charlotte gosta dele, só teria uma opinião pior da sua inteligência do que a que passei a ter do seu coração. Minha querida Jane, o sr. Collins é um homem arrogante, pomposo, mesquinho e tolo; você sabe disso tão bem quanto eu. E deve sentir, assim como eu, que qualquer mulher que se casar com ele não pode ter uma maneira correta de pensar. Você não irá defendê-la, mesmo sendo Charlotte Lucas. Não irá, pelo bem de um indivíduo, mudar o significado dos princípios e da integridade nem tentar me persuadir, ou a si própria, de que egoísmo é prudência e que a indiferença ao perigo é a garantia da felicidade.

— Eu acho os termos que você usa pesados demais para falar dos dois — respondeu Jane —, e espero que se convença ao vê-los felizes juntos. Mas basta desse assunto. Você fez alusão a outra coisa. Mencionou *dois* exemplos. Não posso deixar de compreender, mas imploro-lhe, minha querida Lizzy, que não me magoe achando que aquela pessoa é culpada ou dizendo que sua opinião a respeito dele piorou tanto. Nós não podemos estar tão prontas a acreditar que fomos intencionalmente feridas. Nem devemos esperar que um jovem vivaz seja sempre reservado e circunspecto. Com frequência, nossa própria vaidade nos engana. As mulheres pensam que a admiração significa algo a mais.

— E os homens se certificam de que isso aconteça.

— Se for premeditado, é impossível de justificar. Mas não me parece que haja tanto ardil no mundo quanto às vezes se imagina.

— Eu estou longe de atribuir qualquer parte da conduta do sr. Bingley ao ardil — disse Elizabeth —, mas, sem planejar cometer uma injustiça ou fazer os outros infelizes, pode-se errar, pode-se causar infelicidade. A leviandade, a falta de atenção com os sentimentos dos outros e a falta de firmeza bastarão para isso.

— E você imputa a conduta dele a alguma dessas coisas?

— Sim; à última. Mas se eu continuar, irei desagradá-la dizendo o que penso de pessoas de quem gosta. Impeça-me enquanto pode.

— Você persiste, então, em acreditar que as irmãs o influenciaram.

— Sim, em conluio com seu amigo.

— Eu não posso acreditar. Por que elas tentariam influenciá-lo? Só podem desejar sua felicidade e, se ele realmente gosta de mim, não a encontrará com nenhuma outra mulher.

— Sua primeira premissa é falsa. Elas podem desejar muita coisa além da felicidade do sr. Bingley; podem desejar que ele ganhe fortuna e posição social; podem desejar que se case com uma moça que traz consigo toda a importância do dinheiro, de uma família ilustre e do orgulho.

— Elas sem dúvida querem que ele escolha a srta. Darcy, mas talvez seja por sentimentos melhores do que você supõe. Conhecem-na há muito mais tempo do que a mim; não é de se espantar que gostem mais dela. Mas, quaisquer que sejam seus desejos, é muito improvável que tenham se oposto aos desejos do irmão. Que irmã se sentiria na liberdade de fazê-lo, a não ser que houvesse algo de muito censurável no caso? Se elas acreditassem que ele me amava, não tentariam nos separar; se ele me amasse mesmo, não conseguiriam. Ao supor que esse amor existe, você faz com que todos ajam de maneira monstruosa e errada, e me deixa muito infeliz. Não me aflija com essa ideia. Não me envergonho de ter me enganado. Ou, pelo menos, me envergonho pouco, não é nada em comparação ao que sentiria pensando mal dele ou das suas irmãs. Deixe-me ver a situação da melhor maneira, da maneira como ela pode ser compreendida.

Elizabeth não era capaz de se opor a tal desejo; e, desse momento em diante, o nome do sr. Bingley mal foi mencionado por elas.

A sra. Bennet continuou a se espantar e a se queixar do fato de que ele não voltaria mais e, embora quase não se passasse um dia em que Elizabeth não explicasse sua ausência claramente, parecia haver poucas chances de ela vê-la com menos perplexidade. A filha tentou convencê-la daquilo em que ela própria não acreditava: que as atenções do sr. Bingley para com Jane haviam sido meramente fruto de uma preferência trivial e transitória, que cessara quando ele deixara de vê-la; mas, embora a probabilidade de isso ser verdade tenha sido admitida, ela precisou repetir a mesma história todos os dias. O maior consolo da sra. Bennet era que o sr. Bingley iria voltar no verão.

O sr. Bennet viu a questão de outra maneira.

— Então, Lizzy — disse ele certo dia —, quer dizer que sua irmã está de coração partido. Meus parabéns a ela. As moças gostam de ter seu coração um pouco partido de tempos em tempos, quase tanto quanto gostam de se casar. É algo em que se pensar, e lhes dá uma certa distinção perante as amigas. Quando será sua vez? Você não irá suportar que Jane a deixe para trás durante muito tempo. A próxima será você. Há oficiais o suficiente em Meryton para desapontar todas as jovens da região. Que Wickham seja o seu. É um rapaz simpático e saberia abandonar você com grande habilidade.

— Obrigada, senhor, mas eu me contentaria com um rapaz menos simpático. Nem todas podem esperar ter a boa sorte de Jane.

— É verdade. Mas é um consolo pensar que, quando algo do tipo lhe ocorrer, você sempre poderá contar com uma mãe afetuosa para piorar ao máximo a situação.

A companhia do sr. Wickham foi essencial para dissipar a melancolia que, devido aos recentes acontecimentos desagradáveis, havia se espalhado por boa parte da família de Longbourn. Eles o viam com frequência e, às suas muitas outras qualidades, foi acrescentada então a de franqueza absoluta. Tudo o que Elizabeth já sabia sobre o que era devido a Wickham e sobre o que ele sofrera nas mãos do sr. Darcy foi então abertamente confessado e discutido; e eles ficaram satisfeitos em pensar no quanto sempre tinham desgostado do sr. Darcy antes de saber qualquer coisa sobre o assunto.

Jane Bennet foi a única pessoa capaz de supor que poderia haver circunstâncias atenuantes no caso, desconhecidas de todos em Hertfordshire; ela, com sua doçura constante, sempre pedia tolerância e imaginava a possibilidade de algum engano. Mas, por todos os demais, o sr. Darcy foi condenado como o pior dos homens.

CAPÍTULO 25

DEPOIS DE UMA SEMANA REPLETA de declarações de amor e planos de felicidade, o sr. Collins foi obrigado a deixar sua amável Charlotte devido ao fato de já ser sábado. A dor da separação, no entanto, talvez lhe tenha sido aliviada com os preparativos para a recepção da noiva, pois tinha motivos para acreditar que, pouco depois de sua próxima ida a Hertfordshire, seria marcada a data que o tornaria o mais feliz dos homens. O sr. Collins se despediu de seus parentes em Longbourn com tanta solenidade quanto antes; desejou saúde e felicidade às primas de novo e prometeu ao pai delas outra carta de agradecimento.

Na manhã seguinte, a sra. Bennet teve o prazer de receber seu irmão e a esposa, que vieram, como sempre, passar o Natal em Longbourn. O sr. Gardiner era um homem sensato e distinto, muito superior à irmã, tanto em natureza quanto em educação. As senhoras de Netherfield teriam dificuldade em acreditar que um homem que vivia do comércio, e perto o suficiente dos próprios armazéns para vê-los de casa, fosse tão gentil e simpático. A sra. Gardiner, vários anos mais nova do que a sra. Bennet, era uma mulher amável, inteligente e elegante, de quem todas as sobrinhas gostavam muito. Entre ela e as duas mais velhas, sobretudo, havia uma afeição muito especial. Elas com frequência se hospedavam na casa dos Gardiner na cidade.

As primeiras tarefas que a sra. Gardiner teve de cumprir ao chegar foi distribuir presentes e descrever as últimas modas. Depois que isso foi feito, ela teve um papel menos ativo a desempenhar. Foi sua vez de ouvir. A sra. Bennet tinha muitos dissabores a relatar e muitas queixas a fazer. Eles todos haviam sido muito maltratados desde a última vez que ela vira a cunhada. Duas de suas meninas estiveram a ponto de se casar, mas, no final das contas, nada acontecera.

— Eu não culpo Jane — continuou a sra. Bennet —, pois ela teria segurado o sr. Bingley, se pudesse. Mas Lizzy! Ah, cunhada! É muito difícil pensar que a essa altura ela poderia ser a esposa do sr. Collins se não fosse pela própria teimosia. Ele a pediu em casamento aqui mesmo nesta sala e ela recusou. O resultado é que Lady Lucas vai ter uma filha casada antes de mim e que Longbourn continua sem poder ser herdado pelas meninas. Os Lucas são pessoas muito ardilosas, cunhada. Só pensam em tirar vantagem de tudo. Lamento dizer isso deles, mas é verdade. Eu fico muito nervosa e doente por ser contrariada pela minha própria família e por ter vizinhos que só pensam em si. Mas é um enorme consolo vocês terem vindo nos visitar, e estou muito feliz de saber isso sobre as mangas compridas.

A sra. Gardiner, que já ficara sabendo de quase tudo aquilo pelas cartas de Jane e Elizabeth, deu uma resposta breve à cunhada e, por compaixão às sobrinhas, mudou de assunto.

Depois, quando estava a sós com Elizabeth, ela falou mais sobre o caso.

— Provavelmente seria uma união vantajosa para Jane. Lamento que não tenha dado certo. Mas essas coisas acontecem com tanta frequência! Para um rapaz como você disse ser o sr. Bingley, é tão fácil se apaixonar por uma moça bonita durante algumas semanas e, quando um acidente os separa, é tão fácil esquecê-la que inconstâncias desse tipo ocorrem muito.

— Um excelente consolo, de certa maneira — disse Elizabeth —, mas não serve para nós. Não estamos sofrendo *por acidente*. Não acontece com frequência que a interferência de pessoas próximas convença um rapaz independente a esquecer uma moça por quem estava perdidamente apaixonado poucos dias antes.

— Mas essa expressão, "perdidamente apaixonado", é tão gasta, tão duvidosa, tão indefinida que não me ajuda muito a ver o caso com mais clareza. Ela com frequência é usada tanto para falar de sentimentos surgidos depois de meia hora de convivência quanto de uma afeição verdadeira e forte. Quão perdidamente apaixonado estava o sr. Bingley, me diga?

— Eu nunca vi uma preferência mais promissora. Ele estava ficando cada vez mais indiferente às outras pessoas, completamente absorto por ela. A cada vez que se encontravam, era mais evidente e impressionante. Em seu próprio baile, o sr. Bingley ofendeu duas moças ao não convidá-las para dançar, e eu própria falei duas vezes com ele sem receber resposta. Poderia haver sintomas mais belos? A falta de educação com todos os outros não é a essência mesma do amor?

— Ah, sim! Do tipo de amor que eu suponho que ele tenha sentido. Pobre Jane! Lamento por ela, pois, com seu temperamento, talvez não o esqueça de imediato. Seria melhor isso ter acontecido com você, Lizzy. Você, com seus risos, teria deixado isso para trás mais cedo. Mas acha que Jane aceitaria ir para a cidade conosco? Talvez uma mudança de cenário ajude; e quem sabe sair um pouco de casa não seja útil?

Elizabeth ficou muito contente com essa proposta e teve certeza de que a irmã concordaria prontamente.

— Espero que ela não seja influenciada por nenhum pensamento sobre esse rapaz. Nós vivemos em uma parte tão diferente da cidade, nossos círculos são tão diferentes e, como você sabe, nós saímos tão pouco que é muito improvável que eles se encontrem, a não ser que ele venha vê-la.

— E isso é impossível, pois o sr. Bingley agora está sob a custódia do amigo, e o sr. Darcy jamais permitiria que visitasse Jane em tal parte da cidade! Minha querida tia, que ideia a senhora teve! O sr. Darcy talvez tenha ouvido falar da rua Gracechurch,[49] mas consideraria que um mês de abluções mal seria o bastante para limpá-lo das suas impurezas se pisasse nela; e eu garanto que o sr. Bingley não dá um passo sem ele.

— Tanto melhor. Espero que eles nem se encontrem. Mas Jane não se corresponde com a irmã? *Ela* não vai poder deixar de visitá-la.

— Ela vai cortar por completo as relações.

Mas, apesar de toda a certeza que Elizabeth demonstrou ao apresentar esse argumento, assim como o outro, mais capaz de despertar a curiosidade, de que Bingley seria impedido de ver Jane, ela sentiu um interesse sobre o assunto que a convenceu, após alguma reflexão, de que não considerava tudo perdido. Era possível, e às vezes Elizabeth achava que era provável, que o afeto de Bingley revivesse e a influência das irmãs e do amigo fosse combatida através da influência mais natural dos atrativos de Jane.

A srta. Bennet aceitou o convite da tia com prazer e, na ocasião, só pensou nos Bingley ao esperar que, como Caroline não estava hospedada na mesma casa que o irmão, ela pudesse passar uma manhã com a amiga sem correr o risco de vê-lo.

Os Gardiner ficaram uma semana em Longbourn; e, com os Philips, os Lucas e os oficiais, não transcorreu nem um dia em que não tivessem compromisso. A sra. Bennet tomara tanto cuidado em arranjar distrações para o irmão e a cunhada que eles não jantaram nem uma vez apenas com a família. Quando

49. Na parte comercial de Londres.

saíam, sempre havia alguns dos oficiais entre os convidados e, entre eles, o sr. Wickham era presença certa; e, nessas ocasiões, a sra. Gardiner, desconfiada depois de Elizabeth elogiá-lo calorosamente, observou-os com atenção. Não achou que os dois estivessem muito seriamente apaixonados, mas sua preferência um pelo outro era tão clara que ela ficou um pouco inquieta e resolveu abordar o assunto com a sobrinha antes de partir de Hertfordshire e enfatizar a imprudência que seria encorajar tal afeição.

Para a sra. Gardiner, Wickham tinha uma característica agradável que não estava entre aquelas que cativavam todos em geral. Cerca de dez ou doze anos atrás, antes de se casar, ela passara um período considerável justo naquela parte de Derbyshire onde ele nascera. Ambos, portanto, tinham muitos conhecidos em comum; e, embora Wickham houvesse visitado pouco a região desde a morte do pai de Darcy, cinco anos antes, mesmo assim pôde dar à sra. Gardiner notícias mais recentes de seus antigos amigos do que ela conseguira obter por seus próprios meios.

A sra. Gardiner já vira Pemberley e conhecia perfeitamente bem a reputação do falecido sr. Darcy. Esse, então, foi um assunto inesgotável. Ao comparar suas lembranças de Pemberley com a descrição detalhada que Wickham podia dar e em elogiar o caráter de seu falecido proprietário, ela deleitou a ele e a si mesma. Quando soube da maneira como o sr. Darcy filho o tratara, a sra. Gardiner buscou se lembrar de algo que pudessem ter dito deste na infância que pudesse combinar com o relato e, por fim, teve certeza de que o sr. Fitzwilliam Darcy era descrito como um menino muito orgulhoso e de mau gênio.

CAPÍTULO 26

O ALERTA DA SRA. GARDINER a Elizabeth foi dado com gentileza e pontualidade na primeira oportunidade que ela teve de conversar a sós com a sobrinha; e, depois de falar com honestidade o que pensava, continuou:

— Você é uma moça sensata demais, Lizzy, para se apaixonar só porque alguém a aconselha a não fazê-lo; por isso, não tenho medo de ser franca. Estou falando sério quando lhe peço para tomar cuidado. Não se envolva ou tente envolvê-lo em uma relação que a falta de fortuna tornaria tão imprudente. Não tenho nada a dizer contra ele. É um rapaz interessante e, se tivesse a fortuna que era sua de direito, acho que você não poderia se sair melhor. Mas, sendo as coisas como são... você não pode deixar o que sente se desenrolar sem freios. Tem bom senso e todos esperamos que o utilize. Seu pai, estou certa, conta com sua resolução e sua boa conduta. Você não pode decepcioná-lo.

— Minha querida tia, a senhora está mesmo falando sério.

— Sim, e espero convencê-la a agir com seriedade também.

— Bem, não precisa se alarmar. Vou tomar conta de mim mesma e do sr. Wickham também. Ele não se apaixonará por mim, se eu puder evitar.

— Elizabeth, você não está falando sério agora.

— Peço desculpas. Tentarei de novo. No momento, não estou apaixonada pelo sr. Wickham. Não; certamente não. Mas ele é, sem comparação, o homem mais simpático que já conheci e... se ele se afeiçoasse de verdade por mim... acredito que seria melhor que isso não acontecesse. Percebo a imprudência que seria. Ah! Aquele abominável sr. Darcy! A opinião que meu pai tem de mim é minha maior honra e eu ficaria desconsolada se ela mudasse. Meu pai, no entanto, gosta do sr. Wickham. Em resumo, minha querida tia, eu lamentaria muito ser o meio de causar a infelicidade de qualquer um de vocês; mas, como todos os dias vê-se que, quando há amor, os jovens raramente deixam de ficar noivos por falta de fortuna imediata, como posso prometer ser mais sábia do que tantos dos meus pares se a tentação surgir? E como posso saber se seria sábio resistir a ela? Tudo o que posso prometer, portanto, é não me apressar. Quando estiver com ele, não estarei acalentando desejos. Em resumo, farei meu melhor.

— Talvez fosse bom se você não o encorajasse a vir aqui com tamanha frequência. Pelo menos, não devia *lembrar* à sua mãe de convidá-lo.

— Como fiz no outro dia — disse Elizabeth, com um sorriso culpado. — É verdade, seria mais sábio evitar isso. Mas não imagine que o sr. Wickham sempre nos visita assim. É por sua causa que foi convidado tantas vezes esta semana. A senhora sabe como minha mãe acha que precisa arrumar companhia constante para os seus amigos. Mas de verdade, palavra de honra, tentarei fazer aquilo que acho ser o mais sábio. E, agora, espero que esteja satisfeita.

A tia garantiu que sim; e, depois de Elizabeth agradecer por sua gentil sugestão, elas se separaram. Foi um exemplo espantoso de um conselho dado acerca desse assunto sem causar ressentimento.

O sr. Collins voltou a Hertfordshire pouco depois da partida dos Gardiner e de Jane; mas, como se hospedou com os Lucas, sua chegada não foi uma inconveniência tão grande para a sra. Bennet. A data do casamento estava se aproximando depressa e ela, afinal, se resignara a ponto de considerá-lo inevitável e até de repetir, em um tom mal-humorado, que "*esperava* que eles fossem felizes". O evento seria na quinta-feira e, na quarta, a srta. Lucas veio se despedir; e, quando ela se levantou para ir embora, Elizabeth, envergonhada com a falta de delicadeza e dos bons votos relutantes da mãe e sinceramente abalada, acompanhou-a ao sair da sala. Quando estavam descendo as escadas juntas, Charlotte disse:

— Irei contar com notícias frequentes suas, Eliza.

— E as receberá, sem dúvida.

— Tenho outro favor a pedir. Você iria me ver?

— Nós vamos nos encontrar com frequência aqui em Hertfordshire, espero.

— Não é provável que eu deixe Kent durante algum tempo. Portanto, prometa-me que irá a Hunsford.

Elizabeth não pôde recusar, embora não acreditasse que a visita fosse lhe dar muito prazer.

— Meu pai e Maria irão até lá em março — acrescentou Charlotte —, e espero que você concorde em ir junto. De fato, Eliza, você será tão bem-vinda quanto eles.

O casamento ocorreu; a noiva e o noivo partiram para Kent direto da igreja[50] e o assunto foi discutido tanto quanto o usual. Elizabeth logo recebeu notícias da amiga, e sua correspondência continuou tão regular e frequente quanto sempre fora; que se mostrasse igualmente sem reservas era impossível. Elizabeth jamais conseguia se dirigir a Charlotte sem sentir que todo o conforto da intimidade cessara e, embora estivesse decidida a não ser uma correspondente relapsa, o fez pelo passado e não pelo presente. As primeiras cartas de Charlotte foram recebidas com avidez; não podia deixar de haver curiosidade para saber como ela iria falar de seu novo lar, o que iria achar de Lady Catherine e quão feliz ousaria se declarar. Porém, quando foram lidas, Elizabeth sentiu que Charlotte se expressara sobre cada tema exatamente da maneira como ela poderia ter previsto. Seu tom era alegre, ela parecia cercada de confortos e nunca mencionava nada que não pudesse elogiar. Gostou da casa, dos móveis, da vizinhança e das estradas, e o comportamento de Lady Catherine era muito afável e cortês. Era a mesma descrição que o sr. Collins fizera de Hunsford e Rosings, porém racionalmente suavizada, e Elizabeth percebeu que teria de esperar até sua própria visita para saber o resto.

Jane já tinha escrito uma carta breve à irmã para anunciar que eles tinham chegado a salvo em Londres; e, da vez seguinte que escrevesse, Elizabeth esperava que pudesse dizer algo sobre os Bingley.

Sua impaciência por essa segunda carta foi tão recompensada quanto a impaciência em geral é. Jane estava havia uma semana na cidade e não tinha nem visto nem recebido notícias de Caroline. Ela, no entanto, explicou isso supondo que a última carta para a amiga não houvesse sido entregue por algum acidente.

"Minha tia vai amanhã àquela parte da cidade", continuou, "e eu aproveitarei a oportunidade para passar na rua Grosvenor."

Ela escreveu de novo depois de fazer a visita e ver a srta. Bingley.

"Achei Caroline desanimada", foram suas palavras, "mas ela ficou muito feliz em me ver e censurou-me por não avisá-la da minha vinda para Londres. Eu estava certa, portanto; ela nunca recebeu minha última carta. Perguntei sobre

---

50. Não há recepção depois do casamento de Charlotte. Isso era comum na Inglaterra durante o século XVIII, quando Jane Austen começou a escrever *Orgulho e preconceito*, mas quando o livro foi publicado o costume já estava começando a mudar. Em *Emma*, escrito e publicado na segunda década do século XIX, já vemos essa mudança: no casamento que abre o livro há uma festa com bolo após a cerimônia.

o irmão delas, é claro. Ele estava bem, mas tão ocupado com o sr. Darcy que elas mal o viam. Soube que a srta. Darcy estava sendo esperada para o jantar. Gostaria de poder vê-la. Minha visita não foi longa, pois Caroline e a sra. Hurst estavam de saída. Acredito que logo as verei aqui.

Elizabeth balançou a cabeça ao ler essa carta. Foi o suficiente para convencê-la de que o sr. Bingley só saberia que Jane estava na cidade por acidente.

Quatro semanas se passaram e Jane nunca o encontrou. Ela tentou se convencer de que não lamentava por isso, mas não podia mais deixar de notar a falta de atenção da srta. Bingley. Depois de Jane esperar em casa todas as manhãs[51] durante duas semanas e se iludir, a cada noite, com uma nova desculpa, a visitante afinal apareceu; mas a brevidade da visita e, sobretudo, a alteração em seus modos não permitiram que Jane se enganasse mais. A carta que ela escreveu para a irmã na ocasião provará o que sentiu.

> Minha amada Lizzy, eu tenho certeza, será incapaz de tripudiar de mim devido à sua melhor capacidade de julgar quando eu confessar ter me enganado completamente acerca da afeição da srta. Bingley. Porém, minha querida irmã, embora os acontecimentos tenham provado que você tinha razão, não me considere obstinada se eu afirmar que, levando em conta o comportamento dela para comigo, minha confiança foi tão natural quanto sua suspeita. Não compreendo nem um pouco por que a srta. Bingley quis ser minha amiga íntima, mas, se as mesmas circunstâncias ocorressem de novo, tenho certeza de que eu me enganaria outra vez. Caroline só retribuiu minha visita ontem; e, nesse meio-tempo, não recebi nem um bilhete, sequer uma linha. Quando ela veio, ficou evidente que não o fez por prazer. Deu uma desculpa breve e formal por não ter me visitado antes, não disse nem uma palavra sobre querer me ver de novo e, sob todos os aspectos, estava tão diferente que, quando partiu, eu já estava inteiramente decidida a não continuar nossa amizade. Tenho pena dela, embora não possa deixar de culpá-la. Foi muito errado da sua parte me distinguir daquela maneira. Posso dizer com segurança que cada passo na direção da intimidade foi dado primeiro por ela. Mas tenho pena pois ela deve sentir que agiu errado, e porque tenho certeza de que receio pelo irmão foi a causa. Não preciso explicar mais; e, embora nós saibamos que esse receio é de todo desnecessário, se ela o sente, isso explica bem seu comporta-

51. Horário em que as senhoras de alta classe faziam suas visitas.

mento para comigo. Seu irmão é tão merecidamente querido por ela que qualquer receio seu por ele é natural e amável. Porém, não consigo deixar de me espantar com o fato de Caroline ainda ter esses temores, pois, se ele gostasse um pouco de mim, nós teríamos nos encontrado há muito, muito tempo. Tenho certeza de que ele sabe que estou na cidade devido a algo que a própria disse; no entanto, pela sua maneira de falar, parece que ela está querendo se convencer de que ele tem real interesse pela srta. Darcy. Não consigo compreender. Se não tivesse medo de estar sendo dura demais, quase me sentiria tentada a dizer que há uma forte aparência de duplicidade em tudo isso. Mas tentarei banir tudo o que é doloroso da minha mente e pensar apenas naquilo que me fará feliz: seu amor e a gentileza constante dos meus queridos tios. Por favor, me escreva assim que puder. A srta. Bingley disse algo sobre ele nunca voltar a Netherfield, sobre devolver a casa, mas sem nenhuma certeza. Será melhor não mencionarmos isso. Estou muito feliz por você ter contado tantas coisas boas sobre nossos amigos em Hunsford. Não deixe de ir vê-los com Sir William e Maria, tenho certeza de que você vai ficar muito confortável lá.

Sua querida,
Jane

Essa carta foi um pouco dolorosa para Elizabeth, mas ela recobrou o ânimo ao considerar que Jane não seria mais enganada, pelo menos não pela irmã. Qualquer expectativa em relação ao irmão agora estava completamente acabada. Elizabeth nem sequer desejou que o sr. Bingley voltasse a cortejar Jane. Seu caráter piorava a cada vez que ela o passava em revista; e, como punição para ele, além de uma possível vantagem para Jane, Elizabeth desejou que se casasse com a irmã do sr. Darcy, já que, de acordo com o relato do sr. Wickham, ela o faria se arrepender amargamente daquilo que jogara fora.

A sra. Gardiner, mais ou menos nessa época, lembrou a Elizabeth da promessa que ela fizera envolvendo aquele cavalheiro e pediu informações. O que Elizabeth tinha a contar era mais do agrado da tia do que dela mesma. O aparente interesse do sr. Wickham diminuíra, sua corte cessara, ele se tornara admirador de outra pessoa. Elizabeth estava atenta o bastante para perceber tudo, mas conseguiu fazê-lo e escrever sobre isso sem uma mágoa significativa. Seu coração fora apenas levemente tocado e sua vaidade se satisfez em acreditar que ela teria sido a escolha do sr. Wickham se sua fortuna o permitisse. A súbita aquisição de dez mil libras era o encanto mais evidente da moça que ele agora se esforçava para agradar; mas Elizabeth, talvez enxergando com menos clareza nesse caso do que no de Charlotte, não se incomodou com o desejo dele de obter uma renda que lhe permitisse viver de maneira independente.[52] Ao contrário, nada poderia ser mais natural; e, contanto que conseguisse imaginar que o sr. Wickham tivera alguma dificuldade em abrir mão dela, Elizabeth estava pronta para considerar aquela uma medida sábia e conveniente para ambos, e desejar a felicidade dele com toda sinceridade.

Tudo isso foi admitido para a sra. Gardiner; e, depois de relatar as circunstâncias, Elizabeth continuou:

"Agora, minha querida tia, estou convencida de que nunca estive muito apaixonada; pois se houvesse experimentado esse sentimento puro e enobrecedor, no momento detestaria a mera menção do nome dele e lhe desejaria toda sorte de mal. Mas não apenas sinto cordialidade para com o sr. Wickham como consigo até ser imparcial com a srta. King. Não pareço odiá-la nem um pouco e não me sinto nada indisposta a considerá-la uma moça bastante simpática. É impossível que haja amor em tudo isso. Minha vigilância foi eficaz; e, embora decerto eu fosse ser um objeto mais interessante para todos que conheço se estivesse loucamente apaixonada por ele, não posso dizer que lamento minha comparativa insignificância. A importância às vezes tem um preço alto demais. Kitty e Lydia sofrem muito mais com o abandono do sr. Wickham do que eu. Elas são jovens, não conhecem o mundo e ainda não aprenderam o mortificante fato de que os rapazes bonitos precisam de dinheiro para viver, assim como os feios.

---

52. Os juros de uma fortuna de dez mil libras renderiam entre quatrocentas e quinhentas libras por ano.

CAPÍTULO 27

JANEIRO E FEVEREIRO TRANSCORRERAM sem maiores acontecimentos para a família de Longbourn, com pouco para quebrar a monotonia além das caminhadas até Meryton, ora em meio à lama, ora em meio ao frio. Em março, Elizabeth iria a Hunsford. A princípio, não pensara seriamente em ir; mas logo descobriu que Charlotte estava contando com isso e, aos poucos, passou a considerar o plano com maior prazer além de maior certeza. A ausência aumentara seu desejo de ver Charlotte e diminuíra sua antipatia pelo sr. Collins. A ideia era uma novidade e como, com aquela mãe e irmãs que eram uma companhia tão desagradável não podia deixar de haver defeitos em seu lar, uma pequena mudança, por si só, já era bem-vinda. Além do mais, a viagem lhe permitiria brevemente ver Jane; e, em resumo, conforme o momento foi se aproximando, ela teria lamentado qualquer atraso. Tudo, no entanto, correu bem e finalmente foi combinado de acordo com o desejo original de Charlotte. Elizabeth iria acompanhar Sir William e sua segunda filha mais velha. Depois de algum tempo, foi acrescentada a vantagem de uma noite em Londres, e o plano ficou tão perfeito quanto um plano pode ser.

Elizabeth só lamentou deixar o pai, que decerto iria sentir sua falta e que, quando chegou a hora, ficou tão insatisfeito com sua partida que pediu que lhe escrevesse e quase prometeu responder à sua carta.

Ela se despediu do sr. Wickham de maneira perfeitamente amistosa, até um pouco mais da parte dele. A jovem de quem então se ocupava não podia fazê-lo esquecer de que Elizabeth fora a primeira a despertar e merecer sua atenção, a primeira a ouvir e se compadecer, a primeira a ser admirada. E, em sua maneira de lhe dizer adeus, desejar-lhe grande diversão, lembrar-lhe do que deveria esperar de Lady Catherine de Bourgh e ter certeza de que sua opinião sobre aquela senhora — sua opinião sobre todo mundo — sempre coincidiria com a dele, havia uma solicitude, um interesse, que a fez pensar que sempre sentiria um afeto sincero por ele. Elizabeth despediu-se de Wickham convencida de que, casado ou solteiro, ele sempre seria seu modelo de homem amável e cordial.

Os companheiros de viagem que Elizabeth teve no dia seguinte não eram os mais indicados para fazê-la considerar o sr. Wickham menos atraente. Sir William Lucas e sua filha Maria, uma menina bem-humorada porém com a cabeça tão vazia quanto a dele, não tinham nada a dizer que valesse a pena escutar e foram ouvidos com tanto prazer quanto o barulho da carruagem. Elizabeth adorava absurdos, mas conhecia os de Sir William há tempo demais. Ele não podia lhe dizer nada de novo sobre as maravilhas de sua apresentação na corte, quando fora sagrado cavalheiro; e suas gentilezas eram tão gastas quanto suas histórias.

Era uma jornada de apenas vinte e quatro milhas e eles partiram tão cedo que, ao meio-dia, estavam na rua Gracechurch. Quando se aproximaram da porta do sr. Gardiner, Jane estava na janela da sala de estar esperando sua chegada; ao entrarem no corredor, ela estava lá para recebê-los e Elizabeth, olhando seu rosto, ficou feliz em notar que estava tão saudável e bonito quanto sempre fora. Na escada estava uma tropa de menininhos e menininhas cuja ansiedade para ver a prima não lhes permitiu esperar na sala, mas cuja timidez, como não a viam havia doze meses, impediu-os de descer. Tudo foi alegria e gentileza. O dia passou da maneira mais agradável: a tarde em passeios e compras, e a noite em um dos teatros.

Elizabeth então conseguiu se sentar ao lado da tia. O primeiro assunto que abordaram foi Jane, e ela ficou mais pesarosa do que surpresa de saber, após perguntas minuciosas, que, embora a irmã se esforçasse para manter o ânimo, havia períodos de abatimento. No entanto, era razoável esperar que eles não fossem continuar por muito tempo. A sra. Gardiner também deu a Elizabeth os detalhes da visita da srta. Bingley à rua Gracechurch e repetiu conversas ocorridas em ocasiões diferentes entre ela e Jane que provaram que esta desistira de coração da amizade.

A sra. Gardiner, em seguida, consolou a sobrinha pela deserção de Wickham e elogiou-a por suportá-la tão bem.

— Mas, minha querida Elizabeth — acrescentou —, como é a srta. King? Eu lamentaria considerar nosso amigo mercenário.

— Por favor, tia, me explique qual a diferença, em matéria de matrimônio, entre o motivo mercenário e o prudente? Onde acaba a cautela e começa a ganância? No Natal passado a senhora estava com medo de que ele se casasse comigo porque isso seria imprudente; e, agora, porque está tentando conquistar uma moça com apenas dez mil libras, quer considerá-lo mercenário.

— Basta que você me diga como é a srta. King e eu saberei o que pensar.

— É uma moça muito simpática, acredito. Não sei de nada ruim sobre ela.

— Mas o sr. Wickham não lhe deu a menor atenção antes de ela herdar essa fortuna com a morte do avô.

— Não. Por que deveria? Se não lhe era permitido ganhar minha afeição porque eu não tinha dinheiro, que motivo ele teria para tentar conquistar uma moça de quem não gostava e que era igualmente pobre?

— Mas parece haver uma indelicadeza no fato de ele passar a cortejá-la tão logo após esse ocorrido.

— Um homem em circunstâncias difíceis não tem tempo para todo o decoro elegante que outras pessoas podem ter. Se ela não se opõe, por que nós deveríamos fazê-lo?

— O fato de a srta. King não se opor não justifica o sr. Wickham. Só mostra que ela própria é deficiente em algo: ou em bom senso ou em sensibilidade.

— Muito bem! — exclamou Elizabeth. — Como a senhora quiser. Ele será mercenário e ela, tola.

— Não, Lizzy, isso é o que eu *não* quero. Realmente lamentaria ter uma opinião negativa de um rapaz que morou tanto tempo em Derbyshire.

— Ah! Se for só isso, eu tenho uma opinião muito ruim de rapazes que moram em Derbyshire; e seus amigos íntimos que moram em Hertfordshire não são muito melhores. Estou cansada de todos. Graças a Deus amanhã irei a um lugar onde encontrarei um homem que não tem sequer uma boa qualidade, sem boas maneiras ou bom senso. Afinal de contas, os homens estúpidos são os únicos que vale a pena conhecer.

— Tome cuidado, Lizzy; essas palavras têm um forte sabor de decepção.

Antes de elas se separarem com o fim da peça, Elizabeth teve a inesperada felicidade de ser convidada a acompanhar os tios em uma viagem a passeio que pretendiam fazer no verão.

— Nós ainda não decidimos aonde iremos — disse a sra. Gardiner —, mas talvez até os Lagos.[53]

Nenhum plano poderia ter sido mais agradável para Elizabeth e ela aceitou prontamente, cheia de gratidão.

— Minha querida, adorada tia! — exclamou, em êxtase. — Que deleite, que felicidade! A senhora me dá nova vida, novo vigor. Adeus à decepção e à amargura. O que são os homens diante das pedras e das montanhas? Ah, que horas arrebatadoras nós vamos passar! E quando voltarmos não seremos como os outros viajantes, sem saber dar uma ideia exata de nada. Nós *vamos* saber onde estivemos; *vamos* nos lembrar do que vimos. Os lagos, as montanhas e os rios não vão todos se misturar nas nossas memórias; e nem iremos, ao tentar descrever qualquer cena em particular, começar a discutir o que ficava onde. Que nossos primeiros derramamentos sejam menos insuportáveis do que aqueles da maioria dos viajantes.

53. Região da Cúmbria, no noroeste da Inglaterra. William Gilpin, citado na nota 31, escreveu muito sobre a qualidade pitoresca do lugar, que já tinha se tornado um destino turístico popular quando *Orgulho e preconceito* foi publicado. A região também foi tema do poeta William Wordsworth (1770-1850). Hoje, é um parque nacional.

CAPÍTULO 28

TUDO, na viagem do dia seguinte, era novo e interessante para Elizabeth; e ela estava com ânimo para desfrutar disso, pois não só achara a irmã com tão boa aparência que esquecera todos os temores por sua saúde como a perspectiva do passeio que faria pelo norte do país era uma fonte de júbilo constante.

Quando eles deixaram a estrada principal e tomaram a via que levava a Hunsford, todos passaram a buscar com o olhar a casa paroquial, esperando-a surgir a cada curva. Um dos lados do terreno dava para a cerca de madeira de Rosings Park. Elizabeth sorriu ao se lembrar do que ouvira falar sobre suas moradoras.

Afinal, avistou-se a casa paroquial. O jardim que ia em um aclive até a estrada, a casa sobre ele, as estacas verdes da cerca e a sebe de loureiros, tudo declarava que estavam chegando. O sr. Collins e Charlotte apareceram na porta e a carruagem parou na cancela, em frente à qual havia uma aleia curta que dava na casa, em meio aos acenos e sorrisos de todos. Em um instante estavam do lado de fora da caleche, regozijando-se ao ver uns aos outros. A sra. Collins recebeu a amiga com imenso prazer, e Elizabeth, diante de uma acolhida tão afetuosa, sentiu-se cada vez mais satisfeita em ter vindo. Ela imediatamente viu que os modos do primo não tinham mudado com o casamento: sua cortesia formal continuava idêntica e ele a deteve durante alguns minutos na cancela para perguntar como estava toda a sua família e ouvir as respostas. Então, demorando-se apenas tempo o suficiente para que o sr. Collins mencionasse o bom gosto da entrada, foram levados para dentro da casa; e, assim que estavam na sala de estar, ele, com ostensiva formalidade, mais uma vez disse que eram bem-vindos à sua humilde residência e invariavelmente repetiu todas as ofertas de comidas e bebidas que a esposa fez.

Elizabeth estava preparada para vê-lo em toda a sua glória; e não conseguiu deixar de achar que, ao exibir as boas proporções do cômodo, sua vista e seus móveis, ele se dirigia particularmente a ela, como se desejasse fazê-la perceber o que perdera ao recusá-lo. Mas, embora tudo parecesse arrumado e confortável, ela não pôde brindá-lo com nenhum suspiro de arrependimento, na verdade espantando-se que a amiga pudesse ter um ar tão alegre com tal companhia. Quando o sr. Collins dizia qualquer coisa de que a esposa pudesse razoavelmente se envergonhar, o que decerto ocorria com certa frequência, Elizabeth sem querer voltava os olhos para Charlotte. Uma ou duas vezes, conseguiu discernir um leve rubor; mas, em geral, Charlotte tinha a sabedoria de não escutar. Depois de ficarem sentados tempo suficiente para admirar cada móvel da sala, desde o aparador até o guarda-fogo, e para relatar como fora a viagem e tudo o que acontecera em Londres, foram convidados pelo sr. Collins para dar um passeio no jardim, que era grande e bem organizado, e de cujo cultivo ele próprio cuidava. Ocupar-se do jardim era um de seus prazeres mais respeitáveis, e Elizabeth admirou a expressão impassível com a qual Charlotte falou de quão sadio era aquele exercício, confessando que o encorajava o máximo. Lá, seguindo na frente por todas as aleias e passagens, e mal lhes permitindo um intervalo no qual pudessem fazer os elogios que pedia, o sr. Collins descreveu cada vista com uma riqueza de detalhes que deixou toda a beleza para trás. Ele era capaz de enumerar os campos em todas as direções e dizer quantas árvores havia no terreno mais distante. Mas de todas as vistas de que podia se orgulhar seu jardim, ou o condado, ou o reino, nada se comparava a Rosings, vislumbrada por uma abertura em meio às árvores que margeavam a parte da propriedade praticamente em frente à casa dele. Era uma construção bela e moderna, bem localizada em um aclive.

De seu jardim, o sr. Collins os teria levado a percorrer os dois campos que faziam parte do terreno, mas as senhoras, que não estavam usando sapatos adequados para enfrentar os vestígios de uma geada, voltaram; e, enquanto Sir William o acompanhava, Charlotte levou a irmã e a amiga para ver o resto da casa, muito satisfeita, provavelmente, com a oportunidade de exibi-la sem a ajuda do marido. Era bastante pequena, porém bem construída e conveniente; e tudo estava decorado e organizado com um bom gosto e uma uniformidade pelos quais Elizabeth imaginou que Charlotte merecia todo o crédito. De fato, a casa devia ser muito confortável quando o sr. Collins podia ser esquecido e, como Charlotte evidentemente sentia prazer com ela, Elizabeth imaginou que ele devia ser esquecido com frequência.

Ela já soubera que Lady Catherine ainda estava na região. Isso foi mencionado mais uma vez quando eles estavam jantando e o sr. Collins entrou na conversa:

— Sim, srta. Elizabeth, a senhorita terá a honra de ver Lady Catherine de Bourgh no próximo domingo na igreja, e não preciso nem dizer que vai adorá-la. Ela é muito afável e indulgente, e não tenho dúvida de que a senhorita será honrada com parte da sua atenção ao fim do culto. Mal hesito em dizer que, durante sua estada aqui, ela incluirá a senhorita e minha cunhada Maria em todos os convites com os quais nos honra. O comportamento de Lady Catherine para com minha querida Charlotte é encantador. Jantamos em Rosings duas vezes por semana e nunca nos é permitido voltar andando para casa. Lady Catherine sempre manda vir a carruagem para nos trazer. Eu deveria dizer uma das carruagens, pois ela tem várias.

— Lady Catherine é de fato uma mulher muito respeitável e sensata — acrescentou Charlotte —, e uma vizinha muito atenciosa.

— Exatamente, minha querida, é isso mesmo que eu digo. Ela é o tipo de mulher que é impossível considerar com um excesso de deferência.

À noitinha, a maior parte do tempo foi passada discutindo as notícias de Hertfordshire e contando novamente aquilo que já fora escrito; e, quando foram se deitar, Elizabeth, na solidão de seu quarto, precisou refletir sobre o nível de contentamento de Charlotte para, assim, compreender sua maneira de orientar o marido e sua serenidade em suportá-lo, reconhecendo que era tudo muito bem-feito. Ela também tentou prever como se passaria a visita, com o caráter tranquilo de suas ocupações cotidianas, as interrupções irritantes do sr. Collins e as alegrias das idas a Rosings. Sua imaginação vivaz logo decidiu tudo.

Mais ou menos no meio do dia seguinte, quando Elizabeth estava no quarto se preparando para dar uma caminhada, um barulho súbito lá embaixo pareceu indicar que a casa toda estava em confusão; e, depois de prestar atenção por um instante, ela ouviu alguém correndo escada acima com uma pressa violenta e chamando-a aos brados. Abriu a porta e encontrou Maria no patamar da escada, que, agitada e sem fôlego, disse:

— Ah, minha querida Eliza! Por favor, se apresse e entre na sala de jantar, pois verá algo espantoso! Não irei lhe dizer o que é. Venha logo, desça agora.

Elizabeth fez perguntas em vão; Maria recusou-se a dizer mais. Lá se foram elas correndo até a sala de jantar, que dava para a aleia, atrás de tal maravilha. Eram duas senhoras em um faetonte baixo, que estava parado diante da cancela do jardim.

— É só isso? — exclamou Elizabeth. — Eu esperava que, no mínimo, os porcos tivessem invadido o jardim, mas são apenas Lady Catherine e a filha!

— Ora, meu bem — disse Maria, bastante chocada com o engano —, essa não é Lady Catherine. A mais velha é a sra. Jenkinson, que mora com elas. A outra é a srta. De Bourgh. Olhe só para ela. Como é pequenina. Quem imaginaria que seria tão magra e baixa!

— É abominavelmente rude da sua parte obrigar Charlotte a ficar lá fora com todo esse vento. Por que ela não entra?

— Ah! Charlotte disse que isso quase nunca acontece. É o maior dos favores quando a srta. De Bourgh entra.

— Gostei da aparência dela — disse Elizabeth, quando lhe ocorreu outra ideia. — Parece doentia e mal-humorada. Sim, vai servir muito bem para ele. Será uma esposa muito apropriada.

O sr. Collins e Charlotte estavam ambos de pé no portão, conversando com as senhoras; e Sir Williams, para enorme diversão de Elizabeth, ficara parado na porta, contemplando avidamente toda aquela nobreza diante de seus olhos e fazendo mesuras sempre que a srta. De Bourgh olhava em sua direção.

Afinal não houve mais nada a ser dito; as senhoras seguiram adiante e os outros voltaram para a casa. O sr. Collins, assim que viu as duas moças, começou a cumprimentá-las por sua boa sorte, e Charlotte contou-lhes que todos tinham sido convidados para jantar em Rosings no dia seguinte.

CAPÍTULO 29

O TRIUNFO DO SR. COLLINS, em consequência desse convite, foi completo. O poder de exibir a imponência de sua patrona aos visitantes maravilhados, e de permitir-lhes ver a cortesia dela para consigo e sua esposa, era exatamente o que ele tivera esperanças de conseguir, e que uma oportunidade lhe fosse dada tão cedo era um exemplo tão grande da condescendência de Lady Catherine que ele não soube como admirá-lo o suficiente.

— Eu confesso — disse — que não teria ficado nada surpreso se Lady Catherine houvesse nos convidado no domingo para tomar chá e passar o fim de tarde em Rosings. Como conheço sua amabilidade, esperava que isso fosse acontecer. Mas quem poderia ter previsto tamanha gentileza? Quem poderia ter imaginado que iríamos receber um convite para jantar, e ainda mais um convite incluindo todos nós, tão pouco tempo depois da chegada de vocês!

— Eu fico menos surpreso com o que ocorreu — respondeu Sir William — devido ao conhecimento dos modos das pessoas realmente ilustres que minha situação me permitiu adquirir. Na corte, tais exemplos de elegância não são incomuns.

Durante o dia todo e a manhã seguinte falou-se quase apenas da visita deles a Rosings. O sr. Collins informou-lhes cuidadosamente o que poderiam esperar, para que o espetáculo de tantos cômodos, tantos criados e de um jantar tão esplêndido não os assoberbasse por completo.

— Não se inquiete, minha querida prima, com suas vestimentas. Lady Catherine está longe de exigir a elegância que fica bem nela e na filha. Aconselho-a a simplesmente escolher aquela das suas roupas que for superior às outras, não há necessidade de mais nada. Lady Catherine não irá desgostar da senhorita por estar vestida de maneira simples. Ela gosta de manter as distinções das posições sociais.

Enquanto estavam se arrumando, o sr. Collins veio duas ou três vezes até suas portas, recomendando-lhes que fossem rápidos, pois Lady Catherine não gostava nem um pouco que se atrasassem. Esses relatos assombrosos do cotidiano da mansão assustaram bastante Maria Lucas, que não era acostumada a ocasiões formais e que encarava sua apresentação em Rosings com tanta apreensão quanto seu pai vira a dele em St. James.

Como o tempo estava bom, eles deram uma caminhada agradável de cerca de meia milha pelo jardim. Todo jardim tem suas belezas e suas paisagens, e Elizabeth viu muito que lhe agradou, mas não conseguiu expressar todo o êxtase que o sr. Collins esperava que o cenário inspirasse e se impressionou pouco quando ele enumerou as janelas na frente da casa e relatou quanto o envidraçamento delas custara a Sir Lewis de Bourgh.[54]

Enquanto subiam a escada até o vestíbulo, o medo de Maria foi aumentando a cada instante, e nem Sir William parecia inteiramente calmo. A coragem de Elizabeth não vacilou. Ela não ouvira nada de Lady Catherine que a proclamara como um augusto ser de talentos extraordinários ou virtude miraculosa, e a mera imponência do dinheiro e da posição social ela considerou que seria capaz de testemunhar sem abalos.

Do vestíbulo, cujas belas proporções e bem-acabados ornamentos o sr. Collins mostrou com êxtase, eles, passando por uma antecâmara, foram levados pelos criados até a sala em que Lady Catherine, sua filha e a sra. Jenkinson estavam. Lady Catherine, com grande condescendência, levantou-se para recebê-los; e, como a sra. Collins tinha decidido com o marido que as apresentações ficariam a cargo dela, estas foram feitas de maneira adequada, sem as desculpas e agradecimentos que ele teria achado necessários.

Apesar de já ter estado em St. James, Sir William ficou tão pasmo com a suntuosidade ao seu redor que teve coragem apenas para fazer uma mesura muito profunda e se sentar sem dizer uma palavra; enquanto a filha, quase perdendo os sentidos de tanto medo, sentou-se na beirada da cadeira, sem saber para onde olhar. Elizabeth viu que estava perfeitamente à altura da situação e pôde observar as três senhoras à sua frente com tranquilidade. Lady Catherine era uma mulher alta e robusta, com feições bem marcadas que talvez houvessem sido belas um dia. Ela não tinha um ar gentil e não recebeu os visitantes de modo a fazê-los esquecer que eram de posição inferior. Não era alguém que ti-

54. Desde 1696 havia na Inglaterra um imposto sobre o número de janelas das construções. Ter muitas janelas era sinal de status.

nha a altivez do silêncio: tudo o que dizia era declarado em um tom tão autoritário que marcava sua arrogância, fazendo Elizabeth se lembrar de imediato do sr. Wickham; por suas observações gerais naquele dia, ela acreditou que Lady Catherine era exatamente como ele descrevera.

Quando, depois de examinar a mãe, em cujas feições e comportamento logo encontrou semelhanças com o sr. Darcy, Elizabeth voltou seu olhar para a filha, quase sentiu o mesmo espanto que Maria por ela ser tão magra e tão baixa. Não havia, nem na silhueta nem no rosto, a menor semelhança entre as duas mulheres. A srta. De Bourgh era pálida e doentia; suas feições, embora não fossem feias, eram inexpressivas; e ela falava muito pouco, a não ser em voz baixa para a sra. Jenkinson, em cuja aparência não havia nada de extraordinário e que se ocupou inteiramente em ouvir o que a srta. De Bourgh dizia e em ajeitar um biombo diante dela.

Depois de ficarem ali durante alguns minutos, foram levados a uma das janelas para admirar a vista, com o sr. Collins acompanhando-os para mostrar as belezas da paisagem e Lady Catherine bondosamente informando-lhes que valia muito mais a pena admirá-la no verão.

O jantar foi farto e realmente havia todos os criados e todas as travessas de prata que o sr. Collins prometera. E, como ele também previra, Lady Catherine pediu-lhe que sentasse à cabeceira da mesa, fazendo-o assumir o ar de quem não acreditava que a vida pudesse proporcionar prazer maior. O sr. Collins serviu, comeu e elogiou com deleite e entusiasmo; e todos os pratos foram louvados, primeiro por ele e depois por Sir William, que se recuperara o bastante para repetir tudo o que genro dizia de uma maneira que Elizabeth se espantou por Lady Catherine conseguir suportar. Mas ela pareceu satisfeita com a imensa admiração dos dois e deu sorrisos graciosos, sobretudo quando qualquer prato na mesa era uma novidade para eles. Não se falou muito. Elizabeth dizia algo sempre que tinha oportunidade, mas estava sentada entre Charlotte e a srta. De Bourgh, sendo que a primeira estava ocupada em ouvir Lady Catherine e a segunda não lhe disse sequer uma palavra durante toda a refeição. A sra. Jenkinson estava quase completamente absorta em observar quão pouco a srta. De Bourgh estava comendo, em insistir para que ela experimentasse outro prato e em temer que estivesse indisposta. Maria achou que falar estava fora de questão e os cavalheiros não fizeram nada além de comer e admirar.

Quando as senhoras voltaram à sala de estar, houve pouco a fazer além de ouvir Lady Catherine falar, o que ela fez sem interrupção até a chegada do café, expressando sua opinião de maneira decidida, demonstrando que não estava acostumada a ouvir contradições. Ela interrogou Charlotte sobre questões domésticas com familiaridade e minúcia, dando-lhe muitos conselhos sobre como resolver cada uma elas; explicou-lhe como tudo deveria ser organizado em uma casa com tão poucos criados, e instruiu-lhe acerca dos cuidados com suas vacas e suas aves. Elizabeth descobriu que nada era trivial demais para ser do interesse dessa grande dama, contanto que lhe desse a oportunidade de mandar nos outros. Nos intervalos de sua conversa com a sra. Collins, Lady Catherine fez diversas perguntas a Maria e Elizabeth, mas principalmente à segunda, de cuja família sabia menos e que, ela observou para a sra. Collins, era uma jovem elegante e de boa aparência. Lady Catherine indagou quantas irmãs Elizabeth tinha, se eram mais velhas ou mais novas, se alguma estava prestes a se casar, se eram bonitas, onde tinham estudado, que tipo de carruagem seu pai possuía e qual era o nome de solteira de sua mãe. Elizabeth sentiu a impertinência dessas perguntas, mas respondeu-as com tranquilidade. Lady Catherine, então, observou:

— Acredito que o sr. Collins vai herdar a propriedade do seu pai. Pela senhora — disse ela, voltando-se para Charlotte —, eu fico feliz. Mas não vejo nenhum motivo para as propriedades serem passadas para outras mãos que não as dos descendentes diretos. Isso não foi considerado necessário na família de Sir Lewis de Bourgh.[55] A senhorita toca e canta, srta. Bennet?

— Um pouco.

— Ah! Então, ficaremos felizes em ouvi-la uma hora dessas. Nosso instrumento é excelente, provavelmente melhor do que... A senhorita irá experimentá-lo um dia. Suas irmãs tocam e cantam?

— Uma delas, sim.

— Por que vocês todas não aprenderam? Deviam ter aprendido. Todas as irmãs Webb tocam, e o pai delas não tem uma renda tão boa quanto o seu. Vocês desenham?

— Não, nada.

— Como assim? Nenhuma de vocês?

---

55. Isso quer dizer que a srta. De Bourgh, mesmo sendo mulher, vai herdar Rosings.

— Nenhuma.

— Isso é muito estranho. Mas imagino que não tenham tido oportunidade de aprender. Sua mãe deveria tê-las levado à cidade toda primavera, para se beneficiarem dos professores de lá.

— Minha mãe não teria feito objeções, mas meu pai detesta Londres.

— Sua preceptora já deixou o posto?

— Não tivemos preceptora.

— Nunca tiveram preceptora! Como isso é possível? Cinco filhas criadas em casa sem uma preceptora! Jamais ouvi falar disso. Sua mãe deve ter ficado escrava da educação de vocês.

Elizabeth mal pôde deixar de sorrir ao assegurar que não fora o caso.

— Então quem lhes ensinou? Quem cuidou de vocês? Sem uma preceptora, devem ter sido negligenciadas.

— Em comparação com algumas famílias, acredito que fomos; mas, para quem desejava aprender, nunca faltaram meios. Nós sempre fomos encorajadas a ler e tivemos todos os professores necessários. Quem desejava ficar desocupada decerto podia.

— Sim, sem dúvida; e é isso que uma preceptora teria evitado. Se eu conhecesse sua mãe, teria aconselhado enfaticamente que ela contratasse uma. Sempre digo que, em educação, não se faz nada sem lições contínuas, e ninguém além de uma preceptora pode proporcioná-las. É uma maravilha quantas famílias eu pude ajudar nesse quesito. Sempre fico feliz em obter um cargo para uma jovem. Quatro sobrinhas da sra. Jenkinson conseguiram posições esplêndidas graças a mim. Outro dia mesmo recomendei uma jovem que, por acidente, me foi mencionada e a família a adorou. Sra. Collins, eu lhe contei que Lady Metcalf veio aqui ontem para me agradecer? "Lady Catherine", disse ela, "a senhora me deu um tesouro." Alguma das suas irmãs mais novas já debutou, srta. Bennet?

— Sim, senhora. Todas.

— Todas! As cinco ao mesmo tempo? Muito estranho! E a senhorita é apenas a segunda mais velha. As mais novas debutaram antes de as mais velhas se casarem! Suas irmãs mais novas devem ser muito jovens, não?

— Sim, a mais nova ainda não fez dezesseis anos. Talvez ela seja muito jovem para estar em sociedade. Mas, realmente, senhora, acho que seria muito difícil para as mais novas se elas não pudessem desfrutar seu quinhão de companhia e diversão porque as mais velhas não tiveram os meios ou a vontade de se casar cedo. A última a nascer tem tanto direito aos prazeres da juventude quanto a primeira. E ter de esperar por causa desse motivo! Acho que não promoveria muito amor fraternal nem muita delicadeza na maneira de pensar.

— Palavra de honra — disse Lady Catherine —, a senhorita dá sua opinião de maneira muito decidida para alguém tão jovem. Qual é sua idade, me diga?

— Com três irmãs mais novas já crescidas, a senhora não pode esperar que eu confesse isso — disse Elizabeth, sorrindo.

Lady Catherine pareceu completamente estarrecida por não receber uma resposta direta, e Elizabeth suspeitou que era a primeira criatura que jamais ousara brincar com aquela ilustre impertinência.

— A senhorita não pode ter mais de vinte anos, tenho certeza. Por isso, não precisa esconder a idade.

— Eu ainda não fiz vinte e um anos.

Quando os cavalheiros se juntaram a elas e o chá chegou ao fim, as mesas de cartas foram trazidas. Lady Catherine, Sir William e o sr. e a sra. Collins se sentaram para jogar *quadrille*; e, como a srta. De Bourgh decidiu jogar cassino,[56] as duas moças tiveram a honra de ajudar a sra. Jenkinson a formar as duplas. A conversa na mesa delas foi supremamente enfadonha. Mal se falou uma sílaba que não fosse relacionada ao jogo, a não ser quando a sra. Jenkinson expressou seus temores de que a srta. De Bourgh estivesse com calor demais, frio demais, velas demais ou velas de menos. Muito mais foi dito na outra mesa. Lady Catherine falou quase o tempo todo, explicando os erros dos outros ou contando alguma história sobre si mesma. O sr. Collins se ocupou concordando com tudo que ela falava, agradecendo cada peixe que conseguia e pedindo desculpas se achava que ganhava demais. Sir William não disse muito. Estava munindo a memória de histórias e sobrenomes nobres.

Quando Lady Catherine e a filha haviam jogado o quanto queriam, as partidas terminaram e a carruagem foi oferecida à sra. Collins, aceita com gratidão e mandada vir imediatamente. O grupo então se reuniu ao redor do fogo para ouvir Lady Catherine decidir como seria o tempo no dia seguinte. Após essas

56. Jogo de cartas parecido com o buraco, que podia ser jogado por duas ou quatro pessoas e no qual o objetivo era fazer pontos.

instruções, foram avisados da chegada do coche e, com muitos agradecimentos da parte do sr. Collins e muitas mesuras da parte de Sir William, partiram. Assim que se afastaram da porta, o primo de Elizabeth pediu que ela desse sua opinião sobre o que vira em Rosings e, por Charlotte, ela fingiu ser mais positiva do que fora na realidade. Mas seus elogios, embora lhe tenham sido um pouco difíceis de fazer, não satisfizeram em nada o sr. Collins, e ele logo foi obrigado a ocupar-se pessoalmente das loas a Lady Catherine.

CAPÍTULO 30

Sir William ficou apenas uma semana em Hunsford; mas sua visita durou tempo bastante para convencê-lo de que a filha estava muito bem instalada e de que ela possuía um marido e uma vizinha do tipo que não se encontrava com frequência. Enquanto durou a estada de Sir William, o sr. Collins dedicou suas manhãs a sair com ele em seu cabriolé para lhe mostrar a região; contudo, depois que ele partiu, a família voltou às tarefas usuais e Elizabeth ficou feliz em ver que elas não viam mais o primo com tamanha frequência, pois ele passava a maior parte do tempo entre o café da manhã e o almoço ou cuidando do jardim, ou lendo e escrevendo e olhando pela janela de seu gabinete, que dava para a estrada. O cômodo em que as senhoras ficavam dava para os fundos. Elizabeth, a princípio, se espantou por Charlotte não preferir usar a sala de jantar: era maior e tinha uma vista mais agradável. Mas logo viu que a amiga tinha um excelente motivo, pois o sr. Collins, sem dúvida, teria ficado muito menos em seu próprio aposento se o das senhoras fosse igualmente animado; e aprovou a maneira como Charlotte arranjara tudo.

Da sala de estar elas não conseguiam ver a estrada, devendo ao sr. Collins tudo o que sabiam sobre quais carruagens a atravessavam e, especialmente, com que frequência a srta. De Bourgh passava em seu faetonte, algo que ele nunca deixava de informar, embora acontecesse quase todos os dias. Ela parava na casa paroquial com regularidade e conversava durante alguns minutos com Charlotte, embora quase nunca pudesse ser convencida a descer do veículo.

Pouquíssimos eram os dias em que o sr. Collins não caminhava até Rosings e em que a esposa dele não achasse necessário acompanhá-lo; e, até Elizabeth se lembrar de que Lady Catherine talvez tivesse outros cargos eclesiásticos a distribuir, não conseguiu compreender o sacrifício de tantas horas. De tempos em tempos, tinham a honra de receber uma visita de Lady Catherine, e nada que se passasse na sala durante essas ocasiões escapava a seu escrutínio. Ela examinava o que estavam fazendo, olhava sua costura e aconselhava-as a fazê-la de maneira diferente; criticava a disposição dos móveis ou descobria que a criada estava sendo negligente; e, se aceitava comer qualquer coisa, parecia fazê-lo apenas para poder declarar que os cortes de carne da sra. Collins eram grandes demais para sua família.

Elizabeth logo percebeu que, embora essa grande dama não fosse uma juíza de paz do condado,[57] ela era uma magistrada muito ativa em sua paróquia, cujas notícias lhe eram relatadas nos mínimos detalhes pelo sr. Collins. Sempre que quaisquer camponeses demonstravam a inclinação de ser contenciosos, descontentes ou pobres demais, Lady Catherine marchava até o vilarejo para resolver suas diferenças, silenciar suas queixas e ralhar com eles até que se tornassem pacíficos e prósperos.

Os jantares em Rosings foram repetidos cerca de duas vezes por semana; e, excetuando-se a ausência de Sir William e o fato de que apenas uma mesa de cartas foi montada após a refeição, cada um deles foi idêntico ao primeiro. Havia pouco mais a fazer, pois quase todos os vizinhos eram refinados demais para serem frequentados pelos Collins. Elizabeth, no entanto, não se aborreceu com isso e, de modo geral, passou seu tempo de maneira suficientemente confortável. De quando em quando, tinha meia hora de conversa agradável com Charlotte, e o tempo estava tão bom para aquela época do ano que muitas vezes podia se distrair fora de casa. Seu lugar preferido para caminhar, aonde com frequência ia quando os outros estavam visitando Lady Catherine, era pelo arvoredo que havia naquele lado do jardim, onde havia uma bonita aleia coberta à qual ninguém mais parecia dar valor, e onde ela se sentia fora do alcance da curiosidade de Lady Catherine.

Dessa maneira tranquila, as primeiras duas semanas de sua visita transcorreram depressa. A Páscoa estava chegando, e na semana anterior ao feriado Rosings receberia alguns hóspedes, um acréscimo que, em um círculo tão pequeno como o deles, não podia deixar de ser importante. Elizabeth soubera logo depois de chegar que o sr. Darcy era esperado para dali a poucas semanas e, embora não conhecesse muitas pessoas de quem gostasse menos, ele seria

57. Na Inglaterra, desde 1361 pessoas leigas são nomeadas para o cargo de juiz de paz, tendo poder para julgar pequenas causas em nome da Coroa. Historicamente, os juízes de paz eram homens e membros da aristocracia. As primeiras mulheres a se tornarem juízas de paz foram nomeadas apenas em 1919, mais de cem anos depois da publicação de *Orgulho e preconceito*.

alguém comparativamente novo para quem olhar durante as visitas a Rosings, e ela talvez se divertisse observando quão vãos eram os planos da srta. Bingley através de sua maneira de agir com a prima, a quem Darcy evidentemente fora destinado por Lady Catherine. Esta falava de sua vinda com a maior satisfação, descrevia-o com a mais alta admiração e pareceu quase sentir raiva ao descobrir que Darcy já fora visto com frequência tanto por Elizabeth quanto pela srta. Lucas.

Na casa paroquial logo ficaram sabendo da chegada do sr. Darcy, pois o sr. Collins passara a manhã toda caminhando em um lugar de onde podia ver as cabanas que davam na estrada de Hunsford para certificar-se dela o quanto antes; e, depois de fazer uma mesura para a carruagem quando esta dobrava a curva, correu de volta para casa com aquela importante informação. Na manhã seguinte, apressou-se a ir a Rosings com seus cumprimentos. Havia dois sobrinhos de Lady Catherine a exigi-los, pois o sr. Darcy trouxera consigo o coronel Fitzwilliam, filho mais novo de seu tio, o lorde ...; e, para grande surpresa de todos, quando o sr. Collins voltou, os cavalheiros o acompanharam. Charlotte os vira da biblioteca do marido atravessando a estrada e, entrando imediatamente na outra sala, disse às outras duas a honra que elas podiam esperar, acrescentando:

— Devo agradecer a você por essa gentileza, Eliza. O sr. Darcy jamais teria vindo me visitar tão cedo.

Elizabeth mal teve tempo de negar qualquer direito àquela prova de consideração quando a chegada deles foi anunciada pela campainha. Logo depois, os três cavalheiros entraram na sala. O coronel Fitzwilliam, que veio na frente, tinha cerca de trinta anos e não era bonito, mas sua aparência e sua maneira de se expressar eram bastante distintas. O sr. Darcy continuava igual ao que era em Hertfordshire; cumprimentou a sra. Collins com a reserva de sempre e, quaisquer que fossem seus sentimentos pela amiga dela, tratou-a com aparente tranquilidade. Elizabeth apenas o cumprimentou, sem dizer uma palavra.

O coronel Fitzwilliam começou a conversar imediatamente com a prontidão e a facilidade de um homem educado, e comportou-se de maneira agradável; mas seu primo, depois de fazer uma breve observação sobre a casa e o jardim para a sra. Collins, ficou sentado durante algum tempo sem falar com ninguém. Afinal, no entanto, teve a gentileza de perguntar se a família de

Elizabeth ia bem de saúde. Ela respondeu da forma costumeira e então, depois de um instante de pausa, acrescentou:

— Minha irmã mais velha está na cidade há três meses. O senhor por acaso a encontrou?

Ela sabia muito bem que isso não tinha acontecido, mas queria ver se o sr. Darcy iria demonstrar qualquer consciência do que se passara entre Jane e os Bingley; e achou que ele aparentava um ar confuso ao responder que não tivera a sorte de encontrar a srta. Bennet. O assunto não foi mais discutido e os cavalheiros foram embora pouco depois.

CAPÍTULO 31

Os modos do coronel Fitzwilliam foram muito admirados na casa paroquial, e todas as moças acharam que ele iria aumentar consideravelmente o prazer de seus compromissos em Rosings. Porém, passaram-se alguns dias antes que eles recebessem um convite para ir até lá, pois, enquanto havia hóspedes na casa, sua presença não era tão necessária; e só no domingo de Páscoa, quase uma semana após a chegada dos cavalheiros, foram honrados com essa gentileza, e então meramente chamados, ao sair da igreja, para fazer uma visita depois do jantar. Durante a semana anterior, tinham visto muito pouco Lady Catherine e a filha. O coronel Fitzwilliam visitara a casa paroquial mais de uma vez, mas o sr. Darcy eles encontraram apenas na igreja.

O convite foi aceito, é claro; e, em um horário adequado, eles se juntaram ao grupo reunido na sala de estar de Lady Catherine. Esta os recebeu com cortesia, mas era evidente que sua companhia não era de maneira alguma tão aceitável quanto quando ela não tinha a de mais ninguém. Ela, na verdade, estava quase absorta pelos sobrinhos e falou com eles — com Darcy sobretudo — muito mais do que com qualquer outra pessoa presente.

O coronel Fitzwilliam pareceu realmente feliz em vê-los. Qualquer coisa era um alívio bem-vindo para ele em Rosings, e a bela amiga da sra. Collins despertara seu interesse. Ele sentou-se ao lado dela e falou de maneira tão simpática sobre Kent e Hertfordshire, sobre viajar e ficar em casa, sobre novos livros e melodias, que Elizabeth nunca se divertira tanto naquela sala antes; e eles conversaram com tanto ânimo e fluidez que chamaram a atenção da própria Lady Catherine, e também do sr. Darcy. Os olhos dele logo se voltaram repetidas vezes na direção dos dois com uma expressão de curiosidade; e o fato de Lady Catherine, após algum tempo, sentir o mesmo foi demonstrado com franqueza, pois ela não teve escrúpulos em dizer:

— O que você está dizendo, Fitzwilliam? Sobre o que está conversando? O que está dizendo para a srta. Bennet? Conte-me.

— Estamos falando de música, senhora — disse o coronel Fitzwilliam, quando não conseguiu mais evitar responder.

— De música! Então, por favor, falem alto. É o assunto que mais me deleita. Preciso participar da conversa, se vocês estão falando de música. Imagino que existam poucas pessoas na Inglaterra com um apreço maior pela música do que eu, ou com mais bom gosto nato. Se eu tivesse aprendido um instrumento, teria sido muito habilidosa. E Anne também, se a saúde dela lhe houvesse permitido estudar. Tenho certeza de que ela tocaria maravilhosamente bem. Como Georgiana tem se saído, Darcy?

O sr. Darcy elogiou de maneira afetuosa a habilidade da irmã.

— Fico muito feliz em saber que ela está indo tão bem — disse Lady Catherine —, e, por favor, diga que mandei falar que não pode esperar atingir a excelência se não praticar muito.

— Garanto à senhora que Georgiana não precisa desse conselho — respondeu ele. — Ela pratica constantemente.

— Tanto melhor. É impossível tocar demais e, quando eu escrever para ela da próxima vez, direi que não deixe de fazê-lo de jeito nenhum. Muitas vezes digo às moças que a excelência musical jamais será adquirida sem a prática constante. Já falei à srta. Bennet com frequência que ela jamais tocará realmente bem se não praticar mais. E, apesar de a sra. Collins não possuir um instrumento, ela, como eu já disse diversas vezes, será muito bem recebida em Rosings todos os dias para tocar o piano que fica nos aposentos da sra. Jenkinson. Naquela parte da casa, não vai atrapalhar ninguém.

O sr. Darcy pareceu um pouco envergonhado com a falta da educação da tia e não respondeu.

Quando eles terminaram de tomar café, o coronel Fitzwilliam lembrou a Elizabeth de uma promessa de tocar para ele, e ela imediatamente se sentou diante do instrumento. Ele aproximou uma cadeira dela. Lady Catherine prestou atenção em meia canção e então começou a conversar com o outro sobrinho, como estava fazendo antes; até que este se afastou e, movendo-se da maneira deliberada que lhe era usual na direção do piano, postou-se em um lugar de onde podia ter uma visão desimpedida do rosto da bela pianista. Elizabeth viu o que o sr. Darcy estava fazendo e, na primeira pausa conveniente, voltou-se com um sorriso atrevido para ele e disse:

— O senhor pretende me assustar, sr. Darcy, vindo com tanta imponência me escutar? Mas não ficarei alarmada, apesar de sua irmã tocar tão bem. Há em mim uma teimosia que faz com que eu jamais permita que alguém me amedronte a seu bel-prazer. Minha coragem sempre cresce a cada tentativa de me intimidar.

— Não direi que a senhorita está enganada — respondeu ele —, pois não poderia de fato acreditar que eu tinha o propósito de alarmá-la; e já tenho o prazer de conhecê-la há tempo o suficiente para saber que se diverte muito ao, ocasionalmente, declarar opiniões que na verdade não são as suas.

Elizabeth riu à larga dessa descrição dela, e disse para o coronel Fitzwilliam:

— Seu primo vai lhe dar uma bela ideia de mim e ensiná-lo a não acreditar em uma palavra do que digo. É uma enorme falta de sorte encontrar uma pessoa tão capaz de expor meu caráter verdadeiro em uma parte do mundo onde eu esperava passar por alguém com uma reputação minimamente boa. De fato, sr. Darcy, é muita falta de generosidade sua mencionar todos os meus defeitos que conheceu em Hertfordshire. E, permita-me dizer, também é bastante imprudente, pois isso me provoca a retaliar, e podem ser reveladas coisas que serão um choque para sua família.

— Eu não tenho medo da senhorita — replicou o sr. Darcy, sorrindo.

— Por favor, me conte do que tem a acusá-lo! — exclamou o coronel Fitzwilliam. — Gostaria de saber como ele se comporta diante de estranhos.

— O senhor saberá; mas prepare-se para algo terrível. A primeira vez que vi o sr. Darcy em Hertfordshire foi, como deve saber, em um baile. E, nesse baile, o que acha que ele fez? Dançou apenas quatro danças! Lamento causar-lhe esse desgosto, mas assim foi. Ele dançou apenas quatro danças, embora houvesse poucos cavalheiros e, tenho absoluta certeza, mais de uma moça tenha ficado sem parceiro. Sr. Darcy, o senhor não pode negar esse fato.

— Naquela época eu não tinha a honra de conhecer nenhuma senhora presente no baile, com exceção daquelas de que estava acompanhado.

— É verdade; e é sempre impossível ser apresentado a alguém durante um baile. Bem, coronel Fitzwilliam, o que devo tocar agora? Meus dedos aguardam suas ordens.

— Talvez eu devesse ter avaliado melhor e pedido para ser apresentado, mas não possuo as qualidades necessárias para cativar estranhos.

— Devemos perguntar a seu primo o motivo disso? — disse Elizabeth, ainda dirigindo-se ao coronel Fitzwilliam. — Devemos perguntar por que um homem de bom senso e boa educação, que já circulou por tantos lugares, não tem as qualidades necessárias para cativar estranhos?

— Posso responder isso sem lhe perguntar — disse Fitzwilliam. — É porque ele não se dá ao trabalho.

— Eu decerto não tenho o talento que algumas pessoas têm de conversar facilmente com aqueles que nunca viram antes — disse Darcy. — Não sou capaz de entrar no mesmo tom de conversa ou parecer interessado em seus assuntos, como com frequência já vi fazerem.

— Meus dedos — disse Elizabeth — não se movem sobre esse instrumento com a mestria de muitas outras mulheres. Não tenho a mesma força ou rapidez e não atinjo a mesma expressão. Mas sempre supus que isso era culpa minha: porque eu não me dava ao trabalho de praticar. Não é que acredite que meus dedos não são tão capazes de uma execução excelente quanto os de qualquer mulher.

Darcy sorriu e disse:

— A senhorita tem toda razão. Empregou seu tempo de maneira muito melhor. Ninguém que tenha o privilégio de ouvi-la seria capaz de encontrar qualquer insuficiência. Nem eu nem a senhorita nos exibimos para estranhos.

Nesse momento, eles foram interrompidos por Lady Catherine, que perguntou alto sobre o que estavam conversando. Elizabeth imediatamente voltou a tocar. Lady Catherine se aproximou e, depois de ouvir por alguns minutos, falou para Darcy:

— A srta. Bennet não tocaria nada mal se praticasse mais e pudesse se beneficiar de aulas com um professor de Londres. Ela tem uma boa noção de dedilhado, embora não tanto bom gosto quanto Anne. Anne teria sido uma pianista maravilhosa se sua saúde lhe houvesse permitido aprender.

Elizabeth olhou para Darcy para ver quão cordialmente ele concordava com aquele elogio à prima; mas, nem naquele momento nem em nenhum outro, ela conseguiu discernir qualquer sintoma de amor. De seu comportamento para com a srta. De Bourgh, extraiu pelo menos este consolo para a srta. Bingley: o sr. Darcy teria a mesma probabilidade de se casar com *ela*, se fosse sua parenta.

Lady Catherine continuou a fazer comentários sobre o desempenho de Elizabeth, pontuando-os com muitas instruções acerca da execução e do bom gosto. Elizabeth recebeu-as com paciência e cortesia e, a pedido dos cavalheiros, permaneceu diante do instrumento até que a carruagem da anfitriã estivesse pronta para levá-los embora.

CAPÍTULO 32

Elizabeth estava sentada sozinha na manhã seguinte, escrevendo para Jane, após a sra. Collins e Maria terem saído para fazer compras no vilarejo, quando tomou um susto ao ouvir a campainha anunciando uma visita. Como não ouvira nenhuma carruagem se aproximando, imaginou não ser improvável que fosse Lady Catherine, e estava guardando a carta não terminada para escapar de perguntas impertinentes quando a porta foi aberta e, para sua imensa surpresa, o sr. Darcy, e apenas o sr. Darcy, entrou.

Ele também pareceu perplexo ao encontrá-la a sós e pediu desculpas por sua intrusão, dizendo ter entendido que todas as senhoras estavam em casa.

Então os dois se sentaram e, depois de Elizabeth perguntar como estavam todos em Rosings, pareceram correr o risco de cair no mais completo silêncio. Era absolutamente necessário, portanto, pensar em algo para dizer e, nessa emergência, ela se lembrou de *quando* o vira em Hertfordshire pela última vez; curiosa para saber o que diria acerca do assunto de sua partida apressada, observou:

— De que maneira súbita vocês deixaram Netherfield em novembro, sr. Darcy! Deve ter sido uma surpresa muito agradável para o sr. Bingley ver todos vocês seguirem seu exemplo tão depressa. Se me lembro bem, ele partira apenas no dia anterior. Espero que ele e as irmãs estivessem bem quando o senhor deixou Londres.

— Perfeitamente bem. Obrigado.

Elizabeth viu que não iria conseguir nenhuma outra resposta e, depois de uma breve pausa, acrescentou:

— Pelo que creio que entendi, o sr. Bingley não tem muita intenção de voltar a Netherfield, não é?

— Nunca o ouvi dizer isso, mas é provável que passe muito pouco do seu tempo lá no futuro. Ele conhece bastante gente e está em um período da vida no qual os amigos e os compromissos aumentam sem cessar.

— Se ele pretende passar pouco tempo em Netherfield, seria melhor para a vizinhança que abrisse mão da propriedade, pois então haveria a possibilidade de uma família se mudar para lá. Mas talvez o sr. Bingley não tenha alugado a casa tanto para a conveniência da vizinhança quanto da sua própria, e nós devamos esperar que mantenha o contrato seguindo o mesmo princípio.

— Eu não me surpreenderia se ele abrisse mão da casa assim que alguém fizer uma oferta aceitável por ela — falou Darcy.

Elizabeth não respondeu. Ficou com medo de estender o assunto; e, como não tinha mais nada a dizer, decidiu deixar o trabalho para o sr. Darcy.

Ele se deu conta disso e logo falou:

— Esta casa parece ser muito confortável. Acredito que Lady Catherine tenha feito muitas melhorias nela quando o sr. Collins se mudou para Hunsford.

— Acredito que sim, e tenho certeza de que não poderia ter demonstrado sua generosidade a alguém capaz de expressar maior gratidão.

— O sr. Collins parece ter tido muita sorte ao escolher sua esposa.

— Sem dúvida. Seus amigos devem se regozijar com o fato de ter conhecido uma das poucas mulheres sensatas que o teriam aceitado como marido e sido capazes de fazê-lo feliz no casamento. Minha amiga tem uma inteligência excelente, embora eu não tenha certeza se considero o fato de ter se casado com o sr. Collins a coisa mais sábia que já fez. Ela, no entanto, parece perfeitamente feliz e, no que diz respeito à prudência, decerto foi um bom casamento.

— Deve ser muito agradável para a sra. Collins viver a uma distância tão curta da sua família e dos seus amigos.

— O senhor chama isso de uma distância curta? São quase cinquenta milhas.

— E o que são cinquenta milhas de boas estradas? Pouco mais de meio dia de viagem. Sim, eu diria que é uma distância *muito* curta.

— Eu jamais teria considerado a distância como uma das *vantagens* do casamento dela! — exclamou Elizabeth. — Jamais teria dito que a sra. Collins vivia perto da família.

— É uma prova do seu apego a Hertfordshire. Imagino que qualquer lugar além de Longbourn lhe pareceria longe.

Quando o sr. Darcy disse isso, deu um meio sorriso que Elizabeth acreditou compreender. Ele devia supor que estava pensando em Jane e em Netherfield e ela corou quando respondeu:

— Não quis dizer que é impossível para uma mulher viver perto demais da própria família depois de se casar. O perto e o longe hão de ser relativos e depender de muitas circunstâncias variáveis. Onde há fortuna para tornar irrelevantes as despesas de uma viagem a distância não é mal algum. Mas não é o caso aqui. O sr. e a sra. Collins têm uma renda confortável, mas nem tanto que permita frequentes jornadas, e estou convicta de que minha amiga só diria que estava próxima da família a menos da metade da distância atual.

O sr. Darcy aproximou um pouco a cadeira de Elizabeth e disse:

— Mas a senhorita não pode ter o direito de ser tão apegada a um lugar. A senhorita não pode ter estado sempre em Longbourn.

Elizabeth pareceu surpresa. O cavalheiro demonstrou alguma mudança em suas emoções. Afastou a cadeira, pegou um jornal da mesa e, passando os olhos por ele, disse, em tom frio:

— Está satisfeita com Kent?

Seguiu-se um breve diálogo sobre a região, contido e conciso de ambos os lados — e logo terminado pela entrada de Charlotte e da irmã, voltando de sua caminhada. O tête-à-tête as surpreendeu. O sr. Darcy explicou o engano que o levara a importunar a srta. Bennet e, depois de ficar mais alguns minutos sentado sem dizer muito a ninguém, foi embora.

— Mas o que significa isso?! — disse Charlotte assim que ele partiu. — Minha querida Eliza, ele deve estar apaixonado por você ou jamais teria nos visitado com toda essa familiaridade.

Mas quando Elizabeth falou do silêncio do sr. Darcy, esse não pareceu ser o caso nem para Charlotte; e, após diversas conjecturas, elas puderam apenas supor que a visita se devera à dificuldade de encontrar alguma coisa para fazer, o que era mais provável naquela época do ano. Já não se podia praticar mais nenhum esporte no campo.[58] Dentro de casa havia Lady Catherine, livros e uma mesa de bilhar, mas os cavalheiros não conseguem viver dentro de casa; e, devido ao fato de a casa paroquial ficar próxima, ou de o caminho que levava ao local ser agradável, ou de seus habitantes serem simpáticos, os dois primos, a partir daquele período, encontraram um motivo para ir até lá quase todos os

58. O esporte ao qual Austen se refere é a caça. Desde o século XVII, a caça na Inglaterra passou a ser proibida durante certos meses do ano para permitir que as espécies se reproduzissem. A temporada variava de animal para animal, mas em geral se estendia entre setembro e fevereiro.

dias. Visitavam em horários diferentes da manhã, às vezes separadamente, às vezes juntos e, de tempos em tempos, acompanhados pela tia. Ficou evidente para todos que o coronel Fitzwilliam vinha porque sentia prazer em sua companhia, uma convicção que, é claro, o fez parecer ainda mais simpático; e a satisfação de estar com ele fez Elizabeth se lembrar de seu antigo favorito, George Wickham. Ao compará-los, notou que o coronel Fitzwilliam não tinha modos tão doces e cativantes, mas acreditou que, de ambos, era ele quem possuía a mente mais bem informada.

Mas por que o sr. Darcy vinha à casa paroquial era algo mais difícil de compreender. Não podia ser pela companhia, pois muitas vezes ficava sentado durante dez minutos inteiros sem abrir a boca; e, quando falava, parecia ser por necessidade, não por escolha — um sacrifício à polidez, não um prazer pessoal. Era raro ele ficar realmente animado. A sra. Collins não sabia o que pensar. Como o coronel Fitzwilliam vez ou outra ria daquele ar tão taciturno, ela deduziu que o sr. Darcy era mesmo diferente, algo que seu próprio conhecimento dele não tinha lhe mostrado; e, como desejava acreditar que aquela mudança fora causada pelo amor, e que o objeto desse amor era sua amiga Eliza, pôs-se a investigar. Observou-o sempre que ia a Rosings e sempre que ele vinha a Hunsford, mas sem muito sucesso. O sr. Darcy decerto olhava bastante para sua amiga, porém com uma expressão difícil de definir. Fitava-a com um olhar fixo e ávido, mas a sra. Collins duvidava que houvesse muita admiração ali. Às vezes, ele parecia estar apenas distraído.

Uma ou duas vezes, a sra. Collins sugerira a Elizabeth que era possível que o sr. Darcy estivesse interessado nela, mas a amiga sempre ria da ideia. A sra. Collins não achou correto insistir no assunto, temendo criar expectativas que poderiam jamais ser realizadas, pois não tinha a menor dúvida de que toda a antipatia de Elizabeth desapareceria se ela imaginasse que o sr. Darcy estava em seu poder.

Em seus gentis projetos para Elizabeth, a sra. Collins às vezes planejava o casamento dela com o coronel Fitzwilliam. Ele era, sem comparação, o mais simpático dos dois primos; certamente a admirava e tinha uma situação muito boa. Mas, para contrabalançar todas essas vantagens, o sr. Darcy tinha muitos cargos eclesiásticos a distribuir, enquanto seu primo não tinha nenhum.

CAPÍTULO 33

Mais de uma vez Elizabeth, enquanto passeava no jardim de Rosings, encontrou inesperadamente o sr. Darcy. Sentiu toda a perversidade do azar que o levara até onde ninguém mais ia e, para impedir que jamais acontecesse de novo, tomou o cuidado de informar-lhe que aquele era um de seus lugares preferidos para perambular. Era muito estranho, portanto, que acontecesse uma segunda vez! Mas aconteceu não só uma segunda, como uma terceira. Parecia uma obstinação em ser desagradável, ou talvez um tormento voluntário, pois, nessas ocasiões, ele não apenas fazia algumas perguntas formais, caía em um silêncio constrangedor e ia embora mas achava necessário dar meia-volta e pôr-se a caminhar com ela. O sr. Darcy sempre falava pouco e Elizabeth não se incomodava em falar nem ouvir muito; mas percebeu, durante o terceiro encontro, que ele estava fazendo algumas perguntas estranhas e desconexas sobre seu prazer em estar em Hunsford, seu amor pelas caminhadas solitárias e sua opinião sobre a felicidade do sr. e da sra. Collins; e que, ao falar de Rosings e perceber que Elizabeth não conhecia perfeitamente a planta da casa, pareceu ter a expectativa de que, quando ela voltasse a Kent, fosse ficar hospedada lá também. Suas palavras indicaram isso. Estaria ele pensando no coronel Fitzwilliam? Elizabeth imaginou que, se o que o sr. Darcy dizia tinha algum significado, devia ser uma alusão ao que poderia vir daquela parte. Aquilo a deixou um pouco perturbada e ela ficou bastante feliz ao ver-se diante do portão da cerca em frente à casa paroquial.

Um dia, enquanto caminhava, Elizabeth estava ocupada em reler a última carta de Jane, examinando detidamente alguns trechos que provavam que ela estava desanimada ao escrever, quando, em vez de mais uma vez ser surpreendida pelo sr. Darcy, ergueu os olhos e viu o coronel Fitzwilliam se aproximando. Guardando a carta imediatamente e forçando um sorriso, ela disse:

— Eu não sabia que o senhor caminhava por aqui.

— Estava dando a volta no parque, algo que faço todo ano, e pretendia terminar com uma visita à casa paroquial — respondeu ele. — Vai andar muito mais?

— Não, eu já ia voltar.

Com isso, Elizabeth de fato deu meia-volta e eles caminharam juntos na direção da casa paroquial.

— O senhor parte de Kent no sábado? — perguntou ela.

— Sim, se Darcy não adiar de novo. Mas eu estou à disposição dele. Darcy vai acertar as coisas exatamente como quiser.

— E, se esse acerto não lhe der prazer, ao menos a possibilidade de escolher dará. Não conheço ninguém que pareça gostar tanto de poder fazer o que quer quanto o sr. Darcy.

— Ele gosta de ter tudo do seu jeito — respondeu o coronel Fitzwilliam. — Mas todos nós gostamos. A questão é que Darcy tem mais meios de obter o que quer do que muitos outros, pois ele é rico e muitos outros são pobres. Esse assunto não me é indiferente. Como a senhorita sabe, os filhos mais novos precisam se habituar à abnegação e à dependência.[59]

— Na minha opinião, o filho mais velho de um conde não pode saber muito nem sobre uma coisa nem outra. Falando seriamente, o que o senhor conhece sobre a abnegação e a dependência? Quando, por falta de dinheiro, deixou de ir aonde quis ou deixou de comprar algum objeto que despertou seu interesse?

— São perguntas muito perspicazes, e talvez eu não possa dizer que vivi muitas provações dessa natureza. Mas, em questões de maior peso, é possível que eu sofra com a falta de dinheiro. Os filhos mais novos não podem se casar com quem querem.

— A não ser que queiram se casar com mulheres ricas, o que acho que acontece com frequência.

— Nossas despesas habituais nos tornam dependentes demais e não há muitos homens na minha posição que poderiam se casar sem dar alguma atenção à fortuna da noiva.

"Será que isso é para mim?", pensou Elizabeth, corando com a ideia. Porém, recobrando-se, ela respondeu, em tom alegre:

59. As famílias mais abastadas da Inglaterra tinham o costume de deixar a maior parte de seu patrimônio para o filho homem mais velho, para assim manter esse patrimônio intacto ao longo das gerações. Isso não significa, no entanto, que os mais novos fossem deixados inteiramente na miséria.

— E, me diga, qual é o preço usual do filho mais novo de um conde? A não ser que o irmão mais velho tenha a saúde muito ruim, não imagino que vocês peçam muito mais do que cinquenta mil libras.

O coronel Fitzwilliam respondeu no mesmo estilo e o assunto morreu. Para interromper um silêncio que poderia fazê-lo acreditar que ela ficara aflita com o que fora dito, Elizabeth logo disse:

— Imagino que seu primo o tenha trazido para cá para ter alguém à sua disposição. Não sei por que ele não se casa, pois assim teria a conveniência de uma companhia permanente. Mas talvez a irmã sirva tão bem quanto uma esposa por enquanto e, como ele é seu único tutor, pode fazer o que quiser com ela.

— Não — respondeu o coronel Fitzwilliam —, essa é uma vantagem que Darcy precisa dividir comigo. Eu também sou tutor da srta. Darcy.

— É mesmo? E como vocês se saem nessa função? Sua tutelada dá muito trabalho? Moças dessa idade às vezes são um pouco difíceis e, se ela tiver a obstinação de um verdadeiro Darcy, talvez goste de tudo do seu jeito.

Ao dizer isso, Elizabeth viu o coronel Fitzwilliam lhe lançar um olhar intenso, e a maneira como ele imediatamente perguntou por que ela imaginava a possibilidade de a srta. Darcy causar qualquer inquietação a seus tutores a convenceu de que se aproximara bastante da verdade. Ela respondeu:

— Não precisa se assustar. Nunca ouvi nada de ruim da srta. Darcy e imagino que ela seja uma das criaturas mais dóceis do mundo. É a grande favorita de algumas senhoras que conheço, a sra. Hurst e a srta. Bingley. Acho que já ouvi o senhor mencionar que as conhece também.

— Não muito bem. O irmão delas é um homem simpático e distinto. É amigo íntimo de Darcy.

— Ah, sim! — disse Elizabeth, seca. — O sr. Darcy é de uma bondade extrema com o sr. Bingley e cuida muitíssimo bem dele.

— Cuida dele! Sim, realmente acredito que Darcy cuide de Bingley naquilo em que ele mais inspira cuidados. Por algo que ele me contou na viagem até aqui, tenho motivos para acreditar que Bingley tenha uma grande dívida com Darcy. Mas devo ser cauteloso, pois não posso afirmar que Bingley é a pessoa referida. É tudo conjectura.

— O que quer dizer?

— É uma circunstância que Darcy, é claro, não gostaria que se tornasse de conhecimento geral, pois, se a família da moça ficasse sabendo, seria desagradável.

— Pode ter certeza de que não direi a ninguém.

— E lembre-se de que eu não tenho muitos motivos para supor que o homem seja Bingley. O que Darcy me contou foi apenas que estava feliz por ter recentemente salvado um amigo das inconveniências de um casamento imprudente, mas sem mencionar nomes ou quaisquer outros detalhes, e eu só suspeitei ser Bingley por acreditar que ele é o tipo de rapaz que se meteria em uma enrascada como essa, e pelo fato de eles terem passado o último verão inteiro juntos.

— O sr. Darcy explicou as razões da sua interferência?

— Pelo que entendi, havia objeções muito sérias à moça.

— E que artes ele empregou para separá-los?

— Darcy não falou sobre suas artes comigo — disse Fitzwilliam, sorrindo. — Só me disse o que lhe contei.

Elizabeth não respondeu e continuou a caminhar, com o coração transbordando de indignação. Depois de observá-la durante algum tempo, Fitzwilliam perguntou por que estava tão pensativa.

— Estou pensando no que o senhor me contou. A conduta do seu primo não me agrada. Quem é ele para decidir?

— A senhorita crê que a interferência dele foi uma intromissão?

— Não vejo que direito o sr. Darcy tinha para decidir se a inclinação do amigo era correta ou por que, baseado apenas na própria opinião, ele haveria de determinar e direcionar de que maneira esse amigo deveria ser feliz. Mas — continuou ela, se contendo —, como nós não sabemos nenhum detalhe, não é justo condená-lo. Não devemos supor que houvesse muito afeto entre as partes.

— É uma suposição natural — disse Fitzwilliam —, mas diminui de um modo muito triste a vitória honrosa do meu primo.

Isso foi dito em tom de gracejo, mas pareceu a Elizabeth uma imagem tão exata do sr. Darcy que ela achou melhor não se arriscar a responder. Assim, mudando abruptamente de assunto, conversou com o coronel Fitzwilliam sobre trivialidades até chegarem à casa paroquial. Lá, Elizabeth se trancou no quarto assim que o visitante foi embora para poder pensar no que ouvira sem ser interrompida. Era impossível imaginar que as duas pessoas mencionadas não fossem aquelas que ela conhecia. Não poderia haver no mundo *dois* homens sobre quem o sr. Darcy possuísse aquela influência ilimitada. Elizabeth jamais duvidara que ele estivera envolvido nas medidas tomadas para separar Bingley e

Jane, mas sempre atribuíra à srta. Bingley o papel principal em sua maquinação e efetivação. Se, no entanto, o sr. Darcy não estivesse sendo enganado pela própria vaidade, *ele* era a causa — seu orgulho e seus caprichos eram a causa de tudo o que Jane sofrera e continuava sofrendo. O sr. Darcy arruinara durante algum tempo toda esperança de felicidade para o coração mais afetuoso e generoso do mundo; e ninguém seria capaz de dizer quão duradouro poderia ser o mal que provocara.

"Havia objeções muito sérias à moça", tinham sido as palavras do coronel Fitzwilliam; e essas objeções muito sérias provavelmente eram o fato de ela ter um tio que era advogado no interior e outro no comércio em Londres. "À própria Jane, não havia possibilidade de haver nenhuma objeção!", exclamou Elizabeth. "Ela, que é pura beleza e bondade! Com uma excelente inteligência, uma mente cultivada e um comportamento cativante. Tampouco se poderia dizer qualquer coisa contra meu pai que, embora tenha suas peculiaridades, possui habilidades das quais o próprio sr. Darcy não precisaria desdenhar, e uma respeitabilidade que ele provavelmente jamais alcançará." Quando pensou na mãe, sua autoconfiança vacilou um pouco; mas não admitiu que quaisquer objeções a ela houvessem tido grande peso com o sr. Darcy, cujo orgulho, tinha certeza, ficaria mais ferido se o amigo, ao se casar, entrasse para uma família de pouca importância do que para uma família de pouco bom senso. Por fim, ela concluiu que o sr. Darcy fora em parte impelido pelo pior tipo de orgulho e em parte por seu desejo de guardar o sr. Bingley para a própria irmã.

A agitação e as lágrimas que esse assunto provocou resultaram em uma dor de cabeça; e esta piorou tanto no final da tarde que, com isso e sua falta de vontade de ver o sr. Darcy, Elizabeth decidiu não acompanhar os primos a Rosings, onde tinham combinado de tomar chá. A sra. Collins, vendo que ela não estava mesmo bem, não insistiu para que fosse e, na medida do possível, impediu o marido de insistir também. Mas o sr. Collins não escondeu sua apreensão de Lady Catherine ficar contrariada com o fato de ela permanecer em casa.

CAPÍTULO 34

Quando eles partiram, Elizabeth, como se desejasse se exasperar o máximo possível com o sr. Darcy, decidiu examinar todas as cartas que Jane havia lhe mandado desde que ela chegara a Kent. Elas não continham nenhuma queixa: não lembravam ocorrências passadas nem comunicavam sofrimentos atuais. Mas em todas, e em quase cada linha, havia a falta daquela alegria que costumava caracterizar o estilo da irmã e que, vinda da serenidade da mente de uma pessoa tranquila consigo mesma e inclinada a ser afável com toda a gente, quase nunca fora perturbada. Elizabeth notou cada frase que expressava alguma inquietação com uma atenção que elas jamais tinham recebido na primeira leitura. A gabarolice vergonhosa do sr. Darcy sobre a tristeza que fora capaz de causar deu a ela uma percepção mais aguda do sofrimento da irmã. Era um consolo pensar que a visita dele a Rosings terminaria dali a dois dias, e um consolo ainda maior saber que, em menos de duas semanas, ela própria estaria com Jane de novo e poderia ajudar a irmã a recobrar o ânimo com tudo que a afeição é capaz de fazer.

Elizabeth não pôde pensar na partida do sr. Darcy de Kent sem se lembrar que o primo dele iria junto. Porém, o coronel Fitzwilliam deixara claro que não tinha nenhuma intenção séria e, por mais simpático que fosse, ela não pretendia ficar infeliz por causa dele.

Tendo se certificado disso, Elizabeth foi subitamente despertada de seu devaneio pelo som da campainha e ficou um pouco nervosa ao pensar que talvez fosse o coronel Fitzwilliam, que certa vez fizera uma visita já tarde e que poderia ter vindo com o propósito específico de vê-la. Mas essa ideia logo foi dissipada e ela sentiu uma agitação bem diferente quando, para sua absoluta perplexidade, viu o sr. Darcy entrar na sala. De modo apressado, ele imediatamente começou a perguntar como Elizabeth estava de saúde, atribuindo sua visita ao fato de desejar saber se melhorara. Ela respondeu com fria polidez. Ele se sentou por alguns instantes e então se levantou e caminhou pela sala. Elizabeth ficou surpresa, mas não disse uma palavra. Após um silêncio de vários minutos o sr. Darcy se aproximou, nervoso, e disse:

— Eu lutei em vão. Não adianta. Meus sentimentos se recusam a ser reprimidos. A senhorita precisa permitir que eu lhe diga quão ardentemente a admiro e amo.

O assombro de Elizabeth foi inexprimível. Ela arregalou os olhos, corou, duvidou e ficou em silêncio. O sr. Darcy considerou isso encorajamento o bastante e imediatamente se pôs a confessar tudo o que sentia e havia muito vinha sentindo. Expressou-se bem, mas havia sentimentos além daqueles do coração a serem detalhados, e ele foi tão eloquente ao falar de amor quanto ao falar do orgulho. Sua percepção da inferioridade de Elizabeth, de aquilo ser uma degradação para ele, e dos obstáculos relacionados às famílias de ambos que a razão sempre opusera à emoção foram explicados com uma ênfase talvez necessária à condição ilustre que estava desonrando, mas que muito pouco tornaria sua declaração mais aceitável.

Apesar de sua antipatia arraigada, Elizabeth não podia ficar indiferente ao elogio que era ganhar a afeição de tal homem e, embora sua intenção não tenha variado nem por um instante, ela, a princípio, lamentou a dor que iria infligir; até que o ressentimento provocado pelo que ele disse a seguir fez toda a sua compaixão se perder em meio à raiva. Ela, no entanto, procurou se conter e responder com paciência quando o sr. Darcy terminasse. Ele concluiu descrevendo para Elizabeth a força daquela afeição que, apesar de todos os seus esforços, lhe fora impossível vencer, e expressando sua esperança de que esta agora fosse recompensada com a mão dela. Quando disse isso, Elizabeth pôde facilmente ver que ele não tinha dúvida de uma resposta positiva. O sr. Darcy *falou* em receio e nervosismo, mas suas feições demonstravam a mais absoluta segurança. Isso só aumentou a exasperação e, quando ele terminou, o rubor assomou às faces dela:

— Em casos como esses, acredito que a etiqueta estabelecida é expressar certo reconhecimento pelos sentimentos confessados, por menos que sejam retribuídos. Esse reconhecimento é natural e, se eu pudesse sentir gratidão, lhe agradeceria. Mas não consigo. Jamais desejei sua boa opinião, e o senhor decerto agraciou-a muito a contragosto. Lamento ter magoado qualquer pessoa. Porém, isso foi feito de maneira completamente inconsciente e espero que não dure muito. Os sentimentos que, como o senhor disse, há muito o impediam de declarar sua afeição o ajudarão a superá-la sem grande dificuldade após essa explicação.

O sr. Darcy, que estava encostado na lareira com os olhos fixos no rosto dela, recebeu suas palavras com tanto ressentimento quanto surpresa. Seu rosto ficou pálido de raiva e a perturbação de sua mente tornou-se visível em todas as suas feições. Ele se esforçou para parecer tranquilo e recusou-se a abrir os lábios até acreditar ter alcançado esse objetivo. A pausa foi terrível para Elizabeth. Por fim, em um tom de calma forçada, ele disse:

— E essa é a única resposta que devo ter a honra de esperar! Talvez a senhorita pudesse me informar por que me rejeitou mal *tentando* ser cortês. Mas não é de grande importância.

— Eu também poderia perguntar por que, com a intenção tão evidente de me insultar, o senhor escolheu dizer que gostava de mim contra sua vontade, contra sua razão e até contra seu caráter. Isso não foi desculpa para ser descortês, se é que fui mesmo? Mas eu tive outras provocações. O senhor sabe que sim. Mesmo se o que sinto não me houvesse levado a recusá-lo, mesmo se eu fosse indiferente ao senhor ou mesmo favorável, acha que qualquer consideração me tentaria a aceitar a mão de um homem que arruinou, talvez para sempre, a felicidade de uma irmã tão amada?

Quando Elizabeth disse essas palavras, o sr. Darcy enrubesceu; mas a emoção foi breve e ele a ouviu sem tentar interrompê-la enquanto ela continuava.

— Eu tenho todos os motivos do mundo para ter uma má opinião do senhor. Nada poderia desculpar a maneira injusta e mesquinha como agiu no caso a que me referi. O senhor não ousa, não é capaz de negar que foi o principal culpado, senão o único, por separá-los; por expor o primeiro à censura devido a seu capricho e instabilidade e a segunda ao desprezo devido às suas esperanças frustradas, e por causar a ambos a mais aguda infelicidade.

Ela fez uma pausa e viu, com imensa indignação, que ele a ouvia como se não sentisse o menor remorso. O sr. Darcy chegou a olhá-la com um ar de incredulidade exagerada.

— O senhor é capaz de negar que tenha feito isso? — repetiu Elizabeth.

Com uma falsa tranquilidade, ele então respondeu:

— Não desejo negar que fiz tudo em meu poder para separar meu amigo da sua irmã ou que me regozijo do meu sucesso. Fui mais gentil com ele do que comigo mesmo.

Elizabeth fingiu não ter notado essa gentil reflexão, mas seu significado não lhe escapou nem ajudou a apaziguá-la.

— Mas não é só nesse fato que eu baseei minha antipatia — continuou ela. — Muito antes de ele ocorrer, minha opinião do senhor já estava decidida. Seu caráter me foi revelado no relato que o sr. Wickham fez meses atrás. Sobre esse assunto, o que o senhor tem a dizer? Que gesto imaginário de amizade vai usar para se defender? Ou de que falsidade vai lançar mão para enganar os outros?

— A senhorita tem um ávido interesse pelos assuntos desse cavalheiro! — disse Darcy em um tom menos tranquilo e com um rubor mais vivo.

— Quem, sabendo dos seus infortúnios, pode deixar de sentir interesse por ele?

— Seus infortúnios! — repetiu Darcy, com desprezo. — Sim, seus infortúnios foram mesmo imensos.

— E causados pelo senhor! — exclamou Elizabeth, exaltada. — O senhor o reduziu ao seu estado atual de pobreza... relativa pobreza. Deixou de lhe dar as vantagens que sabia terem sido reservadas a ele. Privou-lhe, durante os melhores anos da sua vida, da independência que lhe era devida e merecida por ele. Fez tudo isso! E, no entanto, consegue tratar seus infortúnios com desdém e ridicularização!

— E essa é a opinião que a senhorita tem de mim! — exclamou Darcy, atravessando com passos rápidos a sala. — Essa é sua avaliação! Obrigado por explicá-la com tanta minúcia. Meus defeitos, de acordo com esse cálculo, são mesmo graves. Mas talvez — acrescentou ele, estacando e voltando-se para ela — essas ofensas tivessem sido ignoradas se seu orgulho não houvesse sido ferido pela confissão honesta dos escrúpulos que há muito me impediam de ter intenções sérias. Essas acusações amargas talvez tivessem sido suprimidas se eu, com maior prudência, houvesse ocultado minha indecisão e lisonjeado a senhorita, fazendo-a acreditar que fui impelido por uma inclinação pura e irrestrita; pela razão, pela reflexão, por tudo. Mas tenho aversão a qualquer tipo de disfarce. E tampouco tenho vergonha dos sentimentos que expressei. Eles são naturais e justos. Poderia esperar que eu me alegrasse com a inferioridade da sua família? Que me parabenizasse pela esperança de ter parentes cuja posição social é tão claramente abaixo da minha?

Elizabeth sentiu que sua raiva aumentava a cada instante, porém tentou ao máximo falar de maneira contida:

— O senhor se engana, sr. Darcy, se supõe que o modo como sua declaração foi feita tenha me afetado de outra forma além de me poupar da preocupação que poderia ter sentido ao recusar seu pedido se houvesse se comportado mais como um cavalheiro. — Ela o viu se sobressaltar ao ouvir isso, mas ele não disse nada. Elizabeth continuou: — Seria impossível o senhor ter me oferecido sua mão de maneira a me fazer sentir tentada a aceitá-la.

Mais uma vez, o assombro de Darcy foi óbvio e ele olhou-a com uma mistura de incredulidade e mortificação. Elizabeth continuou:

— Desde o início, praticamente desde o instante em que o conheci, seu comportamento mostrou-me com a maior clareza sua arrogância, sua presunção e seu desdém egoísta pelos sentimentos dos outros, de modo a formar a base de desaprovação sobre a qual os acontecimentos seguintes construíram uma antipatia tão inalterável; e eu o conhecia há menos de um mês quando o senhor já se tornara o último homem do mundo com quem poderia ser convencida a me casar.

— A senhora já disse o bastante. Compreendi perfeitamente seus sentimentos e, agora, resta-me apenas ter vergonha dos meus próprios. Perdoe-me por ter tomado tanto do seu tempo e aceite meus maiores votos de saúde e felicidade.

E, com essas palavras, o sr. Darcy saiu apressado da sala e Elizabeth ouviu-o, no instante seguinte, abrir a porta da frente e deixar a casa.

O tumulto mental tornou-se então imenso e doloroso. Ela não conseguiu se manter de pé e, de pura fraqueza, sentou-se e chorou durante meia hora. Sua perplexidade, enquanto refletia sobre o que se passara, aumentava a cada vez que revivia a cena. Receber um pedido de casamento do sr. Darcy! Que estava apaixonado por ela há tantos meses! Tão apaixonado que quis se casar com ela, apesar de todas as objeções que o haviam levado a impedir o amigo de se casar com sua irmã, e que deveriam ter, no mínimo, o mesmo peso em seu próprio caso! Era quase inacreditável! Era gratificante ter, inconscientemente, inspirado uma afeição tão forte. Mas o orgulho dele, aquele orgulho abominável, sua confissão vergonhosa do que fizera no que concernia a Jane, sua confiança imperdoável ao reconhecer isso, embora não pudesse justificá-lo, e a maneira insensível como mencionara o sr. Wickham, alguém para com quem não tentara negar sua crueldade, logo apagaram a compaixão que pensar em seu amor fizera, por um instante, surgir.

Elizabeth continuou imersa em suas reflexões perturbadoras até que o som da carruagem de Lady Catherine a fez sentir quão incapaz seria de enfrentar o escrutínio de Charlotte, e ela foi às pressas para o quarto.

CAPÍTULO 35

Elizabeth acordou na manhã seguinte com os mesmos pensamentos que estavam em sua cabeça quando, afinal, adormecera. Ainda não conseguira se recuperar da surpresa com o que tinha acontecido. Era impossível pensar em outra coisa e, completamente indisposta para qualquer tarefa, resolveu se permitir um pouco de ar e exercício após o café da manhã. Estava a caminho de sua aleia preferida quando a lembrança de que o sr. Darcy às vezes passeava por lá a fez estacar e, em vez de entrar no jardim de Rosings, ela tomou a rua que levava para mais longe da estrada do pedágio. A cerca se estendia por um dos lados da rua e ela logo passou por um dos portões que davam na propriedade.

Depois de caminhar duas ou três vezes por ali, Elizabeth, dada a beleza da manhã, sentiu-se tentada a parar diante do portão e admirar o jardim. As cinco semanas que passara em Kent haviam causado uma grande diferença na paisagem e, a cada dia, surgiam mais folhas em algumas das árvores. Ela estava a ponto de continuar sua caminhada quando vislumbrou um cavalheiro em meio ao arvoredo que ladeava o jardim. Ele vinha se aproximando de Elizabeth; e, com medo de ser o sr. Darcy, ela esteve a ponto de se afastar. Porém a pessoa que avançava chegou perto o suficiente para vê-la e, dando passos rápidos à frente, falou seu nome. Elizabeth se virara, mas, ao ser chamada, apesar de a voz confirmar que era o sr. Darcy, voltou a caminhar na direção do portão. Ele, a essa altura, chegara ali também e, estendendo-lhe uma carta, que ela pegou instintivamente, disse, com altivez e frieza:

— Eu estava andando em meio a essas árvores há algum tempo, na esperança de encontrar a senhorita. Pode me dar a honra de ler esta carta? — E então, com uma leve mesura, retirou-se da clareira e logo desapareceu de vista.

Sem esperar nenhum prazer, porém com a maior curiosidade, Elizabeth abriu a carta e, para seu espanto, viu que o envelope continha duas folhas de papel completamente cobertas por uma letra bem pequena. A parte interna do envelope também estava tomada. Seguindo pela aleia, ela começou a ler. Na data, constava Rosings, oito horas da manhã:

Não tema, senhora, ao receber esta carta, que ela contenha uma repetição dos sentimentos ou uma nova instância dos pedidos que, ontem, lhe causaram tanta repulsa. Escrevo sem nenhum desejo de constrangê-la ou de me humilhar voltando a mencionar desejos que, para a felicidade de nós dois, não poderão ser esquecidos tão depressa; e o esforço que a escrita e a leitura desta carta deverão ocasionar teria sido poupado se meu caráter não exigisse que ambas as coisas fossem feitas. Portanto, perdoe a liberdade com a qual exijo sua atenção. Sei que seus sentimentos não a tornarão disposta a concedê-la, mas recorro a seu senso de justiça. Ontem à noite, a senhorita acusou-me de duas ofensas de natureza bastante diversa e de modo algum de igual magnitude. A primeira foi a de, indiferente aos sentimentos de ambos, ter separado Bingley da sua irmã; e a outra a de, violando diversas obrigações, violando a honra e a humanidade, ter arruinado a prosperidade atual e destruído o futuro do sr. Wickham. Ter, de maneira deliberada e irresponsável, abandonado o companheiro da minha juventude, o favorito declarado do meu pai, um rapaz que não tinha praticamente nenhuma outra expectativa a não ser nossa patronagem e que, desde criança, esperava que nós a exercêssemos, seria uma depravação em nada comparável à separação de dois jovens cujo afeto só podia ser produto de algumas semanas de convivência. Porém, espero ser eximido no futuro da severidade da culpa que ontem à noite foi-me tão fartamente imputada em ambas as circunstâncias após descrever minhas ações e seus motivos, o que farei a seguir. Se, durante a explicação que devo a mim mesmo, terei a necessidade de relatar sentimentos que talvez a ofendam, só posso dizer que sinto muito. Essa necessidade existe, e pedidos adicionais de desculpas seriam absurdos.

Eu não estava havia muito tempo em Hertfordshire quando vi, assim como outros, que Bingley preferia sua irmã a qualquer outra jovem da região. Mas foi apenas na noite do baile em Netherfield que tive qualquer receio de o sentimento dele ser sério — já o vira apaixonado muitas vezes. Naquela ocasião, quando tive a honra de dançar com a senhorita, descobri, graças à comunicação acidental de Sir William Lucas, que as atenções de Bingley para com sua irmã haviam gerado uma expectativa generalizada de que os dois iriam se casar. Ele falou disso como um acontecimento certo, cuja data apenas restava ser decidida. Desde aquele momento, observei o comportamento do meu amigo com atenção e percebi que a preferência dele pela srta. Bennet era maior do que qualquer outra que eu jamais testemunhara. Também observei sua irmã. A aparência e o comportamento dela continuavam tão francos, alegres e cativantes quanto sempre haviam sido, mas sem nenhum sintoma de afeto especial, e continuei convencido, depois do escrutínio daquela noite, que, embora a srta. Bennet recebesse as atenções com prazer, ela não tinha sentimentos recíprocos que as estimulassem. Se a senhorita não se enganou a esse respeito, então o erro deve ter sido meu. Como conhece melhor sua irmã, isso torna a segunda hipótese mais provável. Se é verdade, se fui levado por esse engano a causar a ela qualquer mágoa, seu ressentimento é razoável. Mas não terei escrúpulos em afirmar que a aparente serenidade da sua irmã era tamanha que poderia ter convencido até o observador mais perspicaz de que, embora ela demonstre um comportamento muito amável, seu coração não seria facilmente afetado. É fato que eu desejava acreditar na indiferença da srta. Bennet — mas ouso dizer que minhas investigações e decisões não costumam ser influenciadas por minhas esperanças ou receios. Não acreditei que ela fosse indiferente porque desejava; uma convicção imparcial me levou a crer nisso, assim como a razão me levara a desejá-lo. Minhas objeções ao casamento não eram apenas aquelas que ontem reconheci ter sido necessária uma paixão arrebatadora para deixar de lado, em meu próprio caso. A linhagem de vocês não seria um mal tão grande para o meu amigo quanto para mim. Mas havia outros motivos para relutância — motivos que, embora ainda existam, e existam com a mesma força para vocês duas, eu tentara esquecer por não estarem diante dos meus olhos. Esses motivos precisam ser explicados, ainda que brevemente.

A posição da família da sua mãe, embora passível de objeções, não é nada em comparação à total falta de decoro que é com tanta frequência, quase de maneira constante, exibida por ela, por suas três irmãs mais novas e, ocasionalmente, até pelo seu pai. Perdão. Dói-me ofendê-la. Mas, em meio à sua preocupação com os defeitos dos seus parentes mais próximos e seu desprazer com esse relato a seu respeito, console-se ao considerar que todos em geral elogiam a senhorita e sua irmã mais velha por se comportarem de forma a evitar qualquer crítica parecida, o que honra o bom senso e o temperamento de ambas. Direi apenas que, devido a tudo que ocorreu naquela noite, minha opinião de todas as partes foi confirmada e senti-me ainda mais incentivado do que antes a preservar meu amigo daquilo que considerava uma união deveras desvantajosa. Ele deixou Netherfield e foi para Londres no dia seguinte, como a senhorita, tenho certeza, deve se lembrar. O papel que me coube então será explicado.

As irmãs de Bingley haviam ficado tão inquietas quanto eu. Logo descobrimos que nossos sentimentos coincidiam; e, como também concordávamos que não podíamos perder tempo em afastar seu irmão, decidimos ir a Londres nos juntar a ele. Assim, fomos. E, uma vez lá, eu prontamente me pus a assinalar para meu amigo os malefícios indubitáveis de tal escolha. Expliquei-os e reforcei-os enfaticamente. Contudo, por mais que esse discurso pudesse ter adiado sua decisão, creio que não teria, afinal, impedido o casamento se não houvesse sido acompanhada da afirmação acerca da indiferença da sua irmã que não hesitei em fazer. Antes disso, Bingley acreditara que ela retribuía sua afeição com sinceridade, ainda que não com a mesma força. Mas ele tem uma grande modéstia nata e depende mais da minha opinião do que da sua própria. Portanto, convencê-lo de que havia se enganado não foi muito difícil. Persuadi-lo a não mais voltar a Hertfordshire depois de convencê-lo dessa questão foi algo efetuado em um instante. Não posso me culpar por ter feito tudo isso. Há apenas um ponto na minha conduta em todo o caso do qual não me lembro com satisfação: é o fato de ter me rebaixado a adotar um ardil, ocultando de Bingley que sua irmã estava na cidade. Eu próprio sabia, assim como a srta. Bingley, mas o irmão dela ainda o ignora. Talvez seja provável que eles poderiam ter se encontrado sem que houvesse nenhuma consequência negativa, mas o afeto do meu amigo ainda não me parecia suficientemente dissipado a ponto de ele poder vê-la sem correr riscos. Talvez essa ocultação, esse disfarce, não estejam à minha altura. Está feito, no entanto, e foi feito com a melhor das intenções. Sobre esse assunto, não tenho mais nada a dizer, nenhum outro pedido de desculpas a oferecer. Se magoei sua irmã, o fiz sem saber; e, embora os motivos que me impeliram possam, naturalmente, parecer insuficientes para a senhorita, ainda não aprendi a condená-los.

A respeito daquela outra acusação mais grave, de ter prejudicado o sr. Wickham, posso apenas refutá-la expondo todo o relacionamento dele com minha família. Do que especificamente ele me acusou, eu não sei; mas, para provar a veracidade de tudo o que relatarei, posso apresentar mais de uma testemunha acima de qualquer suspeita. O sr. Wickham é filho de um homem muito respeitável que, por longos anos, foi o administrador de toda a propriedade de Pemberley, e cuja boa conduta ao exercer esse ofício, naturalmente, deixou meu pai inclinado a ser-lhe útil de alguma maneira. George Wickham, que era seu afilhado, foi o objeto da sua imensa gentileza. Meu pai pagou pelos seus estudos em uma escola e, depois, em Cambridge; uma assistência deveras importante, pois o pai dele, que vivia endividado devido à extravagância da esposa, teria sido incapaz de proporcionar-lhe a educação de um cavalheiro. Meu pai não apenas gostava da companhia daquele rapaz, cujos modos sempre foram cativantes; também tinha uma ótima impressão dele e, na esperança de que fosse escolher aIgreja por profissão, pretendia ajudá-lo. Quanto a mim, faz muitos, muitos anos que passei a enxergá-lo de maneira bem diferente. As propensões corruptas, a falta de princípios que o sr. Wickham tinha o cuidado de esconder do seu melhor amigo não podiam deixar de ser notadas por um rapaz com praticamente a mesma idade, que tinha oportunidades de vê-lo em momentos de imprudência, algo impossível para o sr. Darcy pai. Aqui, mais uma vez, eu irei magoá-la — até que ponto, só a senhorita saberá dizer. Contudo, quaisquer que sejam os sentimentos que o sr. Wickham tenha inspirado, a suspeita da sua natureza não me impedirá de expor seu verdadeiro caráter. Isso me serve até como mais um motivo.

Meu excelente pai faleceu cerca de cinco anos atrás; e sua afeição pelo sr. Wickham foi tão forte até o fim que, no seu testamento, ele me recomendou especificamente que o ajudasse da melhor maneira possível na sua profissão e que, caso ele se tornasse um membro da Igreja, lhe desse um cargo eclesiástico de alto valor na propriedade da família assim que este se tornasse vago. Deixou-lhe também um legado de mil libras. O pai dele não viveu muito tempo mais do que o meu e, seis meses depois desses ocorridos, o sr. Wickham escreveu-me para me informar que, tendo afinal decidido não entrar para a Igreja, esperava que eu achasse razoável ele contar com alguma vantagem pecuniária imediata no lugar do cargo do qual não poderia se beneficiar. Acrescentou que tinha intenção de estudar direito e que eu devia saber que os juros de mil libras estavam longe de ser suficientes para financiar tal projeto. Eu mais desejei do que acreditei que estava sendo sincero, mas, de qualquer forma, estava perfeitamente disposto a aceitar sua proposta. Sabia que o sr. Wickham não devia se tornar um clérigo. A questão, assim, logo foi resolvida. Ele abriu mão de qualquer direito a assistência na Igreja caso fosse possível algum dia estar em posição de recebê-la, e aceitou, em troca, a soma de três mil libras.

Qualquer ligação entre nós pareceu então desfeita. Eu tinha uma opinião negativa demais do sr. Wickham para convidá-lo a ir a Pemberley ou admitir sua companhia em Londres. Em Londres, acredito, ele viveu a maior parte do tempo, mas tinha apenas fingido que ia estudar direito e, estando livre de quaisquer restrições, passou a levar uma vida indolente e dissipada. Durante cerca de três anos, pouco ouvi falar do sr. Wickham. Mas, quando faleceu o ocupante do cargo eclesiástico que lhe havia sido reservado, ele voltou a me escrever para que eu o indicasse. Suas circunstâncias, ele me assegurou e eu não tive dificuldade em acreditar, eram muito ruins. Ele não obtivera êxito no direito e estava absolutamente resolvido a entrar para a Igreja se eu o indicasse para o cargo em questão — algo de que não duvidava, pois sabia que não havia mais ninguém a quem oferecê-lo e não achava possível que eu fosse me esquecer das intenções do meu venerado pai. A senhorita dificilmente me culpará por me recusar a acatar esse pedido, nessa e em todas as outras vezes em que ele foi feito. O ressentimento do sr. Wickham foi proporcional à precariedade da sua situação e ele, sem dúvida, deve ter sido tão violento nas suas calúnias contra mim quanto foi nas censuras que me fez. Depois desse período, cortamos relações. Não sei do que o sr. Wickham viveu. Mas, no verão passado, ele me forçou a lembrar da sua existência da maneira mais dolorosa possível. Agora, devo mencionar um fato que desejaria, eu próprio, esquecer, e que nenhuma obrigação que não a atual me levaria a revelar para qualquer pessoa. Tendo dito isso, não duvido que a senhorita irá mantê-lo em segredo.

Minha irmã, que é mais de dez anos mais nova, tem como tutores o sobrinho da minha mãe, o coronel Fitzwilliam, e eu próprio. Cerca de um ano atrás, ela foi tirada da escola e passou a residir com criados em Londres;[60] e, no verão passado, foi com sua governanta para Ramsgate. O sr. Wickham se dirigiu à mesma cidade, sem dúvida de propósito, pois conhecia previamente a sra. Younge, sobre cujo caráter nos enganamos tragicamente. Com a cumplicidade e a ajuda dela, Wickham cativou tanto Georgiana, cujo coração afetuoso guardava a lembrança das gentilezas recebidas por ele na infância, que ela foi convencida a acreditar que estava apaixonada e a consentir em fugir para se casar. Georgiana, então, tinha apenas quinze anos, o que terá de ser sua justificativa. E, depois de relatar sua imprudência, tenho a felicidade de acrescentar que soube desta por ela própria. Juntei-me a elas inesperadamente um ou dois dias antes da fuga planejada e então Georgiana, incapaz de suportar a ideia de entristecer e ofender um irmão que encarava quase como um pai, confessou-me tudo. A senhorita pode imaginar o que senti e como

60. Na capital, Georgiana poderia continuar a estudar com professores particulares e ter uma vida social mais ativa, duas coisas importantes para uma moça em idade de se casar.

agi. A consideração pelos sentimentos da minha irmã me impediu de expor o caso publicamente, mas escrevi para o sr. Wickham, que deixou a cidade de imediato. A sra. Younge, é claro, foi demitida. O principal objetivo do sr. Wickham era, indubitavelmente, a fortuna da minha irmã, que é de trinta mil libras; mas não posso deixar de supor que se vingar de mim tenha sido um forte motivo. Sua vingança teria sido de fato completa.

Esta é uma narrativa fiel de todos os acontecimentos nos quais eu e o sr. Wickham estivemos envolvidos e, se a senhora não a considerar absolutamente falsa, espero que, de agora em diante, deixe de acreditar que fui cruel com ele. Não sei de que maneira, lançando mão de que falsidades, ele a enganou; mas talvez não deva me assombrar com seu sucesso, considerando-se que a senhorita desconhecia por completo tudo o que concerne a nós dois. A descoberta não estava em seu poder e a suspeita decerto não faz parte da sua natureza. Talvez se pergunte por que tudo isso não lhe foi dito ontem à noite. Mas, na ocasião, eu não estava suficientemente senhor de mim para saber o que poderia ou deveria ser revelado. Para confirmar a veracidade de tudo o que relatei, posso apelar para o testemunho do coronel Fitzwilliam, que, por ser meu parente próximo e muito íntimo meu e, ainda mais, por ser um dos executores do testamento do meu pai, inevitavelmente ficou sabendo de todos os detalhes dessas transações. Se sua aversão por mim tornar todas as minhas afirmações sem valor, a mesma causa não a impedirá de fazer confidências ao meu primo. E, para que haja a possibilidade de a senhorita consultá-lo, tentarei encontrar alguma oportunidade de deixar esta carta nas suas mãos ao longo da manhã. Acrescento apenas que Deus a abençoe,

Fitzwilliam Darcy[61]

61. O primeiro nome de Darcy e o sobrenome do seu primo, o coronel Fitzwilliam, são iguais. Darcy recebeu o sobrenome da mãe como primeiro nome. Isso era uma prática comum quando a família da mãe era muito importante ou rica, permitindo que um filho revelasse sua linhagem de ambos os lados.

CAPÍTULO 36

Elizabeth, ao receber a carta do sr. Darcy, não previra que ela trouxesse um novo pedido de casamento, mas, para além disso, não tivera outras expectativas acerca de seu conteúdo. É possível imaginar com que avidez a leu e quantas emoções contraditórias ela provocou. Seus sentimentos, enquanto lia, são quase impossíveis de serem definidos. Atônita, compreendeu que ele acreditava ser capaz de justificar suas ações, porém seguiu com a firme convicção de que lhe seria impossível apresentar uma explicação que um senso apropriado de vergonha não desejasse ocultar. Com um forte preconceito contra tudo que o sr. Darcy poderia dizer, começou a ler seu relato do que ocorrera em Netherfield. Leu com uma pressa que mal lhe permitiu compreender: de tanta impaciência por saber o que diria a frase seguinte, foi incapaz de prestar atenção naquela que estava diante de seus olhos. A afirmação de que ele acreditou na indiferença de Jane por Bingley Elizabeth imediatamente decidiu que era falsa, e sua relação das verdadeiras objeções à união dos dois deixou-lhe com tanta raiva que ela não desejou fazer-lhe justiça. O sr. Darcy não expressava nenhum arrependimento satisfatório pelo que fizera. Não escrevia com contrição, mas com altivez. Era tudo orgulho e insolência.

Mas quando, a esse assunto, seguiu-se a narrativa do sr. Darcy sobre o sr. Wickham, quando Elizabeth leu com um pouco mais de atenção e clareza a descrição de acontecimentos que, se fossem verdadeiros, teriam necessariamente de destruir toda a sua crença no valor de Wickham e que tinham uma semelhança tão alarmante com o que ele contara sobre si mesmo, seus sentimentos foram ainda mais difíceis de definir. Ela foi oprimida pelo espanto, pela apreensão e até pelo horror. Quis desacreditar por completo, exclamando diversas vezes: “Isso deve ser mentira! Só pode ser uma flagrante mentira!”. E, depois de ler a carta toda, embora mal sabendo o que continham as duas últimas páginas, guardou-a depressa, afirmando que a iria ignorar, que jamais voltaria a olhá-la.

Nessa agitação mental, com pensamentos que não conseguiam se fixar em nada, Elizabeth continuou a caminhar. Mas não adiantou: depois de meio minuto, voltou a desdobrar a carta e, tentando se controlar o máximo possível, recomeçou a leitura mortificante de tudo o que se relacionava a Wickham, conseguindo ficar calma o suficiente para examinar o significado de cada frase. A descrição de sua intimidade com a família de Pemberley era exatamente a que ele próprio havia relatado; e a gentileza do falecido sr. Darcy, cuja profundidade ela até então desconhecia, também coincidia com suas palavras. Até ali, uma narrativa confirmava a outra. Mas, quando Elizabeth chegou ao testamento, a diferença foi grande. Aquilo que Wickham dissera sobre o cargo eclesiástico estava vívido em sua memória e, ao se lembrar de suas palavras exatas, foi impossível não sentir que havia uma duplicidade torpe ou de uma parte, ou de outra; e, por um instante, teve a certeza de que não se enganava. Mas, ao ler e reler com a maior atenção os detalhes que vinham logo a seguir sobre Wickham ter aberto mão do cargo e de ter recebido, em seu lugar, a considerável soma de três mil libras, mais uma vez foi forçada a hesitar. Largou a carta, pesou cada circunstância com o que acreditava ser imparcialidade, deliberou sobre a probabilidade de cada declaração — inutilmente. De ambos os lados, havia apenas afirmações. Elizabeth voltou a ler. Mas cada linha provava com mais clareza que naquele caso, no qual não acreditara haver um ardil que pudesse tornar a conduta do sr. Darcy algo menos do que infame, podia ocorrer uma reviravolta que o transformava em alguém inocente.

A extravagância e a devassidão que ele não teve escrúpulos em imputar ao sr. Wickham a deixaram escandalizada: ainda mais por não ser capaz de provar que aquela era uma acusação injusta. Elizabeth nunca tinha ouvido falar do sr. Wickham antes de sua entrada na milícia do ...shire, para onde ele fora depois de ser persuadido por um rapaz com quem, ao encontrá-lo por acidente na cidade, reatara uma amizade superficial. Ninguém em Hertfordshire sabia nada de sua vida pregressa, a não ser o que o próprio Wickham decidira contar. Quanto a seu verdadeiro caráter, mesmo que ela estivesse em posição de obter informações sobre ele, jamais sentira vontade de fazê-lo. Suas feições, sua voz e seus modos imediatamente haviam estabelecido que ele tinha todas as virtudes. Elizabeth tentou se lembrar de algum exemplo de bondade, algum evidente traço de integridade ou benevolência que pudesse salvá-lo dos ataques do sr. Darcy ou, ao menos, pela predominância da virtude, compensar por aqueles erros pontuais, que seriam como ela tentaria classificar aquilo que o sr. Darcy descrevera como a indolência e a libertinagem de muitos anos. Mas nenhuma lembrança do tipo veio em seu auxílio. Elizabeth podia ver o sr. Wickham com clareza diante de si, com sua maneira encantadora de falar e se comportar; mas não conseguia se lembrar de nada de positivo mais substancial do que a aprovação geral da vizinhança e a estima que ele conquistara no regimento graças a seu traquejo social. Depois de passar um tempo considerável refletindo sobre esse ponto, ela mais uma vez continuou a ler. Mas que infelicidade! A história que se seguia, sobre a armadilha que Wickham tentara armar para a srta. Darcy, podia até certo ponto ser confirmada pela conversa que tivera com o coronel Fitzwilliam na manhã do dia anterior. E, no final, o sr. Darcy dizia que ela poderia verificar a veracidade de cada detalhe com o próprio coronel, que já lhe informara de sua intimidade com o primo e de cujo caráter Elizabeth não tinha motivos para duvidar. Em dado momento, ela chegou a resolver-se a questioná-lo, mas hesitou pensando no quão constrangedor seria fazê-lo e acabou desistindo, convencida de que o sr. Darcy jamais se arriscaria a propor isso se não tivesse certeza da corroboração do primo.

Elizabeth se recordava perfeitamente de toda a sua conversa com Wickham na primeira noite na casa da sra. Philips. Ainda estava com muitas de suas expressões frescas na memória. Só então ela se deu conta de como fora indecoroso de sua parte revelar tanto para uma estranha, e se admirou de não ter percebido isso antes. Viu que indelicadeza fora ele se expor daquela maneira e a incongruência entre o que afirmava e o que fazia. Lembrou-se de o sr. Wickham ter se gabado de não ter medo do sr. Darcy — de dizer que o sr. Darcy poderia deixar a região, mas que ele não iria embora. No entanto, evitara o baile em Netherfield na semana seguinte. Elizabeth também se lembrou de que, até a família de Netherfield deixar o local, o sr. Wickham não contara sua história para ninguém além dela. Mas, após a partida deles, o relato fora discutido por todos. Ele não tivera nenhum escrúpulo, nenhuma reserva em vilipendiar o caráter do sr. Darcy, embora houvesse lhe assegurado que o respeito pelo pai sempre o impediria de expor o filho.

Como ficou diferente tudo o que concernia ao sr. Wickham! Então, suas atenções à srta. King passaram a ser consequência de objetivos exclusiva e odiosamente mercenários; e a fortuna mediana da moça não provava que ele tinha desejos moderados, mas, sim, sua avidez para agarrar o que quer que conseguisse. Seu comportamento para com a própria Elizabeth não tinha nenhuma razão aceitável: ele ou se enganara quanto à fortuna dela ou estivera satisfazendo sua vaidade ao encorajar a preferência que ela acreditava, com grande imprudência, ter demonstrado. Cada argumento remanescente a favor dele foi se dissipando e, para justificar ainda mais o sr. Darcy, Elizabeth teve de admitir que o sr. Bingley, ao ser interrogado por Jane, afirmara que o amigo não tinha culpa nenhuma no caso; que, por mais desagradável e orgulhoso que fosse seu comportamento, ela jamais, durante toda a sua convivência — convivência que recentemente incluíra diversos encontros e dera-lhe certa intimidade com seu jeito —, vira nenhuma prova de que ele fosse injusto ou sem princípios, nada que demonstrasse que possuía hábitos não religiosos ou imorais. Que por seus parentes e amigos era estimado e apreciado, que até mesmo Wickham admitira seu mérito como irmão e que ela o ouvira falar da irmã de maneira tão afetuosa que provou que era capaz de *alguns* sentimentos amáveis. Que, se o sr. Darcy houvesse agido como o sr. Wickham descrevera, uma violação tão imensa de tudo o que era correto dificilmente poderia ser ocultada de toda a gente; e que a amizade entre uma pessoa capaz disso e um homem tão afável quanto o sr. Bingley seria incompreensível.

Elizabeth ficou completamente envergonhada. Não conseguia pensar nem em Darcy nem em Wickham sem sentir que fora cega, parcial, preconceituosa, absurda.

— De que maneira desprezível agi! — exclamou. — Eu, que me orgulhava do meu discernimento! Eu, que sempre dei alto valor à minha inteligência! Que com frequência desdenhei da doçura e da generosidade da minha irmã e satisfiz minha vaidade com uma desconfiança inútil e censurável! Quão humilhante é essa descoberta! E, no entanto, quão justa é a humilhação! Se eu estivesse apaixonada, não poderia ter sido mais desgraçadamente cega. Mas minha tolice foi a vaidade, não o amor. Feliz com a preferência de um e ofendida com o desprezo do outro no início da nossa convivência, alimentei o preconceito e a ignorância e abandonei a razão no que dizia respeito a ambos. Até este momento, não tinha compreendido a mim mesma.

Ao pensar em si, Elizabeth lembrou-se de Jane e, depois, de Bingley, em uma associação de ideias que logo a fez se recordar de que a explicação do sr. Darcy sobre o caso deles dois lhe parecera bastante inadequada. Por isso, ela leu-a de novo. O efeito da segunda leitura foi profundamente diferente. Como ela podia negar-se a dar crédito àquelas afirmações depois de ser obrigada a fazer isso com as outras? O sr. Darcy havia declarado não ter nenhuma suspeita do afeto de Jane, e Elizabeth não pôde deixar de se lembrar da opinião que Charlotte sempre tivera. Tampouco pôde negar que a descrição que ele fizera de sua irmã era fiel. Ela viu que os sentimentos de Jane, embora ardorosos, eram pouco demonstrados, e que havia uma constante placidez em suas feições e comportamento que raramente era encontrada em pessoas de grande sensibilidade.

Quando Elizabeth chegou àquela parte da carta na qual sua família era mencionada em críticas tão mortificantes, porém tão merecidas, sua vergonha foi imensa. Sentiu a justiça das acusações com força demais para conseguir rechaçá-las, e os fatos aos quais o sr. Darcy se referira especificamente — aqueles ocorridos durante o baile em Netherfield — como tendo confirmado toda a sua desaprovação inicial não poderiam ter causado uma impressão mais forte na mente dele do que na sua. O elogio a ela e a sua irmã não passou despercebido. Deu-lhe certo alívio, mas não a consolou pelo desprezo despertado por culpa de sua própria família. E, quando Elizabeth considerou que a decepção de Jane fora, na realidade, causada por seus parentes mais próximos e refletiu sobre quão gravemente a reputação delas duas seria prejudicada por tanta falta de decoro, sentiu-se mais deprimida do que jamais antes na vida.

Depois de perambular pela aleia durante duas horas, entregue a toda sorte de pensamentos — reavaliando acontecimentos, calculando probabilidades e se reconciliando o melhor possível com uma mudança tão súbita e tão séria —, a fadiga e a percepção de sua longa ausência a fizeram, afinal, regressar. Entrou na casa desejando parecer tão alegre como de costume e decidida a reprimir as reflexões que a tornariam incapaz de conversar.

Soube imediatamente que os dois cavalheiros de Rosings haviam passado ali enquanto estivera fora. O sr. Darcy permanecera apenas alguns minutos para se despedir, mas o coronel Fitzwilliam se demorara pelo menos uma hora, na esperança de que ela voltasse, e quase saíra para encontrá-la. Elizabeth pôde apenas fingir que lamentava não tê-lo visto; na verdade, ficou feliz por isso ter acontecido. O coronel Fitzwilliam não tinha mais a menor importância. Ela só conseguia pensar na carta.

CAPÍTULO 37

Os dois cavalheiros deixaram Rosings na manhã seguinte; e o sr. Collins, tendo esperado perto das cabanas para prestar-lhes sua homenagem de despedida, pôde dar em casa a feliz informação de que pareciam muito bem de saúde e tão contentes quanto seria possível esperar após a cena melancólica que acabara de se desenrolar em Rosings. Para Rosings, então, ele seguiu apressado, com o intuito de consolar Lady Catherine e a filha; e, ao voltar, trouxe, com enorme satisfação, uma mensagem de Lady Catherine, dizendo que ficara tão aborrecida que desejava muito que eles jantassem com ela.

Elizabeth não pôde deixar de ver Lady Catherine sem se lembrar de que, se houvesse desejado, poderia, àquela altura, ter sido apresentada a ela como sua futura sobrinha. Tampouco conseguiu pensar sem sorrir na indignação daquela senhora. "O que ela teria dito? Como teria se comportado?" foram perguntas que a divertiram.

O primeiro assunto que discutiram foi a partida dos hóspedes.

— Garanto a vocês que estou muito abalada — disse Lady Catherine. — Acredito que ninguém sente a falta de entes queridos com a mesma pungência que eu. Mas sou particularmente próxima daqueles dois rapazes; e eles gostam tanto de mim! Lamentaram muito ter de partir! Mas sempre lamentam. Meu querido coronel Fitzwilliam conseguiu não se entregar ao desânimo até a hora de ir embora, mas Darcy pareceu muito afetado, mais, acho, do que no ano passado. Ele decerto fica cada vez mais apegado a Rosings.

O sr. Collins incluiu aqui um elogio e uma insinuação que foram recebidos com um sorriso gentil pela mãe e pela filha.

Lady Catherine observou, após o jantar, que a srta. Bennet parecia desanimada e, encontrando ela própria uma explicação imediata para isso ao supor que não desejava voltar para casa tão depressa, acrescentou:

— Mas, se for esse o caso, a senhorita precisa escrever para sua mãe e pedir para se demorar mais um pouco. A sra. Collins ficará muito feliz com sua companhia, tenho certeza.

— Fico muito agradecida à senhora por esse convite gentil — respondeu Elizabeth —, mas não está em meu poder aceitá-lo. Preciso estar na cidade no sábado que vem.

— Ora, assim a senhorita terá passado apenas seis semanas aqui. Eu esperava que ficasse dois meses. Disse isso à sra. Collins antes da sua chegada. Não há motivo para ir embora tão cedo. A sra. Bennet decerto consegue passar sem a senhorita por mais duas semanas.

— Mas meu pai não. Ele escreveu na semana passada para apressar minha volta.

— Ah! Claro que seu pai pode passar sem você, se sua mãe puder. As filhas mulheres nunca têm grande importância para os pais. E, se a senhorita ficar mais um mês inteiro, eu poderei levá-la até Londres, pois irei passar uma semana lá no começo de junho. E, como Dawson não se incomoda de viajar no banco com o cocheiro, haverá bastante espaço para uma de vocês. Aliás, se por acaso estiver fresco, eu não me incomodaria de levar ambas, pois nenhuma das duas é grande.

— A senhora é muito gentil, mas acredito que iremos seguir com nosso plano original.

Lady Catherine pareceu resignada.

— Sra. Collins, deve mandar um criado acompanhá-las. Sabe que eu sempre digo o que penso, e não suporto a ideia de duas moças viajando sozinhas de diligência. É altamente impróprio. A senhora deve dar um jeito de mandar alguém. Esse tipo de coisa não me agrada em nada. As moças sempre devem ter alguém para resguardá-las e cuidar delas, de acordo com sua posição social. Quando minha sobrinha Georgiana foi a Ramsgate no verão passado, fiz questão de que levasse dois criados com ela. A srta. Darcy, filha do sr. Darcy, senhor de Pemberley, e de Lady Anne, não poderia ter circulado de maneira recatada de outro modo. Eu sempre presto enorme atenção a essas coisas. A senhora deve mandar John acompanhar as moças, sra. Collins. Fico feliz que tenha me ocorrido mencionar isso, pois seria desabonador para a *senhora* deixá-las viajar sozinhas.

— Meu tio vai mandar um criado nos buscar.

— Ah! Seu tio! Ele tem um criado homem, sim? Fico muito feliz que a senhorita tenha alguém que pense nessas coisas. Onde vocês vão trocar os cavalos? Ah! Em Bromley, é claro. Se mencionar meu nome na Bell, será bem atendida.

Lady Catherine tinha muitas outras perguntas a fazer a respeito da viagem e, como não podia responder a todas ela própria, foi necessário prestar atenção, algo que Elizabeth considerou uma sorte sua, pois sua mente estava tão ocupada que, se não fosse por isso, ela teria sido capaz de esquecer onde estava. As reflexões deviam ser reservadas aos momentos de solidão. Quando Elizabeth estava a sós, elas eram seu maior alívio, e nenhum dia se passava sem que desse uma caminhada solitária para desfrutar de todas as delícias das lembranças desagradáveis.

Ela já estava quase decorando a carta do sr. Darcy. Analisou cada frase, e seus sentimentos em relação ao remetente, às vezes, mudavam muito. Quando se lembrava da maneira como ele a pedira em casamento, ainda se enchia de indignação; porém, ao se dar conta de com quanta injustiça o condenara e repreendera, sua raiva se voltava para si mesma, e a decepção dele se tornava motivo de compaixão. O afeto do sr. Darcy provocava gratidão e seu caráter exigia respeito, mas Elizabeth não conseguia gostar dele, arrepender-se por um instante de ter recusado seu pedido ou sentir a menor vontade de vê-lo de novo. Seu comportamento no passado era uma fonte constante de irritação e arrependimento, mas os tristes defeitos da sua família eram motivo ainda maior de humilhação. Não havia esperança de eles se remediarem. Seu pai jamais se esforçaria para controlar a leviandade desenfreada das filhas mais novas, contentando-se em rir dela; e a mãe tinha, ela própria, modos tão distantes do correto que era completamente insensível a esse mal. Elizabeth, junto com Jane, muitas vezes tentara conter a imprudência de Catherine e Lydia, mas, enquanto elas contassem com a indulgência da mãe, que chance teriam de se aprimorar? Catherine, sem força de vontade, irritadiça e submissa a Lydia, sempre se sentira ofendida com seus conselhos; e Lydia, teimosa e descuidada, mal os ouvia. Elas eram ignorantes, preguiçosas e vaidosas. Enquanto houvesse um oficial em Meryton, flertariam com ele e, enquanto Longbourn ficasse a uma caminhada de distância de Meryton, viveriam indo até lá.

A inquietação por Jane era outra de suas principais preocupações, e a explicação do sr. Darcy, ao devolver-lhe a boa opinião do sr. Bingley, exacerbou sua consciência do que a irmã perdera. Ficou provado que a afeição dele era sincera e seu comportamento deixou de ser censurável, a não ser, talvez, por sua confiança tácita no amigo. Como era horrível pensar que Jane fora privada de um casamento tão desejável sob todos os aspectos, tão repleto de vantagens, tão promissor, pela tolice e pela falta de decoro da própria família!

Quando, a essas lembranças, se juntavam as revelações sobre o caráter de Wickham, será fácil de acreditar que seu ânimo, que quase nunca lhe faltara antes, ficou tão abalado que se tornou quase impossível para ela manter uma aparência razoavelmente alegre.

Os compromissos deles em Rosings foram tão frequentes durante a última semana da visita quanto tinham sido na primeira. A última noite foi passada lá e Lady Catherine mais uma vez fez perguntas minuciosas sobre os detalhes da viagem, ensinou-lhes qual era a melhor forma de guardar roupas nos baús e foi tão enfática sobre a necessidade de posicionar vestidos da única maneira correta que Maria sentiu-se obrigada, quando voltou à casa, a desfazer todo o trabalho da manhã e começar do zero.

Quando se despediram, Lady Catherine, com grande condescendência, desejou-lhes boa viagem, convidando-as a vir a Hunsford novamente no ano que vem; e a srta. De Bourgh fez o esforço de inclinar o corpo e estender a mão para ambas.

CAPÍTULO 38

No sábado de manhã, Elizabeth e o sr. Collins desceram para tomar café alguns minutos antes de os outros aparecerem, e ele aproveitou a oportunidade para despedir-se com a formalidade que considerava indispensavelmente necessária.

— Eu não sei, srta. Elizabeth, se a sra. Collins já expressou sua sensibilidade pela gentileza que foi a senhorita ter vindo nos visitar, mas tenho certeza de que não deixará a casa sem receber os agradecimentos dela. O privilégio da sua companhia foi muito apreciado, garanto. Nós sabemos quão poucas tentações nossa humilde residência oferece. Nossa maneira modesta de viver, nossos pequenos cômodos, nossos poucos criados domésticos e o fato de não circularmos muito devem fazer de Hunsford um lugar extremamente enfadonho para uma jovem como a senhorita. Mas espero que saiba o quanto ficamos gratos pela sua cortesia e que fizemos tudo em nosso poder para impedir que passasse seu tempo de forma desagradável.

Elizabeth foi enfática em seus agradecimentos e declarações de felicidade. Tinha passado seis semanas muito divertidas, e o prazer de estar com Charlotte, além das atenções que recebera, sem dúvida haviam feito com que *ela* tivesse motivos para se sentir grata. O sr. Collins ficou satisfeito e, com uma solenidade mais sorridente, respondeu:

— Dá-me o maior prazer saber que sua visita não transcorreu de maneira negativa. Nós decerto fizemos o melhor e, por sorte, como temos o poder de apresentá-la a companhias ilustres e, graças a nosso relacionamento com Rosings, os meios de encontrar uma frequente variação a nosso humilde cenário doméstico, creio ser possível afirmar que sua estada em Hunsford não foi de todo aborrecida. Nossa situação em relação a Lady Catherine e a família dela realmente é uma vantagem, uma bênção extraordinária, da qual poucos podem se jactar. A senhorita viu em que termos estamos. Viu como são contínuos nossos compromissos lá. Na verdade, eu devo reconhecer que, com todas as desvantagens desta humilde casa, não consideraria seus hóspedes dignos de compaixão enquanto compartilhassem nossa intimidade com Rosings.

Meras palavras não foram suficientes para expressar o êxtase do sr. Collins, e ele foi obrigado a caminhar pela sala enquanto Elizabeth tentava unir a gentileza e a verdade em algumas frases curtas.

— A senhorita, de fato, poderá levar um relato muito favorável de nós para Hertfordshire, minha cara prima. Eu, pelo menos, acredito poder me vangloriar disso. A senhorita foi testemunha diária das enormes atenções de Lady Catherine para com a sra. Collins e, no geral, creio não parecer que sua amiga tenha tido um infeliz... mas é melhor que não falemos nisso. Deixe-me apenas assegurar-lhe, minha querida srta. Elizabeth, que lhe desejo de coração, com toda cordialidade, um casamento igualmente feliz. Minha querida Charlotte e eu temos um único ponto de vista, uma só maneira de pensar. Há entre nós, sob todos os aspectos, uma semelhança extraordinária de personalidade e ideias. Parecemos ter sido feitos um para o outro.

Elizabeth assegurou que era uma grande felicidade quando isso acontecia e com igual sinceridade acrescentou que acreditava firmemente nos confortos domésticos dele, e regozijava-se com isso. No entanto, não lamentou ter o relato desses confortos interrompidos pela chegada da mulher responsável por eles. Pobre Charlotte! Era desolador deixá-la naquela companhia! Ela, no entanto, a escolhera de olhos abertos e, embora evidentemente lamentasse a partida das hóspedes, não parecia pedir por compaixão. Sua casa, os cuidados domésticos, a paróquia, a criação de aves e os tantos afazeres decorrentes de tudo isso ainda não tinham perdido seu encanto.

Afinal a diligência chegou, os baús foram amarrados, os pacotes colocados do lado de dentro e declarou-se que tudo estava pronto. Após as duas amigas se despedirem de maneira afetuosa, Elizabeth foi levada até a carruagem pelo sr. Collins e, conforme atravessavam o jardim, ele pediu-lhe que saudasse toda a sua família, sem esquecer de agradecer por sua hospitalidade no inverno passado em Longbourn, e que cumprimentasse o sr. e a sra. Gardiner, embora estes lhe fossem desconhecidos. O sr. Collins ajudou-a a subir, Maria veio atrás e a porta estava prestes a ser fechada quando ele subitamente se lembrou, com alguma consternação, de que elas tinham se esquecido de deixar alguma mensagem para as senhoras de Rosings.

— Mas — acrescentou — é claro que vocês irão desejar que eu lhes mande seus respeitosos cumprimentos, com sua enorme gratidão pela gentileza delas durante sua estada.

Elizabeth não teve nenhuma objeção. A porta, então, pôde ser fechada e a diligência partiu.

— Minha nossa! — exclamou Maria, depois de alguns minutos de silêncio —, parece que faz só um ou dois dias desde que nós chegamos! Porém quantas coisas aconteceram!

— Muitas coisas mesmo — concordou Elizabeth, com um suspiro.

— Jantamos nove vezes em Rosings e ainda tomamos chá lá duas vezes! Quantas coisas eu terei para contar.

Elizabeth pensou consigo: "E quantas eu terei para esconder".

Durante a viagem, não houve muita conversa e nenhum motivo para alarme; e, quatro horas depois de deixarem Hunsford, elas chegaram à casa do sr. Gardiner, onde iriam permanecer durante alguns dias.

Jane estava com a aparência boa e Elizabeth não teve muitas oportunidades de ver como andava o ânimo dela em meio aos diversos compromissos que a tia fizera questão de organizar para elas. Mas voltariam para casa juntas e, em Longbourn, haveria tempo para observações.

Enquanto isso, Elizabeth precisou fazer algum esforço para esperar a chegada a Longbourn antes de contar à irmã sobre o pedido do sr. Darcy. Saber ter o poder de revelar algo que deixaria Jane tão atônita e que, ao mesmo tempo, satisfaria a parte de sua vaidade da qual seu lado racional ainda não tinha conseguido desfazer-se era uma imensa tentação; e nada teria sido capaz de refreá-la a não ser a indecisão de quanto comunicar e o medo de que, uma vez abordado o assunto, ela acabasse dizendo algo sobre Bingley que pudesse magoar ainda mais a irmã.

CAPÍTULO 39

NA TERCEIRA SEMANA DE MAIO, as três moças partiram juntas da rua Gracechurch para a cidade de ... em Hertfordshire. E, ao se aproximarem da estalagem na qual tinham combinado que a carruagem do sr. Bennet iria buscá-las, logo perceberam, como prova da pontualidade do cocheiro, tanto Kitty quanto Lydia olhando pela janela da sala de jantar no andar de cima. As duas meninas já estavam lá havia mais de uma hora, alegremente atarefadas em visitar a chapeleira em frente, observar a sentinela de guarda e preparar uma salada de folhas e pepino.

Depois de darem as boas-vindas às irmãs, elas exibiram, com um ar triunfal, uma mesa posta com as carnes frias que costuma haver na despensa de uma estalagem, exclamando:

— Não é simpático? Não foi uma surpresa agradável?

— E nós pretendemos pagar para todas — acrescentou Lydia —, mas precisam nos emprestar o dinheiro, pois acabamos de gastar o nosso naquela loja ali fora. — E mostrando o que adquirira: — Olhem, eu comprei este chapéu. Não é muito bonito, mas achei melhor comprar do que não comprar. Vou desmontá-lo assim que chegar em casa e ver se consigo deixá-lo melhor. — Quando as irmãs concordaram que o chapéu era feio, ela disse, com a mais completa indiferença: — Ah! Mas havia dois ou três outros muito mais feios na loja. E, quando eu comprar um pouco de cetim bem bonito para enfeitá-lo, acho que vai ficar razoável. Além do mais, não vai ter muita importância o que iremos vestir neste verão depois que o regimento do ...shire deixar Meryton, o que vai acontecer daqui a duas semanas.

— É mesmo? — perguntou Elizabeth, com grande satisfação.

— Eles vão acampar nas cercanias de Brighton, e eu quero tanto que o papai nos leve para passar o verão lá! Seria delicioso, e imagino que não iria custar quase nada. A mamãe também quer muito ir! Se nós não formos, pense só em como o verão vai ser horrível!

"Sim", pensou Elizabeth, "seria mesmo delicioso e nos arruinaria por completo. Santos céus! Brighton e um acampamento inteiro de soldados para nós, que já fomos perturbadas por um pobre regimento da milícia e os bailes mensais de Meryton."

— Agora eu tenho uma novidade para vocês — disse Lydia, assim que elas se sentaram à mesa. — O que acham? É uma novidade excelente, maravilhosa, e sobre uma certa pessoa de quem todas nós gostamos.

Jane e Elizabeth se entreolharam e disseram para o garçom que ele podia se retirar. Lydia riu e falou:

— Ah, vocês são mesmo formais e discretas. Acharam que era melhor o garçom não ouvir, como se ele se importasse! Imagino que com frequência ouça coisas piores do que o que vou dizer. Mas como ele é feio! Que bom que foi embora. Nunca vi um queixo tão comprido na vida. Bem, mas vamos à minha novidade. É sobre nosso querido Wickham. Bom demais para o garçom, não é? Não há nenhum risco de Wickham se casar com Mary King. Pronto! Ela foi para a casa do tio em Liverpool. De vez. Wickham está salvo.

— E Mary King está salva! — acrescentou Elizabeth. — Salva de uma união imprudente no que diz respeito à fortuna.

— Ela é muito boba de ir para longe, se gostava mesmo dele.

— Mas espero que não haja muito afeto nem de uma parte nem da outra — disse Jane.

— Tenho certeza de que do lado de Wickham não há. Garanto que ele nunca deu nada por ela. Quem poderia dar algo por uma coisinha toda sardenta?

Elizabeth escandalizou-se ao pensar que, por mais que fosse incapaz de se expressar de maneira tão vulgar, aquele *sentimento* rude era bem parecido com um que ela própria acalentara e considerara generoso!

Assim que as meninas comeram e as mais velhas pagaram a conta, mandaram chamar a carruagem e, após algum esforço, o grupo inteiro, com todos os baús, cestos de costura e embrulhos, além do acréscimo indesejado das aquisições de Kitty e Lydia, se ajeitou no interior.

— Que delícia de aperto! — exclamou Lydia. — Estou feliz de ter comprado este chapéu, mesmo que tenha sido só para ter mais um embrulho! E agora vamos ficar bem juntinhas, conversando e rindo até chegar em casa. Em primeiro lugar, contem o que aconteceu com vocês desde que viajaram. Conheceram algum homem simpático? Flertaram com alguém? Eu tinha grandes esperanças de uma de vocês arrumar um marido antes de voltar. Jane daqui a pouco vai ficar para titia. Já tem quase vinte e três anos! Meu Deus, que vergonha eu teria de não estar casada aos vinte e três anos. Minha tia Philips quer tanto que vocês arrumem um marido, nem imaginam quanto. Ela disse que era melhor Lizzy ter aceitado o sr. Collins, mas eu acho que isso não teria sido nem um pouco divertido. Meu Deus! Como eu iria gostar de me casar antes de todas vocês. Então poderia ser sua acompanhante nos bailes. Minha nossa! Nós nos divertimos tanto na casa do coronel Forster! Kitty e eu fomos passar o dia lá e a sra. Forster tinha prometido organizar um bailinho à noite. Aliás, eu a sra. Forster somos *tão* amigas! Ela chamou as duas irmãs Harrington, mas Harriet ficou doente e Pen foi obrigada a ir sozinha. Então o que vocês acham que nós fizemos? Vestimos Chamberlayne com roupas de mulher para fingir que era uma senhora. Imaginem que engraçado! Ninguém ficou sabendo além do coronel e da sra. Forster, Kitty e eu e minha tia, pois fomos forçadas a pedir um dos vestidos dela emprestados. Vocês não conseguem imaginar como ele ficou bonito! Quando Denny, Wickham, Pratt e dois ou três outros homens entraram, não o reconheceram de jeito nenhum. Meu Deus, como eu ri! E a sra. Forster também. Achei que ia morrer. Mas isso fez os rapazes desconfiarem e então eles descobriram logo o que estava acontecendo.

Com histórias assim sobre festas e diversões, Lydia, com o auxílio das insinuações e acréscimos de Kitty, tentou distrair as outras durante o trajeto até Longbourn. Elizabeth prestou o mínimo de atenção possível, mas não havia como escapar da frequente menção ao nome de Wickham.

A recepção delas em casa foi muito gentil. A sra. Bennet se alegrou ao ver que a beleza de Jane não diminuíra em nada e, mais de uma vez durante o jantar, o sr. Bennet disse para Elizabeth:

— Que bom que você voltou, Lizzy.

A sala de jantar foi ocupada por um grupo grande, pois quase todos os Lucas tinham ido receber Maria e ouvir as notícias, e diversos assuntos foram abordados: Lady Lucas perguntou a Maria, do outro lado da mesa, como estavam a saúde e as aves domésticas de sua filha mais velha; a sra. Bennet ficou duplamente ocupada, de um lado recebendo um relato das modas atuais de Jane, que estava a alguns lugares de distância dela, e, do outro, repetindo tudo para as mais jovens irmãs Lucas; e Lydia, falando bem mais alto do que todos os outros, pôs-se a enumerar os diversos prazeres da manhã para quem quisesse ouvir.

— Ah, Mary — disse —, que pena que você não foi conosco, pois nos divertimos tanto! Na ida, Kitty e eu baixamos as janelas e fingimos que não havia ninguém no coche, e eu teria ido assim o caminho todo, mas ela ficou enjoada. E, quando chegamos a George, acho que fomos muito generosas, pois convidamos as outras três para comer o lanche mais delicioso do mundo e, se tivesse ido, teríamos convidado você também. E depois, quando viemos embora, foi tão engraçado! Achei que nunca íamos conseguir entrar no coche. Quase morri de tanto rir. E a volta foi tão alegre! Nós conversamos e rimos tanto que acho que deve ter dado para ouvir a dez milhas de distância!

Mary respondeu, com um ar grave:

— Longe de mim, minha cara irmã, depreciar esses prazeres. Eles sem dúvida agradariam às mentes femininas em geral. Mas confesso que não têm encantos para *mim*. Prefiro infinitamente um livro.

Mas Lydia não ouviu uma palavra dessa resposta. Ela raramente escutava qualquer pessoa durante mais de meio minuto, e nunca prestava a menor atenção a Mary.

À tarde, Lydia insistiu com as outras moças para que fossem até Meryton ver como estavam todos, mas Elizabeth se opôs com firmeza. Ninguém iria dizer que as irmãs Bennet não tinham passado nem meio dia em casa sem sair atrás dos oficiais. Também houve outro motivo para sua objeção. Ela temia ver Wickham de novo, e estava decidida a evitar o encontro pelo maior tempo possível. A remoção iminente do regimento foi um consolo inexprimível para ela. Dali a duas semanas eles partiriam e, uma vez que isso acontecesse, Elizabeth esperava que Wickham não fosse mais lhe causar irritações.

Ela estava fazia poucas horas em casa quando descobriu que a ideia de ir a Brighton, mencionada por Lydia na estalagem, estava sendo discutida por seus pais. Elizabeth imediatamente viu que o pai não tinha a menor intenção de ceder, porém as respostas eram tão vagas e enigmáticas que a mãe, embora muitas vezes desanimasse, ainda não perdera de todo a esperança de vencer.

CAPÍTULO 40

A IMPACIÊNCIA DE ELIZABETH para contar a Jane o que ocorrera não pôde mais ser contida e, afinal, decidindo suprimir todos os detalhes que diziam respeito à irmã e preparando-a para se surpreender, na manhã seguinte revelou os principais pontos da cena que se desenrolara entre ela e o sr. Darcy.

O assombro da srta. Bennet logo foi suavizado pela forte afeição fraternal que a fazia considerar perfeitamente natural alguém admirar Elizabeth, e toda a sua surpresa logo se dissipou em meio a outras emoções. Jane lamentou que o sr. Darcy houvesse revelado seus sentimentos de maneira tão pouco apropriada para torná-los aceitáveis, mas ficou ainda mais triste pela infelicidade que a recusa da irmã deveria ter lhe causado.

— Foi errado ele ter tanta certeza de que seria bem-sucedido — disse ela —, e decerto isso não devia ter sido demonstrado, mas considere quanto sua decepção deve ter aumentado.

— De fato, eu lamento de coração pelo sr. Darcy — respondeu Elizabeth. — Mas ele tem outros sentimentos que provavelmente logo o farão esquecer seu afeto por mim. Você não me culpa por ter recusado o pedido?

— Culpar você! Ah, não!

— Mas me culpa por ter sido tão enfática ao falar de Wickham.

— Não. Não tenho certeza se estava errada em dizer o que disse.

— Mas terá, quando eu lhe contar o que aconteceu um dia depois.

Ela então falou da carta, explicando tudo o que ela dizia sobre George Wickham. Que golpe foi para a pobre Jane! Ela, que estava disposta a correr o mundo todo sem acreditar que havia tamanha perversidade em toda a raça humana quanto estava ali reunida em um indivíduo. Nem a justificativa do sr. Darcy, embora a deixasse contente, foi capaz de consolá-la por tal descoberta. Jane tentou de todas as maneiras provar que havia alguma probabilidade de erro, procurando eximir um sem culpar o outro.

— Assim não é possível — disse Elizabeth. — Por nada neste mundo você vai conseguir encontrar bondade neles dois. Escolha, mas terá de escolher um. Há apenas uma certa medida de mérito em ambos, só o bastante para fazer um homem bom e, ultimamente, ela vem trocando bastante de lugar. De minha parte, estou inclinada a acreditar que pertence toda ao sr. Darcy, mas você poderá escolher quem quiser.

Ela, no entanto, demorou algum tempo antes de conseguir extrair um sorriso de Jane.

— Não sei quando levei tamanho choque — disse ela. — Imagine Wickham ser tão mau assim! É quase impossível de acreditar. E pobre sr. Darcy! Minha querida Lizzy, pense só no quanto ele deve ter sofrido. Passar por tamanha decepção, e ainda por cima sabendo que você tinha uma opinião tão ruim dele! E ter de contar tal coisa sobre a irmã. É perturbador demais. Tenho certeza de que você sente isso.

— Ah, não! Meu arrependimento e minha compaixão desapareceram por completo depois de ver você transbordando. Sei que irá fazer tanta justiça ao sr. Darcy que a cada segundo fico mais despreocupada e indiferente. Sua profusão me torna parcimoniosa. Se lamentar por ele por muito mais tempo, meu coração ficará leve como uma pluma.

— Pobre Wickham. Há tanta bondade nas suas feições! Tanta franqueza e gentileza nos seus modos!

— Realmente, houve um enorme erro na educação desses dois rapazes. Um deles tem toda a bondade, e o outro toda a aparência de bondade.

— Eu nunca achei o sr. Darcy tão deficiente na aparência de bondade quanto você.

— No entanto, minha intenção era demonstrar uma esperteza extraordinária ao sentir tanta antipatia por ele sem nenhum motivo. É um incentivo tão grande para o talento, uma oportunidade tão boa para a espirituosidade ter uma antipatia como essa! Pode-se ofender alguém continuamente sem nunca dizer nada de justo, mas não se pode rir sempre de um homem sem, de vez em quando, esbarrar em algo espirituoso.

— Lizzy, quando você leu aquela carta pela primeira vez, tenho certeza de que não conseguiu tratar a questão como está tratando agora.

— De fato, não consegui. Fiquei bastante desconfortável. Muito desconfortável. Posso dizer infeliz. E sem ninguém para quem contar o que eu sentia, sem

Jane para me consolar e dizer que eu não fora tão fraca, vaidosa e tola quanto sabia que tinha sido! Ah! Que falta você me fez!

— Que azar você ter usado expressões tão fortes ao falar do sr. Wickham para o sr. Darcy, pois agora elas parecem *mesmo* ter sido completamente indevidas.

— Sem dúvida. Mas a infelicidade de dizer coisas amargas é uma consequência muito natural dos preconceitos que eu vinha alimentando. Há uma questão sobre a qual eu desejo seu conselho. Quero que me diga se devo ou não revelar o verdadeiro caráter de Wickham para os nossos conhecidos.

A srta. Bennet fez uma pequena pausa e então respondeu:

— Decerto não há motivos para expô-lo de maneira tão terrível. O que você acha?

— Que não devemos. O sr. Darcy não me autorizou a tornar público o que me contou. Ao contrário, pediu-me que, na medida do possível, guardasse segredo de todos os detalhes relacionados à sua irmã. E, se eu tentar abrir os olhos das pessoas para o restante da conduta do sr. Wickham, quem irá acreditar em mim? O preconceito geral contra o sr. Darcy é tão violento que seria a morte de metade das boas pessoas de Meryton tentar vê-lo de maneira amável. Isso não está ao meu alcance. Wickham logo irá partir e, portanto, não importará para ninguém aqui quem ele é de verdade. Daqui a algum tempo todos irão ficar sabendo e nós poderemos rir da estupidez deles em não ter descoberto antes. Por enquanto, não direi nada sobre o assunto.

— Tem toda razão. Tornar os erros dele públicos pode arruiná-lo para sempre. O sr. Wickham talvez tenha se arrependido do que fez e esteja ansioso para restabelecer sua reputação. Não devemos levá-lo ao desespero.

O tumulto da mente de Elizabeth foi apaziguado após essa conversa. Ela se livrara de dois dos segredos que vinham lhe oprimindo havia duas semanas e tinha certeza de que Jane estaria disposta a ouvir sempre que desejasse falar sobre eles. Mas ainda havia algo à espreita que a prudência a impedia de revelar. Elizabeth não ousava contar sobre a segunda parte da carta do sr. Darcy ou explicar para a irmã quão sinceramente ela fora estimada pelo amigo dele. Essa era uma informação que não podia dividir com ninguém e tinha consciência de que apenas um perfeito entendimento entre as partes poderia justificar que se livrasse do peso desse último mistério. “E então, se esse acontecimento muito improvável ocorrer, eu só conseguirei contar aquilo que Bingley poderá revelar ele próprio de maneira muito mais agradável. A liberdade da comunicação só poderá ser minha quando perder todo o seu valor!"

Agora que estava em casa, Elizabeth teve tempo de observar o verdadeiro estado de ânimo da irmã. Jane não estava feliz. Ainda acalentava um imenso afeto por Bingley. Como nunca sequer imaginara estar apaixonada antes, seu sentimento tinha toda a força de um primeiro amor e, devido a sua idade e temperamento, maior constância que os primeiros amores em geral trazem consigo. E com tanto ardor prezava sua lembrança e o preferia a qualquer outro homem que eram necessários todo o seu bom senso e toda a sua atenção para com os sentimentos dos familiares para impedi-la de se deixar dominar pelo pesar que teria sido tão prejudicial para sua própria saúde quanto para a tranquilidade deles.

— Bem, Lizzy — disse a sra. Bennet um dia —, e *agora*, o que você acha dessa triste história de Jane? Da minha parte, estou decidida a nunca mais mencioná-la a ninguém. Disse isso à minha irmã Philips no outro dia. Mas, pelo que consegui descobrir, Jane não viu o sr. Bingley nem uma vez em Londres. Bem, é um rapaz muito indigno e suponho que não haja a menor chance de ela um dia esbarrar com ele. Ninguém mais fala que ele vai voltar a Netherfield no verão e eu já perguntei a todos que poderiam saber.

— Eu não acredito que o sr. Bingley volte a morar em Netherfield.

— Ah, ele pode fazer o que quiser. Ninguém o quer aqui. Mas eu sempre irei dizer que ele maltratou muito minha filha e, se eu fosse ela, não teria suportado isso. Bem, meu único consolo é que tenho certeza de que Jane vai morrer de mágoa e então o sr. Bingley se arrependerá do que fez.

Como Elizabeth não podia ver consolo nessa expectativa, não respondeu.

— Bem, Lizzy — continuou a mãe logo em seguida —, então quer dizer que os Collins estão muito confortáveis, é? Só espero que dure. E como são as refeições? Imagino que Charlotte deva ser uma dona de casa muito cautelosa. Se tiver metade da esperteza da mãe, vai economizar bastante. Imagino que não haja nada de extravagante na casa deles.

— Não, de forma alguma.

— Ela deve ser uma dona de casa muito cautelosa, pode ter certeza. Claro, claro. *Eles* irão tomar muito cuidado para não gastar mais do que têm. *Eles* nunca terão de se preocupar com dinheiro. Bem, que façam bom proveito! E imagino que vivam falando de tomar posse de Longbourn quando seu pai morrer. Devem achar que a propriedade vai ser deles assim que isso acontecer.

— É um assunto que eles não iriam mencionar na minha frente.

— Não. Teria sido estranho se tivessem feito isso. Mas não duvide que devem falar nisso sempre quando estão sozinhos. Bem, se conseguem ficar satisfeitos com uma propriedade que não é sua por lei, tanto melhor. *Eu* teria vergonha de conseguir isso só por causa da cláusula de um testamento.

CAPÍTULO 41

A PRIMEIRA SEMANA DESDE a chegada delas logo se passou. Começou a segunda. Seria a última da estada do regimento em Meryton, e todas as moças da região começaram a murchar com rapidez. O desânimo foi quase geral. Apenas as duas mais velhas irmãs Bennet ainda conseguiam comer, beber, dormir e realizar as tarefas de sempre. Com frequência, eram repreendidas por essa falta de sensibilidade por Kitty e Lydia, cuja tristeza era extrema; as duas não conseguiam compreender essa crueldade em qualquer membro da família.

— Minha nossa! O que vai ser de nós? O que vamos fazer? — exclamavam, com o mais amargo desgosto. — Como você pode sorrir assim, Lizzy?

Sua afetuosa mãe sentia a mesma tristeza, lembrando-se do que ela própria tivera de suportar em uma ocasião similar vinte e cinco anos antes.

— Tenho certeza de que chorei dois dias inteiros quando o regimento do coronel Millar foi embora — disse ela. — Achei que meu coração ia se partir.

— Tenho certeza de que o *meu* vai — choramingou Lydia.

— Ah, se pudéssemos ir a Brighton! — falou a sra. Bennet.

— Ah, se pudéssemos ir a Brighton! Mas o papai é tão desagradável.

— Alguns banhos de mar e eu ficaria boa para sempre.[62]

— E minha tia Philips tem certeza de que eles iriam me fazer muito bem — acrescentou Kitty.

Essas eram as lamentações que ecoavam sem cessar pela casa em Longbourn. Elizabeth tentou se divertir com elas, mas todo o seu riso se perdeu em meio à vergonha. Ela sentiu, com força renovada, como as objeções do sr. Darcy eram

---

62. Os banhos de mar, com propósitos estritamente medicinais, estavam na moda na Inglaterra desde a década de 1790. Os banhistas usavam roupas de algodão ou flanela e, em alguns casos, eram levados em uma espécie de casinha de madeira sobre rodas puxada por um cavalo. Em Brighton, homens e mulheres frequentavam praias diferentes. A própria Jane Austen tomou banhos de mar na cidade de Lyme em 1804.

justas, e nunca estivera mais disposta a perdoar a interferência dele nos planos do sr. Bingley.

Mas o futuro melancólico de Lydia logo se dissipou, pois ela recebeu um convite da sra. Forster, esposa do coronel do regimento, para acompanhá-la até Brighton. Essa amiga inestimável era uma mulher muito jovem que se casara recentemente. Uma semelhança de humor e vivacidade fizera surgir uma simpatia entre ela e Lydia, e as duas, que se conheciam havia três meses, eram amigas íntimas fazia dois.

É quase impossível descrever o arrebatamento de Lydia na ocasião, sua adoração pela sra. Forster, o deleite da sra. Bennet e a mortificação de Kitty. Completamente indiferente aos sentimentos da irmã, Lydia correu pela casa em um êxtase incansável, exigindo ser parabenizada por todos e rindo e falando com mais violência do que nunca, enquanto a desafortunada Kitty permaneceu na sala de estar, lamentando seu destino com argumentos nada racionais e um tom de profunda irritação.

— Não vejo por que a sra. Forster não me convidou também — disse ela —, embora não seja tão minha amiga. Tenho tanto direito a um convite quanto Lydia. Até mais, pois sou dois anos mais velha.

Em vão Elizabeth pediu que ela fosse razoável, e Jane que se resignasse. Quanto à própria Elizabeth, esse convite estava tão longe de causar-lhe as mesmas sensações que causaram na mãe e em Lydia que ela o considerou a sentença de morte de qualquer possibilidade de bom senso para esta última e, apesar de ter consciência de que seria odiada se alguém ficasse sabendo, não pôde deixar de, secretamente, aconselhar o pai a não deixá-la ir. Descreveu toda a falta de decoro do comportamento usual de Lydia, as poucas vantagens que a irmã poderia extrair da amizade de uma mulher como a sra. Forster e a probabilidade de ela ser ainda mais imprudente com tal companhia em Brighton, onde as tentações deviam ser maiores do que em casa. O pai ouviu-a com atenção e então disse:

— Lydia não vai sossegar até se exibir em algum lugar público, e jamais poderá fazê-lo de maneira tão barata e conveniente para a família do que nas circunstâncias atuais.

— Se o senhor soubesse das imensas desvantagens para todos nós que irão surgir da demonstração pública da indiscrição e da imprudência de Lydia... não, que já surgiram..., tomaria uma decisão diferente.

— Que já surgiram?! — repetiu o sr. Bennet. — O que foi, ela assustou alguns dos seus pretendentes? Pobrezinha da minha Lizzy! Mas não se aflija. Não vale a pena chorar por esses jovens enjoados que não suportam se associar a nenhuma insensatez. Vamos, me dê a lista de sujeitos lamentáveis que se afastaram por causa das tolices de Lydia.

— O senhor se enganou. Não tenho ofensas como essas das quais me ressentir. Não me queixo de males específicos, mas gerais. Nossa importância e nossa respeitabilidade no mundo fatalmente serão afetadas pela volatilidade incontida, o atrevimento e o desdém pelas restrições que são características de Lydia. Me desculpe, mas preciso falar com clareza. Se o senhor, meu querido pai, não se der ao trabalho de controlar a exuberância dela e ensinar-lhe que a vida não poderá girar em torno dos seus interesses imediatos, logo será impossível para ela se emendar. O caráter de Lydia estará formado e ela, aos dezesseis anos, será a mais decidida coquete que já cobriu a si própria e à família de ridículo. Além disso, será uma coquete do mais baixo grau, sem nenhum atrativo além da juventude e de uma aparência razoável; e devido à ignorância e à futilidade, completamente incapaz de precaver-se contra qualquer fração do desprezo geral que sua ânsia por admiração irá provocar. E Kitty corre o mesmo risco. Ela irá seguir o exemplo de Lydia em tudo. Vaidosas, ignorantes, preguiçosas e completamente sem controle! Ah! Meu querido pai, como o senhor pode supor que elas não serão censuradas e desprezadas aonde quer que forem e que suas irmãs não serão com frequência incluídas na sua desgraça?

O sr. Bennet viu que Elizabeth falava de todo o coração e, pegando afetuosamente sua mão, respondeu:

— Não se inquiete, meu amor. Quem conhecer você e Jane haverá de respeitá-las e estimá-las, e vocês não parecerão ser dotadas de menos qualidades por terem duas... ou, eu diria, três irmãs muito tolas. Não haverá paz em Longbourn se Lydia não for a Brighton. Por isso, deixemos que vá. O coronel Forster é um homem sensato e a manterá longe de qualquer perigo real e, por sorte, ela é pobre demais para se tornar presa de alguém. Em Brighton, terá menos importância do que tem aqui, até mesmo na qualidade de coquete. Os oficiais encontrarão mulheres a quem vale mais a pena dar atenção. Portanto, esperemos que lá Lydia compreenda a própria insignificância. De qualquer maneira, se ficar muito pior teremos autorização para trancafiá-la pelo resto da vida.

Elizabeth foi obrigada a se contentar com essa resposta, mas sua opinião continuou igual e ela se afastou do pai com decepção e pesar. Porém, não fazia parte de sua natureza aumentar suas desilusões insistindo em pensar nelas. Estava confiante de que cumprira seu dever, e não era de seu temperamento se afligir com males inevitáveis ou torná-los piores preocupando-se com eles.

Se Lydia e a mãe soubessem do conteúdo da conversa de Elizabeth com o pai, nem a eloquência de ambas teria conseguido exprimir tamanha indignação. Na imaginação de Lydia, a visita a Brighton encerrava todas as possibilidades de felicidade terrena. Ela, com a criatividade da mente, já via as ruas daquele alegre balneário cobertas de oficiais. Via a si própria como objeto de atenção de dezenas e dezenas que ainda lhe eram desconhecidos. Via todas as glórias do acampamento, com suas tendas estendendo-se em fileiras lindamente uniformes, repletas de jovens felizes, tingidas por um ofuscante escarlate. E, para completar a imagem, via a si própria sob uma dessas tendas, flertando ternamente com pelo menos seis oficiais ao mesmo tempo.

Se ela soubesse que a irmã tentara arrancá-la de tais visões e tais realidades, quais teriam sido suas sensações? Só poderiam ter sido compreendidas pela mãe, que talvez sentisse quase o mesmo. O fato de Lydia ir a Brighton era a única coisa que a consolava da melancólica certeza de que seu marido jamais pretendia ir ele mesmo ao balneário.

Mas elas ignoraram por completo o que se passou e seu êxtase seguiu com poucas interrupções até o dia da partida de Lydia.

Elizabeth então iria ver o sr. Wickham pela última vez. Como estivera com frequência na companhia dele desde que voltara, sua inquietação já tinha praticamente cessado, e toda a agitação provocada por sua antiga preferência desaparecera. Ela até aprendera a detectar, na mesma doçura que a encantara no começo, uma afetação e uma monotonia que a repeliam e cansavam. Na maneira como Wickham estava então se comportando para com Elizabeth havia um motivo adicional para antipatia, pois ele logo demonstrou uma inclinação de renovar as atenções que lhe prestara quando a conhecera, algo que, depois do que se passara, só podia irritá-la. Elizabeth deixou de ter qualquer compaixão por Wickham ao ver-se escolhida como objeto de galanteios tão vãos e frívolos e, ao mesmo tempo que os reprimia, não pôde deixar de censurar a si própria diante da crença dele de que, não importava por quanto tempo nem por que motivo suas atenções houvessem sido interrompidas, sua vaidade seria satisfeita e seu favoritismo estaria garantido a qualquer momento que estas recomeçassem.

No último dia dos oficiais em Meryton, Wickham e mais alguns outros jantaram em Longbourn, e Elizabeth estava tão pouco disposta a despedir-se de maneira afável que, quando ele fez uma pergunta sobre como passara seu tempo em Hunsford, ela mencionou que o coronel Fitzwilliam e o sr. Darcy tinham ficado três semanas em Rosings e indagou-lhe se conhecia o primeiro.

Wickham pareceu surpreso, insatisfeito, alarmado; mas, um instante depois, recobrou-se e, voltando a sorrir, disse que costumava vê-lo com frequência e, depois de observar que era um homem muito distinto, perguntou a Elizabeth o que tinha achado dele. Ela fez grandes elogios ao coronel. Aparentando indiferença, Wickham pouco depois acrescentou:

— Quanto tempo a senhorita disse que ele permaneceu em Rosings?

— Quase três semanas.

— E a senhorita o via com frequência?

— Sim, quase todos os dias.

— Seus modos são muito diferentes dos do primo.

— Sim, muito diferentes. Mas eu acho que o sr. Darcy melhora quando se tem mais intimidade com ele.

— É mesmo? — exclamou Wickham, com um olhar que Elizabeth não deixou de notar. — E, por favor, será que posso perguntar... — Mas, contendo-se, ele acrescentou, em um tom mais alegre: — E é na maneira de se expressar que ele melhora? Será que se dignou a acrescentar certa cortesia ao seu estilo usual? Pois não ouso esperar — continuou, falando mais baixo e mais seriamente — que tenha melhorado em essência.

— Ah, não! — disse Elizabeth. — Em essência, creio que o sr. Darcy continua a ser o que sempre foi.

Ao ouvir isso, Wickham pareceu não saber se deveria se alegrar com suas palavras ou desconfiar do significado delas. Havia algo nas feições de Elizabeth que o fez sentir apreensão e ansiedade quando ela acrescentou:

— Quando falei que o sr. Darcy melhora quando se tem mais intimidade com ele, não quis dizer que sua mente ou seus modos tenham se aperfeiçoado, mas que conhecê-lo melhor permite compreender mais seu temperamento.

O receio de Wickham então se tornou visível em um rubor e uma expressão alterada. Ele ficou em silêncio durante alguns minutos até que, dissipando seu constrangimento, se voltou para Elizabeth mais uma vez e disse, no tom mais gentil possível:

— A senhorita, que conhece tão bem o que eu sinto pelo sr. Darcy, compreenderá facilmente a sinceridade com que me alegro que ele seja sábio o bastante para assumir mesmo a *aparência* do que é correto. Seu orgulho talvez seja útil nesse ponto, se não para ele, então para outros, pois o impedirá de se comportar da maneira vil como se comportou comigo. Só temo que essa cautela à qual, imagino, a senhorita esteja se referindo seja adotada apenas durante as visitas à tia, cuja opinião e julgamento o sr. Darcy respeita muito. Sei que o medo que ele tem dela sempre entra em ação quando os dois estão juntos, e boa parte deve ser imputada a seu desejo de efetuar a união com a srta. De Bourgh, que sei que deseja bastante.

Elizabeth não conseguiu conter um sorriso ao ouvir isso, mas respondeu apenas com uma leve inclinação de cabeça. Viu que Wickham desejava entabular com ela a velha conversa sobre as injúrias que sofrera, mas não estava com vontade de permitir. O resto da noite se passou com ele exibindo a aparência alegre de sempre, mas sem tentar falar à parte com Elizabeth. Por fim, se despediram com cortesias mútuas e, possivelmente, um desejo mútuo de jamais voltar a se encontrar.

Quando os convidados foram embora, Lydia voltou com a sra. Forster para Meryton, de onde elas partiriam na manhã seguinte bem cedo. A separação da família foi mais barulhenta do que comovente. Kitty foi a única que verteu lágrimas, mas chorou de raiva e inveja. A sra. Bennet transbordou votos de felicidade à filha e repetiu diversas vezes que ela deveria se divertir o máximo possível, um conselho que a mãe tinha todos os motivos para acreditar que seguiria. E, em meio à alegria estrepitosa de Lydia ao se despedir, o adeus mais brando de suas irmãs foi dito, mas não ouvido por ela.

CAPÍTULO 42

Se a opinião de Elizabeth fosse baseada apenas nos próprios pais, ela não poderia ter formado uma ideia muito agradável da felicidade conjugal ou do conforto doméstico. Seu pai, cativado não só pela juventude e pela beleza, mas também pela aparência de bom humor que a juventude e a beleza dão, se casara com uma mulher cuja parca inteligência e mente vulgar havia, desde o começo do casamento, feito com que ele deixasse de sentir qualquer afeição real por ela. O respeito, a estima e a confiança haviam desaparecido para sempre, e qualquer esperança de felicidade doméstica fora frustrada. Mas o sr. Bennet não tinha o tipo de temperamento que busca consolo para decepções causadas pela própria imprudência em quaisquer desses prazeres que, com frequência demais, confortam os desafortunados em suas tolices ou seus vícios. Ele gostava do interior e de livros, e essas preferências eram a fonte de suas principais distrações. À esposa, devia muito pouco além do fato de que a ignorância e os absurdos dela contribuíam para diverti-lo. Esse não é o tipo de felicidade que um homem deseja dever à esposa, mas onde faltam outros entretenimentos o verdadeiro filósofo extrai benefícios daqueles que tem à mão.

Elizabeth, no entanto, jamais fora cega ao fato de que o comportamento do pai na qualidade de marido era inadequado. Isso sempre a constrangera. Porém, como respeitava a inteligência do sr. Bennet e era grata pela maneira afetuosa com que ele a tratava, tentava esquecer o que não podia deixar de ver e banir de seus pensamentos aquela constante violação do dever conjugal e do decoro que, por expor a esposa ao desdém das próprias filhas, era tão repreensível. Mas ela nunca sentira com tamanha força como então as desvantagens que fatalmente teriam os frutos de um casamento entre duas pessoas assim incompatíveis nem estivera tão ciente dos males que surgiam de habilidades tão mal direcionadas; habilidades estas que, se usadas de maneira correta, poderiam, ao menos, ter preservado a respeitabilidade de suas filhas, mesmo que fossem incapazes de abrilhantar a mente da esposa.

Embora Elizabeth estivesse feliz com a partida de Wickham, não encontrara muitos outros motivos para sentir satisfação com a transferência do regimento. Os eventos de que participavam passaram a ser menos variados e, em casa, havia uma mãe e uma irmã cujos lamentos constantes sobre o enfado que as rodeava cobriam o círculo doméstico de uma verdadeira melancolia. E, embora Kitty, com o tempo, talvez recobrasse seu nível natural de bom senso com a partida daqueles que perturbavam sua mente, a outra irmã, cujo temperamento podia provocar o receio de males mais profundos, provavelmente teria toda a sua tolice e seu atrevimento piorados em meio ao duplo perigo representado por um balneário e um acampamento militar. De maneira geral, portanto, Elizabeth descobriu algo que outros, quiçá, já descobriram antes: que um acontecimento aguardado com impaciência e ansiedade, ao ocorrer, não lhe trouxera toda a satisfação prometida por ela mesma. Assim, foi necessário marcar nova data para o começo da verdadeira felicidade, ter outro ponto no qual fixar seus desejos e esperanças e, mais uma vez desfrutando do prazer da expectativa, se consolar pelo presente e se preparar para outra decepção. Sua viagem pelos Lagos agora era o objeto de seus pensamentos mais felizes, seu maior consolo por todas as horas desconfortáveis que o descontentamento da mãe e de Kitty tornavam inevitáveis; e, se pudesse ter incluído Jane em seus planos, cada detalhe seria perfeito.

"Mas é uma sorte haver algo a ser desejado", pensou ela. "Se não houvesse nenhum defeito no combinado, minha decepção seria certa. Nessa ocasião, ao levar comigo a fonte interminável de pesar que será a ausência da minha irmã, é razoável esperar que todas as minhas expectativas de prazer se realizem. Um projeto onde cada detalhe promete deleite jamais será bem-sucedido, e o desapontamento geral só é evitado se houver a defesa de uma pequena frustração específica."

Quando Lydia viajara, prometera escrever com frequência e minúcia tanto para a mãe quanto para a irmã; mas suas cartas sempre eram longamente aguardadas e um tanto curtas. As que enviava para a mãe diziam pouco além de que tinham acabado de voltar da biblioteca, onde haviam sido acompanhados por tais e tais oficiais e onde ela vira ornamentos tão belos que quase ficara louca;[63] e que comprara um vestido novo, ou uma sombrinha nova, que des-

63. As bibliotecas públicas em Brighton no início do século XIX eram locais da moda aonde muitos iam para ver e ser vistos.

creveria melhor se não fosse obrigada a despedir-se com tamanha pressa, pois a sra. Forster estava chamando e elas iam para o acampamento. E, pela correspondência com a irmã, era possível saber ainda menos, pois suas cartas para Kitty, embora bem mais longas, eram repletas demais de informações confidenciais para serem lidas por terceiros.

Duas ou três semanas depois de sua partida, a saúde, o bom humor e a alegria começaram a voltar a Longbourn. Tudo parecia mais feliz. As famílias que tinham ido passar o inverno na cidade regressaram, e o verão chegou trazendo novas modas e novas distrações. A sra. Bennet tornou a exibir a serenidade irritadiça de sempre e, no meio de junho, Kitty já estava recuperada a ponto de conseguir entrar em Meryton sem cair em lágrimas, algo tão promissor que Elizabeth teve esperanças de que, no Natal seguinte, ela fosse ser razoável o suficiente para só mencionar oficiais uma vez por dia — a não ser que, por alguma determinação cruel e maldosa do Departamento de Guerra, outro regimento fosse alojado em Meryton.

A data marcada para o início da viagem pelo Norte se aproximava depressa, e faltavam apenas duas semanas para o passeio quando chegou uma carta da sra. Gardiner a um só tempo o adiando e diminuindo sua duração. Os negócios do sr. Gardiner iriam impedi-lo de partir até duas semanas mais tarde, em julho, e ele teria de estar novamente em Londres depois de um mês. Como isso deixava um período curto demais para ir tão longe e ver tanto quanto eles tinham planejado, ou, pelo menos, para fazê-lo com a tranquilidade e o conforto com o qual contavam, haviam sido obrigados a desistir dos Lagos e substituí-los por uma viagem mais breve; e, de acordo com o plano atual, seguiriam para o Norte apenas até a altura de Derbyshire. Ali haveria o suficiente a ser visto para ocupar a maior parte das três semanas à sua disposição, e o lugar tinha uma atração particularmente forte para a sra. Gardiner. A cidade em que ela vivera por alguns anos e onde eles iriam passar alguns dias era um objeto de curiosidade tão grande para a sra. Gardiner quanto as célebres belezas de Matlock, Chatsworth, Dovedale ou o Peak.[64]

64. Matlock é uma cidade famosa pelas belezas naturais. Chatsworth é uma mansão construída no século XVI onde foram filmadas as cenas passadas em Pemberley na adaptação para o cinema de 2005 de *Orgulho e preconceito* (o busto do ator Matthew Macfadyen, que fez o papel do sr. Darcy no filme, ainda está em exibição na galeria da mansão). Dovedale é um vale. O Peak é uma região montanhosa onde hoje fica um Parque Nacional. Todos os lugares citados ficam, como indicado no texto, no condado de Derbyshire.

Elizabeth ficou muito decepcionada: queria de coração ver os Lagos e ainda achava que haveria tempo o suficiente. Mas era sua obrigação dar-se por satisfeita; e seu temperamento, certamente, a inclinava para a felicidade. Assim, logo tudo se ajeitou.

A menção a Derbyshire trazia muitas associações. Era impossível ler aquela palavra sem pensar em Pemberley e em seu dono.

"Mas, sem dúvida", disse Elizabeth, "eu posso entrar no condado e roubar alguns cristais de fluorita[65] sem que ele perceba minha presença."

O período de espera foi então dobrado. Quatro semanas se passariam antes da chegada dos tios. Mas elas de fato passaram e o sr. e a sra. Gardiner, com os quatro filhos, afinal surgiram em Longbourn. As crianças, duas meninas de seis e oito anos e dois meninos mais novos, iriam ser deixadas aos cuidados especiais de sua prima Jane, que era a preferida de todos, e cujo bom senso e doçura a tornavam perfeita para se ocupar delas em todos os sentidos — ensinando-lhes, brincando com elas e amando-as.

Os Gardiner passaram apenas uma noite em Longbourn e partiram na manhã seguinte com Elizabeth, em busca de novidade e diversão. De uma coisa era certo que iriam desfrutar: companheiros de viagem agradáveis — agradáveis por terem saúde, um temperamento capaz de suportar inconveniências, alegria para ressaltar os prazeres e afeição e inteligência para suprir esses prazeres caso todo o resto decepcionasse.

Não é objeto desta obra dar uma descrição de Derbyshire nem de todos os lugares notáveis por onde eles passaram em sua rota até lá: Oxford, Blenheim, Warwick, Kenilworth, Birmingham[66] etc. são suficientemente conhecidas. Uma pequena parte de Derbyshire é tudo que interessa no momento. Depois de terem visto as principais maravilhas da região, eles se dirigiram para a pequena cidade de Lambton, local em que a sra. Gardiner residira e onde, ela soubera recentemente, alguns de seus conhecidos ainda moravam; e, pela tia, Elizabeth descobriu que Pemberley se situava a cinco milhas de distância. A propriedade não ficava em seu caminho, mas o desvio seria apenas de uma ou

---

65. A fluorita é um mineral muito comum em Derbyshire, e pedacinhos dele eram vendidos como souvenir para viajantes do início do século XIX.

66. Blenheim é uma paróquia a oeste de Oxford, conhecida pelo Palácio de Blenheim, construído em 1705. Warwick e Kenilworth são cidades no condado de Warwickshire onde há belos castelos. Elizabeth e os tios seguem uma rota até Derbyshire tornada famosa nos livros sobre o pitoresco escritos por William Gilpin, citado nas notas 31 e 53.

duas milhas. Ao discutir a rota na noite anterior, a sra. Gardiner revelou uma inclinação a vê-la de novo. O sr. Gardiner declarou que estava disposto a fazê-lo e eles pediram a aprovação de Elizabeth.

— Meu amor, você não gostaria de ver um lugar do qual já ouviu falar tanto? — propôs a tia. — Um lugar, além disso, associado a tantas pessoas que você conhece. Wickham passou a juventude toda lá, como você sabe.

Elizabeth ficou aflita. Sentiu que não lhe cabia ir a Pemberley e foi obrigada a fingir falta de vontade de conhecer a propriedade. Precisava admitir que estava cansada de mansões, pois, depois de ver tantas, não sentia mais prazer algum em belos tapetes ou cortinas de cetim.

A sra. Gardiner acusou-a de estar sendo tola.

— Se fosse apenas uma casa bonita com objetos caros, eu própria não daria importância. Mas o jardim é uma delícia. Tem algumas das árvores mais lindas da região.

Elizabeth não disse mais nada, mas sua mente não pôde aquiescer. A possibilidade de encontrar o sr. Darcy enquanto passava por ali instantaneamente lhe ocorreu. Seria terrível! A mera ideia a fez corar e ela pensou que era melhor ser franca com a tia do que correr tal risco. Mas havia objeções a isso e Elizabeth, afinal, decidiu que seria seu último recurso caso as perguntas que faria à parte sobre a ausência da família tivessem uma resposta desfavorável.

Assim, ao se retirar para o seu quarto, ela perguntou à criada se Pemberley era um lugar muito bonito, qual era o nome do proprietário e, com razoável receio, se a família estava lá para o verão. Uma bem-vinda negativa foi a resposta à última pergunta e, já sem apreensões, Elizabeth sentiu-se à vontade para ter uma grande curiosidade em ver a casa. Assim, quando o assunto foi abordado mais uma vez na manhã seguinte, e ela novamente consultada, pôde responder com prontidão e um ar apropriado de indiferença que a ideia não lhe desagradava.

Eles, portanto, iriam a Pemberley.

CAPÍTULO 43

Conforme avançavam na carruagem, Elizabeth aguardou o surgimento do bosque de Pemberley com alguma agitação; e, quando afinal passaram pela guarita, estava bastante inquieta.

O bosque era grande e continha muitos tipos diferentes de paisagens. Entraram nele em um dos pontos mais baixos do terreno e demoraram algum tempo atravessando uma linda mata bastante extensa.

Elizabeth estava pensativa demais para conseguir conversar, mas observou e admirou todos os locais e vistas dignos de nota. Continuaram em um aclive durante meia milha e então foram parar no topo de uma colina de tamanho considerável, onde a mata cessava e o olhar era imediatamente atraído pela mansão, localizada no lado oposto de um vale, até onde a estrada serpenteava por uma ladeira um pouco íngreme. Era uma bonita e grande construção de pedra no topo de um outeiro, tendo ao fundo uma cadeia de colinas altas e repletas de árvores. Diante dela, um rio já grande havia sido alargado, mas sem aparência artificial. As margens não eram deformadas nem falsamente adornadas. Elizabeth ficou deliciada. Nunca vira um lugar mais favorecido pela natureza, nem onde a beleza natural fora tão pouco neutralizada por um gosto inconveniente. Todos elogiaram calorosamente o que viram e, naquele momento, ela sentiu que ser senhora de Pemberley talvez não fosse ruim!

Eles desceram a colina, atravessaram a ponte e seguiram até a porta e, ao ver a casa mais de perto, ela voltou a sentir receio de encontrar seu dono. Teve pavor de a criada haver se enganado. Ao pedirem para ver o lugar, foram levados até o saguão; e, enquanto esperavam a governanta, Elizabeth teve tempo de se admirar por estar onde estava.

A governanta chegou; era uma mulher idosa, de aspecto respeitável, muito menos sofisticada e muito mais simpática do que Elizabeth esperara. Ela os levou até a sala de jantar. Era um cômodo grande e bem-proporcionado, repleto de móveis e belos ornamentos. Elizabeth, depois de passar os olhos, foi até a janela apreciar a vista. A colina encimada por árvores pela qual tinham descido parecia mais íngreme a distância, o que a tornava uma verdadeira beleza. O terreno era muito bem dividido e Elizabeth observou com deleite todo o cenário até onde sua vista alcançava, com o rio, as árvores que pontilhavam as margens e o vale tortuoso. Conforme foram passando de cômodo em cômodo, os elementos da paisagem iam mudando de posição, mas de todas as janelas havia coisas belas a ver. Os cômodos eram bonitos e de pé-direito alto, e a mobília adequada à fortuna de seu proprietário. Elizabeth constatou, admirando seu bom gosto, que não eram nem espalhafatosos nem exageradamente ricos; menos esplendorosos, porém mais elegantes do que os móveis de Rosings.

"E eu poderia ter sido senhora deste lugar!", pensou ela. "Já poderia estar familiarizada com esses cômodos! Em vez de visitá-los na qualidade de estranha, poderia ter sido sua dona e recebido meus tios aqui. Mas não", lembrou, contendo-se, "isso jamais ocorreria. Meus tios estariam perdidos para mim. Eu não teria recebido permissão para convidá-los."

Foi uma boa lembrança — impediu-a de sentir algo parecido com arrependimento.

Elizabeth ansiava por perguntar à governanta se o patrão estava mesmo ausente, mas não teve coragem. Afinal, no entanto, a indagação foi feita por seu tio e ela se virou, apreensiva, enquanto a sra. Reynolds respondia que estava, sim, acrescentando:

— Mas nós esperamos a chegada dele amanhã, com um grupo grande de amigos.

Como Elizabeth ficou feliz que a viagem não tivesse sofrido um dia de atraso!

Sua tia, então, chamou-a para ver um quadro. Ela se aproximou e viu o retrato do sr. Wickham pendurado, entre diversas outras miniaturas, sobre a lareira. A tia perguntou, sorridente, o que ela achava. A governanta se aproximou e disse a elas que aquele era o retrato de um jovem, filho do intendente do falecido patrão, por cuja educação ele próprio pagara.

— Ele agora entrou para o Exército — acrescentou —, mas temo que tenha se tornado um rapaz dissoluto.

A sra. Gardiner encarou Elizabeth com um sorriso, mas ela não conseguiu retribuir.

— E este — disse a sra. Reynolds, apontando outra miniatura — é o patrão. Está muito parecido. Foi pintado na mesma época que o outro, mais ou menos oito anos atrás.

— Já ouvi falar muito da boa aparência do seu patrão — disse a sra. Gardiner, olhando o retrato. — Ele tem um belo rosto. Mas, Lizzy, você pode nos dizer se está parecido ou não.

O respeito da sra. Reynolds por Elizabeth pareceu aumentar diante da insinuação de que ela conhecia seu patrão.

— Esta jovem conhece o sr. Darcy?

Elizabeth corou e disse:

— Um pouco.

— E não o acha muito bonito, senhorita?

— Sim, muito bonito.

— *Eu* tenho certeza de que não conheço homem mais bonito. Mas na galeria do andar de cima a senhorita vai ver um retrato maior e mais belo. Esta sala era a preferida do meu falecido patrão e essas miniaturas estão exatamente como costumavam ficar. Ele gostava muito delas.

Isso explicou a Elizabeth por que havia uma do sr. Wickham entre elas.

A sra. Reynolds então chamou a atenção deles para uma da srta. Darcy, feita quando esta tinha apenas oito anos.

— E a srta. Darcy é tão bonita quanto o irmão? — perguntou o sr. Gardiner.

— Ah, sim! É a moça mais linda que já se viu. E tão prendada! Ela toca e canta o dia todo. Na sala ao lado há um instrumento que acabou de chegar para ela, um presente do patrão. Ela chega amanhã com ele.

O sr. Gardiner, que era afável e simpático, encorajou as comunicações da governanta com perguntas e comentários. A sra. Reynolds, ou por orgulho ou por afeto, tinha grande prazer em falar do patrão e da irmã.

— Seu patrão passa muito tempo em Pemberley?

— Não tanto quanto eu gostaria, senhor. Mas acredito que às vezes passe metade do ano aqui. E a srta. Darcy sempre vem para cá nos meses de verão.

"A não ser quando vai para Ramsgate", pensou Elizabeth.

— Se seu patrão se casasse, talvez a senhora o visse mais.

— Sim, senhor. Mas *isso* eu não sei quando vai acontecer. Não sei quem seria boa o suficiente para ele.

O sr. e a sra. Gardiner sorriram. Elizabeth não se conteve e disse:

— Tenho certeza de que a senhora pensar assim reflete o mérito dele.

— Eu digo apenas a verdade e aquilo que qualquer um que o conhece diria — respondeu a governanta. Elizabeth achou que isso já era ir longe e ouviu com cada vez mais assombro quando ela acrescentou: — O patrão jamais me disse uma indelicadeza na vida, e eu o conheço desde que ele tinha quatro anos.

Esse era o elogio mais extraordinário, mais oposto à impressão de Elizabeth. Ela tinha a mais absoluta certeza de que o temperamento do sr. Darcy não era bom. Sua atenção foi profundamente despertada e ela ansiou por ouvir mais, ficando muito grata ao tio quando ele disse:

— Existem pouquíssimas pessoas de quem se pode dizer isso. A senhora tem sorte de ter um patrão assim.

— Sim, senhor, sei que tenho. Se atravessasse o mundo todo não encontraria outro melhor. Mas sempre acreditei que quem tem a natureza boa na infância continua tendo depois que cresce, e ele sempre foi o menino mais doce e generoso do mundo.

Elizabeth quase arregalou os olhos. "Será possível que esse seja o sr. Darcy?", pensou.

— O pai dele era um excelente homem — disse a sra. Gardiner.

— Sim, senhora, era mesmo. E o filho é igual. Tem a mesma generosidade com os pobres.

Elizabeth ouviu, se admirou, duvidou e ficou impaciente por mais. Não conseguiu se interessar por nenhum outro assunto. A sra. Reynolds falou dos quadros, das dimensões dos cômodos e do preço dos móveis, tudo em vão. O sr. Gardiner, divertido com a parcialidade familiar à qual atribuiu todos aqueles elogios ao patrão, logo abordou o assunto de novo, e ela enfatizou os muitos méritos dele conforme subiam a escada.

— É o melhor senhorio e o melhor patrão que já existiu. Não é como esses rapazes dissolutos de hoje em dia, que só pensam em si próprios. Não há nenhum dos seus arrendatários ou criados que não fale das suas qualidades. Algumas pessoas dizem que o sr. Darcy é orgulhoso, mas eu nunca vi nada disso. Para mim, é só porque ele não fala demais como outros rapazes.

"Que retrato amável ela está fazendo!", pensou Elizabeth.

— Essa bela descrição dele — sussurrou a tia, conforme andavam — não combina muito com seu comportamento para com nosso pobre amigo.

— Talvez tenhamos nos enganado.

— Isso não é provável: nossa fonte era boa demais.

Depois de chegar ao espaçoso saguão do andar de cima, eles foram levados até uma sala muito bonita, recentemente decorada com maior elegância e leveza do que os cômodos abaixo. Foram informados de que aquilo acabara de ser feito para agradar a srta. Darcy, que se encantara com a sala em sua última estada em Pemberley.

— Ele certamente é um bom irmão — disse Elizabeth enquanto andava até uma das janelas.

A sra. Reynolds previu o deleite da srta. Darcy quando entrasse na sala.

— E o sr. Darcy é sempre assim — acrescentou. — Qualquer coisa que possa dar prazer à irmã é realizada no mesmo instante. Não há nada que ele não faria por ela.

Só restava mostrar a galeria, e dois ou três dos principais quartos. Na primeira, havia muitas pinturas bonitas. Mas Elizabeth não entendia nada de arte, e dera de bom grado as costas às obras exibidas no andar de baixo para examinar alguns desenhos feitos a giz de cera pela srta. Darcy, cujos temas eram mais interessantes, além de mais inteligíveis.

Na galeria existiam diversos retratos da família, mas não havia muito neles que pudesse prender a atenção de uma estranha. Elizabeth seguiu adiante, em busca do único rosto que reconheceria. Afinal ele surgiu, fazendo-a estacar — e ela se viu à frente de um impressionante retrato do sr. Darcy, com um sorriso como o que se lembrava de ter visto em seu rosto às vezes quando ele a estava observando. Elizabeth permaneceu diversos minutos diante do quadro, olhando-o intensamente, e voltou a postar-se à sua frente antes de deixarem a galeria. A sra. Reynolds informou que o retrato fora feito quando seu pai ainda era vivo.

Decerto, naquele momento, havia um sentimento mais afável pelo original do que Elizabeth jamais experimentara durante sua época de maior convivência com ele. Os louvores feitos pela sra. Reynolds não eram insignificantes. Que elogio maior do que o feito por um criado inteligente? Ela pensou em quantas pessoas dependiam do sr. Darcy, na qualidade de irmão, de senhorio, de patrão! Quanto bem ou mal seria feito por ele! Cada menção feita pela governanta era favorável a seu caráter e, conforme permanecia diante da tela em que ele estava representado e fixava os olhos dele sobre si mesma, Elizabeth pensou em seu afeto com uma gratidão mais profunda do que este jamais causara antes; lembrou-se da força desse afeto e suavizou a maneira inadequada como ele fora expressado.

Quando todos os cômodos da casa que estavam abertos à inspeção do público já haviam sido vistos, eles voltaram para o andar de baixo e, despedindo-se da governanta, foram deixados aos cuidados do jardineiro, que foi buscá-los na porta do saguão.

Enquanto atravessavam o gramado na direção do rio, Elizabeth se virou para olhar mais uma vez. Seus tios pararam também e, enquanto o tio conjecturava qual seria a data da construção da casa, seu dono, em pessoa, subitamente surgiu na aleia que levava até os estábulos no fundo.

Estavam a vinte jardas um do outro e a chegada dele foi tão repentina que era impossível evitar ser notada. Seus olhos se encontraram imediatamente e um intenso rubor surgiu no rosto de ambos. Ele teve um nítido sobressalto e, por um instante, pareceu imobilizado de surpresa; mas, logo se recobrando, aproximou-se do grupo e falou com Elizabeth, se não com perfeita compostura, ao menos com perfeita cortesia.

Ela havia virado as costas instintivamente. Mas, parando quando ele se aproximou, recebeu seus cumprimentos com um constrangimento impossível de dominar. Se sua aparência ou sua semelhança com o retrato que tinham acabado de examinar houvessem sido insuficientes para assegurar aos outros dois que estavam diante do sr. Darcy, a expressão de surpresa do jardineiro ao ver o patrão teria deixado isso imediatamente claro. Eles permaneceram um pouco afastados enquanto ele falava com sua sobrinha que, perplexa e envergonhada, mal ousava erguer os olhos e encará-lo, e tampouco soube como respondeu às gentis perguntas sobre sua família. Maravilhada com a diferença nos modos do sr. Darcy desde a última vez que tinham se visto, Elizabeth ia ficando mais constrangida a cada frase que ele dizia e, como a sensação de que sua presença ali era inadequada não lhe saía da cabeça, os poucos minutos que eles passaram juntos foram alguns dos mais desconfortáveis de sua vida. O sr. Darcy também não parecia à vontade. Quando falava, não era com a sisudez de sempre, e repetiu suas indagações sobre quando Elizabeth deixara Longbourn e quanto tempo passaria em Derbyshire com tanta frequência e tanta pressa que o tumulto de seus pensamentos ficou evidente.

Por fim ele pareceu não ter mais ideia do que dizer e, depois de permanecer postado ao lado dela durante alguns instantes sem pronunciar uma palavra, subitamente se deu conta do que estava fazendo e despediu-se.

Os outros se aproximaram de Elizabeth e expressaram admiração pela aparência do sr. Darcy, mas ela não ouviu nem uma palavra e, completamente absorta pelos próprios sentimentos, seguiu-os em silêncio. Ter ido ali fora a coisa mais infeliz, mais imprudente! Como devia ter parecido estranho! Que aspecto degradante não assumiria para um homem tão vaidoso! Devia parecer que ela havia, de propósito, se posto outra vez em seu caminho! Ah! Por que ela viera? Ou melhor: por que o sr. Darcy aparecera um dia antes do esperado? Se eles houvessem partido apenas dez minutos antes, estariam fora de seu alcance, pois estava claro que ele chegara naquele momento, que acabara de saltar do cavalo ou da carruagem. Elizabeth corava sem cessar, pensando na infelicidade daquele encontro. E a diferença tão impressionante no comportamento do sr. Darcy, o que queria dizer? Era assombroso até ele lhe dirigir a palavra! Mas ser tão cortês, perguntar por sua família! Nunca na vida Elizabeth o vira ser tão pouco formal. Ele nunca falara com ela de maneira tão gentil quanto naquele encontro inesperado. Que contraste com sua última abordagem no jardim de Rosings, quando ele pusera a carta em suas mãos! Elizabeth não sabia o que pensar nem como explicar aquilo.

Eles então tinham enveredado por uma linda aleia que ladeava o rio, e a cada passo chegavam a um ponto mais majestoso do terreno ou uma vista mais bela da mata da qual se aproximavam, mas Elizabeth demorou algum tempo para reparar em qualquer coisa. E, embora respondesse mecanicamente aos repetidos chamados dos tios e parecesse dirigir o olhar para os objetos que eles mostravam, não conseguia enxergar nada ao seu redor. Seus pensamentos estavam todos voltados para aquele ponto de Pemberley, onde quer que fosse, em que o sr. Darcy se encontrava. Ansiava por saber o que estava se passando em sua mente naquele momento: de que maneira ele a via e se, desafiando tudo, ainda sentia afeto por ela. Talvez o sr. Darcy tivesse sido gentil apenas porque estava à vontade. No entanto, houvera algo em seu tom que demonstrava que não estava tranquilo. Era impossível saber se ele sentira mais dor ou prazer ao vê-la, mas decerto não serenidade.

Afinal, no entanto, os comentários de seus acompanhantes sobre sua distração a fizeram despertar e ela sentiu a necessidade de se comportar de maneira mais próxima ao normal.

Entraram na mata e, despedindo-se temporariamente do rio, subiram até alguns dos pontos mais altos do terreno. Lá, nos locais em que a abertura entre as árvores dava ao olhar o poder de vaguear, havia vistas encantadoras do vale, das colinas em frente — algumas cobertas por vastas matas — e, vez ou outra, de parte do rio. O sr. Gardiner expressou o desejo de dar a volta completa no bosque, mas temeu que fosse uma distância grande demais para percorrer a pé. Com um sorriso triunfal, o jardineiro disse que o bosque tinha um contorno de dez milhas. Isso resolveu a questão, e eles percorreram o circuito mais comum. Após algum tempo, voltaram, por um aclive coberto de árvores, à beira d'água, em um dos trechos mais estreitos do rio. Eles o atravessaram por uma ponte simples, que combinava com o aspecto geral do cenário. Era um ponto menos adornado do que qualquer outro que tinham visitado até então, e o vale, diminuindo de tamanho, tinha espaço apenas para o rio e uma aleia estreita em meio aos arbustos que o margeavam. Elizabeth desejou explorar as curvas dessa aleia, mas, depois que atravessaram a ponte e perceberam o quanto estavam longe da casa, a sra. Gardiner, que não era uma grande andarilha, não conseguiu seguir adiante e pensou apenas em voltar para a carruagem o mais depressa possível. A sobrinha, portanto, viu-se obrigada a se submeter e eles se encaminharam para a casa, que ficava do lado oposto do rio, pelo trecho mais curto. Mas seguiram devagar, pois o sr. Gardiner gostava muito de pescar, embora quase nunca pudesse fazê-lo, e ficou tão ocupado observando o surgimento ocasional de algumas trutas, e falando sobre isso com o jardineiro, que eles pouco avançaram. Enquanto andavam assim lentamente, foram mais uma vez surpreendidos ao ver o sr. Darcy se aproximando a pouca distância dali, e o espanto de Elizabeth não foi menor do que tinha sido da primeira vez. Como havia menos árvores ladeando a aleia do outro lado, conseguiram vê-lo antes que ele chegasse perto. Elizabeth, apesar de perplexa, ao menos pôde se preparar melhor do que antes para um encontro e resolver-se a manter seu aspecto e seu tom de voz tranquilos se o sr. Darcy tivesse intenção de abordá-los. Durante alguns instantes, ela achou que ele ia enveredar por outro caminho. A impressão durou enquanto uma curva na aleia o fez sumir de vista; mas, depois de dobrá-la, ele surgiu bem diante deles. De imediato, Elizabeth viu que sua recente cordialidade continuava e, para ser tão educada quanto ele, começou, quando se encontraram, a admirar a beleza do lugar. Mas dissera apenas as palavras "maravilhoso" e "encantador" quando algumas lembranças infelizes se insinuaram e Elizabeth achou que elogios a Pemberley poderiam ser vistos de maneira maliciosa. Ela corou e não disse mais nada.

A sra. Gardiner ficara um pouco para trás e, quando Elizabeth estacou, o sr. Darcy perguntou-lhe se ela lhe daria a honra de apresentá-lo a seus amigos. Foi uma gentileza para a qual Elizabeth estava completamente despreparada, e ela mal pôde conter um sorriso ao vê-lo pedir para ser apresentado a alguns dos parentes contra os quais seu orgulho se revoltara quando fizera o pedido de casamento. "Imagine a surpresa dele ao descobrir quem eles são!", pensou. "No momento, acha que são pessoas ilustres."

A apresentação, no entanto, foi feita de imediato e, quando Elizabeth explicou qual era seu parentesco com eles, olhou o sr. Darcy de soslaio para ver como ele aparava o golpe, com alguma expectativa de que fosse bater em retirada o mais depressa possível de companhias tão pouco honrosas. Foi evidente que o sr. Darcy ficou *surpreso* com o parentesco; contudo, suportou a emoção com coragem e, em vez de se afastar, pôs-se a caminhar com eles e iniciou uma conversa com o sr. Gardiner. Elizabeth não pôde deixar de ficar satisfeita, de ter uma sensação de triunfo. Era um consolo o sr. Darcy saber que tinha alguns parentes que não a faziam enrubescer. Ela ouviu com atenção tudo o que eles disseram e exultou com cada expressão, cada frase do tio que marcava sua inteligência, seu bom gosto ou sua boa educação.

Logo passaram a falar sobre pesca, e Elizabeth ouviu o sr. Darcy convidar seu tio, com a maior cortesia, para pescar ali sempre que quisesse enquanto permanecesse na região, oferecendo-se, ao mesmo tempo, para muni-lo de equipamento e mostrar os pontos do rio que eram melhores para a prática do esporte. A sra. Gardiner, que estava andando de braço dado com Elizabeth, olhou-a com uma expressão de assombro. Elizabeth não disse nada, mas ficou profundamente contente; sentiu que o sr. Darcy devia ter feito aquele gesto por ela. Seu espanto, porém, foi enorme e ela não parava de pensar. "Por que ele está tão diferente? Qual será o motivo? Não pode ser por mim. Não pode ser por minha causa que está se comportando de maneira tão mais gentil. As censuras que fiz em Hunsford não seriam capazes de provocar tamanha mudança. É impossível que ele ainda me ame."

Depois de caminharem durante algum tempo dessa forma, com as duas senhoras na frente e os dois cavalheiros atrás, por acaso ocorreu uma pequena alteração quando eles voltaram à aleia, depois de terem descido até a margem do rio para examinar melhor uma planta aquática curiosa. A sra. Gardiner, cansada com o exercício daquela manhã, achou o braço de Elizabeth um apoio inadequado e, por consequência, preferiu o do marido. O sr. Darcy, então, trocou de lugar com ela e postou-se ao lado da sobrinha, e eles seguiram andando. Após um breve silêncio, a dama falou primeiro. Queria que o sr. Darcy soubesse que haviam lhe garantido que ele estaria ausente antes de ela ir visitar a propriedade e, por isso, começou observando que sua chegada fora muito inesperada, "pois sua governanta nos informou que o senhor só estaria aqui amanhã. Na verdade, antes de deixarmos Bakewell, tínhamos ouvido dizer que não havia previsão de quando regressaria". O sr. Darcy reconheceu que era tudo verdade e explicou que alguns negócios a tratar com seu superintendente o tinham feito vir algumas horas antes do resto do grupo com quem vinha viajando.

— Eles virão se juntar a mim amanhã cedo — continuou ele —, e, no grupo, há algumas pessoas que a senhorita já conhece: o sr. Bingley e suas irmãs.

Elizabeth respondeu apenas com um leve aceno de cabeça. Ela imediatamente se lembrou da ocasião em que o nome do sr. Bingley fora mencionado pela última vez e, a julgar pelas feições do sr. Darcy, ele não estava pensando em nada muito diferente.

— Há outra pessoa entre eles — continuou o sr. Darcy, após uma pausa — que deseja muito conhecê-la. Seria pedir demais ou me permite apresentar minha irmã à senhorita e a seus tios durante sua estada em Lambton?

A surpresa causada por esse pedido foi de fato imensa. Elizabeth de imediato sentiu que qualquer desejo que a srta. Darcy tivesse de conhecê-la só podia ser obra do irmão e, sem se indagar nada mais, ficou satisfeita: era agradável saber que o ressentimento não o fizera ter uma opinião realmente ruim dela.

Eles então continuaram a caminhar, ambos mergulhados em pensamentos. Elizabeth não se sentia confortável — isso teria sido impossível —, mas estava lisonjeada e feliz. O desejo do sr. Darcy de lhe apresentar sua irmã era um enorme elogio. Eles logo ultrapassaram os outros e, quando chegaram à carruagem, o sr. e a sra. Gardiner estavam um quarto de milha atrás.

O sr. Darcy então a convidou a entrar na casa, mas Elizabeth declarou que não estava cansada e eles permaneceram juntos de pé na grama. Em tal momento, muito poderia ter sido dito e o silêncio foi bastante constrangedor. Ela queria falar, mas parecia haver um entrave em todos os assuntos. Por fim,

Elizabeth se lembrou de que estivera viajando e eles conversaram sobre Matlock e Dovedale com perseverança. Porém, o tempo e sua tia se moviam devagar e a paciência e as ideias dela haviam se esgotado por completo antes de o tête-à-tête terminar. Quando o sr. e a sra. Gardiner chegaram, o sr. Darcy insistiu com todos para que entrassem e comessem alguma coisa. Mas isso foi recusado e eles se separaram com as maiores cortesias de ambos os lados. O sr. Darcy ajudou as senhoras a entrar na carruagem e, quando esta se afastou, Elizabeth viu-o andando na direção da casa.

O tio e a tia, então, fizeram suas observações, declarando que ele era infinitamente superior a qualquer coisa que haviam esperado.

— Ele é perfeitamente bem-comportado, educado e despretensioso — disse o tio.

— Ele tem qualquer coisa de formal, sem dúvida — respondeu a tia —, mas apenas na postura, e até que não lhe assenta mal. Agora posso concordar com a governanta e dizer que, embora algumas pessoas falem que ele é orgulhoso, eu não vi nada disso.

— O comportamento dele para conosco me surpreendeu mais do que qualquer outra coisa na vida. Foi mais do que cortês, foi realmente atencioso. E não havia necessidade de tamanha atenção. Ele e Elizabeth se conheciam muito pouco.

— Decerto, Lizzy, ele não é tão bonito quanto Wickham — disse a tia —, ou melhor, não tem a expressão de Wickham, pois seu rosto é perfeitamente harmonioso. Mas por que você nos disse que ele era tão desagradável?

Elizabeth se desculpou o melhor que pôde: disse que gostara mais do sr. Darcy quando o encontrara em Kent e que nunca o vira tão afável quanto naquela manhã.

— Mas talvez ele seja um pouco volúvel nas suas cortesias — respondeu o tio. — Os homens importantes muitas vezes são. Portanto, não levarei em conta o que disse sobre a pesca, pois ele pode mudar de ideia e me expulsar da propriedade.

Elizabeth sentiu que eles haviam se enganado completamente acerca da personalidade do sr. Darcy, mas não disse nada.

— Pelo que vimos dele — disse a sra. Gardiner —, eu realmente não acharia que poderia ter sido tão cruel com ninguém quanto foi com o pobre Wickham. Não parece ter mau gênio. Ao contrário, há algo de agradável na sua boca quando ele fala. E há uma dignidade nas suas feições que não passa uma impressão ruim do seu coração. Mas a boa senhora que nos mostrou a casa decerto lhe fez elogios entusiasmados! Eu mal contive o riso às vezes. Suponho que seja um patrão generoso e que isso, aos olhos de uma criada, englobe todas as qualidades possíveis.

Elizabeth, então, acreditou ser seu dever dizer algo para defender o comportamento do sr. Darcy com Wickham. Por isso, da maneira mais reservada possível, deu-lhes a entender que, pelo que soubera de seus parentes em Kent, suas ações podiam ser interpretadas de maneira bem diferente e que ele não era, de jeito algum, tão cheio de defeitos ou Wickham tão amável quanto tinham sido considerados em Hertfordshire. Para confirmar isso, relatou os detalhes de todas as transações pecuniárias ocorridas entre ambos, sem dizer quem lhe dera essas informações mas afirmando que eram confiáveis.

A sra. Gardiner ficou surpresa e preocupada. Contudo, como eles estavam se aproximando do cenário onde passara um período tão feliz, aquilo deu lugar aos encantos das recordações, e ela ficou ocupada demais mostrando ao marido todos os pontos interessantes nas cercanias para pensar em qualquer outra coisa. Por mais cansada que tivesse ficado durante a caminhada, assim que almoçaram saiu em busca de seus antigos conhecidos, e a tardinha foi passada na satisfação de reencontros ocorridos após muitos anos de separação.

Os acontecimentos do dia tinham sido interessantes demais para permitir que Elizabeth prestasse muita atenção nesses novos amigos. Ela não conseguiu fazer mais nada além de refletir e se assombrar com a cortesia do sr. Darcy e, acima de tudo, seu desejo de apresentá-la à irmã.

CAPÍTULO 44

ELIZABETH TINHA IMAGINADO que o sr. Darcy traria a irmã para visitá-la no dia seguinte ao de sua chegada a Pemberley e, por isso, resolveu não se afastar da estalagem durante toda aquela manhã. Mas sua conclusão foi falsa, pois, na manhã seguinte à da chegada dela própria com os tios a Lambton, a visita foi feita. Os três estavam dando uma caminhada com alguns de seus novos amigos e tinham acabado de voltar para a estalagem, a fim de se vestir para jantar com aquela mesma família, quando o som de uma carruagem os levou até a janela e eles viram um cavalheiro e uma dama subindo a rua em um cabriolé. Elizabeth, reconhecendo imediatamente a libré dos criados, adivinhou o que aquilo significava e deixou seus parentes surpresos ao contar-lhes a honra que estava esperando. Seus tios ficaram assombrados, e o constrangimento dela ao comunicar aquilo, unido à circunstância em si, os fez ver a questão de uma nova maneira. Nada jamais tinha sugerido isso antes, mas então eles sentiram que não havia outra forma de explicar tamanhas gentilezas vindas daquela pessoa do que supor uma preferência por sua sobrinha. Enquanto essas ideias recém-surgidas lhes passavam pela mente, a agitação de Elizabeth aumentava a cada momento. Ela ficou espantada com o próprio nervosismo; mas, entre as causas de inquietação, havia o temor de que a parcialidade do irmão o tivesse levado a dizer coisas demais em seu favor. Por estar mais ansiosa para agradar do que o normal, Elizabeth, naturalmente, suspeitou que todos os meios de agradar que possuía desvaneceriam.

Ela se afastou da janela, temendo ser vista; e, enquanto andava para cima e para baixo pelo cômodo, tentando se tranquilizar, viu tamanha expressão de surpresa e inquirição nos olhos dos tios que tudo ficou pior.

A srta. Darcy e o irmão chegaram e a temível apresentação foi feita. Para seu espanto, Elizabeth viu que sua nova conhecida estava, no mínimo, tão constrangida quanto ela própria. Desde que chegara a Lambton, ela ouvira dizer que a srta. Darcy era profundamente orgulhosa — porém pouquíssimos minutos em sua presença a convenceram de que era apenas profundamente tímida. Achou difícil fazê-la falar qualquer palavra que não fosse um monossílabo.

A srta. Darcy era alta e mais corpulenta do que Elizabeth. Embora contasse pouco mais de dezesseis anos, sua silhueta estava formada e tinha a aparência de uma mulher elegante. Era menos bonita do que o irmão, mas havia bom senso e bom humor em sua expressão, e seu comportamento era perfeitamente despretensioso e gentil. Elizabeth, que esperara encontrar nela uma observadora tão perspicaz e desembaraçada quanto o sr. Darcy jamais fora, ficou aliviada ao discernir sentimentos tão diferentes.

Os convidados tinham acabado de chegar quando o sr. Darcy lhe contou que o sr. Bingley também viria. Elizabeth mal teve tempo de expressar sua satisfação e se preparar para essa visita quando os passos rápidos de Bingley foram ouvidos na escada e, no instante seguinte, ele entrou no cômodo. Toda a raiva que Elizabeth sentira por ele já desaparecera havia muito; mas, se ela ainda sentisse alguma, dificilmente teria resistido à cordialidade sincera com a qual o sr. Bingley se expressou ao reencontrá-la. Ele perguntou amistosamente, embora de maneira geral, como estava a família, e sua aparência e tom de voz demonstraram o mesmo bom humor e a mesma informalidade de sempre.

Para o sr. e a sra. Gardiner, Bingley era um personagem quase tão interessante quanto para Elizabeth. Eles há muito tempo desejavam vê-lo. Na verdade, o grupo todo que tinham diante de si merecia grande atenção. As suspeitas que tinham acabado de surgir acerca do sr. Darcy e de sua sobrinha os fizeram observar a ambos com uma curiosidade ávida, porém discreta; e logo essa curiosidade deixou-os plenamente convencidos de que um deles, ao menos, sabia o que era amar. Sobre os sentimentos da moça, continuaram um pouco em dúvida; mas o fato de que o rapaz estava transbordando de admiração era evidente.

Elizabeth, de sua parte, tinha muito a fazer. Desejava saber o que cada um de seus visitantes sentia, controlar as próprias emoções e agradar a todos. Este último objetivo, no qual mais temia fracassar, era aquele em que seu sucesso estava mais assegurado, pois aqueles a quem tentava agradar estavam predispostos a seu favor. Bingley estava disposto, Georgiana ávida e Darcy decidido a admirá-la.

Ao ver Bingley, Elizabeth naturalmente pensou logo em Jane. Ah! Como desejou saber se ele estava se lembrando da mesma pessoa. Às vezes, achou que Bingley estava falando menos do que em seus encontros anteriores e, em uma ou duas ocasiões, teve a feliz impressão de que, ao observá-la, ele tentava encontrar nela traços semelhantes aos da irmã. Mas, embora isso pudesse ser imaginário, não podia estar enganada acerca do comportamento dele para com a srta. Darcy, que fora retratada como uma rival de Jane. Não houve nenhum olhar nem de um nem de outro que demonstrasse um afeto especial. Nada ocorreu entre eles que pudesse justificar as esperanças da srta. Bingley. Nesse ponto, Elizabeth logo ficou satisfeita; e, antes que se despedissem, ocorreram dois ou três detalhes que, em sua ansiedade, ela interpretou como uma lembrança de Jane, envolvida em certa ternura, e um desejo de dizer mais que o teria levado a mencioná-la se houvesse se atrevido. Bingley observou a Elizabeth, em um momento em que os outros estavam conversando, e em um tom de verdadeiro pesar, que "fazia muito tempo que não tinha o prazer de vê-la"; e, antes que ela pudesse responder, acrescentou:

— Mais de oito meses. Nós não nos encontramos desde o dia 26 de novembro, quando dançamos todos juntos em Netherfield.

Elizabeth ficou feliz em ver tanta exatidão na memória de Bingley. E, depois, ele aproveitou para perguntar, quando nenhum dos outros estava prestando atenção, se *todas* as suas irmãs estavam em Longbourn. A pergunta em si, assim como o comentário que viera antes dela, não tinha grande peso, mas veio acompanhada de um olhar e de uma maneira de se comportar que lhe encheram de significado.

Elizabeth não pôde olhar para o sr. Darcy com frequência, mas, sempre que o via de relance, discernia uma expressão de contentamento geral e, em tudo o que ele dizia, percebia um tom tão distante de demonstrar altivez ou desdém por suas companhias que ficou convencida de que o aprimoramento de seus modos, sentido na véspera, por mais temporário que pudesse ser, ao menos durara mais de um dia. Quando Elizabeth o viu buscando a intimidade e procurando obter a boa opinião de pessoas com quem, alguns meses antes, qualquer convivência teria sido uma desonra; quando o via ser tão cortês não apenas com ela, mas com os próprios parentes que desprezara abertamente, e se lembrava da cena que se passara entre eles na casa paroquial de Hunsford, a diferença, a mudança era tão grande e lhe causava uma impressão tão forte que ela mal podia impedir seu assombro de ser visível. Nunca, nem na companhia de seus queridos amigos em Netherfield ou de seus ilustres parentes em Rosings,

Elizabeth o vira tão desejoso de agradar, tão livre de pretensão ou daquela reserva rígida quanto naquele momento, quando nenhuma importância podia resultar do sucesso de suas tentativas e quando até mesmo o fato de conhecer aquelas pessoas a quem estava dirigindo suas atenções teria causado o escárnio e a censura das senhoras tanto de Netherfield quanto de Rosings.

As visitas permaneceram mais de meia hora e, quando se levantaram para ir embora, o sr. Darcy pediu que sua irmã o ajudasse a expressar seu desejo de convidar o sr. e a sra. Gardiner e a srta. Bennet para jantar em Pemberley antes que deixassem a região. A srta. Darcy, embora com um acanhamento que marcava o fato de não ter o hábito de fazer convites, obedeceu prontamente. A sra. Gardiner olhou para a sobrinha, desejando saber se ela, o principal objeto do convite, estava disposta a aceitá-lo, mas Elizabeth virara a cabeça para o outro lado. Supondo, no entanto, que esse gesto proposital demonstrava mais um constrangimento momentâneo do que um desagrado pela proposta e, vendo no marido, que gostava de companhia, uma grande vontade de aceitar, ela tomou para si o papel de confirmar a presença e o jantar foi combinado para dali a dois dias.

Bingley expressou enorme prazer diante da certeza de rever Elizabeth, afirmando que ainda tinha muito a lhe dizer e diversas perguntas a fazer sobre seus amigos de Hertfordshire. Elizabeth, interpretando tudo como um desejo de ouvi-la falar da irmã, ficou contente; e, por isso e por outras coisas, quando os visitantes se foram, viu que era capaz de avaliar a última meia hora de maneira satisfatória, embora, enquanto esta transcorreu, houvesse desfrutado pouco dela. Ansiosa por estar sozinha e temendo perguntas ou insinuações dos tios, ela permaneceu com os dois apenas tempo o suficiente para ouvir sua opinião favorável de Bingley, e então foi às pressas se vestir.

Mas Elizabeth não tinha motivos para temer a curiosidade do sr. e da sra. Gardiner: não era desejo deles extrair confidências forçadas da sobrinha. Estava evidente que Elizabeth conhecia o sr. Darcy muito melhor do que revelara antes; era visível que ele estava muito apaixonado por ela. Eles viram muita coisa interessante, mas nada que justificasse que fizessem perguntas.

O sr. e a sra. Gardiner, então, passaram a se sentir ansiosos para ter uma boa opinião do sr. Darcy e, pelo que tinham visto pessoalmente, não havia defeitos a apontar. Não podiam deixar de ser sensíveis à sua gentileza e, se o houvessem retratado tendo por base seus próprios sentimentos e o relato da governanta, sem referência a nenhuma outra descrição, o círculo de Hertfordshire que ele frequentara não o teria reconhecido. Passou a haver um interesse em acreditar na governanta, e eles logo perceberam que o testemunho de uma criada que o conhecia desde os quatro anos, e cujo comportamento indicava que era respeitável, não podia ser rejeitado impensadamente. Além disso, nada nas informações de seus amigos de Lambton diminuíra de maneira significativa o peso desse testemunho. Eles não acusavam o sr. Darcy de nada além de orgulho. Orgulho ele provavelmente tinha e, se não tivesse, decerto isso lhe seria imputado pelos habitantes de um pequeno centro comercial no qual a família não frequentava ninguém socialmente. No entanto, todos reconheciam que era um homem generoso, que ajudava muito os pobres.

Quanto a Wickham, os viajantes logo descobriram que ele não era tido em alta conta ali, pois, embora a maior parte de suas transações com o filho do patrono fosse imperfeitamente compreendida, era fato muito conhecido que, ao partir de Derbyshire, ele deixara muitas dívidas que mais tarde tinham sido pagas pelo sr. Darcy.

Quanto a Elizabeth, naquela noite teve seus pensamentos ocupados por Pemberley mais ainda que na anterior; e embora, em seu transcorrer, a noite houvesse parecido longa, não foi longa o bastante para determinar seus sentimentos por *uma* pessoa daquela mansão. Ela passou duas horas inteiras acordada, tentando entendê-los. Decerto não o odiava. Não. O ódio desaparecera havia muito, e fazia quase o mesmo período de tempo que ela se envergonhava de um dia ter sentido qualquer antipatia por ele que pudesse ser chamada assim. O respeito causado pela convicção de suas valiosas qualidades, embora admitido a custo no início, já deixara de ser-lhe desagradável. E agora se transformara em algo de natureza mais amistosa, depois da prova tão altamente positiva, e que mostrara um lado tão amável do sr. Darcy, do dia da anterior. Mas, acima de tudo, acima do respeito e da estima, havia um motivo para a boa vontade de Elizabeth que não podia ser ignorado. Era a gratidão. Gratidão não apenas por ele tê-la amado, mas por ainda a amar o suficiente para perdoar a maneira atrevida e violenta com que o rejeitara e todas as acusações injustas que tinha feito após essa rejeição. Aquele que, Elizabeth tinha certeza, ia evitá-la como se ela fosse sua pior inimiga, parecia, nesse encontro acidental, ávido por manter a convivência e, sem nenhuma demonstração indelicada de afeto ou comportamento peculiar somente para com ela, tentava causar uma boa impressão em seus parentes e decidira torná-la íntima da irmã. Tamanha mudança em um homem tão orgulhoso despertava não apenas assombro, mas gratidão — pois só podia ser atribuída ao amor, a um amor ardoroso. Assim, essa mudança provocou em Elizabeth uma impressão do tipo que devia ser encorajada, pois não foi de maneira alguma desagradável, embora não pudesse ser precisamente definida. Ela o respeitava, estimava-o; sentia gratidão, sentia um verdadeiro interesse em seu bem-estar; e queria apenas saber até que ponto desejava que esse bem-estar dependesse de si própria e até que ponto causaria a felicidade de ambos se exercesse o poder, que imaginava ainda possuir, de fazê-lo repetir seu pedido.

À tarde, a tia e a sobrinha tinham combinado que uma gentileza tão grande quanto a da srta. Darcy como a de ter ido vê-las em seu primeiro dia em Pemberley — pois ela só chegara em casa depois do horário usual do café da manhã — deveria ser retribuída, embora não pudesse ser igualada, por um esforço da parte delas; e que, assim, seria conveniente que fossem visitá-la na manhã seguinte. Elizabeth ficou satisfeita, embora, ao se perguntar por quê, não tivesse muito a responder.

O sr. Gardiner deixou-as logo após o café da manhã. O plano de pescar fora mencionado novamente no dia anterior e ele prometera se encontrar com alguns dos cavalheiros em Pemberley ao meio-dia.

CAPÍTULO 45

ELIZABETH, então convencida de que toda a antipatia da srta. Bingley tivera origem em ciúme, não pôde deixar de sentir quão desagradável sua ida a Pemberley seria para ela, e ficou curiosa para saber com quanta amabilidade da parte daquela senhora a convivência seria retomada.

Ao chegar à casa, elas foram levadas pelo saguão até o salão que, por ser virado para o norte, era bastante aprazível no verão. Pelas janelas que iam até o chão era possível discernir uma vista agradável das altas colinas repletas de árvores, que ficavam atrás da casa, e dos lindos carvalhos e castanheiras-portuguesas que pontilhavam o gramado intermediário.

Nesse cômodo, elas foram recebidas pela srta. Darcy, que estava sentada ali com a sra. Hurst, a srta. Bingley e a senhora com quem vivia em Londres. Georgiana recebeu-as com muita gentileza, mas também com um embaraço que, embora procedesse da timidez e do medo de fazer algo errado, poderia facilmente dar àqueles que se sentiam inferiores a impressão de que era orgulhosa e reservada. A sra. Gardiner e a sobrinha, no entanto, fizeram-lhe justiça e sentiram pena dela.

A sra. Hurst e a srta. Bingley as cumprimentaram apenas com uma mesura; e, quando elas se sentaram, ocorreu um silêncio de alguns instantes, constrangedor como esses silêncios sempre são. Ele foi quebrado pela sra. Annesley, uma mulher distinta e de aparência afável, cuja tentativa de entabular uma conversa provou que ela era mais verdadeiramente bem-educada do que as outras duas. Entre ela e a sra. Gardiner, com uma ajuda ocasional de Elizabeth, a conversa seguiu. A srta. Darcy parecia querer ter coragem de participar — e, às vezes, arriscava uma frase curta, quando havia menos perigo de ser ouvida.

Elizabeth logo viu que estava sendo observada com interesse pela srta. Bingley e que não podia falar uma palavra, em especial para a srta. Darcy, sem chamar sua atenção. Essa observação não a teria impedido de tentar dirigir-se à srta. Darcy se não estivessem sentadas a uma distância inconveniente, mas ela não lamentou ser poupada da necessidade de dizer muito. Estava ocupada com os próprios pensamentos. A todo momento, esperava que alguns dos cavalheiros fossem entrar no cômodo. Desejava e temia que o dono da casa estivesse entre eles — e se desejava ou temia mais, não conseguia decidir. Depois de permanecer sentada daquela maneira durante um quarto de hora sem ouvir a voz da srta. Bingley, Elizabeth surpreendeu-se quando esta indagou friamente se sua família estava bem de saúde. Ela respondeu com igual indiferença e brevidade, e a outra não disse mais nada.

A monotonia da visita foi quebrada novamente com a entrada de criados trazendo carnes frias, bolo e diversas das frutas mais deliciosas da estação; mas isso só ocorreu após a sra. Annesley lançar muitos olhares e sorrisos significativos para a srta. Darcy, com o intuito de lembrar-lhe de sua posição. Agora, havia algo para ocupar o grupo, pois, embora nem todas pudessem falar, todas podiam comer, e as lindas pirâmides de uvas, nectarinas e pêssegos logo as fizeram se reunir ao redor da mesa.

Enquanto estava assim ocupada, Elizabeth teve uma boa oportunidade de decidir se mais temia ou mais desejava o surgimento do sr. Darcy pela emoção que prevaleceu quando ele adentrou a sala. Então, embora um momento antes tivesse acreditado que o desejo predominava, ela começou a lamentar que ele houvesse vindo.

O sr. Darcy passara algum tempo com o sr. Gardiner, que, assim como dois ou três outros cavalheiros da casa, estava pescando no rio, e o deixara apenas ao saber que as senhoras da família pretendiam visitar Georgiana naquela manhã. Assim que apareceu, Elizabeth tomou a sábia decisão de ficar completamente à vontade — uma resolução que teve mais necessidade de tomar mas talvez não mais facilidade de cumprir, ao ver que as suspeitas de todos recaíam sobre eles, e que mal havia um par de olhos no recinto que não observasse o comportamento de Darcy quando ele entrou. Em nenhum rosto a curiosidade ficou tão marcada quanto no da srta. Bingley, apesar dos sorrisos largos que ofereceu a ambos os objetos desse interesse sempre que dizia algo. O ciúme ainda não a deixara desesperada e ela não havia de maneira nenhuma desistido de suas atenções para com o sr. Darcy. Com sua chegada, a srta. Darcy se esforçou muito mais para falar, e Elizabeth viu que ele estava ansioso para que ela e a irmã se conhecessem melhor, incentivando o máximo possível qualquer tentativa de conversa de ambos os lados. A srta. Bingley também notou tudo isso e, com a imprudência provocada pela raiva, aproveitou a primeira oportunidade para falar, com fingida polidez:

— Diga-me, srta. Eliza, a milícia do ...shire já foi embora de Meryton? Que perda deve ter sido para a sua família!

Na presença de Darcy, ela não ousou mencionar o nome de Wickham, mas Elizabeth logo compreendeu que estava pensando acima de tudo nele, e as diversas lembranças associadas ao cavalheiro a deixaram confusa por um instante. Porém, esforçando-se para rechaçar aquele ataque mesquinho, logo respondeu à pergunta com razoável indiferença. Enquanto falava, relanceou involuntariamente e viu que Darcy tinha o rosto enrubescido e a observava com avidez, enquanto Georgiana era tomada pelo constrangimento, incapaz de erguer os olhos. Se a srta. Bingley soubesse do embaraço que ia causar à amada amiga, sem dúvida não teria feito aquela insinuação. Mas sua intenção fora apenas perturbar Elizabeth, mencionando um homem por quem acreditava que ela sentia uma preferência, fazê-la demonstrar sem querer um encabulamento que talvez a prejudicasse aos olhos de Darcy e, quem sabe, lembrar este último de todas as tolices e absurdos que parte de sua família cometera relacionadas ao regimento. Ela jamais ficara sabendo que a srta. Darcy planejara fugir para se casar com Wickham. Isso não fora revelado para ninguém de quem fora possível guardar segredo, a não ser Elizabeth; e fora particularmente importante para Darcy ocultá-lo dos parentes de Bingley, devido à esperança que Elizabeth há muito lhe atribuía de que sua irmã fosse entrar para aquela família. Darcy decerto formulara tal plano e, embora não tenha tido a intenção de deixá-lo afetar seu esforço para separar Bingley da srta. Bennet, é provável que tenha acrescentado algo à sua grande preocupação com o bem-estar do amigo.

O comportamento sereno de Elizabeth, no entanto, logo o tranquilizou; e como a srta. Bingley, irritada e decepcionada, não ousou aludir a Wickham de maneira mais direta, Georgiana também se recuperou após algum tempo, embora não o suficiente para voltar a falar. O irmão, cujo olhar ela mais temeu, mal se lembrou de sua participação na história e o próprio gesto que fora feito na intenção de afastar seus pensamentos de Elizabeth pareceu fixá-los mais nela, e com ainda mais satisfação.

A visita não durou muito mais após a pergunta e a resposta mencionadas acima e, enquanto o sr. Darcy foi levar as senhoras até sua carruagem, a srta. Bingley desabafou o que sentia ao criticar o aspecto, o comportamento e as roupas de Elizabeth. Mas Georgiana recusou-se a fazer o mesmo. A recomendação do irmão era o suficiente para assegurar a simpatia dela. Sua opinião nunca estava errada e ele falara de Elizabeth em termos tais que era impossível para Georgiana não achar Elizabeth simplesmente linda e adorável. Quando Darcy voltou ao salão, a srta. Bingley não pôde deixar de repetir para ele parte do que estivera dizendo à irmã.

— Que má aparência tinha Eliza Bennet esta manhã, sr. Darcy! — exclamou. — Nunca na vida vi alguém tão mudado quanto ela desde o inverno. Está com a pele tão queimada, tão áspera! Louisa e eu concordamos que não devíamos ter voltado a vê-la.

Por menos que o sr. Darcy tenha apreciado tal discurso, ele se contentou em responder com frieza que não havia notado nenhuma alteração além do fato de ela estar bastante bronzeada — uma consequência nada milagrosa de viajar durante o verão.

— De minha parte — continuou a srta. Bingley —, confesso que nunca vi muita beleza nela. Seu rosto é fino demais, sua pele não tem brilho e suas feições não são nem um pouco harmoniosas. Seu nariz é sem graça, não tem nada de marcante nas linhas. Os dentes são razoáveis, mas nada fora do comum. E, quanto aos olhos, que já foram chamados de lindos, eu nunca vi nada de extraordinário neles. Têm uma expressão mordaz, sarcástica, da qual não gosto nem um pouco. E, em seu comportamento geral, há uma autoconfiança sem elegância que é intolerável.

Como a srta. Bingley estava convencida de que Darcy admirava Elizabeth, essa não era uma boa maneira de agradá-lo. Mas quem tem raiva nem sempre é sábio e, ao vê-lo aparentar certa irritação, ela obteve todo o sucesso que esperava. Ele, contudo, manteve um resoluto silêncio e, determinada a fazê-lo falar, a srta. Bingley prosseguiu:

— Eu me lembro como, quando começamos a conviver com ela em Hertfordshire, ficamos espantados ao saber da sua reputação de beldade. Recordo-me especificamente de o senhor dizer certa noite, depois de elas terem jantado em Netherfield: '*Ela*, uma beldade! Eu antes diria que a mãe é um gênio'. Mas, depois disso, acredito que sua opinião melhorou e que em determinado momento considerou-a bastante bonita.

— Sim — respondeu Darcy, sem conseguir mais se conter —, isso foi só quando começamos a conviver, pois já faz muitos meses que a considero uma das mulheres mais belas que conheço.

Ele então se retirou e a srta. Bingley pôde desfrutar de toda a satisfação de tê-lo forçado a dizer algo que não magoara ninguém além dela mesma.

A sra. Gardiner e Elizabeth conversaram sobre tudo o que aconteceu durante a visita, exceto aquilo que mais interessara a ambas. A aparência e o comportamento de todos foram discutidos, exceto da pessoa que mais prendera sua atenção. Elas falaram sobre a irmã, os amigos, a casa, as frutas: de tudo, menos do próprio. No entanto, Elizabeth estava ansiosa para saber o que a sra. Gardiner achara dele, e a sra. Gardiner teria ficado muito satisfeita se a sobrinha houvesse abordado o assunto.

CAPÍTULO 46

ELIZABETH TINHA FICADO bastante desapontada ao não encontrar uma carta de Jane quando chegaram a Lambton, e a decepção se renovara em ambas as manhãs passadas naquela cidade; porém, na terceira, sua insatisfação acabou e a irmã foi redimida quando recebeu duas cartas de uma vez, uma das quais indicando que fora enviada por engano a outro local. Elizabeth não ficou surpresa, pois Jane escrevera o endereço extraordinariamente mal.

Eles estavam se preparando para dar uma caminhada quando as cartas chegaram, e seus tios, deixando-a desfrutar delas em paz, saíram sozinhos. A que fora extraviada precisava ser lida primeiro: fora escrita cinco dias antes. O começo continha um relato de todas as pequenas festas e compromissos que haviam ocorrido, com o tipo de novidade que se pode esperar do interior, mas a segunda metade, que estava datada de um dia depois e fora escrita com evidente agitação, trazia informações mais importantes. Dizia:

> Desde que escrevi o que está acima, minha amada Lizzy, aconteceu algo de natureza muito inesperada e grave. Mas temo alarmá-la — não se preocupe, nós estamos todos bem. O que tenho a dizer é relacionado à pobre Lydia. Um mensageiro expresso[67] chegou à meia-noite de ontem, quando tínhamos acabado de ir nos deitar, enviado pelo coronel Forster para nos informar que ela fugiu para a Escócia[68] com um dos seus oficiais — na verdade, com Wickham! Imagine nossa surpresa. Para Kitty, no entanto, não parece tão inesperado. Eu sinto muito, muito

67. Um mensageiro expresso era contratado exclusivamente para levar uma mensagem urgente. Ele viajava a cavalo (e não de carruagem, um meio mais lento) e fazia o mínimo possível de paradas pelo caminho.
68. Na Escócia, era possível que uma pessoa menor de idade (com menos de vinte e um anos) se casasse sem o consentimento dos pais. Além disso, o casamento ocorria na hora, enquanto na Inglaterra se exigia que os proclamas, também conhecidos como banhos, fossem lidos três domingos consecutivos numa igreja. Um casamento celebrado na Escócia seria válido também na Inglaterra.

mesmo. Uma união tão imprudente para os dois! Mas estou inclinada a esperar pelo melhor, a crer que o caráter dele tenha sido mal compreendido. É fácil acreditar que Wickham seja leviano e indiscreto, mas esse passo (e vamos nos alegrar com ele) não indica que tenha um coração ruim. A escolha, ao menos, foi desinteressada, pois ele deve saber que meu pai não poderá lhe oferecer nada. Nossa pobre mãe está profundamente triste. Meu pai suporta melhor a situação. Como sou grata por nunca termos contado a eles o que foi dito contra Wickham! Nós mesmas devemos esquecer. Eles partiram no sábado pela meia-noite, acredita-se, mas só deram por sua falta ontem de manhã às oito. O mensageiro expresso foi enviado na hora. Minha querida Lizzy, eles devem ter passado a dez milhas de nós. O coronel Forster nos deu motivos para acreditar que em breve virá nos ver. Lydia escreveu algumas linhas para a esposa dele, informando-a de sua intenção. Preciso concluir, pois não posso ficar muito tempo longe da minha pobre mãe. Temo que você não vá conseguir entender nada, pois mal sei o que escrevi.

Sem se permitir tempo para refletir, e mal sabendo o que sentia, Elizabeth, ao terminar essa carta, instantaneamente pegou a outra e, abrindo-a tomada de impaciência, leu o que vem a seguir. Ela fora escrita um dia após a conclusão da primeira.

A esta altura, minha amada irmã, você recebeu minha carta apressada. Gostaria que esta fosse mais inteligível, mas, embora não esteja com pressa, minha cabeça está tão confusa que não posso garantir que serei coerente. Minha amada Lizzy, mal sei o que escrever, mas tenho más notícias para você e não posso deixar de dá-las. Por mais imprudente que seja um casamento entre o sr. Wickham e nossa pobre Lydia, agora estamos ansiosos para ter certeza de que ele ocorreu, pois há motivos demais para temer que eles não tenham ido para a Escócia. O coronel Forster veio aqui ontem, tendo deixado Brighton no dia anterior, poucas horas após o mensageiro expresso. Embora o breve bilhete que Lydia deixou para a sra. F. tenha dado a entender que eles estavam a caminho de Gretna Green,[69] Denny insinuou que W. jamais tivera a intenção de ir para lá ou de se casar com ela e, quando a informação foi repassada para o coronel F., ele,

69. Cidade ao sul da Escócia, na fronteira com a Inglaterra. Continua sendo um lugar popular para quem quer se casar depressa, tendo se tornado uma espécie de Las Vegas escocesa.

alarmando-se imediatamente, partiu de B. com o propósito de seguir seu rastro. Conseguiu rastreá-los com facilidade até Clapham,[70] mas não mais além; pois, quando chegaram ao bairro, eles pegaram uma caleça de praça, saindo da sege que os trouxera de Epsom.[71] Tudo o que se sabe é que, então, eles foram vistos na estrada que dá no centro de Londres. Eu não sei o que pensar. Depois de fazer todas as investigações possíveis naquela parte da cidade, o coronel F. veio a Hertfordshire, ansiosamente fazendo as mesmas perguntas em todos os pedágios das estradas, e nas estalagens de Barnet e Hatfield,[72] mas sem sucesso: ninguém vira passar pessoas com aquela descrição. Em um gesto muito gentil, ele veio para Longbourn e nos revelou seus receios de uma maneira que mostrou o bom coração que tem. Lamento sinceramente por ele e pela sra. F., mas ninguém poderia culpá-los. Minha querida Lizzy, nossa angústia é imensa. Meus pais creem no pior, mas não posso acreditar que Wickham faria isso. Muitas circunstâncias poderiam fazer com que fosse melhor que se casassem de maneira confidencial na capital[73] em vez de tentar levar a cabo o primeiro plano; e, mesmo que ele pudesse ter essa intenção com uma jovem de família como Lydia, o que não é provável, seria eu capaz de supor que ela esteja tão perdida para tudo? Impossível. No entanto, lamento dizer que o coronel F. não parece disposto a acreditar em um casamento entre eles; balançou a cabeça quando expressei minhas esperanças e disse temer que W. não fosse um homem digno de confiança. Minha pobre mãe tem passado muito mal e permanece em seu quarto. Se ela pudesse se esforçar seria melhor, mas isso não deve ser esperado. Quanto ao meu pai, nunca vi ninguém tão abalado. A pobre Kitty é objeto de raiva por ter ocultado a afeição de Wickham e Lydia, mas, como foi uma confidência, não é de se espantar. Fico realmente feliz, minha amada Lizzy, por você ter sido poupada de parte dessas cenas angustiantes; mas, agora que o primeiro choque passou, posso confessar que anseio por sua volta? Porém, não sou egoísta a ponto de insistir, se for inconveniente. Adeus.

---

70. Bairro no sul de Londres que, na época, ainda era praticamente uma área rural.
71. Cidade que fica entre Brighton e Londres.
72. Duas cidades ao norte de Londres, por onde Wickham e Lydia poderiam ter passado se estivessem a caminho da Escócia.
73. Em Londres, Wickham e Lydia teriam que esperar três domingos para se casarem, pois era exigida a leitura dos banhos (ver nota 68). Porém, na grande cidade, isso poderia ser feito numa paróquia em que ninguém os conhecesse e, portanto, de maneira confidencial.

Peguei a pena de novo para fazer aquilo que acabo de dizer que não faria, mas as circunstâncias são tais que não posso deixar de implorar a todos vocês que venham assim que possível. Conheço tão bem meus queridos tios que não tenho medo de requisitar isso, embora tenha ainda outra coisa a pedir a meu tio. Meu pai vai imediatamente a Londres com o coronel Forster para tentar descobrir o paradeiro dela. Não faço ideia do que ele pretende fazer, mas sua grande agonia não o deixará tomar qualquer medida da maneira melhor e mais segura, e o coronel será obrigado a estar de volta em Brighton na noite de amanhã. Em tamanha emergência, os conselhos e o auxílio do meu tio seriam tudo no mundo; ele logo compreenderá o que sinto, e confio na sua bondade.

— Ah! Onde, onde está meu tio? — exclamou Elizabeth, voando da cadeira ao terminar a carta, ansiosa para ir atrás dele sem perder um instante do tempo tão precioso; mas, ao chegar à porta, esta foi aberta por um criado e o sr. Darcy apareceu. O rosto pálido de Elizabeth e seus modos impetuosos o fizeram ter um sobressalto e, antes que pudesse se recuperar o suficiente para dizer qualquer coisa, ela, em cuja mente tudo fora suplantado pela situação de Lydia, exclamou depressa:

— Sinto muito, mas preciso deixar o senhor! Preciso encontrar o sr. Gardiner neste instante, para resolver um assunto que não admite atrasos! Não tenho nem um instante a perder!

— Meu Deus! O que houve? — exclamou ele, com mais emoção do que polidez. Então, contendo-se, disse: — Não irei detê-la nem um minuto, mas deixe que eu, ou o criado, vá atrás do sr. e da sra. Gardiner. A senhorita não está bem o bastante, não pode ir em pessoa.

Elizabeth hesitou, mas seus joelhos tremeram e ela sentiu quão pouco adiantaria tentar alcançá-los. Assim, chamando o criado, ordenou-lhe, embora tão sem fôlego que quase soou ininteligível, que ele fosse buscar o patrão e a patroa naquele instante.

Quando ele deixou o cômodo, Elizabeth se sentou, sem conseguir se sustentar e parecendo tão horrivelmente mal que foi impossível Darcy deixá-la ou reprimir essas palavras, que disse em um tom de gentileza e comiseração:

— Permita-me chamar sua criada. Não há nada que possa tomar para sentir algum alívio agora? Uma taça de vinho? Quer que eu pegue uma? A senhorita está passando muito mal.

— Não, obrigada — respondeu ela, tentando se recuperar. — Não há nada de errado comigo. Estou perfeitamente bem. Só estou aflita com uma notícia terrível que acabo de receber de Longbourn.

Elizabeth caiu em prantos ao mencionar isso e, durante alguns minutos, não conseguiu dizer outra palavra. Darcy, no mais terrível suspense, pôde apenas dizer algo vago sobre sua preocupação e observá-la em um silêncio compassivo. Por fim, ela voltou a falar.

— Acabei de receber uma carta de Jane com uma notícia terrível. Não será possível ocultá-la de ninguém. Minha irmã mais nova abandonou todos os amigos... fugiu... se pôs nas mãos do... do sr. Wickham. Eles partiram juntos de Brighton. O *senhor* o conhece bem demais para duvidar do resto. Ela não tem dinheiro, não tem parentes, não tem nada que possa ser uma tentação para ele. Está perdida para sempre.

Darcy ficou paralisado de assombro.

— Quando penso que *eu* poderia ter impedido isso! — acrescentou Elizabeth, em um tom ainda mais agitado. — Eu, que sabia quem ele era! Se tivesse explicado apenas uma parte... uma parte do que havia descoberto para a minha própria família! Se o caráter dele fosse conhecido, isso não teria acontecido. Mas agora é tarde, tarde demais.

— Eu realmente lamento muito — disse ele. — É aterrador. Mas a senhorita tem certeza, certeza absoluta?

— Ah, sim! Eles deixaram Brighton juntos no domingo à noite e seu rastro foi seguido até Londres, mas não além disso. Decerto não foram para a Escócia.

— E o que foi feito, que tentativas houve de encontrá-la?

— Meu pai foi a Londres e Jane escreveu para implorar pela ajuda imediata do meu tio. Nós iremos partir, espero, em meia hora. Mas nada pode ser feito. Eu sei muito bem que nada pode ser feito. Será impossível alguém convencer tal homem. Será impossível até mesmo descobrir onde eles estão. Não tenho a menor esperança. É tudo tão horrível! — Darcy assentiu com a cabeça, em uma aquiescência silenciosa. — Quando meus olhos tinham se aberto para o verdadeiro caráter dele! Ah! Se eu soubesse o que devia, o que eu precisava ter ousado fazer! Mas não sabia. Temi fazer demais. Maldito, maldito engano!

Darcy não respondeu. Mal pareceu ouvi-la e andava para cima e para baixo na sala, em profunda reflexão, com o cenho franzido e um ar sombrio. Elizabeth logo observou isso e compreendeu imediatamente. Seu poder estava se esvaindo; tudo se esvaía diante de tamanha prova de fraqueza familiar, tamanha garantia da mais profunda desgraça. Ela não podia se assombrar nem condenar, mas a convicção de que ele estava controlando o que sentia não trouxe nenhum consolo a seu peito, não foi nenhum paliativo para sua angústia. Ao contrário, foi precisamente o necessário para fazê-la compreender o que desejava: jamais sentira com tanta honestidade que teria sido capaz de amá-lo quanto naquele momento, em que todo o amor provavelmente seria vão.

Mas o que dizia respeito só a ela mesma, apesar de ter se intrometido em sua mente, não absorveu Elizabeth. Lydia — a humilhação, o pesar que estava fazendo recair sobre todos eles — logo arrastou consigo todas as preocupações pessoais e, cobrindo o rosto com o lenço, ela se sentiu alheia a todo o resto. Após uma pausa de vários minutos, se deu conta de onde estava devido ao som da voz de seu acompanhante, que, num tom compassivo, porém também contido, disse:

— Imagino que a senhorita esteja há muito tempo desejando minha ausência, e só tenho a dar como desculpa pelo fato de ter permanecido uma preocupação real, embora inútil. Como eu queria poder dizer ou fazer qualquer coisa que pudesse oferecer um consolo para esse sofrimento! Mas não vou atormentá-la com desejos vãos, que podem parecer estar pedindo sua gratidão. Temo que esse acontecimento infeliz vá impedir minha irmã de ter o prazer de vê-la em Pemberley hoje.

— Ah, sim. Tenha a bondade de pedir desculpas à srta. Darcy por nós. Diga que um assunto urgente exige que voltemos imediatamente para casa. Oculte a terrível verdade até quando puder. Sei que não poderá ser por muito tempo.

Ele prontamente garantiu que guardaria segredo, mais uma vez expressou sua tristeza pelo sofrimento dela, desejou que a conclusão fosse mais positiva do que no momento poderiam esperar e, deixando seus cumprimentos para seus tios, com um olhar grave de despedida, partiu.

Quando saiu do cômodo, Elizabeth sentiu como era improvável que voltassem a se ver com tanta cordialidade quanto a que marcara seus encontros em Derbyshire; e, ao fazer uma retrospectiva de toda a sua convivência, tão repleta de contradições e variedades, suspirou com a perversidade de sentimentos que, naquele momento, desejavam promover a continuidade dessa convivência enquanto antes teriam se regozijado com seu término.

Se a gratidão e a estima são boas bases para a afeição, então a mudança nos sentimentos de Elizabeth não será nem improvável nem errada. Mas se isso não ocorrer, se o amor que vem dessas fontes não for razoável nem natural em comparação com aquele que tantas vezes é descrito como surgindo na primeira vez que se encontra seu objeto, e até mesmo antes que duas palavras sejam trocadas, nada poderá ser dito em sua defesa, a não ser que já experimentara um pouco do segundo método em sua preferência por Wickham e que seu fracasso naquele caso talvez a tenha autorizado a buscar outra forma de afeto menos interessante. Seja como for, ela viu Darcy partir com pesar e, com esse rápido exemplo do que a infâmia de Lydia poderia causar, sentiu ainda mais angústia ao refletir sobre aquele infeliz assunto. Nunca, desde que lera a segunda carta de Jane, Elizabeth tivera um fio de esperança de que Wickham pretendesse se casar com ela. Ninguém além de Jane, pensou, poderia dar-se o consolo de ter essa expectativa. Surpresa foi o que menos sentiu com a maneira como a história se desenrolou. Enquanto estava com o conteúdo da primeira carta em mente, ficara surpresa, na verdade atônita, por Wickham querer se unir a uma moça com quem seria impossível se casar por dinheiro; e parecera-lhe incompreensível que Lydia o houvesse conquistado. Mas, então, tudo se tornou perfeitamente natural. Para uma conquista daquele tipo, ela possuía encantos o bastante. E, embora Elizabeth não supusesse que Lydia estivesse fugindo com um homem sem a intenção de se casar com ele, não tinha dificuldade em acreditar que nem sua virtude nem sua inteligência a preservariam de se tornar uma presa fácil.

Elizabeth jamais percebera, enquanto o regimento estava em Hertfordshire, que Lydia tivesse qualquer preferência por Wickham, mas estava convencida de que a irmã precisava apenas ser encorajada para se envolver com qualquer um. Ora um oficial ora outro fora seu favorito, conforme as atenções destes faziam com que sua opinião melhorasse ou piorasse. As afeições de Lydia viviam oscilando, mas ela sempre gostava de alguém. Quanto mal a negligência e o excesso de benevolência podiam causar a uma menina como aquela... Ah! Com que força Elizabeth sentiu isso naquele momento!

Ela estava louca para voltar para casa — ouvir, ver, estar no lugar, dividir com Jane todas as preocupações que deviam estar recaindo apenas sobre ela em uma família tão tumultuada: um pai ausente, uma mãe incapaz de se controlar e exigindo constante atenção. Além disso, embora estivesse convencida de que nada poderia ser feito por Lydia, a ajuda de seu tio pareceu-lhe da mais suma importância e, até ele entrar na sala, sua impaciência causou-lhe uma severa infelicidade. O sr. e a sra. Gardiner voltaram correndo, alarmados, supondo, pelo relato do criado, que a sobrinha ficara subitamente doente. Mas, tranquilizando-os de imediato acerca disso, Elizabeth, nervosa, explicou por que haviam sido chamados, lendo as duas cartas em voz alta e marcando o final da última de maneira trêmula e enfática. Embora Lydia jamais tivesse sido sua favorita, o sr. e a sra. Gardiner não puderam deixar de ficar profundamente abalados. Aquilo não dizia respeito apenas a Lydia, mas a todos — e, após as primeiras exclamações de surpresa e horror, o sr. Gardiner de imediato prometeu toda a ajuda que estivesse em seu poder. Elizabeth, apesar de não ter esperado menos do que isso, agradeceu-lhe com lágrimas de gratidão; e, com os três sendo impelidos pela mesma emoção, todos os detalhes relacionados a sua jornada foram rapidamente decididos. Eles iriam partir o mais depressa possível.

— Mas o que faremos em relação a Pemberley? — exclamou a sra. Gardiner. — John nos disse que o sr. Darcy estava aqui quando você mandou nos buscar. Foi isso mesmo?

— Foi, e eu disse a ele que não poderíamos cumprir o combinado. *Isso* já está resolvido.

"Isso já está resolvido", repetiu a outra, correndo ao quarto para se arrumar. "E por acaso eles têm intimidade o bastante para ela contar toda a verdade? Ah, como eu queria saber!"

Mas esses desejos eram vãos, ou, no máximo, podiam servir para distraí-la em meio à pressa e à confusão da hora seguinte. Se Elizabeth tivesse contado com algum tempo livre, constataria que fazer qualquer coisa seria impossível para alguém tão infeliz quanto ela. Mas tinha questões a resolver, assim como a tia, e entre elas havia bilhetes a ser escritos a todos os amigos deles em Lambton, com falsas desculpas para a partida súbita. No entanto, em uma hora, tudo estava pronto; e, como o sr. Gardiner enquanto isso fechara sua conta na estalagem, restava apenas partir. Assim, Elizabeth, após toda a tristeza daquela manhã, viu-se, mais depressa do que teria achado possível, sentada na carruagem e a caminho de Longbourn.

CAPÍTULO 47

— Estive pensando sobre isso de novo, Elizabeth — disse o tio, quando estavam saindo da cidade —, e, realmente, depois de refletir bem, estou muito mais inclinado do que antes a concordar com sua irmã mais velha sobre essa questão. Parece-me tão improvável que qualquer rapaz fosse arquitetar um plano desses envolvendo uma moça que não é, de modo algum, desprotegida ou desamparada, e que estava hospedada na casa do próprio coronel, que estou muito mais disposto a esperar pelo melhor. Seria possível ele achar que a família dela não fosse tomar providências? Que o regimento fosse aceitá-lo após tal afronta ao coronel Forster? A tentação não é proporcional ao risco.

— O senhor acha mesmo? — exclamou Elizabeth, alegrando-se por um instante.

— Palavra de honra que começo a concordar com seu tio — disse a sra. Gardiner. — É uma violação grande demais da decência, da honra e do interesse para se responsabilizar. Não posso ter uma opinião tão ruim de Wickham. Você consegue achá-lo nocivo a esse ponto, Lizzy?

— Talvez não de ser negligente com os próprios interesses. Mas, de ser negligente com qualquer outra coisa, creio que ele é capaz. Ah, se for verdade mesmo! Mas não ouso ter essa esperança. Por que eles não teriam ido para a Escócia, se fosse o caso?

— Em primeiro lugar — disse o sr. Gardiner —, não há prova irrefutável de que eles não foram para a Escócia.

— Ah! Mas terem saído da sege e tomado uma caleça de praça é um indício tão grande! E, além do mais, não foram encontrados rastros deles na estrada que leva até Barnet.

— Bem, então... suponha que estejam em Londres. Podem ter ido até lá para se esconder, mas não com um propósito mais censurável do que esse. É improvável que haja dinheiro abundante de uma parte ou de outra, e é possível ter lhes ocorrido que eles podem se casar de maneira mais econômica, embora menos rápida, em Londres do que na Escócia.

— Mas por que todo esse segredo? Por que temer serem detectados? Por que o casamento precisa ser confidencial? Ah! Não, não, isso não é provável. O amigo mais íntimo de Wickham, como vocês viram pelo relato de Jane, estava convencido de que ele jamais tivera a intenção de se casar com Lydia. Wickham nunca vai se casar com uma mulher sem nenhum dinheiro. Ele não pode se dar a esse luxo. E que direitos tem Lydia, que atrações além de juventude, boa saúde e humor que poderiam levá-lo a abrir mão de qualquer chance de se beneficiar fazendo um bom casamento? Não sei julgar até que ponto o risco de cair em desgraça no regimento poderia fazê-lo hesitar em fugir com Lydia sem ter intenções honrosas, pois não faço ideia das consequências de tal passo. Mas, quanto a seus outros argumentos, temo que não sejam válidos. Lydia não tem irmãos para tomar providências e Wickham pode imaginar que, devido ao comportamento do meu pai, à sua indolência e à pouca atenção que sempre pareceu prestar a qualquer coisa que ocorria com a família, *ele* iria fazer tão pouco e pensar tão pouco sobre o assunto quanto qualquer pai nessa situação.

— Mas você é capaz de acreditar que Lydia está tão alheia a tudo que não o amor por Wickham a ponto de concordar em viver com ele em quaisquer outros termos que não um casamento?

— Parece chocante, e de fato é — respondeu Elizabeth, com lágrimas nos olhos —, que o senso de decência e virtude de uma irmã possa ser posto em dúvida. Mas, realmente, não sei o que dizer. Talvez não esteja lhe fazendo justiça. Lydia é muito jovem; nunca foi ensinada a pensar sobre assuntos sérios; e nos últimos seis meses... não, no último ano... foi abandonada à diversão e à vaidade. Permitiram-lhe passar seu tempo da maneira mais ociosa e frívola possível e adotar quaisquer opiniões expressadas na sua presença. Desde que o regimento do ...shire chegou a Meryton, ela teve apenas amor, flertes e oficiais na cabeça. Ao pensar e falar sobre o assunto, vem fazendo tudo em seu poder para dar mais... como direi?... suscetibilidade a seus sentimentos, que já são naturalmente ardentes. Todos nós sabemos que a aparência e a eloquência de Wickham têm todos os encantos que podem cativar uma mulher.

— Mas você vê que Jane não tem uma opinião tão má de Wickham a ponto de achá-lo capaz disso — replicou sua tia.

— De quem no mundo Jane tem uma opinião ruim? E quem, não importando sua conduta passada, ela acharia capaz de tentar fazer tal coisa até que houvesse provas? Mas Jane sabe, tão bem quanto eu, quem Wickham realmente é. Nós duas sabemos que ele foi dissipado em todos os sentidos. Que não tem nem integridade nem honra. Que é tão falso e enganador quanto manipulador.

— E você sabe tudo isso? — exclamou a sra. Gardiner, que estava com a mais vívida curiosidade para saber a fonte daquelas informações.

— Sei, sim — respondeu Elizabeth, corando. — Eu lhe contei, no outro dia, do comportamento infame de Wickham para com o sr. Darcy, e a senhora mesma ouviu, da última vez que esteve em Longbourn, a maneira como ele falou do homem que foi tão tolerante e generoso com ele. E há outras circunstâncias que não tenho a liberdade de... que não vale a pena relatar. Mas as mentiras de Wickham sobre toda a família de Pemberley são infinitas. Pelo que ele disse da srta. Darcy, eu estava completamente preparada para encontrar uma moça orgulhosa, fechada, desagradável. Mas o próprio Wickham sabia que ela não é assim. Deve saber que é tão amável e despretensiosa quanto nós a achamos.

— Mas Lydia não sabe nada disso? É possível que ela ignore o que você e Jane parecem compreender tão bem?

— Sim! Isso é o pior de tudo. Até ir para Kent e conviver tanto com o sr. Darcy e seu primo, o coronel Fitzwilliam, eu própria ignorava a verdade. E, quando voltei para casa, o regimento ia deixar Meryton dali a uma ou duas semanas. Como esse era o caso, nem eu nem Jane, a quem contei tudo, achamos necessário tornar públicas nossas informações, pois não nos parecia adiantar de nada que a boa opinião que todos tinham dele naquela época fosse ser afetada. E, mesmo quando foi combinado que Lydia ia viajar com a sra. Forster, a necessidade de abrir os olhos dela para o caráter dele nunca me ocorreu. O fato de que *ela* poderia correr qualquer risco de ser enganada por Wickham jamais me passou pela cabeça. Que algo como *isso* seria a consequência, a senhora bem pode imaginar, estava muito distante dos meus pensamentos.

— Portanto, quando eles foram a Brighton, você não tinha motivos, suponho, para acreditar que gostassem um do outro.

— Nenhum. Não consigo me lembrar de nenhum sinal de afeição de qualquer uma das partes. E, se houvesse algum, a senhora deve saber que, na nossa família, ele logo seria descoberto. Quando Wickham entrou no regimento, Lydia estava bastante disposta a admirá-lo, mas nós todas estávamos. Todas as moças de Meryton e das redondezas ficaram loucas por ele nos primeiros dois meses. Mas Wickham nunca deu qualquer atenção particular a Lydia e o resultado foi que, após um breve período de admiração extravagante e desenfreada, ela deixou esse gosto de lado, e outros oficiais que a tratavam com mais destaque voltaram a ser seus favoritos.

SERÁ FÁCIL ACREDITAR QUE, por menos que a constante discussão desse importante assunto pudesse acrescentar qualquer elemento novo aos temores, esperanças e suposições deles três, nenhum outro conseguiu absorvê-los por muito tempo durante toda a jornada. Dos pensamentos de Elizabeth, a questão jamais esteve ausente. Estava fixada ali pela mais aguda das angústias — a culpa, fazendo com que ela não pudesse ter sequer um intervalo de alívio ou esquecimento.

Viajaram da maneira mais célere possível e, dormindo uma noite na estrada, chegaram a Longbourn na hora do almoço do dia seguinte. Foi um consolo para Elizabeth saber que Jane não iria se exaurir esperando muito tempo.

Os pequenos Gardiner, atraídos pela sege que tinham visto ao longe, estavam de pé nos degraus da casa quando eles entraram no pasto mais próximo; e, assim que a carruagem se aproximou da porta, a alegre surpresa que iluminou seus rostos e se expressou em seus corpos através de uma variedade de pulos e cambalhotas foram os primeiros adoráveis sinais das boas-vindas que receberiam.

Elizabeth pulou para fora da sege e, depois de dar um beijo rápido em cada uma das crianças, entrou às pressas no vestíbulo, onde Jane, que saiu dos aposentos da mãe e desceu as escadas correndo, imediatamente a encontrou.

Elizabeth, abraçando-a com carinho enquanto lágrimas surgiam nos olhos de ambas, sem perder um instante perguntou se eles haviam tido alguma notícia dos fugitivos.

— Ainda não — respondeu Jane. — Mas, agora que meu querido tio chegou, espero que fique tudo bem.

— Meu pai foi para a cidade?

— Sim, ele partiu na terça, o dia em que lhe escrevi.

— E vocês receberam notícias?

— Só uma vez. Ele me escreveu algumas linhas na quarta-feira, dizendo que tinha chegado bem e para me dar seu endereço lá, o que implorei que fizesse. Acrescentou apenas que só voltaria a escrever quando tivesse algo de importante a relatar.

— E minha mãe? Como ela está? Como estão vocês todas?

— Minha mãe está razoavelmente bem, acredito, embora muito abalada. Está lá em cima e terá grande satisfação em ver vocês todos. Ainda não saiu do quarto. Mary e Kitty estão bem, graças a Deus!

— Mas e você? Como você está? — exclamou Elizabeth. — Está pálida. Por quanta coisa passou!

A irmã, no entanto, garantiu que estava perfeitamente bem; e sua conversa, que se desenrolara enquanto o sr. e a sra. Gardiner estavam ocupados com as crianças, foi então encerrada quando o grupo inteiro se aproximou. Jane correu até os tios, deu-lhes as boas-vindas e agradeceu a ambos, alternando sorrisos e lágrimas.

Quando estavam todos na sala de estar, as perguntas que Elizabeth já fizera foram, é claro, repetidas pelos outros, e logo descobriram que Jane não tinha nenhuma informação a dar. No entanto, a esperança de um bom desfecho para o caso que a benevolência de seu coração fizera surgir ainda não a abandonara: ela seguia acreditando que tudo iria terminar bem e que a cada manhã chegaria alguma carta, ou de Lydia, ou do pai, explicando as ações deles e talvez anunciar um casamento.

A sra. Bennet, para cujos aposentos todos se dirigiram após alguns minutos de conversa, recebeu-os exatamente como era de se esperar: com lágrimas e lamentações, invectivas contra a conduta vil de Wickham e reclamações sobre seus próprios sofrimentos e maus-tratos, culpando todos, menos a pessoa a cuja tolerância equivocada poderiam ser mais imputados os erros da filha.

— Se eu tivesse conseguido o que queria — disse ela — e ido para Brighton com toda a família, isso não teria acontecido, mas não havia ninguém para proteger minha pobre querida Lydia. Por que os Forster tiraram os olhos dela? Tenho certeza de que houve alguma grande negligência da parte deles, pois Lydia não é o tipo de menina que faria uma coisa dessas se estivesse sendo bem cuidada. Eu sempre achei que eles não eram nada capazes de tomar conta dela, mas ninguém me ouviu, como sempre. Pobrezinha! E agora o sr. Bennet foi embora, e eu sei que ele vai duelar com Wickham quando o encontrar, e então vai ser morto, e o que vai ser de nós? Os Collins vão nos expulsar daqui antes que ele esfrie no caixão e, se você não tiver piedade de nós, meu irmão, não sei o que vamos fazer.

Todos protestaram contra aquelas ideias terríveis e o sr. Gardiner, depois de professar sua afeição pela sra. Bennet e toda a sua família, contou que pretendia ir a Londres no dia seguinte e ajudar o sr. Bennet em todas as tentativas de encontrar Lydia.

— Não se deixe dominar pelos receios inúteis — acrescentou ele. — Embora seja correto se preparar para o pior, não há motivo para ter certeza disso. Faz menos de uma semana que eles deixaram Brighton. Daqui a mais alguns dias podemos ter notícias e, até sabermos ao certo que não se casaram e não pretendem se casar, não vamos dar a questão por perdida. Assim que eu chegar à cidade, irei encontrar meu cunhado e obrigá-lo a ir comigo à rua Gracechurch, para decidirmos juntos o que fazer.

— Ah, meu querido irmão! — respondeu a sra. Bennet. — Isso era exatamente o que eu mais desejava. Por favor, quando chegar à cidade encontre os dois, onde quer que estejam; e, se eles já não estiverem casados, *obrigue-os* a se casar. Quanto ao enxoval, mande-os não esperarem, mas diga a Lydia que ela terá quanto dinheiro quiser para mandar fazê-lo depois do casamento. E, acima de tudo, impeça o sr. Bennet de duelar. Diga a ele o estado terrível em que me encontro; que estou enlouquecida de medo, e tenho uns tremores, uns arrepios no corpo todo, e uns espasmos na lateral, e dores na cabeça, e umas palpitações, que não consigo descansar nem de noite nem de dia. E diga à minha querida Lydia para não encomendar nada do enxoval até me ver, pois ela não sabe quais são os melhores armazéns. Ah, meu irmão, como você é bom! Sei que vai conseguir resolver tudo.

Mas o sr. Gardiner, apesar de mais uma vez garantir que faria os maiores esforços possíveis, não pôde deixar de recomendar moderação tanto em suas esperanças quanto em seus temores. E, depois de conversar assim com a sra. Bennet até o jantar ser posto na mesa, eles a deixaram desafogando tudo o que sentia para a governanta, que cuidava dela na ausência das filhas.

Embora o irmão e a cunhada tivessem certeza de que não havia motivo para a sra. Bennet se manter isolada da família daquela maneira, eles não se opuseram, pois sabiam que ela não tinha prudência o suficiente para não falar demais diante dos criados enquanto estes os serviam, e acharam melhor que apenas *um* deles, aquela em quem mais confiavam, tivesse conhecimento de todos os seus temores e preocupações.

Na sala de jantar, logo se juntaram a eles Mary e Kitty, que estavam ocupadas demais em seus aposentos para aparecer antes. A primeira com seus livros, e a segunda com a toalete. Os semblantes de ambas, no entanto, pareciam razoavelmente tranquilos; não havia nenhuma mudança visível em nenhuma das duas, a não ser pelo fato de que a perda da irmã preferida e a raiva que se abatera sobre ela própria tinham deixado o tom de voz de Kitty mais irritadiço. Quanto a Mary, estava suficientemente senhora de si para sussurrar a Elizabeth, com uma expressão de grave reflexão, logo que se sentaram à mesa:

— É um acontecimento triste e possivelmente será muito falado. Mas precisamos lutar contra a maré de maledicências e fazer jorrar sobre as feridas dos nossos corações o bálsamo do consolo fraterno.

Então, não vendo em Elizabeth nenhuma inclinação a responder, acrescentou:

— Por mais lamentável que o ocorrido seja para Lydia, nós podemos extrair dele esta útil lição: que a perda da virtude, para uma mulher, é irreparável; que um passo em falso a faz ser arruinada para sempre; que sua reputação é tão bela quanto frágil; e que ela precisa ter o máximo de cuidado no seu comportamento com os elementos indignos do sexo oposto.

Elizabeth ergueu os olhos, atônita, mas estava deprimida demais para responder. Mary, no entanto, continuou a se consolar com essas lições de moral extraídas dos males que se abateram sobre eles.

À tarde, as duas irmãs Bennet mais velhas conseguiram passar meia hora sozinhas, e Elizabeth de imediato aproveitou a oportunidade para fazer perguntas que Jane estava igualmente ansiosa por responder. Depois de concordar com os lamentos gerais acerca do terrível resultado daquele acontecimento, que Elizabeth considerava praticamente certo e Jane não podia acreditar ser de todo impossível, a primeira deu seguimento ao assunto:

— Mas me conte tudo que eu ainda não sei. Dê-me mais detalhes. O que o coronel Forster disse? Eles não tinham receio de nada antes de a fuga ocorrer? Devem tê-los visto juntos inúmeras vezes.

— O coronel Forster de fato admitiu que suspeitara de uma preferência, em especial da parte de Lydia, mas nada que o alarmasse. Estou com tanta pena dele.

Seu comportamento foi atencioso e gentil ao máximo. Estava vindo nos ver para nos prestar solidariedade, antes mesmo de fazer ideia de que eles não tinham ido para a Escócia, mas, quando a notícia foi tornada pública, apressou a viagem.

— E Denny estava convencido de que Wickham não ia se casar com ela? Ele sabia da intenção deles de fugir? O coronel Forster viu Denny em pessoa?

— Sim, mas ao ser interrogado por ele Denny negou saber do plano e se recusou a dar sua opinião. Não repetiu sua convicção de que eles não iam se casar e, por isso, estou inclinada a ter esperanças de que tenha sido mal compreendido.

— E até o coronel Forster vir para cá nenhum de vocês, imagino, tinha a menor dúvida de que eles iam mesmo se casar, não?

— Como seria possível uma ideia dessas passar pela nossa cabeça! Eu estava um pouco inquieta, temendo pela felicidade da minha irmã nesse casamento, pois sabia que a conduta de Wickham nem sempre fora a mais correta. Meus pais não sabiam nada e só lamentavam quão imprudente fora a união. Kitty então admitiu, com um ar de triunfo muito natural por saber mais do que nós, que, na última carta de Lydia, ela a preparara para esse passo. Aparentemente, Kitty sabia há semanas que Lydia e Wickham estavam apaixonados.

— Mas não desde antes de irem para Brighton?

— Não, acredito que não.

— E o coronel Forster pareceu ter uma má opinião de Wickham também? Conhece o verdadeiro caráter dele?

— Devo confessar que ele não falou tão bem de Wickham quanto antes. Admitiu que acreditava que ele era imprudente e extravagante. E, desde que essa triste história ocorreu, dizem que ele deixou muitas dívidas em Meryton. Mas espero que isso não seja verdade.

— Ah, Jane, se nós não tivéssemos guardado segredo, se tivéssemos contado o que sabíamos sobre ele, teria sido impossível isso acontecer!

— Talvez tivesse sido melhor. Mas expor os erros de qualquer pessoa sem saber como ela se sentia no presente pareceu injustificável. Nós agimos com a melhor das intenções.

— O coronel Forster soube dizer os detalhes do bilhete que Lydia escreveu para a esposa dele?

— Ele trouxe o bilhete para nós vermos.

Jane então o pegou de dentro da carteira e entregou-o a Elizabeth. Esse era o seu conteúdo:

Minha cara Harriet,

Você vai rir quando souber para onde fui, e não posso deixar de rir também quando penso na sua surpresa amanhã de manhã, assim que perceber que não estou em casa. Fui para Gretna Green e, se você não adivinhar com quem, vou lhe achar uma tremenda boba, pois só existe um homem no mundo que eu amo, e ele é um anjo. Jamais seria feliz sem ele, por isso não me culpe por ter ido. Não precisa avisar em Longbourn que fui se não quiser, pois assim a surpresa vai ser maior quando eu escrever para eles e assinar Lydia Wickham. Como vai ser engraçado! Mal consigo escrever de tanto rir. Por favor, peça desculpas a Pratt por eu não cumprir o prometido e dançar com ele esta noite. Diga-lhe que espero que me perdoe quando souber de tudo e que vou dançar com ele no próximo baile em que nos encontrarmos, com grande prazer. Mandarei buscar minhas roupas quando for a Longbourn, mas gostaria que pedisse a Sally para remendar um grande rasgo no meu vestido de musselina bordado antes que seja colocado no baú. Mande meus cumprimentos ao coronel Forster, espero que vocês brindem a uma boa viagem para nós.

Da sua afetuosa amiga,

Lydia

— Ah! Como é inconsequente essa Lydia! — exclamou Elizabeth quando terminou de ler. — Que carta para ser escrita num momento como esse! Mas, pelo menos, mostra que *ela* tinha um objetivo sério. Ele pode tê-la persuadido a fazer outra coisa depois, mas, da parte dela, não foi uma infâmia *premeditada*. Meu pobre pai! Como ele deve sentido isso!

— Nunca vi ninguém tão abalado. Ele não conseguiu dizer uma palavra durante dez minutos inteiros. Minha mãe passou mal imediatamente e a casa toda ficou na maior confusão!

— Ah, Jane! — exclamou Elizabeth. — Houve algum criado desta casa que não ficou sabendo da história toda antes do fim do dia?

— Não sei. Espero que sim. Mas é muito difícil ser cauteloso em uma ocasião como essa. Minha mãe ficou histérica e, embora eu tenha tentado prestar-lhe toda a ajuda de que era capaz, temo não ter feito tudo o que podia. Mas o horror do que poderia acontecer quase me fez perder os sentidos.

— Os cuidados com ela foram demais para você. Sua aparência não está boa. Ah, se eu estivesse aqui! Você teve de lidar sozinha com todas as preocupações e ansiedades.

— Mary e Kitty foram muito gentis, e tenho certeza de que teriam dividido comigo todo o trabalho, mas não achei certo nem para uma nem para a outra. Kitty é pequena e delicada e Mary estuda tanto que não deve perder uma hora de repouso. Minha tia Philips veio para Longbourn na terça, depois de meu pai partir, e teve a bondade de permanecer até quinta. Ela foi de grande utilidade e consolo para todas nós, e Lady Lucas tem sido muito gentil. Veio até aqui na manhã de quarta para demonstrar apoio e ofereceu seus serviços ou qualquer das filhas se precisássemos delas.

— Era melhor que tivesse ficado em casa! — exclamou Elizabeth. — Talvez sua intenção tenha sido boa, mas, em meio a tamanho infortúnio, quanto menos se vê os vizinhos, melhor. A ajuda é impossível e a piedade, insuportável. Que falem de nós a distância e se deem por satisfeitos.

Ela então se pôs a perguntar que medidas seu pai pretendia tomar enquanto estivesse na cidade procurando pela filha.

— Acredito que ele pretendia ir a Epsom — disse Jane —, o lugar onde eles trocaram de cavalos pela última vez, falar com os postilhões e ver se conseguia descobrir alguma coisa com eles. Seu principal objetivo é saber o número da caleça que Wickham e Lydia tomaram em Clapham. Ela viera de Londres com um passageiro e, como meu pai achou que o fato de uma dama e um cavalheiro trocando de carruagem talvez tenha chamado atenção, sua intenção era se informar em Clapham. De qualquer maneira, se conseguir descobrir em que casa o cocheiro deixou o passageiro, sua intenção era perguntar lá e descobrir o ponto e o número da caleça. Não sei que outros planos tinha, mas estava com tanta pressa em partir, e em um estado tão perturbado, que tive dificuldade em descobrir até isso.

CAPÍTULO 48

TODOS TINHAM A ESPERANÇA de que uma carta do sr. Bennet chegasse na manhã seguinte, mas o correio veio sem sequer uma linha dele. Sua família sabia que ele era, de maneira geral, um correspondente negligente e inconstante, mas, numa ocasião como aquela, haviam esperado que se esforçasse. Foram obrigados a concluir que o sr. Bennet não tinha nenhuma boa notícia a dar, mas até disso teriam preferido ter certeza. O sr. Gardiner estava só esperando as cartas para partir.

Quando ele se foi, os outros passaram a ter, pelo menos, a certeza de que receberiam informações sobre o que estava acontecendo. Ao se despedir, o sr. Gardiner prometeu que, assim que pudesse, convenceria o sr. Bennet a voltar para Longbourn, o que foi um grande consolo para sua irmã, para quem essa era a única garantia de o marido não ser morto em um duelo.

A sra. Gardiner e as crianças permaneceriam em Hertfordshire durante mais algumas semanas, pois ela acreditava que sua presença poderia ser útil para as sobrinhas. Ajudou-as a cuidar da sra. Bennet e confortou-as enormemente nos momentos de liberdade que tinham. A outra tia também as visitava com frequência, e sempre, dizia ela, com a intenção de alegrá-las; porém, como praticamente todas as vezes relatava mais uma prova da extravagância ou da conduta irregular de Wickham, quase nunca ia embora sem deixá-las mais desanimadas do que quando chegara.

Meryton inteira parecia determinada a macular o homem que, apenas três meses antes, fora considerado quase um anjo de luz. Afirmou-se que Wickham devia dinheiro a todos os estabelecimentos comerciais da cidade e que seus flertes, agora honrados com o nome de tentativas de sedução, haviam invadido as famílias de vários comerciantes. Toda a gente declarou que ele era o rapaz mais perverso do mundo; e toda a gente começou a descobrir que nunca tinha confiado em sua aparência de bondade. Elizabeth, embora tenha dado crédito a menos da metade do que foi dito, acreditou no bastante para ter ainda mais certeza da ruína da irmã; e até Jane, que acreditava em ainda menos, quase perdeu as esperanças, sobretudo porque àquela altura, se eles tivessem ido para a Escócia, uma ideia da qual ela ainda não desistira de todo, era muito provável que a família já tivesse recebido notícias.

O sr. Gardiner deixou Longbourn no domingo; na terça, a esposa recebeu uma carta dele. Dizia que, ao chegar, ele imediatamente encontrara o cunhado e o convencera a ir à rua Gracechurch; que o sr. Bennet havia estado em Epsom e Clapham antes de sua chegada, mas não descobrira nenhuma informação satisfatória; e que, agora, ele estava decidido a fazer perguntas em todas as principais estalagens da cidade, já que achava possível que Lydia e Wickham tivessem se hospedado em uma delas assim que chegaram a Londres e antes de alugar aposentos em uma casa.[74] O próprio sr. Gardiner não esperava que essa medida fosse trazer bons resultados, mas, como seu cunhado se mostrava tão ansioso, pretendia ajudá-lo. Ele acrescentou que, naquele momento, o sr. Bennet parecia não ter nenhuma inclinação de deixar Londres e que escreveria de novo muito em breve. Também havia um postscriptum que dizia:

> Escrevi para o coronel Forster e pedi-lhe que descobrisse, se possível, por alguns dos amigos de Wickham no regimento, se ele tem algum parente ou conhecido que poderia saber em que parte da cidade está escondido. Se houver qualquer pessoa a quem se possa consultar que tenha probabilidade de saber isso, pode ser da mais suma importância. No momento, não temos nada que nos oriente. O coronel Forster irá, imagino, fazer o que estiver a seu alcance para nos fornecer essa resposta. Mas, pensando bem, talvez Lizzy possa nos dizer melhor do que ninguém quais parentes ainda vivos Wickham tem.

Elizabeth compreendeu perfeitamente bem de onde vinha essa deferência por sua autoridade, mas não foi capaz de fornecer nenhuma informação de natureza tão satisfatória quanto esse elogio merecia.

Nunca ouvira falar que Wickham tivesse nenhum parente, com exceção de um pai e de uma mãe, ambos já mortos havia muitos anos. Era possível, no entanto, que alguns de seus companheiros do regimento do ...shire pudessem dar

74. Alugar aposentos em uma casa era muito mais barato do que ficar numa estalagem, por isso o sr. Bennet não duvida que Wickham e Lydia fizeram isso.

maiores detalhes e, embora não estivesse muito otimista em suas expectativas, o resultado ao menos era algo pelo qual esperar.

Todos os dias em Longbourn passaram a ser dias de ansiedade, mas o momento de maior nervosismo era quando o correio chegava. A espera pelas cartas era o principal motivo da impaciência de cada manhã. Através delas, tudo de bom ou de ruim que houvesse a ser contado seria comunicado, e a cada dia esperavam-se novidades importantes.

Mas, antes de elas receberem mais notícias do sr. Gardiner, chegou uma carta para seu pai de outra parte: o sr. Collins. Como Jane tinha recebido ordens para abrir toda a sua correspondência durante sua ausência, ela a leu; e Elizabeth, que sabia como as cartas do primo sempre eram curiosas, olhou por cima de seu ombro e leu também. A carta dizia:

> Meu caro senhor
> Considerei ser meu dever, devido ao nosso parentesco e à minha posição, me comiserar com o senhor na terrível desdita que o acomete e da qual fui informado ontem em uma carta de Hertfordshire. Tenha certeza, meu caro senhor, de que eu e a sra. Collins nos solidarizamos sinceramente com o senhor e sua respeitável família em seu sofrimento, que deve ser dos mais amargos, já que a origem é uma causa que nem o tempo poderá apagar. Não deixarei de usar nenhum argumento que possa aliviar um infortúnio tão severo ou confortá-lo nesta circunstância que deve ser, de todas, a mais dolorosa para um pai ou uma mãe. A morte da sua filha teria sido uma bênção em comparação a isso. E é ainda mais lamentável, pois há motivos para acreditar, como me informou minha querida Charlotte, que esse comportamento licencioso da sua filha tem origem em um nível equivocado de indulgência da parte dos pais. Embora, ao mesmo tempo, para consolo do senhor e da sra. Bennet, eu esteja inclinado a acreditar que o temperamento dela deve ser naturalmente ruim, ou não cometeria tamanha enormidade com tão pouca idade. De qualquer forma, o senhor merece toda a nossa piedade, uma opinião compartilhada não apenas pela sra. Collins como por Lady Catherine e a filha, a quem relatei o ocorrido. Elas concordam comigo em concluir que esse passo em falso de uma filha irá prejudicar a sorte de todas as outras, pois, como a própria Lady Catherine condescende em dizer, quem vai querer se casar com alguém da família? Essa ideia também me leva a refletir com maior satisfação sobre certo acontecimento de novembro passado, pois, se

o resultado houvesse sido outro, eu estaria envolvido em toda a sua tristeza e desgraça. Permita-me, portanto, aconselhá-lo, meu caro senhor, de modo a consolá-lo o melhor possível, a esquecer por completo sua indigna filha e a deixar que ela colha os frutos desse vil ultraje.

Eu sou, meu caro senhor etc. etc.[75]

O sr. Gardiner só voltou a escrever depois que recebeu uma resposta do coronel Forster; nessa ocasião, não teve nenhuma boa notícia para mandar. Não se sabia que Wickham tivesse um único parente com quem mantivesse relações, e era certo que não tinha nenhum parente próximo que estivesse vivo. Havia diversos conhecidos, mas, desde que entrara na milícia, não parecia ter grande intimidade com quem quer que fosse. Portanto, não havia quem pudesse dar qualquer notícia dele. E, devido ao terrível estado de suas finanças, havia um forte motivo para Wickham se manter escondido, além do medo de ser descoberto pelos parentes de Lydia, pois acabara de se tornar sabido o fato de que ele deixara de quitar dívidas de jogo consideráveis. O coronel Forster acreditava que mais de mil libras seriam necessárias para pagar suas despesas em Brighton. Wickham devia muito dinheiro ao comércio da cidade, mas suas dívidas informais eram ainda mais vultosas. O sr. Gardiner não tentou esconder esses detalhes. Jane ouviu-os com horror.

— Um jogador! — exclamou ela. — Isso é completamente inesperado. Eu não fazia ideia.

O sr. Gardiner acrescentou na carta que elas podiam esperar a volta do pai para casa no dia seguinte, que seria sábado. Tomado pelo desânimo diante da falta de sucesso de tudo que tinham tentado fazer, ele cedera aos apelos do cunhado para que voltasse ao seio da família e deixasse-o fazer o que quer que parecesse aconselhável para dar seguimento às buscas. Quando a sra. Bennet soube disso, não expressou tanta satisfação quanto suas filhas esperavam, considerando-se como andara temendo pela vida do marido.

— Quer dizer que ele vai voltar sem a pobre Lydia! — exclamou. — Não é possível que vá deixar Londres antes de encontrá-los. Quem é que vai duelar com Wickham e obrigá-lo a se casar com ela, se ele vir embora?

---

75. Era comum terminar as cartas escrevendo "Eu sou, meu caro senhor, seu mais obediente e humilde criado". Essa frase era tão usada que, em alguns momentos de sua obra, Jane Austen, assim como outros escritores da época, usa apenas etc. para indicá-la.

Como a sra. Gardiner começou a desejar estar em casa, ficou decidido que ela e as crianças iriam para Londres ao mesmo tempo que o sr. Bennet viria de lá. Assim, o coche levou-a na primeira etapa da viagem e trouxe o patrão de volta a Longbourn.

A sra. Gardiner partiu sabendo tão pouco sobre Elizabeth e seu amigo de Derbyshire quanto sabia ao chegar daquela parte do mundo. O nome do cavalheiro jamais fora mencionado diante dela pela sobrinha; e não dera em nada certa expectativa sua de que Elizabeth fosse receber uma carta dele logo após sua chegada em casa. Elizabeth não recebera nenhuma correspondência, desde sua volta, que poderia ter vindo de Pemberley.

A triste situação pela qual a família passava então fazia com que qualquer outra explicação para a melancolia de Elizabeth fosse desnecessária; nada, portanto, podia ser conjecturado devido àquilo, embora ela, que àquela altura já compreendera bastante bem os próprios sentimentos, estivesse perfeitamente ciente de que, se jamais houvesse conhecido Darcy, poderia ter suportado um pouco melhor o terror da infâmia de Lydia. Isso teria lhe poupado, pensou ela, uma noite insone em cada duas.

Quando o sr. Bennet chegou, parecia ter a mesma tranquilidade filosófica de sempre. Falou tão pouco quanto tinha o hábito de falar, e sequer mencionou o motivo que o fizera viajar; e algum tempo se passou até suas filhas terem coragem de falar no assunto.

Só à tarde, quando o sr. Bennet foi tomar chá com elas, Elizabeth ousou abordar a questão; e então, quando ela expressou seu pesar por tudo o que o pai deveria ter suportado, ele respondeu:

— Não fale sobre isso. Quem deveria sofrer, além de mim mesmo? Eu sou o responsável e devo me sentir assim.

— O senhor não pode ser severo demais consigo mesmo — respondeu Elizabeth.

— É bom que você me aconselhe a tomar cuidado com esse mal. A natureza humana é tão propensa a ele! Não, Lizzy, deixe-me, uma vez na vida, sentir o quanto me cabe de culpa. Não temo que a emoção me deixe assoberbado. Ela passará em breve.

— O senhor acredita que eles estejam em Londres?

— Sim. Onde mais poderiam se esconder tão bem?

— E Lydia costumava querer ir a Londres — acrescentou Kitty.

— Ela está feliz, então — disse o pai secamente —, e é provável que passe um longo período lá.

Então, após um rápido silêncio, ele continuou:

— Lizzy, não me ressinto pelo seu conselho de maio passado ter sido justificado, o que, considerando-se o ocorrido, demonstra certa grandeza de espírito.

Foram interrompidos pela srta. Bennet, que veio pegar o chá da mãe.

— Isso é uma encenação que faz bem para a pessoa! — exclamou ele. — Dá tanta elegância ao infortúnio! Um dia qualquer, eu farei o mesmo. Ficarei na minha biblioteca, de pijama e touca, e darei o maior trabalho que puder. Ou talvez possa adiar isso até Kitty fugir.

— Eu não vou fugir, papai — disse Kitty, irritada. — Se *eu* algum dia for a Brighton, vou me comportar melhor do que Lydia.

— Você, ir a Brighton! Eu não a deixaria nem ir a Eastbourne,[76] nem que me dessem cinquenta libras! Não, Kitty, eu afinal aprendi a ser cauteloso e você vai sentir os efeitos. Nenhum oficial jamais voltará a entrar na minha casa nem passar pelo vilarejo. Os bailes serão terminantemente proibidos a não ser que você dance com uma das suas irmãs. E você não vai botar um pé na rua até provar que conseguiu passar dez minutos por dia de maneira racional.

Kitty, que levou todas essas ameaças a sério, começou a chorar.

— Ora, ora — disse o sr. Bennet. — Não fique assim. Se for uma boa menina pelos próximos dez anos, eu a levarei para assistir a uma parada militar.

76. Um balneário menos movimentado que Brighton.

CAPÍTULO 49

Dois dias após a volta do sr. Bennet, quando Jane e Elizabeth estavam caminhando juntas em meio às sebes do jardim atrás da casa, viram a governanta vindo em sua direção e, concluindo que a mãe mandara chamá-las, foram ao seu encontro. Mas, em vez do chamado que esperavam, quando se aproximaram, ela disse à srta. Bennet:

— Sinto muito por interromper a senhorita, mas esperava que tivesse recebido alguma boa notícia da cidade, por isso tomei a liberdade de vir perguntar.

— O que quer dizer, Hill? Não tivemos nenhuma notícia da cidade.

— Minha querida senhorita! — exclamou a sra. Hill, perplexa. — Quer dizer que não sabem que o sr. Gardiner mandou um mensageiro expresso ver o patrão? Ele já está aqui há meia hora, veio trazer uma carta.

Lá se foram as meninas correndo, ansiosas demais para dizer qualquer coisa. Atravessaram às pressas o vestíbulo, entraram na sala de café da manhã e seguiram de lá para a biblioteca — não o encontraram nem em uma nem na outra. Estavam a ponto de ir procurá-lo nos aposentos da mãe no andar de cima quando o mordomo veio até elas e disse:

— Se está procurando o patrão, senhorita, ele está andando na direção do bosquezinho de arbustos.

Ao ouvir essa informação, elas imediatamente passaram mais uma vez pelo vestíbulo e atravessaram correndo o gramado em busca do pai, que estava caminhando na direção de um pequeno bosque que ficava de um dos lados do pasto mais próximo da casa.

Jane, que não era tão leve e não tinha tanto hábito de correr quando Elizabeth, logo ficou para trás, enquanto a irmã, ofegante, alcançou-o e chamou alto, em um tom ansioso:

— Ah, papai, quais são as notícias? Quais são as notícias? O senhor recebeu uma carta do meu tio?

— Sim, ele me enviou uma carta por mensageiro expresso.

— Bem, e que notícias ela trouxe? Boas ou más?

— O que há de bom a ser esperado? — disse ele, tirando a carta do bolso. — Mas talvez você mesma queira ler.

Elizabeth pegou a carta, impaciente. Jane então chegou.

— Leia em voz alta — disse o pai delas —, pois eu próprio mal sei o conteúdo.

Rua Gracechurch, segunda-feira, 2 de agosto

Meu caro cunhado,

Afinal posso lhe enviar notícias da minha sobrinha, e tais que, de maneira geral, espero que o deixem satisfeito. Logo depois que você partiu no sábado, tive a sorte de descobrir em que parte de Londres eles estavam. Reservo os detalhes para quando nos encontrarmos. Basta saber que eles foram descobertos. Eu os vi a ambos...

— Então aconteceu o que sempre esperei! — exclamou Jane. — Eles estão casados!

Elizabeth continuou a ler:

Eu os vi a ambos. Eles não estão casados nem, pelo que entendi, jamais tiveram intenção de se casar; mas, se você estiver disposto a cumprir os compromissos que me atrevi a firmar em seu nome, espero que a cerimônia possa ocorrer dentro de pouco tempo. Basta que você, no contrato nupcial, garanta a Lydia a cota proporcional das cinco mil libras que ficarão para suas filhas após o falecimento seu e da minha irmã;[77] além disso, que se comprometa a dar a ela, enquanto for vivo, o valor de cem libras por ano. Levando-se tudo em consideração, não hesitei em concordar com essas condições, até onde julguei ter a autoridade para fazê-lo em seu nome. Enviarei esta carta por mensageiro expresso, para que não haja perda de tempo no recebimento da resposta. Você logo irá compreender, por esses detalhes, que as circunstâncias do sr. Wickham não são tão desesperadoras quanto se acredita. O mundo se enganou a esse respeito e fico feliz em dizer que, mesmo após todas as dívidas serem pagas, haverá algum dinheiro destinado para minha

77. Embora já tenha sido definido que as irmãs Bennet vão receber cinco mil libras após a morte de ambos os pais, o sr. e a sra. Bennet ainda podem decidir de que maneira a herança seria dividida e se uma delas ficaria com um quinhão maior do que as outras. Esse contrato nupcial garante que Lydia vai receber um quinto do total.

sobrinha no contrato nupcial, além daquele que você fornecerá.[78] Se, como acredito, você me der plenos poderes para agir em seu nome neste acordo, eu imediatamente mandarei Haggerston redigir um contrato adequado. Não haverá a menor necessidade de você voltar à cidade; portanto, fique tranquilo em Longbourn, sabendo que eu serei diligente e cuidadoso. Mande sua resposta assim que puder e tome o cuidado de escrever de maneira explícita. Julgamos ser melhor que minha sobrinha fique na nossa casa até se casar, o que eu espero que você aprove. Ela vem hoje. Voltarei a escrever assim que mais alguma coisa for definida.

Do seu etc.

Edward Gardiner

— Mas será possível! — exclamou Elizabeth ao terminar. — Será possível que ele vá se casar com ela?

— Wickham, portanto, não é tão desprovido de méritos quanto achávamos — disse a irmã. — Parabéns, meu querido pai.

— E o senhor respondeu à carta? — perguntou Elizabeth.

— Não. Mas preciso responder em breve.

Ansiosamente, ela lhe rogou que não perdesse mais tempo.

— Ah, meu querido pai! — exclamou. — Entre e escreva agora. Considere como cada momento é importante em um caso como este.

— Deixe-me escrever para você — disse Jane —, se considerar a tarefa incômoda.

— Considero muito incômoda — respondeu ele —, mas tenho de cumpri-la.

Dizendo isso, o sr. Bennet deu meia-volta com elas e caminhou na direção da casa.

— E será que posso perguntar... — falou Elizabeth. — Mas suponho que seja necessário concordar com os termos.

— Concordar! Eu só me envergonho de ele pedir tão pouco.

— E eles *precisam* se casar! Mas com esse homem!

— Sim, sim, eles precisam se casar. Não há mais nada a ser feito. Mas há duas coisas que eu gostaria muito de saber: uma, quanto dinheiro seu tio gastou para resolver a questão; e a outra, como irei conseguir pagar minha dívida com ele.

78. Nos contratos nupciais, definia-se quanto a mulher teria para suas despesas anuais, quanto ela receberia se ficasse viúva e a quantia que seus filhos receberiam após a morte dos pais.

— Dinheiro! Meu tio! — exclamou Jane. — O que o senhor quer dizer?

— Quero dizer que nenhum homem sensato se casaria com Lydia por algo tão mísero quanto cem libras por ano enquanto eu for vivo e cinquenta por ano depois que eu morrer.[79]

— Isso é bem verdade, embora não houvesse me ocorrido antes — disse Elizabeth. — As dívidas dele serão pagas e ainda sobrará um pouco! Ah! Deve ter sido meu tio quem fez isso! Que homem bom e generoso. Temo que ele tenha tido muitas despesas. Uma pequena quantia não teria bastado para tudo isso.

— Não — disse o pai —, Wickham é um tolo se a aceitar por um tostão a menos do que dez mil libras. Eu lamentaria pensar isso dele justo agora que vamos nos tornar parentes.

— Dez mil libras! Deus nos livre! Como seria possível pagar metade dessa quantia?

O sr. Bennet não respondeu e os três, pensativos, continuaram em silêncio até chegar à casa. O pai então foi para a biblioteca escrever e as meninas se encaminharam para a sala de café da manhã.

— E eles realmente vão se casar! — exclamou Elizabeth, assim que estavam a sós. — Como é estranho! E por *isso* temos de ser gratas. Pelo fato de que vão se casar, por menor que seja sua chance de felicidade e por mais vil que seja o caráter dele, somos forçados a nos alegrar! Ah, Lydia!

— Meu consolo — respondeu Jane — é pensar que Wickham decerto não se casaria com Lydia se não gostasse mesmo dela. Embora nosso bondoso tio o tenha ajudado a restabelecer-se, não posso acreditar que dez mil libras, ou qualquer coisa perto disso, foram adiantadas. Ele tem seus próprios filhos, e talvez tenha mais. Como poderia abrir mão de metade de dez mil libras?

— Se algum dia soubermos quanto Wickham devia — disse Elizabeth —, e quanto ele concordou em deixar para Lydia no contrato nupcial, saberemos exatamente o que o sr. Gardiner fez por eles, pois Wickham não tem nem um tostão. A bondade dos meus tios jamais poderá ser recompensada. O fato de eles a levarem para casa e lhe darem seu apoio e proteção é um sacrifício para o bem dela que anos de gratidão não bastarão para reconhecer. A essa altura, Lydia já deve estar com eles! Se tamanha bondade não a deixar humilhada agora, ela nunca merecerá ser feliz! Que momento para ela quando encontrar minha tia!

---

79. Cinquenta libras por ano é quanto a herança de mil libras de Lydia vai render de juros.

— Precisamos tentar esquecer tudo o que se passou de ambas as partes — falou Jane. — Eu espero e confio que eles vão ser muito felizes. Insisto em acreditar que o fato de Wickham ter concordado em se casar com ela é uma prova de que ele passou a ver as coisas de maneira correta. Sua afeição mútua irá torná-los mais constantes; e espero que se mudem para um lugar tranquilo e vivam de maneira tão racional que sua imprudência passada será esquecida.

— A conduta deles foi tal — respondeu Elizabeth — que nem eu, nem você, nem ninguém jamais a esquecerá. É inútil falar nisso.

Naquele momento, ocorreu às meninas que era muito provável que sua mãe ignorasse por completo o que acontecera. Assim, elas foram para a biblioteca e perguntaram ao pai se ele não gostaria que lhe contassem. Ele estava escrevendo e, sem erguer a cabeça, respondeu com frieza:

— Façam como desejarem.

— Podemos levar a carta do meu tio?

— Levem o que quiserem e saiam daqui.

Elizabeth pegou a carta da escrivaninha do pai e elas subiram juntas. Mary e Kitty estavam ambas com a sra. Bennet: bastaria, portanto, comunicar a notícia uma vez. Após uma breve preparação para boas notícias, a carta foi lida em voz alta. A sra. Bennet mal pôde se conter. Tão logo Jane leu que o sr. Gardiner esperava que Lydia fosse estar casada em breve, ela transbordou de júbilo, e cada frase seguinte tornou o sentimento mais exuberante. A sra. Bennet ficou tão frenética de alegria quanto antes estivera inquieta de receio e irritação. Saber que a filha iria se casar era o bastante. O temor pela felicidade dela não a perturbou e a lembrança de sua má conduta não a envergonhou.

— Minha querida, querida Lydia! — exclamou. — Mas que maravilha! Ela vai se casar! Eu a verei de novo! Ela vai se casar aos dezesseis anos! Que homem bom e gentil é o meu irmão! Eu sabia que seria assim. Sabia que ele iria arranjar tudo. Como desejo vê-la! E ao querido Wickham também! Mas as roupas, o enxoval! Vou escrever imediatamente para minha irmã Gardiner sobre isso. Lizzy, meu bem, vá correndo falar com seu pai e pergunte quanto ela vai poder gastar. Não, espere. Eu mesma vou. Toque a sineta para chamar Hill, Kitty. Em um instante eu me visto. Minha querida, querida Lydia! Como vai ser alegre nosso reencontro!

A filha mais velha tentou tornar esse êxtase menos expansivo fazendo-a pensar na gratidão que eles todos deviam ao sr. Gardiner.

— Pois devemos atribuir essa conclusão feliz, em grande medida, à sua bondade — acrescentou. — Estamos convencidos de que ele prometeu ajudar financeiramente o sr. Wickham.

— Ora, e está muito certo! — exclamou a mãe. — Quem mais haveria de fazer isso se não o próprio tio? Se ele não tivesse filhos, minhas filhas e eu íamos herdar todo o seu dinheiro, e essa é a primeira vez que ele nos dá qualquer coisa, com exceção de alguns presentes. Ah! Estou tão feliz. Daqui a pouco tempo terei uma filha casada. Sra. Wickham! Como soa bem! E ela acabou de fazer dezesseis anos em junho. Minha querida Jane, estou tão atarantada que acho que não vou conseguir escrever. Por isso, vou ditar, e você escreve para mim. Depois resolvemos a questão do dinheiro com seu pai, mas precisamos encomendar o enxoval imediatamente.

A sra. Bennet começou então a detalhar quantidades de morim, musselina e cambraia e, em pouco tempo, teria feito encomendas exageradas se Jane, com alguma dificuldade, não a houvesse convencido a esperar até que o pai pudesse ser consultado. Um dia de atraso, observou ela, seria pouco importante; e sua mãe estava feliz demais para ser tão obstinada quanto de costume. Além disso, outros planos surgiram em sua cabeça.

— Eu irei a Meryton — disse —, assim que me vestir, para contar essa excelente notícia a minha irmã Philips. E, quando estiver voltando, posso passar para ver Lady Lucas e a sra. Long. Kitty, corra lá para baixo e mande chamar a carruagem. Um passeio vai me fazer muito bem, tenho certeza. Meninas, vocês querem alguma coisa de Meryton? Ah, aí vem Hill! Minha querida Hill, você soube da boa notícia? A srta. Lydia vai se casar e vocês todos vão ganhar uma jarra de ponche para festejar as bodas.

A sra. Hill no mesmo instante começou a felicitá-las. Elizabeth recebeu suas congratulações junto com as outras e então, cansada daquela loucura, refugiou-se em seu próprio quarto, para poder pensar em paz.

A situação da pobre Lydia era, na melhor das hipóteses, bastante ruim; mas ela precisava se sentir grata por não ser ainda pior. Elizabeth sentiu isso e, embora, ao olhar para a frente, não pudesse exatamente esperar nem a felicidade racional nem a prosperidade material para a irmã, ao olhar para trás e pensar nos receios que vinham tendo até apenas duas horas antes percebeu todas as vantagens do que tinham conseguido.

CAPÍTULO 50

O SR. BENNET COM FREQUÊNCIA DESEJARA, antes daquele momento de sua vida, que, em vez de gastar toda a sua renda, tivesse economizado uma soma anual que deixasse em melhor situação as filhas e a esposa caso esta última vivesse mais do que ele. Naquela ocasião, desejou isso mais do que nunca. Se houvesse cumprido seu dever, Lydia não teria precisado ficar em dívida com o tio pelo que quer de sua honra ou reputação que pôde, na ocasião, ser comprado. A satisfação de convencer um dos rapazes mais imprestáveis da Grã-Bretanha a ser seu marido teria cabido à pessoa certa.

Foi uma preocupação séria para o sr. Bennet que algo que traria tão poucas vantagens a qualquer pessoa fosse obtido exclusivamente às custas de seu cunhado, e ele estava decidido a, se possível, descobrir o quanto o sr. Gardiner o ajudara e a quitar a dívida o mais depressa possível.

Quando o sr. Bennet se casara, a economia fora considerada inteiramente desnecessária, pois eles, é claro, iam ter um filho. Esse filho se tornaria o herdeiro da propriedade assim que se tornasse maior de idade e, assim, sustentaria a viúva e os irmãos mais novos após a morte do pai. Cinco filhas vieram sucessivamente ao mundo, mas um varão continuou a ser esperado; e a sra. Bennet, muitos anos depois do nascimento de Lydia, seguia tendo a certeza de que ele viria. Essa esperança enfim se dissipou, mas, então, já era tarde demais para começar a guardar dinheiro. A sra. Bennet não levava jeito para a economia e apenas o fato de o marido fazer questão de não depender de credores os impediu de gastar mais do que possuíam.

Fora definido no contrato nupcial que a sra. Bennet e as filhas receberiam cinco mil libras de herança. Mas, em que proporção essa quantia seria dividida entre essas últimas era algo que dependia da vontade dos pais. Era uma questão a ser decidida naquela ocasião, pelo menos no que dizia respeito a Lydia, e o sr. Bennet não hesitou em aceitar a proposta que lhe havia sido feita. Depois de demonstrar sua gratidão pela gentileza do cunhado, embora de maneira bastante concisa, ele então pôs no papel sua total aprovação de tudo o que fora acertado, e sua disposição a cumprir os compromissos que tinham sido firmados em seu nome. O sr. Bennet jamais imaginara que, se Wickham fosse convencido a se casar com sua filha, isso pudesse ser feito de maneira tão pouco inconveniente para ele próprio quanto através daquelas condições. Ele mal ficaria dez libras mais pobre ao dar cem libras por ano para Lydia; pois, somando-se os custos de mantê-la, sua mesada e os constantes presentes em dinheiro que recebia pelas mãos da mãe, as despesas anuais com ela já chegavam muito perto dessa quantia.

O fato de que aquilo seria realizado com tão pouco esforço de sua parte também fora uma muito grata surpresa, pois o maior desejo do sr. Bennet, naquele momento, era se incomodar o mínimo possível com o assunto. Cessado o acesso de raiva que impelira seus esforços para procurar a filha, ele voltara naturalmente a seu estado de indolência habitual. A carta logo foi mandada, pois, embora o sr. Bennet hesitasse em iniciar qualquer tarefa, não demorava a terminar nada já começado. Pediu mais detalhes sobre o que o cunhado fizera para ajudá-lo, mas estava com raiva demais de Lydia para mandar-lhe qualquer mensagem.

A boa notícia se espalhou logo pela casa e, com celeridade proporcional, pela vizinhança. Sem dúvida, teria sido melhor para as rodas de conversa se a srta. Lydia Bennet houvesse caído na vida ou, no mínimo, sido banida para uma fazenda longínqua.[80] Mas houve muito a se discutir sobre o casamento, e os votos de felicidade feitos por todas as senhoras invejosas de Meryton não se tornaram menos esfuziantes com essa mudança de circunstâncias, pois, com aquele marido, a desgraça de Lydia era garantida.

Fazia duas semanas que a sra. Bennet não frequentava o andar de baixo da casa, mas, naquele dia feliz, ela mais uma vez se sentou na cabeceira da mesa, com um entusiasmo que chegou a ser opressivo. Nenhuma sensação de vergonha diminuiu seu triunfo. O casamento de uma filha, que era seu maior desejo desde que Jane completara dezesseis anos, estava então prestes a acontecer, e a sra. Bennet pensava e falava apenas no que se relacionava a tais ocasiões, como cerimônias elegantes, musselinas finas, carruagens novas e criados. Ela estava

80. Era um fim comum para mulheres arruinadas. Algo parecido ocorre com uma personagem de *Mansfield Park*.

ocupada em procurar na vizinhança uma moradia adequada para Lydia e, sem saber nem querer calcular qual seria a renda do casal, rejeitou muitas, considerando-as deficientes em tamanho e importância.

— Haye-Park poderia servir — disse — se os Goulding saíssem de lá, ou a casa grande em Stoke, se a sala de estar fosse maior. Mas Ashworth é longe demais! Eu não suportaria que ela ficasse a dez milhas de distância. E, quanto a Purvis Lodge, os sótãos são horríveis.

O marido permitiu que ela falasse sem interrupções enquanto os criados continuavam no cômodo. Mas, depois que eles se retiraram, disse:

— Sra. Bennet, antes que você alugue qualquer uma dessas casas, ou todas, para sua filha e seu genro, fique logo sabendo. Em *uma* casa da vizinhança eles nunca serão admitidos. Não irei encorajar a desfaçatez nem de um nem de outro acolhendo-os em Longbourn.

Essa declaração foi seguida de uma longa discussão, mas o sr. Bennet foi firme. A discussão logo levou a outra, e a sra. Bennet descobriu, com espanto e horror, que o marido não pretendia dar nem um tostão para o enxoval da filha. Ele afirmou que Lydia não receberia nenhuma prova de afeição sua naquela ocasião. A sra. Bennet mal conseguiu compreender isso. O fato de o ressentimento do sr. Bennet chegar ao ponto inconcebível de levá-lo a recusar à filha um privilégio sem o qual seu casamento mal pareceria válido excedia tudo que ela acreditava ser possível. Para a sra. Bennet, a desonra com a qual a falta de um enxoval cobriria a boda da filha era mais pungente do que qualquer vergonha por ela ter fugido com Wickham e passado duas semanas vivendo com ele antes de a união ser celebrada.

Elizabeth então lamentou que a aflição do momento a houvesse levado a revelar para o sr. Darcy o que eles temiam em relação a Lydia, pois, como o casamento dela iria, em tão curto espaço de tempo, terminar da maneira mais apropriada, a família talvez pudesse ter a esperança de ocultar aquele começo infeliz de todos que não tinham estado diretamente envolvidos nele.

Ela não temia que o sr. Darcy contasse a história para outros. Havia poucas pessoas em cuja discrição poderia ter confiado mais. Porém, ao mesmo tempo, não havia ninguém cujo conhecimento da fraqueza de uma irmã a mortificasse tanto. Não, no entanto, por temer que houvesse qualquer desvantagem individual para si mesma advinda disso, pois, de qualquer maneira, parecia ter surgido um abismo intransponível entre eles. Mesmo se o casamento de Lydia tivesse acontecido da maneira mais honrosa, era impossível imaginar que o sr. Darcy se associaria a uma família à qual, a todas as objeções, podia agora ser acrescentada a de um parentesco próximo com um homem que ele desprezava com tanta razão.

Não era de admirar que o sr. Darcy se sentisse tão horrorizado com tal associação. O desejo de despertar a afeição dela, que Elizabeth tinha certeza de que ele sentira em Derbyshire, não poderia sobreviver a tamanho golpe. Ela ficou envergonhada, ficou triste; arrependeu-se, embora não soubesse bem de quê. Temeu perder a estima do sr. Darcy quando não podia mais se beneficiar dela. Queria ter notícias dele quando parecia haver menos chance de isso acontecer. Convenceu-se de que teria sido feliz com ele quando deixou de ser provável que fossem voltar a se encontrar.

Que triunfo para o sr. Darcy, pensava Elizabeth, se ele soubesse que o pedido que ela recusara com tanto orgulho, apenas quatro meses antes, agora seria recebido com alegria e gratidão! Não duvidava de que ele era tão generoso quanto o mais generoso dos homens. Mas essa sensação de triunfo teria sido sentida por qualquer mortal.

Elizabeth então começou a compreender que o sr. Darcy era exatamente o homem cuja natureza e habilidades mais combinariam com ela. A inteligência e o temperamento dele, embora diferentes dos seus, teriam satisfeito todos os seus desejos. Era uma união que decerto seria vantajosa para ambos. Graças à informalidade e à vivacidade de Elizabeth, o sr. Darcy poderia ter se tornado menos rígido e mais afável; e, graças ao discernimento, sabedoria e experiência dele, ela teria adquirido benefícios de maior importância.

Mas esse ditoso casamento não poderia mais ensinar às multidões admiradas o que era a verdadeira felicidade conjugal. Uma união de tendência diferente, e que impediria a possibilidade da outra, logo iria ocorrer na família.

Elizabeth não podia imaginar como Wickham e Lydia iriam conseguir manter uma situação financeira decente. Mas quanto de felicidade permanente teria um casal que só se unira porque suas paixões eram mais fortes do que sua virtude podia facilmente conjecturar.

O SR. GARDINER LOGO VOLTOU a escrever para o cunhado. À gratidão expressada pelo sr. Bennet respondeu brevemente, afirmando estar ansioso por promover o bem-estar de qualquer membro de sua família, e concluiu pedindo que o assunto jamais fosse mencionado de novo. O principal objetivo de sua carta era informá-los de que o sr. Wickham decidira deixar a milícia.

Passou a ser um grande desejo meu que ele fizesse isso assim que ficou combinado que o casamento ocorreria. E acredito que você irá concordar comigo que sua saída do regimento é altamente aconselhável, tanto para ele quando para minha sobrinha. A intenção do sr. Wickham é entrar para um regimento regular e, entre seus antigos amigos, ainda há alguns capazes e dispostos a ajudá-lo na sua carreira no Exército. Foi-lhe prometido a patente de porta-bandeira no regimento do general ..., que está acampado na região norte.[81] É uma vantagem que o regimento esteja tão longe desta parte do reino. A situação do sr. Wickham me parece promissora e espero que entre pessoas diferentes, onde cada um terá uma reputação a preservar, eles sejam mais prudentes. Escrevi ao coronel Forster para informá-lo das providências que estamos tomando e pedir que assegure aos diversos credores do sr. Wickham tanto em Brighton quanto nos arredores que eles receberão sem demora o que lhes é devido, no que me empenharei pessoalmente. Por favor, dê garantias similares aos credores em Meryton, dos quais anexo uma lista com informações fornecidas pelo próprio. Ele fez uma relação de todas as suas dívidas; espero, ao menos, que não tenha nos enganado. Haggerston já recebeu nossas ordens e tudo estará pronto dentro de uma semana. Eles então irão para o regimento, a não ser que sejam convidados a visitar Longbourn primeiro. A sra. Gardiner me disse que minha sobrinha deseja muito ver todos vocês antes de deixar o sul do país. Ela está bem e pede que eu mande seus respeitosos cumprimentos a você e à mãe.

Do seu etc.
E. Gardiner

O sr. Bennet e as filhas viram todas as vantagens da remoção de Wickham do regimento do ...shire com a mesma clareza que o sr. Gardiner. Mas a sra. Ben-

81. Wickham vai deixar a milícia e entrar para o Exército regular. Para mais detalhes sobre a diferença entre os dois, ver a nota 20. Uma patente de oficial no Exército regular era disputada e, além de precisar ser comprada, às vezes só era obtida através da influência de alguém. Wickham era tenente no regimento na milícia, mas vai ocupar a patente mais baixa de porta-bandeira no Exército regular.

net não ficou tão satisfeita. Decepcionou-se por Lydia ir morar no Norte justo quando esperara ter mais prazer e orgulho em sua companhia, pois não desistira de forma alguma de convencer o casal a viver em Hertfordshire. Além do mais, era uma pena sua filha ser afastada de um regimento no qual conhecia todos os oficiais e tinha tantos favoritos.

— Lydia adora a sra. Forster — disse. — Vai ser terrível ser mandada para tão longe! E ela também gosta bastante de muitos dos rapazes. Os oficiais talvez não sejam tão simpáticos no regimento do general.

O pedido de Lydia, pois assim ele pode ser chamado, de voltar a ser admitida pela família antes de partir para o Norte, foi, de início, recebido com uma peremptória negativa. Mas Jane e Elizabeth, que, em defesa dos sentimentos e da reputação da irmã mais nova, concordaram que seria melhor ela não ser ignorada pelos pais após as bodas, pediram com tanta insistência, porém de maneira tão racional e branda, que o sr. Bennet recebesse Lydia e o marido que ele se convenceu a pensar como elas pensavam e agir como desejavam. E sua mãe teve a satisfação de saber que poderia exibir a filha casada na vizinhança antes de ela ser banida para o Norte. Portanto, na vez seguinte que o sr. Bennet escreveu ao cunhado, deu sua permissão para que eles viessem e ficou acertado que partiriam para Longbourn assim que a cerimônia terminasse. Elizabeth, porém, ficou surpresa por Wickham concordar com aquele plano e, se houvesse consultado apenas sua própria vontade, qualquer encontro com ele teria sido a última coisa que desejaria.

CAPÍTULO 51

O DIA DO CASAMENTO DE LYDIA CHEGOU, e é provável que Jane e Elizabeth tenham sentido mais por ela do que ela por si mesma. A carruagem foi buscá-los na cidade de ..., e o combinado era que viriam para o almoço. A chegada foi temida pelas irmãs Bennet mais velhas; sobretudo por Jane, que atribuía a Lydia os sentimentos que ela própria teria se fosse a culpada, e sofreu muito pensando no que a irmã teria de suportar.

Eles chegaram. A família estava reunida na sala de café da manhã para recebê-los. Havia sorrisos iluminando o rosto da sra. Bennet quando a carruagem parou diante da porta. A expressão do marido era de uma gravidade impenetrável. As filhas estavam preocupadas, ansiosas, inquietas.

Ouviram a voz de Lydia no vestíbulo. A porta foi escancarada e ela entrou correndo na sala. A mãe se aproximou, abraçou-a e deu-lhe as boas-vindas, extasiada, estendendo a mão com um sorriso afetuoso a Wickham, que entrou depois da esposa, e parabenizando a ambos com um entusiasmo que não demonstrava nenhuma dúvida de sua felicidade conjugal.

A recepção pelo sr. Bennet, a quem então se voltaram, não foi tão cordial. Ele, na verdade, exibiu um semblante ainda mais austero e mal abriu a boca. O atrevimento desembaraçado do jovem casal, de fato, foi o bastante para irritá-lo. Elizabeth ficou horrorizada e até a srta. Bennet escandalizou-se. Lydia continuava a mesma: indomável, despudorada, selvagem, barulhenta e temerária. Ela passou de irmã para irmã, exigindo suas felicitações e, quando todos afinal se sentaram, olhou com avidez ao redor da sala, reparou em alguma pequena alteração e observou, rindo, que fazia muito tempo desde que estivera ali pela última vez.

Wickham não parecia nem um pouco menos à vontade do que ela, mas seus modos eram sempre tão afáveis que, se sua reputação e a maneira como se dera o casamento fossem exatamente o que deveriam ser, seus sorrisos e sua tranquilidade ao cumprimentá-los na qualidade de parente teriam deliciado a todos. Elizabeth, antes, não acreditara que ele fosse capaz de tamanho atrevimento, mas sentou-se, resolvendo não pôr mais limites à impudência de um homem impudente. Ela corou e Jane também; mas as faces daqueles que causaram seu constrangimento não mudaram de cor.

Não houve falta de assunto. Tanto a noiva quanto a mãe falaram o mais depressa que podiam, e Wickham, que por acaso se sentou ao lado de Elizabeth, começou a perguntar por seus conhecidos da região com um desembaraço bem-humorado que ela sentiu ser completamente impossível retribuir em suas respostas. Pareciam, ambos, compartilhar as lembranças mais felizes do mundo. Nada do passado era rememorado com constrangimento e Lydia de boa vontade abordava assuntos que suas irmãs não teriam mencionado por nada neste mundo.

— Imaginem, faz só três meses desde que viajei! — exclamou. — Parece que faz só quinze dias. Mas olhem que aconteceu bastante coisa nesse período. Minha nossa! Quando fui embora, não fazia ideia de que iria estar casada quando voltasse! Mas achei que seria muito divertido se estivesse. — O pai ergueu os olhos. Jane ficou aflita. Elizabeth lançou um olhar expressivo para Lydia. Mas ela, que nunca ouvia nem via nada que escolhia não notar, continuou alegremente: — Ah, mamãe! As pessoas daqui sabem que me casei hoje? Fiquei com medo de não saberem. Passamos por William Goulding em seu cabriolé, e cismei que queria que ele soubesse, por isso abaixei o vidro lateral do lado em que estava, tirei a luva e pousei a mão como quem não quer nada, assim na janela, para ele ver a aliança, e dei sorrisos e acenos aos montes.

Elizabeth não pôde mais suportar. Levantou-se, saiu correndo da sala e não voltou mais até ouvi-los atravessando o vestíbulo rumo à sala de jantar. Então juntou-se a eles a tempo de ouvir Lydia, com grande exibicionismo, se postar à direita da mãe e dizer para a irmã mais velha:

— Ah, Jane! Eu agora irei tomar seu lugar, e você tem de ir depois, pois sou uma mulher casada.[82]

Não era de se supor que, depois de algum tempo, Lydia passaria a ter os pudores que tanto lhe tinham faltado no começo da visita. Sua desenvoltura e

---

82. Havia uma ordem correta para as pessoas entrarem nas salas de jantar, que aparentemente os Bennet seguem mesmo quando jantam em família. Na casa deles, entrariam o sr. e a sra. Bennet primeiro e então as filhas por ordem de idade. Uma mulher casada, no entanto, entrava antes de uma solteira, por isso Lydia passa à frente de Jane.

bom humor aumentaram. Estava louca para ver a sra. Philips, os Lucas e todos os outros vizinhos, e ouvir cada um deles chamá-la de sra. Wickham. Enquanto isso não acontecia, foi mostrar a aliança e se vangloriar de estar casada para a sra. Hill e as duas criadas da casa.

— Bem, mamãe — disse Lydia, quando todos estavam de volta na sala de café da manhã —, o que a senhora acha do meu marido? Não é um homem encantador? Tenho certeza de que todas as minhas irmãs devem estar com inveja de mim. Espero que tenham metade da minha boa sorte. Elas devem todas ir a Brighton. Aquilo é que é lugar para se arrumar marido. Que pena, mamãe, que nós todos não fomos.

— É verdade. Se eu tivesse conseguido, teríamos ido. Mas, minha querida Lydia, eu não gosto nada de você ir para tão longe. É necessário?

— Ah, meu Deus! Claro que é. Não é nada de mais. Eu vou adorar. Você e o papai, e minhas irmãs, precisam ir nos visitar. Vamos passar o inverno todo em Newcastle. Imagino que haverá alguns bailes, e vou me esforçar para arranjar parceiros bons para todas elas.

— Eu adoraria! — disse a mãe.

— E, quando vocês voltarem, podem deixar uma ou duas das minhas irmãs comigo. Imagino que vou conseguir maridos para elas antes do fim do inverno.

— Obrigada pela parte que me cabe — disse Elizabeth —, mas não gosto muito do seu jeito de arrumar maridos.

As visitas permaneceriam menos de dez dias com eles. O sr. Wickham obtivera sua patente quando ainda estava em Londres e precisava se apresentar ao regimento dentro de duas semanas.

Ninguém além da sra. Bennet lamentou que a estadia fosse ser tão curta. Aproveitou ao máximo o tempo, realizando visitas com a filha e organizando frequentes reuniões em casa. Essas reuniões foram agradáveis para todos: evitar a convivência apenas com a família era ainda mais desejável para aqueles que refletiam do que para os que não o faziam.

A afeição de Wickham por Lydia era exatamente o que Elizabeth tinha esperado: não tão profunda quanto a de Lydia por ele. Graças ao que lhe dizia a razão, Elizabeth mal precisara das observações daquela ocasião para se convencer de que a fuga dos dois ocorrera devido à força do amor de Lydia, não de Wickham; e se perguntaria por que, se não por uma violenta paixão, ele teria concordado em dar aquele passo se não tivesse certeza de que precisara evadir-se devido a sua situação financeira temerária e que, sendo esse o caso, não era o tipo de jovem que resistiria à tentação de ter uma companheira.

Lydia estava perdidamente apaixonada por ele. Era seu "querido Wickham" em todas as ocasiões; ninguém podia competir com ele. Era o melhor em tudo no mundo; e Lydia tinha certeza de que, no dia 1º de setembro, caçaria mais aves do que qualquer outra pessoa na região.[83]

Certa manhã, logo após a chegada deles, ela estava sentada com as duas irmãs mais velhas e disse para Elizabeth:

— Lizzy, acho que nunca lhe contei como foi meu casamento. Você não estava por perto quando relatei tudo para a mamãe e as outras. Não está curiosa para saber como tudo aconteceu?

— Na verdade, não — respondeu Elizabeth. — Acho que, quanto menos se falar nesse assunto, melhor.

— Ora! Como você é estranha! Mas preciso contar como foi. Deve saber que nos casamos em St. Clement's, pois os aposentos de Wickham ficavam nessa paróquia.[84] E ficou combinado que estaríamos lá às onze. Meus tios iam comigo e os outros nos encontrariam na igreja. Quando chegou a manhã de segunda, eu estava tão nervosa! Morrendo de medo de que fôssemos obrigados a adiar por algum motivo, o que teria me deixado enlouquecida. E lá ficou minha tia durante o tempo todo em que eu me arrumava, falando e ralhando comigo sem parar, parecendo até que estava lendo um sermão. No entanto, só ouvi uma palavra em dez, pois, como você pode imaginar, estava pensando no meu querido Wickham. Estava doida para saber se ele ia usar casaco azul. Bem, então tomamos café às dez, como de costume. Achei que aquilo não ia acabar nunca. Você precisa entender como meus tios foram horríveis comigo o tempo todo que passei com eles. Não vai acreditar, mas não botei nem um pé fora de casa apesar de ter passado duas semanas lá. Não houve nem uma festinha, nem uma combinação, nada. Claro que Londres estava bastante deserta, mas o Little Theatre[85] estava aberto. Bem, então, justamente quando a carruagem parou em frente à porta, meu tio precisou ir cuidar de alguns negócios com aquele

83. O dia 1º de setembro era quando começava a temporada de caça às aves.
84. Por lei, um casamento devia ocorrer na paróquia onde morava um dos noivos.
85. Um dos três teatros que tinham licença para funcionar em Londres na época. Os dois maiores, o Convent Garden e o Drury Lane, ficavam fechados entre meados de junho e meados de setembro, por isso o Little Theatre se tornava a única opção.

homem horrível, o sr. Stone. E, como você sabe, quando eles se juntam, a coisa não acaba mais. Fiquei tão assustada que não sabia o que fazer, pois meu tio ia entrar comigo na igreja; e, se nos atrasássemos, só íamos poder nos casar no dia seguinte. Mas, por sorte, ele voltou em dez minutos e saímos. No entanto, me dei conta depois de que, se meu tio não pudesse ir, não precisaríamos adiar a cerimônia, pois o sr. Darcy também serviria.

— O sr. Darcy! — repetiu Elizabeth, no mais absoluto espanto.

— Ah, sim! Ele ia com Wickham, como você sabe. Mas minha nossa! Tinha me esquecido! Não era para eu dizer uma palavra sobre o assunto. Prometi solenemente! O que Wickham vai dizer? Era para ser o maior segredo!

— Se era para ser segredo — disse Jane —, não diga mais nada. Pode ter certeza de que não pedirei nenhum detalhe.

— Ah, sem dúvida! — falou Elizabeth, embora estivesse ardendo de curiosidade. — Não vamos fazer nenhuma pergunta.

— Obrigada — disse Lydia. — Pois, se fizessem, eu certamente contaria tudo e Wickham ficaria com raiva.

Diante de tamanho incentivo, Elizabeth foi forçada a sair correndo antes que pudesse perguntar o que quer que fosse.

Mas era impossível permanecer na ignorância acerca daquele assunto, ou, ao menos, era impossível não tentar obter alguma informação. O sr. Darcy estivera no casamento de sua irmã. Era um cenário, e entre pessoas, aos quais ele nada pareceria se encaixar ou ter menos vontade de estar. Suposições quanto ao significado daquilo surgiram em seu cérebro, rápidas e descabidas, mas ela não se contentou com nenhuma. As que mais a agradaram, por conferir à conduta dele um tom mais nobre, pareciam as mais improváveis. Elizabeth não conseguiu suportar o suspense e, pegando depressa uma folha de papel, escreveu uma carta breve para a tia pedindo uma explicação acerca do que Lydia deixara escapar, se esta fosse compatível com o segredo jurado. E acrescentou:

> A senhora logo entenderá como estou curiosa para saber por que uma pessoa que não tem qualquer relação com nenhum de nós, e que é (em comparação) um estranho para a nossa família, estava com vocês nessa ocasião. Por favor, me escreva imediatamente e me ajude a compreender — a não ser que, por motivos muito graves, seja preciso manter a informação em segredo, como Lydia parece achar necessário. Se for o caso, buscarei me contentar com a ignorância.

“Não que eu vá fazer isso”, pensou ela, ao terminar a carta. “E, minha querida tia, se a senhora não me contar de maneira honrosa, certamente serei reduzida a lançar mão de ardis e estratagemas para descobrir.”

O delicado senso de decoro de Jane não lhe permitiu que mencionasse a Elizabeth aquilo que Lydia revelara sem querer. Elizabeth ficou feliz. Até saber se suas perguntas seriam respondidas, preferia não ter nenhuma confidente.

CAPÍTULO 52

Elizabeth teve a satisfação de receber uma resposta para sua carta o mais depressa possível. Assim que estava com ela nas mãos, logo foi para o bosquezinho, onde corria um risco menor de ser interrompida, e, sentando-se em um dos bancos, se preparou para ser feliz, pois o tamanho da carta convenceu-a de que não continha uma recusa.

Rua Gracechurch, 6 de setembro

Minha querida sobrinha,

Acabei de receber sua carta e reservarei a manhã inteira para respondê-la, pois prevejo que não poderei lhe contar tudo o que preciso em poucas palavras. Devo confessar que fiquei surpresa com seu pedido: não o esperava de você. Mas não pense que estou zangada, pois só quis dizer que não imaginei que essas indagações fossem necessárias da sua parte. Se preferir não me entender, perdoe meu atrevimento. Seu tio está tão surpreso quanto eu, e nada além da crença em seu envolvimento no caso o teria levado a agir como agiu. Mas, se você de fato é desconhecedora e inocente de tudo, precisarei ser mais explícita.

No dia em que voltei para casa de Longbourn, seu tio recebeu um visitante muito inesperado. O sr. Darcy veio vê-lo e ficou trancado várias horas com ele. Tudo terminou antes de eu chegar, de modo que minha curiosidade não foi tão lancinante quanto a sua parece ter sido. Ele veio para dizer ao sr. Gardiner que tinha descoberto onde o sr. Wickham e sua irmã estavam, e que tinha falado com ambos — com Wickham diversas vezes e com Lydia, uma. Pelo que entendi, o sr. Darcy deixou Derbyshire apenas um dia depois de nós e veio para a cidade decidido a rastreá-los. O motivo declarado foi a convicção de que fora por culpa dele próprio que a infâmia de Wickham não fora mais conhecida, de modo a fazer com que fosse impossível para qualquer moça de família amá-lo ou confiar nele. O sr. Darcy, generosamente, imputou tudo a um orgulho equivocado e confessou que costumava acreditar ser indigno dele explicar sua vida privada ao resto do mundo.

Sua reputação deveria falar por si. Por isso, afirmou que era seu dever tomar providências e tentar remediar um mal que havia causado. Se ele tiver outro motivo, tenho certeza de que não é nada que o desonrará. O sr. Darcy ficou alguns dias na cidade antes de conseguir encontrá-los, mas tinha algo para guiar sua busca, o que era mais do que nós tínhamos. A consciência disso foi outra razão para ele ter decidido vir para cá.

Aparentemente, existe uma senhora, uma tal de sra. Younge, que há algum tempo foi preceptora da srta. Darcy e foi demitida do cargo por ter cometido algo de reprovável, embora o sr. Darcy não tenha dito o quê. Ela alugou uma casa espaçosa na rua Edward e, desde então, tem se sustentado como dona de pensão. O sr. Darcy sabia que essa tal sra. Younge era muito íntima do sr. Wickham e foi vê-la em busca de informações sobre ele assim que chegou à cidade. Mas passaram-se dois ou três dias antes de conseguir obter o que queria dela. Imagino que a mulher tenha se recusado a trair a confiança do amigo sem suborno e corrupção, pois de fato sabia onde ele se encontrava. Wickham a procurara quando chegou a Londres e, se a sra. Younge pudesse recebê-los na sua casa, eles teriam se alojado com ela. Após algum tempo, nosso bom amigo conseguiu o endereço desejado. Eles estavam na rua .... Ele esteve com Wickham e, depois, insistiu em ver Lydia. Admitiu que seu principal objetivo, no que dizia respeito a ela, fora persuadi-la a deixar aquela situação desonrosa e voltar para sua família assim que eles pudessem ser convencidos a recebê-la, oferecendo para isso todo o auxílio que estivesse ao seu alcance. Mas descobriu que Lydia estava completamente decidida a permanecer ali. Não se importava com ninguém da família, não desejava nenhuma ajuda dele, não queria nem ouvir falar em deixar Wickham. Tinha certeza de que eles iriam se casar qualquer dia desses, e não fazia muita diferença quando seria. Como esses eram os sentimentos de Lydia, restava-lhe, pensou ele, assegurar-se de que, sem demora, haveria um casamento, algo que, na sua primeira conversa com Wickham, descobriu que jamais fora a intenção deste. Wickham confessou que tinha sido obrigado a deixar o regimento devido a algumas dívidas de jogo que se comprometera a pagar com urgência, e não teve escrúpulos em imputar todas as consequências malignas da fuga de Lydia à tolice dela própria. Ele pretendia entregar imediatamente seu cargo no regimento. Sobre o futuro, podia conjecturar muito pouco. Precisava ir para algum lugar, mas não sabia qual, e sabia que não teria nenhum meio de se sustentar.

O sr. Darcy perguntou por que ele não se casara logo com sua irmã. Embora não se imaginasse que o sr. Bennet fosse muito rico, ele teria sido capaz de ajudá-lo de alguma maneira, e sua situação teria melhorado com um casamento. Mas a resposta a essa pergunta, descobriu o sr. Darcy, era que Wickham ainda acalentava a esperança de fazer uma fortuna maior através de um casamento ao se mudar para outra região. Em tais circunstâncias, no entanto, não era provável que resistisse à tentação de uma ajuda imediata.

Eles se encontraram diversas vezes, pois havia muito a discutir. Wickham, é claro, quis mais do que seria possível conseguir, mas afinal foi obrigado a ser razoável.

Quando tudo estava acertado entre eles, o próximo passo do sr. Darcy foi relatar tudo ao seu tio, e ele fez uma visita à rua Gracechurch uma noite antes de eu chegar em casa. Porém o sr. Gardiner estava ocupado, e o sr. Darcy, ao se informar melhor, descobriu que seu pai ainda estava hospedado com ele, mas deixaria a cidade na manhã seguinte. Ele acreditou que seria melhor consultar seu tio do que seu pai e, por isso, decidiu adiar a reunião até que ele partisse. Não disse seu nome ao criado, e soube-se apenas que um cavalheiro estivera ali a negócios.

No sábado, o sr. Darcy voltou. Seu pai se fora, seu tio estava em casa e, como eu já disse, eles conversaram bastante.

Os dois se encontraram de novo no domingo e, então, eu o vi também. Tudo só foi resolvido na segunda e, assim que isso aconteceu, o mensageiro expresso foi enviado a Longbourn. Nosso visitante foi muito obstinado. Acredito, Lizzy, que a obstinação é seu verdadeiro defeito, afinal de contas. Ele já foi acusado de muitas falhas em diferentes ocasiões, mas essa é a verdadeira. Nada pôde ser feito por ninguém além dele próprio, embora eu tenha certeza de que seu tio teria se prontificado a arcar com todas as despesas (e não digo isso para que você me agradeça, portanto nem mencione o assunto).

Eles discutiram um com o outro durante um bom tempo, o que foi mais do que tanto o cavalheiro quanto a dama em questão mereciam. Mas, afinal, seu tio foi forçado a ceder e, em vez de poder ser útil à sobrinha, teve de suportar receber apenas o provável crédito por isso, o que fez muito a contragosto. Eu de fato acredito que a carta que recebi de você esta manhã deixou-o muito contente, pois exigiu uma explicação que não o faria ficar parecendo uma gralha enfeitada com penas de pavão e daria o mérito a quem é de direito. Mas, Lizzy, isso não pode chegar ao conhecimento de ninguém além de você ou, no máximo, Jane.

Imagino que você saiba razoavelmente bem o que será feito para o jovem casal. As dívidas dele serão pagas, um montante, acredito, consideravelmente maior do que mil libras; outras mil libras, além das que Lydia vai herdar dos pais, serão garantidas para ela no contrato nupcial; e a patente dele no Exército regular será comprada. Os motivos pelos quais tudo isso teve de ser feito pelo próprio sr. Darcy são aqueles que relatei acima. Por causa dele, da sua reserva e falta de reflexão, o caráter de Wickham fora tão mal compreendido e este fora recebido e festejado. Talvez haja um pouco de verdade nisso, embora eu duvide que a reserva do sr. Darcy, ou de qualquer pessoa, possa ser a culpada pelo ocorrido. Mas, apesar de todas essas palavras bonitas, minha querida Lizzy, pode ter certeza de que nem eu nem seu tio jamais teríamos cedido se não houvéssemos dado a ele o crédito de haver outros interesses envolvidos.

Quando tudo foi resolvido, o sr. Darcy voltou para a companhia de seus amigos, que ainda estavam hospedados em Pemberley; mas nós concordamos que voltaria a Londres mais uma vez no dia do casamento, quando todas as questões monetárias seriam finalizadas.

Acredito que, agora, lhe contei tudo. É um relato que, pelo que você me disse, vai lhe causar muita surpresa; espero que, ao menos, não lhe cause nenhum desprazer. Lydia veio ficar conosco e Wickham pôde visitá-la sempre que quis. Ele continuava exatamente igual ao que era quando o conheci em Hertfordshire, mas eu não lhe contaria o quanto fiquei insatisfeita com o comportamento dela enquanto permaneceu aqui, se não houvesse percebido, pela última carta de Jane na quarta-feira, que sua conduta ao voltar para casa continuou idêntica e que, portanto, não irei causar nenhuma mágoa nova. Conversei com Lydia várias vezes da maneira mais séria, explicando como o que fizera fora errado e como ela deixara toda a família infeliz. Se ela me ouviu, foi por sorte, pois tenho certeza de que não prestou atenção. Eu, por vezes, fiquei bastante irritada, mas então me lembrei das minhas queridas Elizabeth e Jane e tive paciência com ela.

O sr. Darcy voltou na data combinada e, como Lydia contou, esteve presente no casamento. Jantou conosco no dia seguinte e pretendia deixar a cidade na quarta ou na quinta. Você ficará muito zangada comigo, minha querida Lizzy, se eu aproveitar esta oportunidade para dizer algo que nunca tive coragem de dizer antes — o quanto gosto dele? Seu comportamento para conosco foi, em todos os aspectos, tão afável quanto fora em Derbyshire. Sua inteligência e todas as suas opiniões me agradam. Falta-lhe apenas um pouco de vivacidade, e isso, se ele se casar com prudência, sua esposa poderá lhe proporcionar. Eu o achei muito astuto — ele quase não mencionou seu nome. Mas a astúcia parece estar na moda.

Por favor, me perdoe se presumi demais; ou, ao menos, não me castigue a ponto de me excluir de P. Jamais ficarei satisfeita até dar a volta completa no bosque. Um faetonte baixo com uma bela parelha de pôneis seria perfeito. Mas não posso escrever mais. As crianças estão me chamando há meia hora.

Afetuosamente,
Sra. Gardiner

O conteúdo dessa carta deixou Elizabeth em tal estado de agitação que ela teve dificuldade em determinar se foi causado mais pelo prazer ou pela dor. As suspeitas vagas e incertas acerca do que o sr. Darcy podia ter feito para promover o casamento de sua irmã, que ela temera encorajar por considerá-las uma prova de bondade grande demais para ser provável, e ao mesmo tempo temera serem corretas devido ao peso da obrigação, tinham provado ser reais muito além da expectativa! Ele fora até a cidade com o propósito específico de encontrá-los; passara por todas as inconveniências e mortificações associadas a tal busca, que fizera com que fosse necessário suplicar pela ajuda de uma mulher que devia abominar e desprezar; e fora obrigado a encontrar, e a encontrar com frequência, além de argumentar, persuadir e, finalmente, subornar, o homem que mais desejava evitar e cuja mera menção era um sofrimento. Fizera tudo isso por uma menina que sem dúvida não admirava nem estimava. O coração de Elizabeth sussurrou que ele o fizera por ela. Mas foi uma esperança logo apagada diante de outras considerações, e Elizabeth, após pouco tempo, sentiu que nem sua vaidade era suficiente para acreditar que a afeição do sr. Darcy por ela, por uma mulher que já recusara um pedido de casamento dele, era tal que o levaria a esquecer um sentimento tão natural quanto o repúdio a um parentesco com Wickham. Tornar-se cunhado de Wickham! Seu orgulho devia dar-lhe variados motivos para sentir repugnância por aquele relacionamento. O sr. Darcy, sem dúvida, fizera muito. Elizabeth sentia vergonha de pensar no quanto. Mas dera um motivo para sua interferência que não era extraordinariamente difícil de acreditar. Era razoável que ele houvesse considerado que cometera um erro. Ele era generoso e tinha os meios de exercer sua generosidade. E, embora Elizabeth se recusasse a crer que fora seu principal incentivo, podia talvez acreditar que o resquício de certa preferência por ela pudesse ter ajudado nos esforços do sr. Darcy em uma causa que lhe era tão importante. Era doloroso, extremamente doloroso, saber que eles tinham tantas obrigações para com uma pessoa a quem jamais poderiam recompensar. Deviam a recuperação de Lydia, de sua reputação, de tudo, a ele. Ah! Quanto pesar Elizabeth sentiu por todas as emoções odiosas que já acalentara, todas as coisas atrevidas que já dissera para o sr. Darcy. Sentiu vergonha de si mesma; mas sentiu orgulho dele. Orgulho porque, em uma questão de compaixão e honra, ele deixara sobressair suas melhores qualidades. Ela leu diversas vezes os elogios que a tia fizera a ele. Estavam longe de ser o bastante, mas a agradaram. Elizabeth até percebeu que sentia certo prazer, embora misturado ao pesar, em perceber a constância com que tanto a tia quanto o tio acreditavam que ainda havia afeto e intimidade entre ela e o sr. Darcy.

Despertou de suas reflexões e se levantou ao ouvir alguém se aproximando; e, antes de conseguir enveredar por outra aleia, foi alcançada por Wickham.

— Temo estar interrompendo seu passeio solitário, minha querida cunhada — disse ele, quando estava ao seu lado.

— Certamente sim — respondeu Elizabeth, com um sorriso —, mas isso não significa que a interrupção não é bem-vinda.

— Eu lamentaria muito se fosse. *Nós* sempre fomos bons amigos. E agora, somos ainda mais.

— É verdade. Os outros saíram também?

— Não sei. A sra. Bennet e Lydia vão de carruagem para Meryton. Então, minha querida cunhada, seus tios me disseram que você esteve em Pemberley.

Ela respondeu que sim.

— Quase chego a invejá-la por esse prazer. No entanto, acredito que seria demais para mim, ou poderia passar lá a caminho de Newcastle. Conheceu a velha governanta, imagino. Pobre Reynolds, ela sempre gostou muito de mim. Mas é claro que não deve ter mencionado meu nome para a senhorita.

— Mencionou sim.

— E o que ela disse?

— Que o senhor tinha entrado para o Exército, mas que ela temia que houvesse... enveredado por um mau caminho. O senhor sabe que, quando as distâncias são tão grandes, as coisas podem ser estranhamente distorcidas.

— Decerto — respondeu Wickham, mordendo o lábio. Elizabeth esperou tê-lo silenciado, mas, pouco depois, ele disse: — Para minha surpresa, eu vi Darcy na cidade no mês passado. Nos cruzamos diversas vezes. O que será que ele estava fazendo lá?

— Talvez se preparando para seu casamento com a srta. De Bourgh. Deve ser algum motivo especial para ele ter ido à capital nesta época do ano.

— Sem dúvida. A senhorita o viu quando estava em Lambton? Entendi, pelo que disseram o sr. e a sra. Gardiner, que sim.

— Sim. Ele nos apresentou a sua irmã.

— E a senhorita gostou dela?

— Muito.

— Realmente, ouvi dizer que ela melhorou demais nos últimos um ou dois anos. Quando a vi pela última vez, não era uma jovem muito promissora. Que bom que gostou dela. Espero que se torne uma boa pessoa.

— Acredito que sim. Ela já superou a idade mais difícil.

— Vocês passaram pelo vilarejo de Kympton?

— Não que me lembre.

— É lá que fica a paróquia que deveria ter sido minha. Que lugar delicioso! A casa paroquial é excelente! Teria sido perfeita para mim.

— O senhor teria gostado de fazer sermões?

— Muito. Teria considerado isso parte dos meus deveres e, logo, nem sentiria o esforço. Não devemos nos queixar. Mas teria sido tão bom! A paz, a reclusão de uma vida como essa corresponderiam a todos os meus ideais de felicidade! Enfim, não era para ser. A senhorita ouviu Darcy falar alguma vez desse assunto enquanto estava em Kent?

— Ouvi de certa parte, que considerei tão confiável quanto ele, que o cargo eclesiástico lhe havia sido deixado apenas de maneira condicional no testamento do falecido patrono.

— Ouviu? Sim, faz algum sentido. Eu lhe disse isso desde o princípio, como talvez se lembre.

— E também ouvi que houve uma época em que fazer sermões não lhe pareceu tão agradável quanto parece ser agora, e que o senhor declarou expressamente sua intenção de nunca entrar para a Igreja, chegando então a outro acordo.

— É mesmo? Isso não é de todo infundado. Talvez se lembre do que lhe contei sobre a questão da primeira vez em que falamos no assunto.

Estavam quase diante da porta da casa, pois Elizabeth andara depressa para se livrar logo dele. Não desejando irritá-lo pelo bem da irmã, ela respondeu apenas, com um sorriso bem-humorado:

— Vamos, sr. Wickham, nós agora somos cunhados. Não vamos brigar por causa do passado. No futuro, espero que concordemos em tudo.

Elizabeth estendeu a mão; Wickham beijou-a com afetuoso cavalheirismo, embora mal soubesse para onde olhar, e eles entraram.

CAPÍTULO 53

O SR. WICKHAM FICOU TÃO SATISFEITO com essa conversa que nunca mais se deu ao trabalho de voltar a abordar o assunto, provocando sua querida cunhada Elizabeth; e ela, para sua satisfação, descobriu que dissera o bastante para fazê-lo se calar.

O dia da partida dele e de Lydia logo chegou e a sra. Bennet foi forçada a se submeter a uma separação que, como seu marido não concordara de jeito nenhum com sua ideia de a família inteira ir para Newcastle, provavelmente se estenderia por um ano inteiro.

— Ah, minha querida Lydia! — exclamou ela. — Quando vamos nos ver de novo?

— Meu Deus! Não sei. Acho que vai demorar uns dois ou três anos.

— Escreva para mim com frequência, minha querida.

— Sempre que puder. Mas a senhora sabe que as mulheres casadas nunca têm muito tempo para escrever cartas. Minhas irmãs podem escrever para *mim*. Elas não vão ter mais nada para fazer.

As despedidas do sr. Wickham foram mais afetuosas do que as de sua esposa. Ele sorriu, foi encantador e disse muitas coisas bonitas.

— É o camarada mais admirável que eu já vi — disse o sr. Bennet assim que eles deixaram a casa. — Sorri, suspira e flerta com todos nós. Tenho um orgulho prodigioso dele. Desafio até mesmo Sir William Lucas a apresentar um genro mais valioso.

A perda da filha deixou a sra. Bennet aborrecida durante vários dias.

— Muitas vezes penso — disse ela — que não existe nada pior do que nos separarmos dos nossos entes queridos. A vida parece tão melancólica sem eles.

— Veja, senhora, essa é a consequência de ter uma filha casada — disse Elizabeth. — Isso deve deixá-la mais conformada com o fato de as outras quatro continuarem solteiras.

— Não é nada disso. Lydia não foi embora porque se casou, mas só porque o regimento do marido, por acaso, fica longe. Se fosse mais perto, ela não teria partido tão cedo.

Mas a falta de ânimo que esse acontecimento causou na sra. Bennet logo foi aliviada, e sua mente voltou a se abrir para a agitação da esperança por uma notícia que começou então a circular. A governanta de Netherfield recebeu ordens para se preparar para a chegada do patrão, que viria dali a um ou dois dias passar algumas semanas caçando. A sra. Bennet ficou no maior desassossego. Ela ora olhava para Jane, ora sorria, ora balançava a cabeça.

— Muito bem, então quer dizer que o sr. Bingley vai voltar, minha irmã — pois tinha sido a sra. Philips quem contara a notícia. — Bem, tanto melhor. Não que eu me importe. Ele não significa nada para nós, como você sabe, e *eu* certamente nunca quero voltar a vê-lo. Mas está claro que ele pode vir para Netherfield, se quiser. E quem sabe o que pode acontecer? Mas isso não importa. Você sabe, minha irmã, que há muito tempo concordamos em não falar uma palavra sobre esse assunto. E então, é mesmo certo que ele vem?

— Sem dúvida — respondeu a outra —, pois a sra. Nicholls foi a Meryton ontem à noite. Eu a vi passar e saí de casa só para me certificar se era verdade. E ela me disse que sim, com certeza. Ele vem no mais tardar na quinta-feira, muito provavelmente na quarta. Ela me disse que ia ao açougueiro encomendar algumas peças de carne para quarta, e está com três pares de patos prontos para o abate.

A srta. Bennet não tinha conseguido ouvir a notícia da vinda do sr. Bingley sem corar. Fazia muitos meses que não mencionava o nome dele para Elizabeth, mas, naquela ocasião, assim que elas ficaram a sós, disse:

— Eu vi você me olhando hoje, Lizzy, quando minha tia nos contou a novidade, e sei que pareci estar perturbada. Mas não imagine que foi por algum motivo tolo. Só fiquei constrangida por um instante, pois imaginei que *iriam* olhar para mim. Garanto-lhe que essa notícia não me causa nem prazer nem dor. Fico feliz por uma coisa: por ele vir sozinho, pois assim iremos vê-lo menos. Não que eu tema por *mim*, mas tenho receio dos comentários dos outros.

Elizabeth não soube o que pensar. Se não o tivesse visto em Derbyshire, poderia supor que seria capaz de voltar a Netherfield sem nenhum outro propósito além do que alegara. Mas continuava acreditando que Bingley gostava de

Jane, e não sabia se era maior a probabilidade de ele voltar com a permissão do amigo ou de ser ousado o suficiente para vir sem ela.

"Porém é duro", pensava ela às vezes, "que esse pobre homem não possa vir a uma casa que alugou legalmente sem causar tantas especulações! Vou deixá-lo em paz."

Apesar do que sua irmã declarara e de fato acreditava sentir diante da expectativa da chegada de Bingley, Elizabeth percebeu facilmente que o ânimo dela se alterou com a notícia. Ficou mais perturbado e mais inconstante do que Elizabeth jamais o vira.

O assunto, que fora discutido com tanto entusiasmo por seus pais cerca de doze meses antes, foi então abordado mais uma vez.

— Assim que o sr. Bingley chegar, meu querido — disse a sra. Bennet —, você vai visitá-lo, é claro.

— Não, não. Você me forçou a visitá-lo no ano passado e me prometeu que, se eu fosse, ele iria se casar com uma das minhas filhas. Mas isso não deu em nada e eu não vou sair fazendo papel de tolo outra vez.

A esposa argumentou que era absolutamente necessário que todos os cavalheiros da região fizessem essa gentileza quando o sr. Bingley voltasse a Netherfield.

— É uma formalidade que desprezo — disse o sr. Bennet. — Se ele deseja nossa companhia, que venha buscá-la. Ele sabe onde moramos. Não vou desperdiçar *meu* tempo correndo atrás dos vizinhos sempre que eles vão embora e voltam.

— Bem, só sei que vai ser uma grosseria abominável se você não fizer a visita. Mas isso não vai me impedir de convidá-lo para jantar aqui, estou decidida. Devemos um convite para a sra. Long e para os Goulding. Com eles e nós, seremos treze à mesa, e vai sobrar um lugar para o sr. Bingley.

Consolada com essa decisão, a sra. Bennet foi mais capaz de suportar a falta de cortesia do marido, embora fosse mortificante saber que, por causa dele, seus vizinhos talvez vissem o sr. Bingley antes. Conforme o dia de sua chegada se aproximava, Jane disse à irmã:

— Começo a lamentar que ele venha. Não haveria nenhum problema. Eu poderia vê-lo com a mais perfeita indiferença. Mas mal consigo suportar a maneira como esse assunto é constantemente discutido. Minha mãe tem boas intenções, mas nem ela nem ninguém sabe o quanto eu sofro com o que diz. Ficarei feliz quando a estada dele em Netherfield houver chegado ao fim!

— Gostaria de poder dizer algo que a consolasse — disse Elizabeth —, mas sou totalmente incapaz. Você sentirá, não há jeito. E a satisfação usual de pedir paciência ao sofredor me é negada, pois você sempre tem tanta.

O sr. Bingley chegou. A sra. Bennet, graças ao auxílio de criados, conseguiu ser uma das primeiras a saber, para que sua ansiedade e irritação durassem o mais longo período possível. Ela contou os dias que teriam de se passar antes que um convite fosse enviado, sem esperanças de vê-lo antes disso. Mas, na terceira manhã após sua chegada a Hertfordshire, viu-o de uma das janelas de seu quarto de vestir entrando no pasto mais próximo e cavalgando na direção da casa.

A sra. Bennet, na maior animação, chamou as filhas para compartilhar de sua alegria. Jane continuou sentada à mesa, resoluta; mas Elizabeth, para satisfazer a mãe, foi até a janela. Ela olhou, viu o sr. Darcy com o sr. Bingley e voltou a se sentar ao lado da irmã.

— Há um cavalheiro com ele, mamãe — disse Kitty. — Quem pode ser?

— Um conhecido qualquer, imagino, minha querida. Não faço ideia.

— Ora! — respondeu Kitty. — Parece aquele homem que costumava andar com ele. Sr. Sei-lá-quem. Aquele homem alto e orgulhoso.

— Minha nossa! O sr. Darcy! Não é que parece mesmo? Bem, qualquer amigo do sr. Bingley sempre será bem-vindo aqui, claro. Mas, se não fosse por isso, eu não ia querer nem pôr os olhos nele.

Jane olhou para Elizabeth com surpresa e preocupação. Ela sabia pouco sobre os encontros de Elizabeth e Darcy em Derbyshire e, portanto, sentiu como devia ser constrangedor para a irmã vê-lo praticamente pela primeira vez desde que recebera sua carta esclarecedora. As duas irmãs ficaram um tanto desconfortáveis. Cada uma sentiu pela outra e, é claro, por si. A mãe continuou a falar de sua antipatia pelo sr. Darcy e de sua resolução de só ser educada com ele por ser amigo do sr. Bingley, sem ser ouvida por nenhuma das duas. Mas Elizabeth tinha motivos de inquietação que não podiam ser suspeitados por Jane, a quem ela ainda não tivera coragem de mostrar a carta da sra. Gardiner nem de contar da transformação do que sentia por Darcy. Para Jane, o sr. Darcy era apenas um homem cujo pedido de casamento Elizabeth recusara e cujo mérito ela subestimara. Mas, para Elizabeth, que compreendia melhor a situação, ele era a pessoa a quem a família inteira devia o maior dos bens, e alguém que ela própria via com um interesse, ainda que não tão terno, ao menos tão razoável e justo quanto o que Jane sentia por Bingley. O espanto de Elizabeth por ele ter vindo — ter vindo a Netherfield, a Longbourn e a procurado de própria vontade — foi quase igual ao que sentira ao ver a mudança de seu comportamento em Derbyshire.

A cor que deixara suas faces voltou durante meio minuto em um matiz mais forte, e um sorriso de deleite acrescentou brilho a seus olhos quando Elizabeth pensou, durante esse curto espaço de tempo, que o afeto e os desejos do sr. Darcy deviam ter permanecido iguais. Mas ela se recusou a ter certeza disso.

"Primeiro verei como ele se comporta", pensou. "Então estará na hora de criar expectativas."

Ficou sentada, concentrada em sua costura, tentando se manter calma e sem ousar erguer os olhos até que uma curiosidade ansiosa os levou a fixá-los no rosto da irmã conforme o criado se aproximava da porta. Jane estava um pouco mais pálida do que de costume, porém mais serena do que Elizabeth esperara. Quando os cavalheiros entraram, Jane corou, mas recebeu-os com razoável desembaraço e com uma conduta perfeita, igualmente livre de qualquer sintoma de ressentimento ou de qualquer amabilidade desnecessária.

Elizabeth disse o mínimo necessário para não parecer descortês e voltou a se sentar para costurar com uma atenção que não costumava dedicar a tal tarefa. Ela só se atrevera a olhar de relance para Darcy uma vez. Estava sério como sempre e, ela achou, com um ar mais parecido do que costumava aparentar em Derbyshire do que o que exibira em Pemberley. Mas talvez não pudesse, na presença da mãe, ficar tão à vontade quanto fora com seus tios. Era uma suposição dolorosa, mas não improvável.

Elizabeth também vira Bingley apenas por um instante e, naquele breve momento, achou-o ao mesmo tempo alegre e constrangido. Ele foi recebido pela sra. Bennet com uma efusividade que deixou as duas filhas envergonhadas, sobretudo devido ao contraste com a polidez fria e cerimoniosa de seus cumprimentos ao amigo dele.

Elizabeth, em especial, que sabia que a mãe lhe devia a preservação de sua filha preferida de uma infâmia irremediável, ficou terrivelmente magoada e aflita com aquele favoritismo tão equivocado.

Darcy, depois de perguntar a Elizabeth como estavam o sr. e a sra. Gardiner, uma pergunta que ela não conseguiu responder sem embaraço, não disse mais quase nada. Ele não estava sentado perto dela. Talvez esse fosse o motivo de seu silêncio. Mas, em Derbyshire, não fora assim. Lá, Darcy conversara com seus parentes quando não podia conversar com ela própria. Na presente ocasião, no entanto, diversos minutos se passaram sem que fosse ouvido o som da voz dele; e quando, de tempos em tempos, incapaz de resistir ao impulso da curiosidade, Elizabeth erguia os olhos, ela o via observando Jane com tanta frequência quanto a observava e, muitas vezes, fitando apenas o chão. O sr. Darcy claramente estava mais pensativo e menos ansioso por agradar do que da última vez em que tinham se visto. Elizabeth ficou decepcionada, e teve raiva por sentir aquela decepção.

"Como eu podia esperar outra coisa?", pensou. "Mas, então, por que ele veio?"

Ela não estava com vontade de conversar com ninguém além de Darcy; porém, mal teve coragem de falar com ele.

Perguntou como estava sua irmã, mas não conseguiu nada além disso.

— Faz muito tempo que o senhor foi embora, sr. Bingley — disse a sra. Bennet.

Ele concordou prontamente.

— Comecei a ter medo de que nunca mais fosse voltar. Disseram que sua intenção era devolver Netherfield no Dia de São Miguel, mas espero que não seja verdade. Aconteceram muitas mudanças na região desde que o senhor partiu. A srta. Lucas se casou e se mudou. E uma das minhas filhas também. Imagino que tenha ouvido falar. Claro, deve ter visto nos jornais. Saiu no *Times* e no *Courier*, eu sei, mas não do jeito que devia. Só dizia "Há poucos dias, o sr. George Wickham se casou com a srta. Lydia Bennet", sem nem uma sílaba sobre o pai dela, o lugar onde nasceu, nada. Foi meu irmão, o sr. Gardiner, quem mandou publicar. Não sei por que ficou tão mal redigido. O senhor viu?

Bingley respondeu que sim e desejou-lhe felicidades. Elizabeth não se atreveu a erguer os olhos. Assim, não pôde saber qual foi a expressão do sr. Darcy.

— Realmente, é uma coisa maravilhosa ter uma filha bem casada — continuou a mãe —, mas, ao mesmo tempo, sr. Bingley, é muito difícil vê-la partir para tão longe. Eles foram para Newcastle, um lugar que fica no Norte, parece, e vão ficar lá não sei quanto tempo. O regimento dele é de lá. Pois imagino que o senhor saiba que Wickham deixou o regimento do ...shire e foi para o Exército regular. Graças a Deus! Ele tem *alguns* amigos, embora não tantos quanto merece.

Elizabeth, que sabia que o alvo dessa fala era o sr. Darcy, sentiu uma vergonha tão angustiante que mal conseguiu permanecer sentada. Isso, no entanto, obrigou-a a falar mais, o que nada até então a levara, de maneira tão eficaz, a fazer; e ela perguntou a Bingley se ele pretendia passar algum tempo no campo naquela ocasião. Algumas semanas, acreditava ele.

— Quando o senhor tiver acabado com todos os seus pássaros, sr. Bingley — disse a mãe —, por favor, venha para cá e cace quantos quiser nas terras do sr. Bennet. Tenho certeza de que ele ficará encantado e reservará as melhores perdizes para o senhor.

Elizabeth se afligiu ainda mais com aquela gentileza tão desnecessária, tão inoportuna! Teve certeza de que, se a mesma bela perspectiva que haviam tido a sorte de viver um ano atrás voltasse a surgir, tudo terminaria da mesma maneira odiosa. Naquele instante, Elizabeth sentiu que anos de felicidade não poderiam compensar a ela e a Jane por momentos de constrangimento tão terríveis.

"A coisa que eu mais desejo", pensou, "é nunca mais estar na companhia de nenhum dos dois. A convivência com eles não pode me dar nenhum prazer que faça toda essa angústia valer a pena! Que eu nunca mais veja nem um nem outro!"

No entanto, a angústia que não poderia ser compensada nem com anos de felicidade foi bastante aliviada quando Elizabeth observou o quanto a beleza da irmã tinha feito renascer a admiração de seu antigo pretendente. Logo que chegara, Bingley falara pouco com Jane; mas, a cada cinco minutos, parecia lhe dar mais atenção. Ele a achou tão bela quanto no ano passado, além de tão amável e tão sem afetações, embora menos falante. Jane estava ansiosa para que nenhuma mudança nela pudesse ser percebida, e realmente achou que falara tanto quanto sempre. Mas sua mente estava tão agitada que ela nem sempre notava quando estava em silêncio.

Quando os cavalheiros se levantaram para partir, a sra. Bennet se lembrou da gentileza que pretendia fazer e convidou ambos para jantar em Longbourn dali a alguns dias.

— O senhor está me devendo uma visita, sr. Bingley — disse ela —, pois, quando foi para a cidade no inverno passado, prometeu vir jantar com nossa família assim que voltasse. Eu não me esqueci, está vendo? E garanto-lhe que fiquei muito decepcionada pelo fato de o senhor não ter voltado e cumprido o combinado.

Bingley pareceu um pouco desconcertado com essa lembrança e disse algumas palavras sobre lamentar ter sido impedido por seus negócios. Eles, então, foram embora.

A sra. Bennet sentira uma forte inclinação a convidá-los para jantar naquele dia mesmo. Mas, embora sempre servisse refeições muito fartas, achou que nada menos do que dois serviços completos seriam bons o suficiente para um homem de quem esperava tanto ou satisfariam o apetite e o orgulho de outro que tinha uma renda de dez mil libras por ano.

CAPÍTULO 54

Assim que eles se foram, Elizabeth saiu de casa para recobrar o ânimo, ou, em outras palavras, para pensar sem interrupções naquilo que o abateria mais. O comportamento do sr. Darcy a deixara perplexa e aborrecida.

"Se foi apenas para ficar mudo, sério e indiferente, para que veio?", pensou ela.

Não conseguiu explicar a questão de nenhuma maneira que a deixasse feliz.

"Ele continuou sendo amável, continuou sendo simpático com meus tios quando estava na cidade. Então por que não comigo? Se me teme, por que vir aqui? Se não gosta mais de mim, por que ficar mudo? Que homem irritante! Não vou mais pensar nele."

Essa resolução foi, durante algum tempo, involuntariamente mantida pela aproximação da irmã, que veio encontrá-la com uma expressão alegre, demonstrando que tinha ficado mais satisfeita com os visitantes do que Elizabeth.

— Agora que o primeiro encontro passou, estou completamente tranquila — disse ela. — Já sei até que ponto consigo ser forte e jamais voltarei a ficar constrangida com uma visita dele. Estou feliz que venha jantar aqui na terça. Então será publicamente visto que, de ambas as partes, vamos nos encontrar apenas como conhecidos indiferentes um ao outro.

— Sim, muito indiferentes mesmo — disse Elizabeth, rindo. — Ah, Jane, cuidado.

— Minha querida Lizzy, você não pode me achar tão fraca a ponto de correr algum risco agora.

— Acho que você está correndo um grande risco de fazer o amor dele voltar com a mesma força de antes.

Só voltaram a ver os cavalheiros na terça. Nesse meio-tempo, a sra. Bennet estava se deixando levar por todos os planos felizes que haviam ressurgido depois de meia hora de visita devido ao mero fato de o sr. Bingley ter sido educado e bem-humorado com toda a família.

Na terça-feira um grupo grande se reuniu em Longbourn, e os dois, cuja presença era mais ansiosamente esperada, para mérito de sua pontualidade de caçadores, chegaram bem cedo. Quando todos se retiraram para a sala de jantar, Elizabeth observou com atenção para ver se Bingley ia se sentar no lugar que ocupara em todas as reuniões anteriores, ou seja, ao lado de sua irmã. Ao entrar no cômodo, ele pareceu hesitar. Mas Jane por acaso olhou-o e, por acaso, sorriu: estava decidido. Ele se sentou ao lado dela.

Elizabeth, com uma sensação de triunfo, olhou na direção do amigo de Bingley. Este suportou tudo com uma nobre indiferença, e ela teria imaginado que Bingley recebera sua anuência para ser feliz se não houvesse visto seus olhos também voltados para o sr. Darcy com uma expressão de receio meio brincalhona.

O comportamento de Bingley para com Jane durante o jantar mostrou uma admiração que, embora mais reservada do que antes, convenceu Elizabeth de que, se ele fosse deixado por sua própria conta, sua felicidade e a de Jane estariam rapidamente asseguradas. Embora não ousasse ter certeza do desfecho, sentiu prazer em observar os modos dele. Foi a única coisa que lhe deu ânimo na ocasião, pois ela não estava de bom humor. O sr. Darcy estava praticamente do outro lado da mesa. Sentado ao lado da mãe dela. Elizabeth sabia quão pouco tal situação seria prazerosa para qualquer um dos dois, e quão pouco agradáveis faria ambos parecerem. Ela não estava perto o suficiente para ouvir nada da conversa, mas pôde ver quão raramente eles se falaram e quão formal e frio foi seu comportamento sempre que o faziam. A falta de educação de sua mãe fez com que a lembrança do que deviam ao sr. Darcy fosse mais dolorosa para Elizabeth, e ela, por vezes, teria dado tudo para ter o privilégio de dizer-lhe que sua bondade era sabida e reconhecida por alguém da família.

Elizabeth teve esperanças de que, após o jantar, eles fossem ter alguma oportunidade de ficar próximos, e que, assim, a visita inteira não se passasse sem lhes permitir conversar para além do cumprimento cerimonioso que tinham trocado quando ele chegara. Estava nervosa e inquieta, e o período que passou na sala de estar antes que os cavalheiros entrassem foi tão cansativo e aborrecido que ela quase foi descortês. Para Elizabeth, a chegada deles seria o momento do qual dependeriam todas as chances de felicidade daquela noite.

"Se o sr. Darcy não vier para perto de mim, *então* desistirei dele para sempre", pensou.

Os cavalheiros entraram e ela achou que Darcy parecia prestes a satisfazer seu desejo. Mas ai! As senhoras estavam tão juntas ao redor da mesa em que Jane preparava o chá e Elizabeth servia o café que não havia nenhum espaço ao seu lado no qual fosse possível pôr uma cadeira. E, quando os cavalheiros se aproximaram, uma das meninas se juntou ainda mais a ela e disse, num sussurro:

— Os homens não irão nos separar, estou decidida. Nós não queremos nenhum deles aqui, queremos?

Darcy foi andando até outra parte da sala. Elizabeth seguiu-o com os olhos, invejou todos com quem ele falou, mal teve paciência para servir café a qualquer um e, então, ficou furiosa consigo mesma por ser tão boba!

"Um homem que já foi rejeitado uma vez! Como eu poderia ser tola o bastante para esperar que renovasse suas juras de amor? Existe um ser do sexo masculino que não protestaria diante de tamanha fraqueza quanto um segundo pedido de casamento para a mesma mulher? Não existe nenhuma indignidade que possam detestar mais!"

Ela, no entanto, reanimou-se um pouco quando Darcy veio trazer ele próprio sua xícara de café vazia e aproveitou a oportunidade para dizer:

— Sua irmã ainda está em Pemberley?

— Sim, ela ficará lá até o Natal.

— E completamente só? Todos os seus amigos a deixaram?

— A sra. Annesley está com ela. Os outros foram passar essas três semanas em Scarborough.

Elizabeth não conseguiu pensar em mais nada para dizer, mas, se Darcy quisesse conversar com ela, poderia ter mais sucesso. Ele se postou a seu lado durante alguns minutos, em silêncio; até que, quando a mesma jovem voltou a sussurrar algo para ela, se afastou.

No momento em que o aparelho de chá foi retirado e as mesas de cartas montadas, as senhoras todas se levantaram e Elizabeth teve esperanças de que Darcy logo viesse se juntar a ela, mas estas se esvaíram quando o viu tornar-se vítima da avidez de sua mãe por parceiros de uíste e, alguns instantes mais tarde, se sentar para jogar com outros convidados. Ela, então, deixou de ter qualquer expectativa de prazer. Passariam o resto da noite em mesas diferentes e Elizabeth só pôde esperar que Darcy fosse voltar os olhos para seu lado da sala com tanta frequência que jogaria tão mal quanto ela.

A sra. Bennet pretendera convidar os dois cavalheiros de Netherfield para a ceia,[86] mas sua carruagem, por infelicidade, fora chamada antes de todas as outras e ela não teve a oportunidade de mantê-los ali.

— Bem, meninas — disse, assim que a família ficou a sós. — O que me dizem? Acho que tudo correu muito bem. O jantar estava tão bom quanto qualquer um que já comi. A carne de veado estava assada no ponto exato e todo mundo disse que nunca tinha visto um pernil tão gordo. A sopa foi cinquenta vezes melhor do que a que tomamos na casa dos Lucas na semana passada e até o sr. Darcy comentou que as perdizes estavam muito bem-feitas, e imagino que ele tenha pelo menos dois ou três cozinheiros franceses. E, minha querida Jane, nunca vi você tão bonita. A sra. Long disse a mesma coisa, pois eu perguntei. E sabem o que mais ela falou? "Ah, sra. Bennet! Nós ainda iremos vê-la em Netherfield." Disse mesmo. Eu realmente acho que a sra. Long é uma das melhores pessoas deste mundo. Suas sobrinhas são moças muito bem-comportadas, e não são nem um pouco bonitas. Gosto imensamente delas.

A sra. Bennet, em resumo, tinha ficado muito entusiasmada. Vira o bastante do comportamento de Bingley para com Jane para se convencer de que iria, afinal, agarrá-lo; e suas expectativas de vantagens para sua família, quando estava de bom humor, eram tão irracionais que ela ficou decepcionada de não vê-lo ali no dia seguinte para fazer seu pedido.

— Foi um dia muito agradável — disse a srta. Bennet para Elizabeth. — Os convidados pareceram tão bem selecionados, tão adequados. Espero que nos encontremos de novo muitas vezes.

Elizabeth sorriu.

— Lizzy, não faça isso. Não desconfie de mim. Isso me mortifica. Garanto-lhe que aprendi a desfrutar da companhia dele por ser um rapaz afável e sensato, sem desejar mais nada. Pela maneira como ele se comporta agora, compreendi perfeitamente que jamais teve qualquer plano de despertar minha afeição. A

86. Nessa época, na Inglaterra, o jantar era às seis ou sete da noite, podendo ser servido até mais cedo nas cidades do interior. Portanto, as pessoas ainda consumiam uma refeição antes de irem se deitar. Essa refeição era mais informal e, por isso, a sra. Bennet não tem a intenção de convidar todos os que estiveram presentes no jantar para participar dela.

questão é que foi abençoado com modos mais doces e um desejo maior de agradar a todos do que qualquer outro homem.

— Você é muito cruel — disse a irmã. — Não quer que eu sorria, mas me faz ter vontade de sorrir mais a cada instante.

— Como é difícil, em alguns casos, acreditarem na gente!

— E como é impossível em outros!

— Mas por que você deseja me convencer de que sinto mais do que reconheço?

— Essa é uma pergunta a qual não sei responder. Todos amamos instruir, embora só saibamos ensinar aquilo que não vale a pena saber. Perdoe-me. E, se você insistir nessa indiferença, não faça confidências a *mim*.

CAPÍTULO 55

ALGUNS DIAS DEPOIS DESSA VISITA, o sr. Bingley veio vê-los de novo, sozinho. Seu amigo fora naquela manhã para Londres, mas voltaria dali a dez dias. Bingley passou mais de uma hora com os Bennet, com um ar extraordinariamente alegre. A sra. Bennet convidou-o para jantar com eles, mas, lamentando muito, ele confessou que já tinha compromisso.

— Na próxima vez que o senhor vier, espero que tenhamos mais sorte — disse ela.

Ele ficaria particularmente feliz em qualquer ocasião etc., e, se a sra. Bennet lhe desse permissão, aproveitaria a primeira oportunidade para jantar com eles.

— Pode vir amanhã?

Sim, ele não tinha nenhum compromisso amanhã, e o convite foi aceito com entusiasmo.

O sr. Bingley veio, e chegou tão cedo que nenhuma das senhoras estava pronta para o jantar. A sra. Bennet entrou correndo no quarto da filha, de roupão e com só meio penteado feito, e exclamou:

— Minha querida Jane, ande logo e corra lá para baixo. Ele chegou. O sr. Bingley chegou. Chegou mesmo. Ande logo, ande logo. Venha aqui, Sarah, e ajude a srta. Bennet a colocar o vestido. Esqueça o cabelo da srta. Lizzy.

— Vamos descer assim que pudermos — disse Jane —, mas acho que Kitty já deve estar mais pronta do que nós duas, pois ela subiu para se arrumar meia hora atrás.

— Às favas com Kitty! O que tem ela a ver com isso? Depressa, depressa! Onde está sua faixa, meu bem?

Mas, depois que a mãe saiu, Jane recusou-se a descer sem uma de suas irmãs.

A mesma ansiedade para deixá-los a sós foi visível à noitinha. Depois do jantar, o sr. Bennet se retirou para a biblioteca, como de costume, e Mary subiu para tocar piano. Com dois dos cinco obstáculos tendo sido removidos, a sra. Bennet pôs-se a piscar para Elizabeth e Catherine durante um longo tempo, sem causar nenhuma reação nelas. Elizabeth fingiu que não estava vendo e quando, afinal, Kitty percebeu, ela disse, na maior inocência:

— O que houve, mamãe? Por que a senhora não para de piscar para mim? O que devo fazer?

— Nada, minha filha, nada. Eu não estava piscando. — Ela então permaneceu sentada por mais cinco minutos, mas, incapaz de desperdiçar uma ocasião tão preciosa, subitamente se levantou e disse para Kitty: — Venha cá, meu amor, quero falar com você.

E tirou-a da sala. Jane, no mesmo instante, lançou um olhar para Elizabeth que expressava aflição com tamanha premeditação e suplicava que *ela* não participasse. Dentro de poucos minutos, a sra. Bennet entreabriu a porta e disse:

— Lizzy, minha querida, quero falar com você.

Elizabeth foi forçada a ir.

— Não custa nada deixarmos os dois sozinhos — falou a mãe assim que ela chegou ao vestíbulo. — Kitty e eu vamos subir e ficar no meu quarto de vestir.

Elizabeth não tentou argumentar com a mãe, mas permaneceu quieta no vestíbulo até que ela e Kitty desaparecessem, voltando, então, para a sala de estar.

As manobras da sra. Bennet para aquele dia se mostraram ineficazes. Bingley foi encantador em todos os sentidos, menos na qualidade de pretendente declarado de sua filha. Seu comportamento informal e alegre o tornou um ótimo acréscimo ao grupo familiar, e ele suportou todo o empenho exagerado da sra. Bennet em agradá-lo, ouvindo todos os comentários tolos dela com uma paciência e uma expressão impassível pelas quais sua filha foi particularmente grata.

Bingley mal precisou de um convite para ficar para a ceia e, antes de partir, foi combinado, graças sobretudo a ele próprio e à sra. Bennet, que ele iria caçar com o sr. Bennet na manhã seguinte.

Depois desse dia, Jane não falou mais de sua indiferença. As irmãs não trocaram uma palavra sobre o sr. Bingley, mas Elizabeth foi se deitar com a feliz esperança de que tudo se resolveria depressa, a não ser que o sr. Darcy voltasse antes da data marcada. Refletindo mais detidamente, no entanto, ela sentiu-se convicta de que tudo aquilo devia estar ocorrendo com a anuência daquele cavalheiro.

Bingley foi pontual, e ele e o sr. Bennet passaram o dia juntos, como fora combinado. Este foi muito mais simpático do que seu companheiro esperara. Bingley não possuía nenhum traço de presunção ou tolice que o fizesse desprezá-lo, ou incomodá-lo a ponto de fazê-lo fechar-se no silêncio, e ele foi mais comunicativo e menos excêntrico do que o outro jamais vira. Bingley, é claro, voltou com o sr. Bennet para jantar e, após a refeição, a sra. Bennet começou a arquitetar outros planos para afastar todos dele e da filha. Elizabeth, que tinha uma carta a escrever, foi para a sala de café da manhã com esse propósito logo depois do chá, pois, como os outros iam se sentar para jogar cartas, não sentiu que sua presença seria necessária para frustrar os ardis da mãe.

Mas, quando voltou para a sala de estar, depois de terminar sua carta, viu, para sua infinita surpresa, que havia motivos para temer que sua mãe tivesse sido engenhosa demais. Ao abrir a porta, encontrou a irmã e Bingley de pé diante da lareira, como se estivessem profundamente absortos em uma conversa; e, se isso não a houvesse feito suspeitar de nada, os rostos de ambos quando se viraram depressa e se afastaram um do outro teriam explicado tudo. A situação *deles* era bastante constrangedora; mas a *dela*, pensou Elizabeth, era ainda pior. Nenhum dos dois disse uma palavra, e Elizabeth estava prestes a se retirar quando Bingley, que, assim como as outras, havia se sentado, subitamente se levantou e, sussurrando algumas palavras para Jane, saiu correndo da sala.

Jane não podia ocultar nada de Elizabeth se a confidência fosse ser motivo de prazer e, abraçando-a, confessou, muito emocionada, que era a mulher mais feliz do mundo.

— É demais! — acrescentou. — Demais mesmo! Eu não mereço. Ah! Por que nem todo mundo é tão feliz assim?

As felicitações de Elizabeth foram dadas com uma alegria, um carinho, um prazer que palavras mal podiam exprimir. Cada frase gentil foi uma nova fonte de felicidade para Jane. Mas ela não se permitiu continuar com a irmã nem dizer metade do que ainda desejava comunicar.

— Preciso ir ver minha mãe imediatamente! — exclamou. — Não poderia, de jeito nenhum, ignorar toda a solicitude afetuosa que ela sentiu por mim ou permitir que ouvisse a notícia por qualquer outra pessoa. Ele já foi falar com meu pai. Ah, Lizzy! Saber que o que tenho a contar vai dar tanto prazer à minha querida família! Como aguentarei tanta felicidade?

Jane então foi às pressas ter com a mãe, que dera um fim ao jogo de cartas e estava sentada com Kitty no andar de cima.

Elizabeth ficou a sós, sorrindo da rapidez e da facilidade com que fora finalmente resolvida uma questão que lhes causara tantos meses de suspense e inquietação.

"E esse é o fim de toda a vigilância do amigo dele!", pensou. "De toda a falsidade e de todas as maquinações da sua irmã! O fim mais feliz, mais sábio, mais razoável!"

Depois de alguns minutos chegou Bingley, cuja conversa com o sr. Bennet fora curta e objetiva.

— Onde está sua irmã? — disse ele depressa, ao abrir a porta.

— Com minha mãe, lá em cima. Acredito que deve descer em um instante.

Bingley então fechou a porta e, aproximando-se de Elizabeth, pediu-lhe os votos de felicidade e o afeto de uma cunhada. Elizabeth, com sinceridade e entusiasmo, expressou seu prazer diante da perspectiva de se tornarem parentes. Os dois trocaram um aperto de mão com muita cordialidade e então, até sua irmã descer, ela teve de ouvir tudo que Bingley teve a dizer sobre a felicidade dele e as virtudes de Jane. E, apesar de ele estar apaixonado, Elizabeth realmente acreditou que todas as suas expectativas de felicidade faziam sentido, pois tinham por base a inteligência excelente e o temperamento sublime de Jane, além de uma semelhança geral de sentimentos e gostos entre os dois.

Foi uma noite extraordinariamente prazerosa para todos. A alegria da srta. Bennet cobriu seu rosto de um rubor tão encantador que ela pareceu mais bela do que nunca. Kitty suspirou, sorriu e esperou que sua vez chegasse logo. A sra. Bennet não conseguiu dar seu consentimento ou expressar sua aprovação com ênfase o bastante para satisfazer o que sentia, apesar de ter passado meia hora falando apenas disso com Bingley. E, quando o sr. Bennet veio cear com o resto da família, seu tom de voz e seu comportamento mostraram claramente quanto ele estava feliz.

No entanto, ele não disse nem uma palavra sobre o assunto até que o visitante se despediu e os deixou. Mas, assim que este se foi, virou-se para a filha e disse:

— Meus parabéns, Jane. Você vai ser uma mulher muito feliz.

Jane imediatamente se aproximou do pai, beijou-o e agradeceu-lhe por sua bondade.

— Você é uma boa menina — respondeu ele —, e sinto enorme prazer em acreditar que terá um casamento tão feliz. Não resta a menor dúvida de que vocês se darão muito bem. Seus temperamentos são bastante parecidos. Os dois são tão flexíveis que nada será resolvido; tão afáveis que todos os criados lhes roubarão; e tão generosos que sempre gastarão mais do que têm.

— Espero que não. A imprudência ou a falta de cuidado em questões monetárias seriam imperdoáveis em *mim*.

— Gastarão mais do que têm! Meu querido sr. Bennet, do que você está falando? — exclamou a esposa. — Ora, ele tem quatro ou cinco mil libras por ano, e muito provavelmente mais. — Então, dirigindo-se à filha: — Ah! Minha querida, querida Jane, estou tão feliz! Tenho certeza de que vou passar a noite em claro. Eu sabia que ia dar nisso. Sempre disse que ia acabar acontecendo. Tinha certeza de que você não podia ser tão linda à toa! Eu me lembro, assim que o vi, quando ele chegou a Hertfordshire no ano passado, que pensei como era provável que vocês fossem se casar. Ah! Ele é o rapaz mais bonito que já se viu!

Wickham e Lydia foram completamente esquecidos. Jane se tornou sua filha preferida, sem comparação. Naquele instante, não se importava com mais nenhuma. As irmãs mais novas logo começaram a requisitar favores que Jane, no futuro, poderia estar em posição de conceder-lhes.

Mary pediu para usar a biblioteca de Netherfield e Kitty implorou que houvesse alguns bailes lá todo inverno.

Bingley, a partir de então, tornou-se, é claro, presença frequente em Longbourn, chegando quase sempre antes do café da manhã e permanecendo invariavelmente até depois da ceia, a não ser que algum vizinho monstruoso, que não podia ser detestado o suficiente, lhe houvesse feito um convite para jantar que ele se sentira na obrigação de aceitar.

Elizabeth passou a não ter muito tempo para conversar com a irmã, pois, quando Bingley estava presente, Jane não conseguia dar atenção a mais ninguém. Mas ela acabou sendo consideravelmente útil para ambos naqueles momentos de separação que, às vezes, tinham de ocorrer. Na ausência de Jane, Bingley sempre vinha conversar com Elizabeth, pelo prazer de falar da noiva; e, quando Bingley não estava, Jane buscava o mesmo alívio.

— Ele me deixou muito feliz — disse ela, certa noite — ao me contar que não fazia ideia de que eu estava na cidade na primavera passada. Eu não acreditava que isso fosse possível.

— Eu já desconfiava — respondeu Elizabeth. — Mas como ele explicou esse fato?

— Deve ter sido coisa das irmãs dele. Elas certamente não aprovavam sua convivência comigo, o que não me admira, já que ele poderia ter escolhido fazer um casamento muito mais vantajoso sob diversos aspectos. Mas, quando virem que o irmão está feliz ao meu lado, o que acredito que acontecerá, aprenderão a se conformar, e nós voltaremos a nos dar bem, embora nunca possamos ser tão amigas quanto antes.

— Essa é a frase mais rancorosa que já ouvi você dizer — falou Elizabeth. — Muito bem! Eu ficaria realmente aborrecida se você voltasse a ser enganada pela falsa amizade da srta. Bingley.

— Você não vai acreditar, Lizzy, mas quando Bingley foi para Londres em novembro do ano passado ele me amava, e só não voltou para cá por estar convencido da *minha* indiferença!

— Ele cometeu um pequeno equívoco, é certo. Mas isso apenas mostra o quanto é modesto.

Isso, naturalmente, levou Jane a fazer um panegírico sobre a ausência de vaidade de Bingley e sobre o pouco valor que ele dava às próprias qualidades.

Elizabeth ficou feliz de saber que Bingley não revelara a interferência do amigo, pois, embora Jane tivesse o coração mais generoso e capaz de perdoar do mundo, sabia que aquilo poderia fazê-la se ressentir dele.

— Eu com certeza sou o ser mais afortunado que já existiu! — exclamou Jane. — Ah, Lizzy! Por que fui separada assim da minha família, e mais abençoada do que todos? Se pudesse ao menos ver *você* tão feliz quanto eu! Se existisse outro homem assim no mundo para você!

— Se me dessem quarenta homens assim, eu jamais seria tão feliz quanto você. Sem seu temperamento, sua bondade, jamais poderei viver a mesma felicidade. Não, deixe que eu me arranje sozinha e, talvez, se tiver sorte, acabarei encontrando outro sr. Collins.

A situação da família de Longbourn não pôde ser mantida em segredo durante muito tempo. A sra. Bennet teve o privilégio de sussurrar a novidade para a sra. Philips e ela, sem receber qualquer permissão, atreveu-se a fazer o mesmo com todos os seus vizinhos de Meryton.

Logo se declarou que os Bennet eram a família mais sortuda do mundo, embora, poucas semanas antes, quando Lydia fugira, eles tivessem sido considerados por todos como marcados pelo infortúnio.

CAPÍTULO 56

Certa manhã, mais ou menos uma semana após o noivado de Bingley e Jane, quando ele e as mulheres da família estavam sentados na sala de jantar, todos subitamente tiveram a atenção voltada para a janela pelo som de uma carruagem e viram uma caleche puxada por quatro cavalos atravessando o gramado. Era cedo demais para visitas e, além disso, o veículo não parecia ser de nenhum de seus vizinhos. Os cavalos eram de aluguel, e nem a carruagem nem a libré do criado que a precedia lhes eram familiares. Como, no entanto, não havia dúvida de que alguém estava chegando, Bingley imediatamente convenceu a srta. Bennet a evitar o confinamento que seria causado por tal intrusão e ir caminhar com ele em meio às sebes do jardim. Os dois saíram e as conjecturas das três remanescentes continuaram, embora sem resultado satisfatório, até que a porta foi escancarada e a visitante entrou. Era Lady Catherine de Bourgh.

Elas, é claro, esperavam uma surpresa, mas seu assombro superou a expectativa e, embora a sra. Bennet e Kitty jamais tivessem visto Lady Catherine antes, Elizabeth foi quem mais ficou atônita.

Lady Catherine entrou na sala com um ar ainda mais antipático do que o normal, respondeu ao cumprimento de Elizabeth apenas com uma leve inclinação de cabeça e se sentou sem dizer uma palavra. Elizabeth mencionara seu nome à mãe quando Lady Catherine entrara, embora ela não houvesse pedido para ser apresentada.[87]

A sra. Bennet, admiradíssima, embora lisonjeada por ter uma visitante de tamanha importância, recebeu-a com a maior educação. Depois de permanecer um instante sentada em silêncio, Lady Catherine se dirigiu, com formalidade, a Elizabeth:

---

87. Como Lady Catherine é a pessoa de posição social mais alta, cabe a ela dirigir-se primeiro à sra. Bennet, mesmo estando em sua casa.

— Espero que esteja bem, srta. Bennet. Imagino que essa senhora seja sua mãe.

Elizabeth respondeu de maneira concisa que sim.

— E imagino que *aquela* seja uma das suas irmãs.

— Sim, senhora — disse a sra. Bennet, muito feliz de poder falar com alguém da posição de Lady Catherine. — É minha filha mais nova, com exceção de uma. A mais nova de todas se casou recentemente e a mais velha está em algum lugar do jardim, com um rapaz que, acredito, logo fará parte da família.

— O jardim de vocês é muito pequeno — comentou Lady Catherine, após um breve silêncio.

— Imagino que não seja nada em comparação ao de Rosings, senhora. Mas garanto que é bem maior do que o de Sir William Lucas.

— Deve ser muito inconveniente ficar aqui à tarde durante o verão. As janelas dão todas para o oeste.

A sra. Bennet garantiu que eles nunca ficavam ali após o almoço, e então acrescentou:

— Posso tomar a liberdade de perguntar à senhora se o sr. e a sra. Collins estão bem?

— Sim, muito bem. Eu os vi anteontem à noite.

Elizabeth esperou que ela fosse então lhe dar uma carta de Charlotte, pois esse parecia o único motivo provável para a visita. Mas, como nenhuma carta apareceu, ela continuou completamente perplexa.

A sra. Bennet, com enorme cortesia, perguntou se Lady Catherine desejava comer algo, porém esta, de maneira resoluta, mas nada educada, recusou; e então, levantando-se, disse a Elizabeth:

— Srta. Bennet, parece haver um bosquezinho simpático de um dos lados do gramado. Eu gostaria de dar uma volta ali, se a senhorita puder fazer o favor de me acompanhar.

— Vá, meu bem — exclamou a mãe —, e mostre as diferentes aleias para Lady Catherine. Acho que ela vai gostar do eremitério.[88]

---

88. No século XVIII, tornou-se moda na Inglaterra construir nos jardins casinhas rústicas como as que se supunha serem abrigos de ermitões. Alguns proprietários mais ricos chegavam a contratar camponeses para morar nesses chamados eremitérios e se fingir de ermitões, às vezes exigindo que eles não falassem, não tomassem banho e não cortassem as unhas para parecer mais autênticos.

Elizabeth obedeceu e, correndo até o quarto para pegar a sombrinha, acompanhou a ilustre visitante até o andar de baixo da casa. Quando passaram pelo vestíbulo, Lady Catherine abriu as portas que davam na sala de jantar e na sala de estar e, depois de examiná-las rapidamente e declarar que eram cômodos decentes, seguiu adiante.

A carruagem continuava parada diante da porta, e Elizabeth viu que a criada estava lá dentro. Elas seguiram em silêncio pela aleia de cascalho que levava até o bosquezinho de arbustos. Elizabeth estava decidida a não fazer nenhum esforço para entabular conversa com uma mulher que estava sendo mais insolente e desagradável do que de costume.

"Como pude um dia achá-la parecida com o sobrinho?", pensou, observando o rosto de Lady Catherine.

Assim que entraram no bosquezinho, Lady Catherine dirigiu-se a Elizabeth:

— A senhorita não pode ter deixado de adivinhar o motivo da minha viagem até aqui, srta. Bennet. Seu coração, sua consciência, devem ter lhe dito por que vim.

Elizabeth fez uma expressão do mais genuíno assombro.

— A senhora realmente se engana. Não encontrei nenhuma explicação para a honra de vê-la aqui.

— Srta. Bennet — respondeu Lady Catherine, exasperada —, a senhorita deve saber que eu não admito brincadeiras. Mas, por mais insincera que *a senhorita* escolha ser, verá que *eu* não sou assim. Todos sempre elogiam minha sinceridade e franqueza e, em um caso tão momentoso quanto este, decerto não mudarei minha maneira de ser. Um boato muito alarmante foi-me relatado dois dias atrás. Disseram-me que não apenas sua irmã estava a ponto de fazer um casamento muito vantajoso como também que a *senhorita*, a srta. Elizabeth Bennet, iria, muito provavelmente, logo depois se casar com meu sobrinho, meu próprio sobrinho, o sr. Darcy. Embora saiba que isso só pode ser uma mentira escandalosa, embora jamais pudesse insultá-lo a ponto de imaginar que fosse verdade, imediatamente resolvi vir aqui e dizer-lhe minha opinião.

— Se acredita que é impossível ser verdade — disse Elizabeth, corando de espanto e desdém —, me surpreende que tenha se dado ao trabalho de viajar para tão longe. O que a senhora pretende?

— Insistir agora mesmo que esse boato seja universalmente desmentido.

— O fato de a senhora ter vindo a Longbourn ver a mim e à minha família irá, antes, confirmá-lo — respondeu Elizabeth com frieza. — Se é que esse boato existe mesmo.

— Se é que existe! Então a senhorita finge ignorá-lo? Ele não está sendo diligentemente espalhado por vocês mesmos? Não sabe que ele está circulando em outra cidade?

— Não ouvi falar nisso.

— E pode também declarar que esse boato é *infundado*?

— Eu não me vanglorio de ser tão franca quanto a senhora. *A senhora* pode fazer perguntas que *eu* escolherei não responder.

— Isso é inaceitável. Srta. Bennet, eu insisto em receber uma resposta. Diga-me se ele, meu sobrinho, pediu-lhe em casamento.

— A senhora declarou que isso é impossível.

— Deveria ser. Há de ser, enquanto ele continuar agindo de maneira racional. Mas suas artes e seduções podem, em um momento de paixão, tê-lo feito esquecer o que ele deve a si e a toda a sua família. A senhorita deve tê-lo ludibriado.

— Se fiz isso, seria a última pessoa do mundo a confessá-lo.

— Srta. Bennet, a senhorita sabe quem eu sou? Não estou acostumada a esse tipo de linguagem. Sou praticamente a parente mais próxima que Darcy tem no mundo e tenho o direito de saber tudo de mais íntimo que diz respeito a ele.

— Mas não o que diz respeito a *mim*. E um comportamento como esse jamais me convencerá a ser explícita.

— Deixe-me ser clara. Essa união que a senhorita tem a presunção de almejar não poderá jamais ocorrer. Não, jamais. O sr. Darcy está noivo da *minha filha*. E agora, o que tem a dizer?

— Apenas isto: que, se for verdade, a senhora não tem motivos para acreditar que ele pedirá minha mão.

Lady Catherine hesitou por um instante e então respondeu:

— O noivado deles tem uma natureza peculiar. Desde a mais tenra infância, foram prometidos um para o outro. Era um grande desejo da mãe *dele*, além de meu. Planejamos a união quando eles ainda estavam no berço. E agora, quando a vontade de ambas as irmãs seria feita, não é possível o casamento ser impedido por causa de uma jovem de linhagem inferior, sem nenhuma importância no mundo e sem nenhuma ligação com a família! A senhorita não presta nenhuma consideração aos desejos dos parentes de Darcy? Ao noivado tácito dele com a srta. De Bourgh? Por acaso é inteiramente desprovida de bom senso, de refinamento? Não me ouviu dizer que, desde que chegou ao mundo, ele foi destinado à prima?

— Sim, e já tinha ouvido isso antes. Mas de que me importa? Se não há qualquer outra objeção ao meu casamento com seu sobrinho, eu certamente não deixarei de seguir adiante por saber que sua mãe e sua tia desejavam que ele se casasse com a srta. De Bourgh. Vocês duas fizeram o que podiam ao planejar o casamento. A realização dele depende de outros. Se o sr. Darcy não precisa se restringir à prima em nome da honra ou em nome do afeto, por que não poderia fazer outra escolha? E, se eu for essa escolha, por que não deveria aceitar seu pedido?

— Porque a honra, a decência, a prudência e até o interesse proíbem. Sim, srta. Bennet, o interesse. Pois não espere ser aceita pela família e pelos amigos do sr. Darcy se insistir em agir contra a vontade de todos. A senhorita será censurada, ignorada e desprezada por todos que têm qualquer relação com ele. Sua união será uma desonra. O nome da senhorita jamais será mencionado por nenhum de nós.

— São imensos infortúnios — respondeu Elizabeth. — Mas a esposa do sr. Darcy terá tantas fontes extraordinárias de felicidade associadas à sua posição que, de maneira geral, não terá motivos para se lamuriar.

— Sua menina obstinada e voluntariosa! Que vergonha! É essa sua gratidão pelas minhas gentilezas da primavera passada? Nada me é devido por elas? Vamos nos sentar. Precisa entender, srta. Bennet, que eu vim aqui determinada a conseguir o que quero, e nada irá me dissuadir. Não estou acostumada a me submeter aos caprichos de ninguém. Não tenho o hábito de tolerar decepções.

— Isso fará com que a situação atual da senhora seja mais lamentável, mas não terá nenhum efeito sobre mim.

— Eu me recuso a ser interrompida. Ouça-me em silêncio. Minha filha e meu sobrinho foram feitos um para o outro. São descendentes, do lado materno, da mesma linhagem nobre; e, do lado paterno, de famílias respeitáveis, honrosas e muito antigas, embora sem títulos de nobreza. A fortuna de ambas as partes é esplêndida. Eles foram destinados um ao outro pelas vozes de cada membro de suas respectivas casas. E o que irá separá-los? As pretensões arrivistas de uma jovem sem parentes ilustres, procedência ou fortuna. Isso é insuportável! Mas não será, não poderá ser suportado. Se a senhorita soubesse que é para o seu próprio bem, não desejaria deixar o meio em que foi criada.

— Casando-me com seu sobrinho, eu não consideraria estar deixando esse meio. Ele é um cavalheiro e eu sou filha de um cavalheiro; nisso, somos iguais.

— É verdade. A senhorita é mesmo filha de um cavalheiro. Mas de onde veio sua mãe? Quem são seus tios e tias? Não imagine que ignoro a posição deles.

— Quaisquer que sejam os meus parentes — falou Elizabeth —, se seu sobrinho não faz nenhuma objeção a eles isso não pode ter nenhuma importância para a senhora.

— Diga-me de uma vez por todas: a senhorita está noiva dele?

Embora Elizabeth não quisesse responder apenas para fazer a vontade de Lady Catherine, ela não pôde deixar de dizer, depois de refletir um instante:

— Não.

Lady Catherine pareceu satisfeita.

— E me promete jamais ficar noiva dele?

— Não farei essa promessa.

— Srta. Bennet, eu estou perplexa e escandalizada. Imaginei que encontraria uma jovem mais razoável. Mas não se engane acreditando que recuarei. Não irei embora até a senhorita me fazer a promessa que exijo.

— E eu *nunca* a farei. Não serei intimidada a fazer algo tão completamente absurdo. A senhora quer que o sr. Darcy se case com sua filha. Mas, por acaso, se eu fizesse a promessa exigida, isso tornaria o casamento deles mais provável? Supondo que ele goste de mim, será que o fato de eu me recusar a dar-lhe minha mão o levaria a pedir a da prima? Permita-me dizer, Lady Catherine, que os argumentos que a senhora usou como base para esse extraordinário pedido foram muito tolos, e o pedido em si bastante equivocado. A senhora se enganou muito em relação a mim se acha que posso ser persuadida por esses meios. Não sei dizer até que ponto seu sobrinho aprova essa interferência nas questões dele, mas a senhora certamente não tem o direito de intrometer-se nas minhas. Peço-lhe, portanto, que não me importune mais com esse assunto.

— Mais devagar, fazendo o favor. Eu não terminei, de jeito nenhum. A todas as objeções que já apresentei, tenho mais uma a acrescentar. Não desconheço os detalhes da infame fuga da sua irmã mais nova. Sei de tudo: que o rapaz só se casou com ela para reparar o estrago às custas do seu pai e dos seus tios. E por acaso uma menina *dessas* vai ser cunhada do meu sobrinho? E o marido dela, filho do intendente do falecido pai dele, vai ser seu cunhado! Deus do céu! O que a senhorita pensa? Os bosques de Pemberley serão tão conspurcados assim?

— *Agora* a senhora não pode ter mais nada a dizer — falou Elizabeth, ressentida. — Já me insultou de todas as maneiras possíveis. Peço-lhe que voltemos para casa.

Ela se levantou ao dizer isso. A outra se levantou em seguida e as duas se puseram a fazer o caminho de volta. Lady Catherine estava enfurecida.

— Ou seja, não se importa nem um pouco com a honra e a reputação do meu sobrinho! Sua menina insensível, egoísta! Não considera que um casamento com a senhorita vai arruiná-lo aos olhos de toda a gente?

— Lady Catherine, não tenho mais nada a dizer. A senhora sabe o que sinto.

— Quer dizer que está decidida a se casar com ele?

— Eu não disse isso. Estou apenas decidida a agir de uma maneira que irá, na minha opinião, me fazer feliz sem me preocupar com a senhora ou com qualquer outra pessoa que não tenha nenhuma ligação comigo.

— Muito bem. Ou seja, a senhorita se recusa a fazer minha vontade. Recusa-se a cumprir o que ditam o dever, a honra e a gratidão. Está decidida a arruinar Darcy na opinião de toda a sua família e fazer com que ele seja desprezado pelo mundo inteiro.

— Nem o dever, nem a honra, nem a gratidão me obrigam a nada nesse caso — respondeu Elizabeth. — Nenhum dos três princípios seria violado se eu me casasse com o sr. Darcy. E, em relação ao ressentimento da sua família e à indignação do mundo, se o primeiro fosse causado pelo fato de ele se casar comigo, isso não me preocuparia nem por um instante... e o mundo teria bom senso demais para sentir tamanho desdém.

— Quer dizer que essa é sua opinião?! Essa é sua decisão final! Muito bem. Eu saberei como agir. Não imagine, srta. Bennet, que sua ambição será satisfeita. Vim aqui para pô-la à prova. Esperei que fosse razoável. Mas saiba que irei conseguir o que quero.

Lady Catherine continuou falando assim até elas se verem diante da porta da carruagem, quando então, virando-se abruptamente, acrescentou:

— Não irei me despedir, srta. Bennet. Não pedirei que cumprimente sua mãe. A senhorita não merece essa gentileza. Estou profundamente insatisfeita.

Elizabeth não respondeu e, sem tentar convencer Lady Catherine, entrou silenciosamente. Ouviu a carruagem se afastar enquanto subia as escadas. A mãe foi encontrá-la, impaciente, na porta do quarto de vestir, para perguntar se Lady Catherine não quis ficar e descansar.

— Ela preferiu não fazer isso — disse a filha. — Insistiu em partir.

— É uma senhora muito distinta! E foi muito educado da parte dela vir nos visitar! Pois imagino que só tenha vindo para dizer que os Collins estão bem. Acredito que deva estar a caminho de algum outro lugar e, ao passar por Meryton, pensou que não custava nada vir vê-la. Ela não tinha nada de especial a lhe dizer, tinha, Lizzy?

Elizabeth foi forçada a faltar um pouco com a verdade aqui, pois era impossível revelar o conteúdo da conversa.

CAPÍTULO 57

A AGITAÇÃO NA QUAL ELIZABETH ficou após essa extraordinária visita não pôde ser controlada com facilidade; e, durante horas, ela tampouco conseguiu deixar de pensar no que ocorrera. Lady Catherine, aparentemente, se dera ao trabalho de ir de Rosings até ali com o único propósito de fazê-la romper seu suposto noivado com o sr. Darcy! De fato, que plano racional! Mas Elizabeth não conseguiu imaginar de onde poderia ter surgido o boato sobre o noivado até se lembrar que o fato de *ele* ser amigo íntimo de Bingley e de *ela* ser irmã de Jane seria o bastante, num momento em que a expectativa de um casamento levava todos a desejarem outro, para fazer a ideia surgir. A própria Elizabeth não deixara de se lembrar de que o casamento da irmã mais velha a faria ver o sr. Darcy com mais frequência. E, portanto, seus vizinhos de Lucas Lodge (pois, concluiu, fora através da correspondência deles com os Collins que o boato chegara a Lady Catherine) tinham dado como certo e imediato aquilo que ela vira como sendo possível no futuro.

No entanto, ao relembrar a maneira como Lady Catherine se expressara, Elizabeth não pôde deixar de sentir certa inquietação sobre os possíveis resultados de ela persistir naquela interferência. Como dissera estar decidida a impedir o casamento, Elizabeth imaginou que estava pensando em dirigir-se ao sobrinho; e não ousou ter certeza de qual seria a reação dele a um discurso similar sobre os males associados a uma união com ela. Não sabia exatamente até que ponto o sr. Darcy sentia afeição pela tia ou confiava em sua capacidade de julgar, mas era natural supor que tivesse uma opinião muito melhor de Lady Catherine do que ela. E era certo que, ao enumerar as infelicidades de um casamento com uma pessoa cujos parentes mais próximos eram tão menos ilustres que os dele, a tia estaria apelando para seu lado mais fraco. Com sua noção de importância, o sr. Darcy acharia que os argumentos que, a Elizabeth, haviam parecido fracos e ridículos, continham muito bom senso e uma lógica sólida.

Se ele antes hesitava sobre o que deveria fazer, o que muitas vezes parecera provável, os conselhos e pedidos de uma parente tão próxima poderiam dissipar qualquer dúvida e levá-lo imediatamente a decidir ser tão feliz quanto sua importância imaculada lhe permitiria. Nesse caso, o sr. Darcy não voltaria mais. Lady Catherine poderia vê-lo ao passar pela capital e, então, o combinado que ele fizera com Bingley de voltar a Netherfield sem dúvida seria esquecido.

"Se, portanto, o amigo receber dentro de alguns dias alguma desculpa para ele não cumprir a promessa", pensou Elizabeth, "saberei como interpretá-la. Desistirei de qualquer esperança, de qualquer desejo por constância. Se ele se contentar com apenas lamentar minha perda, quando poderia ganhar meu afeto e minha mão, eu logo deixarei de lamentar a sua."

A SURPRESA DO RESTO DA FAMÍLIA ao saberem quem era a visitante foi imensa. Mas, por sorte, todos se satisfizeram com o mesmo tipo de suposição que apaziguara a curiosidade da sra. Bennet, e Elizabeth se viu poupada de muitas perguntas sobre o assunto.

Na manhã seguinte, quando estava descendo a escada, ela foi interpelada pelo pai, que saiu da biblioteca com uma carta na mão.

— Lizzy, eu ia procurá-la. Entre.

Ela foi atrás dele, e sua curiosidade foi aumentada pela certeza de que era algo associado à carta que segurava. Subitamente, ocorreu-lhe que poderia ser de Lady Catherine, e ela imaginou, consternada, as explicações que decorreriam disso.

Elizabeth foi com o pai para perto da lareira e os dois se sentaram. Ele, então, falou:

— Recebi uma carta esta manhã que me deixou profundamente perplexo. Como você é o principal assunto dela, precisa saber seu conteúdo. Descobri que tenho *duas* filhas prestes a se casar. Permita-me parabenizá-la por uma conquista muito importante.

O rubor se espalhou nas faces de Elizabeth com a convicção instantânea de que aquela era uma carta do sobrinho, não da tia, e ela estava tentando decidir se ficava mais feliz por ele ter se explicado ou mais ofendida por não ter endereçado a carta a ela própria quando o pai continuou:

— Você parece ter compreendido. As moças são muito perspicazes em questões como essas. Mas desafio até *sua* sagacidade a adivinhar o nome do seu admirador. Esta carta é do sr. Collins.

— Do sr. Collins! O que *ele* pode ter a dizer?

— Algo muito apropriado para a ocasião, é claro. Começa me dando os parabéns pelo casamento iminente da minha primogênita, do qual parece ter ficado sabendo graças a alguns dos bondosos e mexeriqueiros membros da família Lucas. Não fustigarei sua impaciência lendo o que ele diz a esse respeito. O que se relaciona a você é o seguinte:

> Tendo-lhe desejado as mais sinceras congratulações minhas e da parte da sra. Collins nessa feliz ocasião, deixe-me agora tratar brevemente de outra ocorrência, que nos foi comunicada pela mesma fonte. Supõe-se que sua filha Elizabeth não terá por muito tempo o sobrenome Bennet depois de a irmã mais velha ter renunciado a ele; e o companheiro de vida que escolheu pode ser, sem questionamentos, considerado um dos personagens mais ilustres desta terra.

— Você pode imaginar, Lizzy, a quem ele se refere?

> Esse jovem cavalheiro foi abençoado de maneira única com tudo que um coração mortal pode desejar: uma propriedade esplêndida, parentes nobres e o poder de favorecer a muitos. No entanto, apesar de tudo que há de tentador, permita-me que eu alerte minha prima Elizabeth, e o senhor também, sobre os males que podem ser causados se vocês aceitarem de forma açodada um pedido desse cavalheiro, do qual, é claro, se sentirão inclinados a se beneficiar imediatamente.

— Você faz alguma ideia, Lizzy, de quem é esse cavalheiro? Mas ele conta agora.

> A razão para esse alerta é o seguinte. Temos motivos para acreditar que a tia dele, Lady Catherine de Bourgh, não vê a união com satisfação.

— O tal cavalheiro é o *sr. Darcy*! Ah, Lizzy, acho que de fato a surpreendi. Será que ele, ou os Lucas, poderiam ter escolhido algum homem que conhecemos cujo nome seria mais eficaz em apontar a mentira do seu relato? O sr.

Darcy, que nunca olha nenhuma mulher a não ser para encontrar uma mácula, e que provavelmente nunca olhou para você na vida! É um assombro!

Elizabeth tentou acompanhar o pai na brincadeira, mas conseguiu apenas forçar o mais relutante dos sorrisos. Aquela espirituosidade jamais fora direcionada de maneira menos agradável para ela.

— Não acha divertido?

— Ah, sim! Por favor, continue.

> Depois de mencionarmos a probabilidade do casamento a Lady Catherine a noite passada, ela, com sua condescendência habitual, expressou seus sentimentos, e então se tornou aparente que, devido a algumas objeções à família da minha prima, jamais daria seu consentimento ao que descreveu como uma união tão desonrosa. Achei que era meu dever informar minha prima disso o mais rápido possível, para que ela e seu nobre admirador estejam cientes do que estão fazendo e não contraiam de maneira precipitada um matrimônio que não foi adequadamente aprovado.

— E o sr. Collins acrescenta:

> Regozijo-me verdadeiramente que o triste caso envolvendo minha prima Lydia tenha sido resolvido de maneira tão discreta e só lamento que o fato de eles terem vivido juntos antes de o casamento acontecer seja sabido por tantos. No entanto, não posso faltar com os deveres da minha posição ou deixar de confessar meu espanto ao saber que vocês receberam o jovem casal em sua casa tão pouco tempo após a cerimônia. Isso é incentivar o vício e, se eu fosse o pároco de Longbourn, teria me oposto fortemente. O senhor, decerto, deve perdoá-los como cristão, mas jamais admiti-los nem permitir que seu nome fosse mencionado em sua presença.

— Essa é a ideia que ele faz do perdão dos cristãos! O resto da carta é apenas sobre o estado interessante da sua querida Charlotte e sua expectativa da chegada de um novo ramo de oliveira. Mas, Lizzy, você parece não ter gostado. Espero que não vá se comportar como uma mocinha e fingir que ficou ofendida com um boato. Para que vivemos se não para ser motivo da zombaria dos nossos vizinhos e, da nossa parte, rir deles?

— Ah! — exclamou Elizabeth. — Achei muito divertido. Mas é tão estranho!

— Sim, isso é que torna a carta tão engraçada. Se houvessem escolhido qualquer outro homem, não teria importância. Mas a completa indiferença dele e *sua* marcada antipatia fazem a coisa ser tão deliciosamente absurda! Por mais que eu abomine escrever, não abriria mão da correspondência do sr. Collins por nenhum motivo. Não, quando leio uma carta dele não consigo deixar de preferi-lo até mesmo a Wickham, por mais que dê valor ao descaramento e à hipocrisia do meu genro. E me conte, Lizzy, o que disse Lady Catherine sobre esse boato? Ela veio nos visitar para recusar seu consentimento?

A filha respondeu apenas com uma risada e, como a pergunta fora feita sem a menor desconfiança, ela não precisou passar pela agonia de ouvi-la outra vez. Elizabeth jamais tivera tanta dificuldade em fingir. Foi necessário rir quando teria preferido chorar. Seu pai a magoara cruelmente com o que dissera sobre a indiferença do sr. Darcy, e Elizabeth só pôde se admirar com sua falta de perspicácia ou temer que, talvez, ele não estivesse vendo *de menos*, mas que ela pudesse ter imaginado *de mais*.

CAPÍTULO 58

Em vez de receber uma carta do amigo com uma desculpa qualquer, como Elizabeth receava que fosse acontecer com o sr. Bingley, este pôde trazer o sr. Darcy consigo a Longbourn poucos dias após a visita de Lady Catherine. Os cavalheiros chegaram cedo e, antes que a sra. Bennet pudesse contar ao sr. Darcy que haviam visto sua tia, algo que deixou Elizabeth apavorada por um instante, Bingley, querendo ficar a sós com Jane, propôs que todos dessem uma caminhada. Eles concordaram. A sra. Bennet não possuía o hábito de caminhar e Mary nunca tinha tempo, mas os cinco restantes saíram juntos. Bingley e Jane, no entanto, logo permitiram que os outros os ultrapassassem. Ficaram para trás, enquanto a Elizabeth, Kitty e Darcy restou entreterem-se uns aos outros. Os três falaram muito pouco: Kitty tinha medo demais de Darcy para dizer algo; Elizabeth, secretamente, tomava uma decisão desesperada; e ele talvez estivesse fazendo o mesmo.

Caminharam na direção da residência dos Lucas, porque Kitty desejava fazer uma visita a Maria. Como Elizabeth não viu motivo para que todos fossem, quando Kitty os deixou ela seguiu ousadamente sozinha com ele. Agora era o momento para sua decisão ser posta em prática e, enquanto estava munida de coragem, disse:

— Sr. Darcy, eu sou uma criatura muito egoísta e, para desafogar meus sentimentos, não me importo de talvez ofendê-lo. Não posso mais deixar de agradecer por sua inigualável gentileza para com minha pobre irmã. Desde que soube de tudo, estou muito ansiosa para lhe dizer o quanto agradeço. Se o resto da minha família soubesse também, não teria apenas minha gratidão para expressar.

— Eu lamento, lamento muito — respondeu Darcy, em um tom de surpresa e agitação — que a senhorita tenha sido informada de algo que, se interpretado de maneira incorreta, pode lhe deixar inquieta. Não achei que podia confiar tão pouco na sra. Gardiner.

— O senhor não deve culpar minha tia. Foi o estouvamento de Lydia que revelou seu envolvimento na questão e eu, é claro, não descansei até saber os detalhes. Deixe-me agradecer mais uma vez, em nome de toda a minha família, pela compaixão e generosidade que o levaram a dar-se a tanto trabalho e suportar tamanhas angústias para descobrir o paradeiro deles.

— Se a *senhorita* deseja me agradecer — respondeu ele —, que seja apenas por si mesma. Que o desejo de lhe causar felicidade foi uma das coisas que me levaram a agir, não tentarei negar. Mas sua família não me deve nada. Por mais que os respeite, acredito que pensei apenas na senhorita.

Elizabeth sentiu-se envergonhada demais para dizer uma palavra. Após uma breve pausa, seu acompanhante acrescentou:

— A senhorita é muito generosa para brincar comigo. Se seus sentimentos continuam sendo iguais aos que eram em abril, diga-me agora. Meu afeto e meus desejos permanecem os mesmos, mas uma palavra sua me silenciará para sempre a este respeito.

Elizabeth, imaginando o constrangimento e a ansiedade extraordinários da situação do sr. Darcy, forçou-se a falar; e imediatamente, embora não com muita fluência, explicou que seus sentimentos haviam passado por uma mudança tão considerável desde o período que ele mencionara que ela agora recebia com gratidão e prazer suas atuais declarações. A felicidade causada por essa resposta provavelmente foi a maior que Darcy jamais sentira na vida; e ele se expressou com toda a emoção e o ardor que se poderia esperar de um homem apaixonado. Se Elizabeth houvesse sido capaz de olhá-lo nos olhos, talvez pudesse ter visto quão bem ele ficava com uma expressão de imenso deleite. Mas, embora não tenha conseguido fitá-lo, conseguiu ouvi-lo, e Darcy falou de sentimentos que, ao provar o quanto ela era importante para ele, aumentavam a cada instante o valor de seu afeto.

Eles continuaram a andar, sem saber em que direção. Havia coisas demais a serem pensadas, sentidas e ditas para se prestar atenção em qualquer outro objeto. Elizabeth logo descobriu que deviam sua atual harmonia aos esforços da tia de Darcy, que de fato o visitara ao passar por Londres na volta para casa e relatara sua viagem até Longbourn, seu motivo e o conteúdo da conversa com Elizabeth, dando grande ênfase a tudo aquilo que fora dito por esta última e que, na opinião de Lady Catherine, mostrava com maior clareza a teimosia e a audácia da jovem, acreditando que isso a ajudaria a extrair do sobrinho a promessa que ela se recusara a fazer. Mas, para a infelicidade da senhora, o efeito fora justo o contrário.

— Isso me levou a ter mais esperanças do que jamais me permitira ter — contou Darcy. — Eu conhecia seu temperamento bem o bastante para ter certeza de que, se você estivesse absoluta e irrevogavelmente decidida a recusar um pedido meu, teria dito isso a Lady Catherine com franqueza e sem rodeios.

Elizabeth corou e riu:

— Sim, você conhece o bastante minha *franqueza* para acreditar que eu seria capaz disso. Depois de insultá-lo de maneira tão abominável em pessoa, eu não podia ter escrúpulos para insultá-lo diante de seus parentes.

— O que você disse de mim que eu não mereci? Embora suas acusações tenham sido infundadas, baseadas em informações equivocadas, meu comportamento para com você na época merece a mais severa censura. Foi imperdoável. Não consigo pensar nisso sem sentir aversão.

— Não vamos brigar pela maior parcela de culpa naquela noite — disse Elizabeth. — A conduta de nenhum dos dois, se bem examinada, será irrepreensível. Mas, desde então, nós dois, espero, nos tornamos mais corteses.

— Não sou capaz de conciliar-me tão facilmente comigo mesmo. A lembrança do que disse naquela ocasião, da minha conduta, dos meus modos, da maneira como me exprimi, é agora, e já tem sido há meses, inexprimivelmente dolorosa para mim. Sua censura, tão bem-feita, eu jamais esquecerei: "Se houvesse se comportado mais como um cavalheiro". Essas foram suas palavras. Você não sabe, mal pode imaginar, como elas me torturaram; embora, confesso, algum tempo tenha se passado antes de eu ser razoável o bastante para fazer-lhes justiça.

— Eu certamente estava longe de esperar que elas causassem uma impressão tão forte. Não fazia a menor ideia de que seriam tão sentidas.

— Posso acreditar. Naquela época, você me considerava desprovido de todos os sentimentos bons. Tenho certeza disso. Nunca me esquecerei da expressão em seu rosto quando disse que teria sido impossível eu oferecer minha mão de maneira a fazê-la aceitá-la.

— Ah! Não repita o que eu disse! Não podemos continuar com essas lembranças. Eu lhe asseguro que há muito tempo morro de vergonha por isso.

Darcy mencionou a carta.

— Ela fez, e fez *sem demora*, com que sua opinião sobre mim melhorasse? Ao lê-la, você acreditou no que continha?

Elizabeth explicou qual fora o efeito da carta e quão gradualmente todos os seus antigos preconceitos haviam desaparecido.

— Eu sabia que o que ia escrever a magoaria, mas foi necessário — disse ele. — Espero que tenha destruído a carta. Há uma parte em especial, no começo, que eu temeria muito que você pudesse reler. Sou capaz de me lembrar de algumas frases que poderiam fazê-la me detestar, e com razão.

— A carta decerto será queimada se você achar que isso é essencial para a preservação do meu afeto. Mas, embora nós dois tenhamos motivos para acreditar que minhas opiniões não são de todo inalteráveis, elas, espero, não mudam com tanta facilidade quanto isso sugere.

— Quando escrevi aquela carta — respondeu Darcy —, acreditava que estava inteiramente calmo e frio, mas, desde então, me convenci de que sentia uma amargura terrível.

— A carta talvez tenha começado amarga, mas não terminou assim. A despedida é repleta de compaixão. Mas não pense mais nisso. Os sentimentos da pessoa que a escreveu e da pessoa que a recebeu agora são tão diferentes do que eram na época que todas as circunstâncias desagradáveis associadas a ela devem ser esquecidas. Você deve aprender minha filosofia. Pense no passado só quando a lembrança lhe der prazer.

— Não posso lhe conceder o mérito de possuir tal filosofia. Suas recordações devem ser tão livres de censura que o contentamento advindo delas não vem de uma filosofia, mas de algo muito melhor: da inocência. Mas comigo é diferente. Lembranças dolorosas insistem em surgir e elas não podem, não devem ser repelidas. Fui um ser egoísta a vida toda, na prática, mesmo isso sendo contra meus princípios. Quando era criança, me ensinaram o que era certo, mas não me ensinaram a corrigir meu temperamento. Foram-me passados bons princípios, mas me deixaram praticá-los com orgulho e arrogância. Como, infelizmente, eu era o único filho homem (durante muitos anos, o único filho, e ponto), fui mimado pelos meus pais, que, embora fossem eles próprios bons (meu pai sobretudo, pura benevolência e amabilidade), me permitiram, me encorajaram, quase me ensinaram a ser egoísta e autoritário, a me importar apenas com aqueles que pertenciam ao meu círculo familiar, a ver com desdém todo o resto do mundo, a, ao menos, *desejar* ver com desdém o bom senso e o valor deles quando comparados aos meus. Eu fui assim dois oito aos vinte e oito anos, e poderia ter continuado se não fosse por você, minha mais amada, mais bela Elizabeth! O que eu não lhe devo! Você me ensinou uma lição que foi muito dura no começo, mas que me beneficiou demais. Graças a você, perdi a altivez. Fui vê-la sem ter nenhuma dúvida de qual seria sua reação. Você me mostrou como eram insuficientes as minhas pretensões para conquistar uma mulher que valesse a pena.

— Quer dizer que você estava convencido de que eu iria aceitar?

— Estava. O que você vai pensar da minha vaidade? Acreditei que você desejava, que esperava meu pedido.

— Eu devo ter me comportado de maneira equivocada, mas garanto que não foi intencional. Jamais quis enganá-lo. Talvez minha vivacidade tenha me levado a agir errado. Como você deve ter me detestado depois daquela noite!

— Detestado! Eu talvez tenha sentido raiva no começo, mas a raiva logo começou a rumar para a direção certa.

— Eu quase tenho medo de perguntar o que pensou de mim quando nos encontramos em Pemberley. Você me culpou por ter ido até lá?

— De jeito nenhum. Não senti nada além de surpresa.

— Sua surpresa não pode ter sido maior do que a minha diante da sua gentileza. Minha consciência me assegurava que eu não merecia nenhuma cortesia extraordinária, e confesso que não esperava receber ainda mais do que me era devido.

— Meu propósito naquela ocasião foi mostrar a você, através de todas as gentilezas que tinha em meu poder, que eu não era mesquinho a ponto de me ressentir do passado. E esperava obter seu perdão, melhorar sua opinião a meu respeito, fazendo-a ver que suas censuras tinham sido ouvidas. Não sei dizer exatamente quando passei a ser impelido também por outros desejos, mas acredito que cerca de meia hora depois de tê-la visto.

Darcy, então, contou a Elizabeth quanto Georgiana ficara encantada ao conhecê-la e quanto se decepcionara com a súbita interrupção de seus encontros. Como isso naturalmente os levou a falar da causa dessa interrupção, Elizabeth descobriu que a decisão de Darcy de deixar Derbyshire logo depois dela, em busca de sua irmã, fora tomada antes de ele sequer ter saído da estalagem, e que a gravidade e a distração que demonstrara haviam sido provocadas apenas pelas dificuldades que a procura envolveria.

Elizabeth expressou sua gratidão outra vez, mas aquele era um assunto doloroso demais para ambos e não quiseram alongar-se nele.

Depois de caminharem algumas milhas sem pressa, e ocupados demais para perceber aonde iam, eles logo descobriram, ao examinar seus relógios, que estava na hora de voltar para casa.

— O que terá sido feito do sr. Bingley e de Jane?

Essa pergunta desviou o assunto. Darcy estava muito feliz com o noivado e fora uma das primeiras pessoas a saber a notícia pelo amigo.

— Preciso perguntar se você ficou surpreso — disse Elizabeth.

— De jeito nenhum. Quando parti, sentia que aconteceria em breve.

— Quer dizer que deu seu aval. Eu tinha adivinhado.

E, embora o termo o tenha feito protestar, ela percebeu que havia sido mais ou menos isso mesmo.

— Na noite antes de eu ir para Londres — disse Darcy —, confessei algo a Bingley que, acredito, já devia ter confessado há muito tempo. Contei-lhe tudo aquilo que tornara absurda e impertinente a maneira como eu, em outra época, interferira nas suas questões. A surpresa dele foi enorme. Bingley jamais suspeitara de nada. Além disso, eu lhe disse que acreditava ter me enganado ao supor que sua irmã era indiferente a ele. E, como podia facilmente perceber que Bingley continuava a amá-la, não tinha nenhuma dúvida de que eles seriam felizes juntos.

Elizabeth não pôde deixar de sorrir diante da facilidade com que ele orientava o amigo.

— Você concluiu que minha irmã o amava devido às suas próprias observações ou apenas devido ao que lhe informei na primavera?

— Devido ao que vi. Observei-a com atenção durante as duas visitas que fiz recentemente e me convenci da afeição dela.

— E suponho que sua garantia o convenceu imediatamente.

— Sim. Bingley tem uma modéstia genuína. Sua insegurança o impedira de acreditar nas próprias impressões em uma questão tão importante, mas sua confiança em mim tornou tudo fácil. Fui obrigado a confessar uma coisa que durante algum tempo o deixou ofendido, e com razão. Não pude me permitir ocultar que sua irmã passara três meses na capital durante o inverno, que eu soubera disso e não lhe contara de propósito. Ele ficou com raiva. Mas sua raiva, tenho certeza, só durou enquanto restou alguma dúvida acerca dos sentimentos da sua irmã. Agora ele me perdoou de coração.

Elizabeth teve uma enorme vontade de observar que o sr. Bingley fora um amigo maravilhoso: tão fácil de orientar que seu valor era inestimável. Mas se conteve. Lembrou-se de que Darcy ainda não aprendera a rir de si mesmo e que era cedo demais para isso. Falando sobre sua expectativa da felicidade de Bingley que, é claro, seria inferior apenas à sua própria, Darcy continuou a falar até chegarem à casa. No vestíbulo, se separaram.

CAPÍTULO 59

— MINHA QUERIDA LIZZY, por onde você andou? — foi a pergunta que Elizabeth ouviu de Jane assim que entrou na sala e de todos os outros quando eles se sentaram à mesa. Elizabeth pôde apenas responder que tinham andado a esmo até ela perder por completo o rumo. Corou ao falar, mas nem isso nem qualquer outra coisa despertou sequer uma suspeita da verdade.

A noite passou com tranquilidade, sem ser marcada por nada de extraordinário. Aqueles cujo noivado era público conversaram e riram, enquanto aqueles de cujo noivado ninguém sabia permaneceram em silêncio. Darcy não tinha o tipo de temperamento de quem transborda de júbilo na felicidade, e Elizabeth, que estava agitada e confusa, antes sabia estar feliz do que sentia estar, pois, além de ter de lidar com o constrangimento imediato, tinha outros males pela frente. Imaginou o que seria sentido na família quando sua situação se tornasse conhecida; sabia que ninguém além de Jane tinha boa impressão de Darcy; e temia que, nos outros, houvesse de fato uma antipatia que nem toda a fortuna e importância seriam capazes de dissipar.

À noite, Elizabeth abriu o coração para Jane. Embora a desconfiança estivesse muito distante dos hábitos da srta. Bennet, ela reagiu com absoluta incredulidade.

— Você está brincando, Lizzy! Não pode ser! Noiva do sr. Darcy! Não, não, você não vai me enganar! Eu sei que é impossível.

— Esse é mesmo um começo terrível! Eu contava apenas com você. Tenho certeza de que ninguém mais vai acreditar em mim se você se recusar. Mas eu garanto. Não disse nada além da verdade. Ele ainda me ama e nós estamos noivos.

Jane fez uma expressão de dúvida.

— Ah, Lizzy! Não pode ser. Sei da antipatia que você sente pelo sr. Darcy.

— Você não sabe de nada. Isso tudo precisa ser esquecido. Talvez eu nem sempre tenha gostado tanto dele quanto agora. Mas, em casos assim, uma boa memória é imperdoável. Essa é a última vez que eu própria me lembrarei disso.

A srta. Bennet continuou atônita. Elizabeth mais uma vez, e com mais seriedade, garantiu que era verdade.

— Minha nossa! Será possível? Bem, agora preciso acreditar em você — exclamou Jane. — Minha querida, amada Lizzy, eu lhe daria... eu lhe dou meus parabéns, mas... tem certeza? Perdão pela pergunta, mas tem mesmo certeza de que será feliz com ele?

— Não há nenhuma dúvida disso. Já concordamos que seremos o casal mais feliz do mundo. Mas você está contente, Jane? Vai gostar de tê-lo como cunhado?

— Muito, demais. Nada poderia nos deixar mais encantados, a Bingley e a mim. Mas consideramos a hipótese, falamos dela como sendo impossível. E você realmente o ama o bastante? Ah, Lizzy! Faça qualquer coisa, mas não se case sem afeição. Tem certeza absoluta de que sente o que deve sentir?

— Ah, sim! Você vai achar que eu sinto mais do que deveria quando lhe contar tudo.

— O que quer dizer?

— Ora, devo confessar que amo Darcy mais do que amo Bingley. Temo que você vá ficar com raiva.

— Minha amada irmã, por favor, *por favor*, fale a verdade. Eu quero conversar muito seriamente. Conte tudo o que preciso saber sem demora. Diga-me, há quanto tempo você o ama?

— Aconteceu tão aos poucos que eu mal sei quando começou. Mas acredito que foi quando vi pela primeira vez a linda propriedade dele, Pemberley.

Outro pedido para que Elizabeth falasse sério, no entanto, produziu o efeito desejado, e ela logo deixou Jane satisfeita jurando solenemente sua afeição. Depois de convencer-se disso, a srta. Bennet não teve mais nada a desejar.

— Agora estou perfeitamente contente — disse ela —, pois você vai ser tão feliz quanto eu. Sempre dei valor ao sr. Darcy. Se não fosse por nada além do seu amor por você eu já o estimaria. Mas agora, sendo ele amigo de Bingley e seu marido, só Bingley e você serão mais queridos para mim. Mas Lizzy, você foi muito astuta, muito fechada comigo. Quão pouco me contou do que se passou em Pemberley e em Lambton! Eu devo tudo o que sei sobre isso a outra pessoa, não a você.

Elizabeth contou a Jane o motivo do segredo. Ela não queria mencionar Bingley, e o estado incerto de seus próprios sentimentos a fez evitar também o nome do amigo. Mas, agora, não iria mais esconder dela o papel de Darcy no casamento de Lydia. Tudo foi revelado e a conversa ocupou metade da noite.

— MINHA NOSSA! — exclamou a sra. Bennet diante da janela na manhã seguinte. — Não é que aquele desagradável sr. Darcy está vindo para cá com nosso querido Bingley! O que ele pretende sendo tão cansativo e vindo aqui sempre? Achei que ia caçar, ou alguma coisa assim, e não nos perturbar com sua presença. O que vamos fazer com ele? Lizzy, você precisa dar outra caminhada com o sr. Darcy para ele não atrapalhar Bingley.

Elizabeth mal conseguiu deixar de rir diante de uma proposta tão conveniente. No entanto, ficou realmente irritada por sua mãe sempre usar aquela alcunha para descrever o sr. Darcy.

Assim que entraram, Bingley olhou-a de maneira tão expressiva e apertou sua mão de forma tão calorosa que Elizabeth não teve dúvida de que estava bem informado. E ele logo depois disse, em voz alta:

— Sra. Bennet, a senhora tem mais caminhos aqui perto onde Lizzy possa se perder hoje?

— Aconselho o sr. Darcy, Lizzy e Kitty a caminharem até o monte Oakham — disse a sra. Bennet. — É uma bela caminhada, e o sr. Darcy nunca apreciou a vista.

— Acho que será ótimo para os outros — respondeu o sr. Bingley —, mas tenho certeza de que será demais para Kitty. Não é, Kitty?

Kitty confessou que preferia ficar em casa. Darcy expressou grande curiosidade em conhecer a vista do monte e Elizabeth aquiesceu em silêncio. Quando ela subiu para se arrumar, a sra. Bennet foi atrás e disse:

— Sinto muito, Lizzy, por você ser forçada a ficar sozinha com aquele homem desagradável. Mas espero que não se incomode. Como você sabe, é tudo pelo bem de Jane. E não precisa falar com ele, só de vez em quando. Por isso, não se obrigue a nenhuma inconveniência.

Durante a caminhada, foi resolvido que o consentimento do sr. Bennet seria pedido ao longo da tarde. Elizabeth quis, ela própria, fazer o pedido à mãe. Não conseguia ter certeza de como a sra. Bennet reagiria, às vezes duvidando se toda a riqueza e posição de Darcy seriam o bastante para vencer a aversão que ela sentia por ele. Mas, quer a sra. Bennet se opusesse com violência ao casamento, quer sentisse um deleite absoluto diante da ideia, fato era que seu comportamento não demonstraria nenhum bom senso; e Elizabeth não podia suportar que Darcy ouvisse nem as primeiras expressões de êxtase da mãe nem a veemência inicial de sua desaprovação.

À TARDE, logo depois de o sr. Bennet se retirar para a biblioteca, Elizabeth viu o sr. Darcy se levantar e ir atrás dele, e sentiu uma agitação extrema. Não temia que o pai se opusesse, mas ele ia ficar infeliz, e que isso acontecesse por causa dela — que ela, sua filha preferida, fosse deixá-lo aflito com sua escolha — era motivo de angústia. Elizabeth continuou acabrunhada até o sr. Darcy reaparecer, quando então, ao olhar para ele, ficou um pouco aliviada com seu sorriso. Dentro de poucos minutos, ele se aproximou da mesa em que estava sentada com Kitty e, enquanto fingia admirar sua costura, disse num sussurro:

— Vá ter com seu pai, ele quer vê-la na biblioteca.

Ela foi imediatamente.

O sr. Bennet estava andando de um lado para outro no cômodo, com um ar grave e ansioso.

— Lizzy — disse ele —, o que você fez? Perdeu a cabeça ao aceitar o pedido desse homem? Você não o detestou sempre?

Como, então, Elizabeth lamentou que suas antigas opiniões não tivessem sido mais razoáveis e suas palavras mais moderadas! Aquilo teria lhe poupado explicações e afirmações profundamente constrangedoras. Mas aquilo era necessário e ela garantiu ao pai, bastante constrangida, que sentia afeto pelo sr. Darcy.

— Em outras palavras, está decidida a se casar com ele. Ele é rico, decerto, e você terá mais roupas bonitas e carruagens luxuosas do que Jane. Mas elas a farão feliz?

— O senhor discorda por outro motivo além da convicção da minha indiferença? — perguntou Elizabeth.

— Não. Nós todos sabemos que ele é um homem orgulhoso e desagradável. Mas isso não seria nada se você realmente gostasse dele.

— Eu gosto dele, gosto — respondeu ela, com lágrimas nos olhos. — Eu o amo. Ele, na verdade, não tem nenhum orgulho exagerado. É perfeitamente amável. O senhor não o conhece. Por isso, por favor, não me magoe falando assim.

— Lizzy, eu lhe dei meu consentimento. O sr. Darcy, de fato, é o tipo de homem a quem jamais ousaria recusar nada que ele tivesse a condescendência de pedir. E agora dou-o a você, se estiver decidida a se casar com ele. Mas aconselho-a a pensar melhor. Eu conheço seu temperamento, Lizzy. Sei que você jamais seria feliz, ou respeitável, se não estimasse realmente seu marido, se não o considerasse superior. Sua vivacidade a faria correr o mais alto risco em um casamento desigual. Você dificilmente escaparia da ruína e da infelicidade. Minha filha, não me dê a tristeza de vê-la incapaz de respeitar seu companheiro de vida. Você não sabe o que está fazendo.

Elizabeth, ainda mais abalada, foi enfática e solene em sua resposta. E, afinal, depois de declarar diversas vezes que o sr. Darcy era de fato o objeto de sua escolha, depois de explicar a mudança gradual ocorrida em sua impressão dele, depois de relatar sua certeza absoluta de que aquele amor não era fruto de um dia, mas que passara pela prova de muitos meses de suspense, e depois de enumerar com veemência todas as suas boas qualidades, ela venceu a incredulidade do pai e o reconciliou com aquela união.

— Bem, minha querida — reconheceu o sr. Bennet, quando Elizabeth terminou de falar —, não tenho mais nada a dizer. Se isso for verdade, ele a merece. Eu não teria conseguido abrir mão de você, minha amada Lizzy, por ninguém menos digno.

Para completar a impressão favorável, Elizabeth então lhe contou o que o sr. Darcy fizera de própria vontade por Lydia. Ele ouviu-a, atônito.

— Esta é mesmo uma tarde assombrosa! Quer dizer que Darcy fez tudo: arranjou o casamento, deu o dinheiro, pagou as dívidas do camarada e comprou sua patente! Tanto melhor. Isso vai me poupar muita preocupação e economia. Se houvesse sido seu tio, eu iria, *teria* de devolver-lhe o dinheiro. Mas esses jovens loucos de paixão fazem tudo do seu jeito. Amanhã irei me oferecer para devolver o dinheiro; ele declarará, arrebatado, seu amor por você e a coisa acabará aí.

O sr. Bennet então se lembrou do constrangimento de Elizabeth alguns dias antes, quando ele leu a carta do sr. Collins; e, depois de rir dela por algum tempo, afinal deixou-a ir, dizendo, quando ela saiu da biblioteca:

— Se algum jovem quiser pedir a mão de Mary ou Kitty, mande-o entrar, pois não estou nada ocupado.

Elizabeth tirara um enorme peso dos ombros e, após meia hora de reflexão silenciosa em seu quarto, conseguiu juntar-se aos outros razoavelmente serena. Tudo estava recente demais para que ela se sentisse alegre, mas a tarde transcorreu tranquila. Não havia mais nada de grave a temer, e o conforto do desembaraço e da intimidade viriam com o tempo.

Quando sua mãe foi para o quarto de vestir à noite, Elizabeth foi atrás e deu-lhe a importante notícia. O efeito foi extraordinário, pois, ao ouvi-la, a sra. Bennet ficou imóvel e incapaz de pronunciar uma palavra. Passaram-se muitos, muitos minutos, até ela compreender o que tinha ouvido, embora, em geral, não demorasse a acreditar em qualquer coisa que fosse vantajosa para sua família ou em qualquer pessoa que declarasse amar um de seus membros. Por fim ela começou a se recuperar, a se remexer na cadeira, a se levantar, voltar a se sentar, a se admirar e pedir a bênção de Deus.

— Minha nossa! Deus me abençoe! Imagine! Ora! O sr. Darcy! Quem teria pensado! E é verdade mesmo? Ah! Minha adorada Lizzy! Como você vai ser rica e importante! Quanto dinheiro para gastar, quantas joias, quantas carruagens vai ter! As de Jane não são nada, nadinha em comparação. Estou tão contente, tão feliz! Que homem encantador! Tão bonito! Tão alto! Ah, minha querida Lizzy! Por favor, peça desculpas por eu tê-lo detestado tanto antes. Espero que ele esqueça o assunto. Minha querida, amada Lizzy! Uma casa na cidade! Tudo que há de encantador! Três filhas casadas! Dez mil por ano! Ah, senhor! O que vai ser de mim? Eu vou perder a cabeça.

Isso foi o suficiente para provar que não seria necessário duvidar da aprovação da sra. Bennet, e Elizabeth, alegrando-se por tamanha efusão ter sido ouvida apenas por ela, logo foi embora. Mas, quando não estava nem há três minutos em seu quarto, a mãe entrou.

— Minha filha mais querida — exclamou ela —, não consigo pensar em mais nada! Dez mil por ano, e é muito provável que seja mais! É tão bom quanto um lorde! E uma licença especial. Vocês precisam se casar com uma licença especial.[89] Mas, minha amada, me diga qual é o prato preferido do sr. Darcy para eu mandar fazê-lo amanhã.

89. Uma licença especial permitia que o casamento ocorresse onde e quando os noivos quisessem. Não havia necessidade de se casar na paróquia onde ficava a residência de um dos noivos, como Wickham e Lydia tiveram de fazer, e a cerimônia podia até acontecer em uma casa particular, não numa igreja ou capela. Assim, uma licença especial permitia o máximo de privacidade ao casal. Contudo, a sra. Bennet a deseja porque conferia status: era cara e só podia ser concedida pelo arcebispo da Cantuária, líder espiritual da Igreja anglicana.

Era um triste presságio de como seria o comportamento de sua mãe para com o cavalheiro em si, e Elizabeth descobriu que, embora tivesse certeza de que o sr. Darcy sentia um profundo amor por ela e houvesse obtido o consentimento de seus pais, ainda faltava algo. Mas o dia seguinte transcorreu muito melhor do que ela esperara: por sorte, a sra. Bennet tinha um respeito tão grande pelo futuro genro que não ousava falar com ele a não ser que pudesse fazer-lhe qualquer gentileza ou demonstrar deferência por sua opinião.

Elizabeth teve a satisfação de ver o pai se esforçando para conhecê-lo melhor, e o sr. Bennet assegurou-lhe que, a cada momento, ele ganhava mais sua estima.

— Eu admiro muito meus três genros — disse ele. — Wickham talvez seja meu preferido. Mas acho que vou gostar do seu marido tanto quanto do de Jane.

CAPÍTULO 60

O ÂNIMO DE ELIZABETH LOGO se reavivou e ela quis que o sr. Darcy explicasse como tinha se apaixonado.

— Como foi possível tudo começar? — disse. — Posso compreender que tenha seguido adiante uma vez iniciado. Mas o que primeiro fez despertar seu amor?

— Não sei determinar a hora, o lugar, o olhar ou as palavras em que ele se estruturou. Já faz tanto tempo. Eu já estava no meio antes de me dar conta de que tinha começado.

— Minha beleza a princípio não o abalou, e quanto aos meus modos... meu comportamento para com você sempre foi, no mínimo, quase descortês e, quando eu lhe dirigia a palavra, em geral era para magoá-lo. Seja sincero: você me admirou pela minha impertinência?

— Pela vivacidade da sua mente, sim.

— É melhor que chame logo de impertinência. Não estava longe disso. A verdade é que você estava cansado de cortesia, de deferência, de atenção obsequiosa. Estava farto das mulheres que viviam falando, se mostrando e pensando apenas em busca de sua aprovação. Eu despertei seu interesse por ser tão diferente delas. Se você não fosse mesmo amável, teria me detestado por isso. Mas, apesar de todo o esforço que fez para disfarçar, seus sentimentos sempre foram justos e nobres e, no fundo do coração, você desprezava por completo as pessoas que o cortejavam com tanta perseverança. Aí está, poupei-lhe o trabalho de explicar-se. E, de fato, levando tudo em consideração, começo a achar perfeitamente razoável. Claro que você não sabe se eu tenho nada de realmente bom, mas ninguém pensa nisso quando se apaixona.

— Não houve nada de bom no seu carinho com Jane quando ela estava doente em Netherfield?

— Minha amada Jane! Quem poderia ter feito menos por ela? Mas, sem dúvida, transforme isso em uma virtude. Minhas boas qualidades estão sob sua proteção e você deve exagerá-las ao máximo. E, em troca, cabe a mim encontrar oportunidades para irritá-lo e brigar com você com a maior frequência possível, e eu irei começar imediatamente perguntando por que hesitou tanto em abordar o assunto. Por que ficou tão tímido na minha presença quando fez aquela primeira visita e depois quando jantou aqui? E, principalmente, por que, quando veio, se comportou como se não gostasse de mim?

— Porque você estava séria e muda, e não me deu nenhum incentivo.

— Eu estava constrangida.

— E eu também.

— Você podia ter conversado mais comigo quando veio jantar.

— Um homem com sentimentos mais fracos poderia ter feito isso.

— Que falta de sorte você ter uma resposta razoável, e eu ser razoável a ponto de admitir isso! Mas me pergunto até quando você teria continuado assim sem nenhuma ajuda. Quando teria falado comigo se eu não o tivesse interpelado? Minha decisão de lhe agradecer pela sua gentileza para com Lydia decerto teve um importante resultado. Receio que importante *demais*. Pois o que será feito da moral se nossa alegria tiver nascido da violação de uma promessa, já que eu não deveria ter mencionado o assunto? Assim, não é possível.

— Não se aflija. A moral seguirá perfeita. Os esforços injustificáveis de Lady Catherine para nos separar foram os meios de dissipar todas as minhas dúvidas. Eu não devo minha felicidade atual ao seu desejo de expressar gratidão. Não estava em um estado de espírito que me faria aguardar uma abordagem sua. A informação da minha tia me dera esperança e eu estava decidido a obter uma resposta imediata.

— Lady Catherine foi infinitamente útil, e isso deverá deixá-la feliz, pois ela adora ser útil. Mas diga-me, por que você veio a Netherfield? Apenas para vir até Longbourn e sentir-se constrangido? Ou tinha algo mais em mente?

— Meu verdadeiro propósito era encontrar você e avaliar, se pudesse, se algum dia conseguiria fazê-la me amar. Meu propósito declarado, ou que eu tinha declarado a mim mesmo, era ver se sua irmã ainda gostava de Bingley e, caso positivo, fazer a ele a confissão que fiz.

— Você algum dia terá coragem de anunciar a Lady Catherine o mal que irá se abater sobre ela?

— É mais provável me faltar tempo do que coragem, Elizabeth. Mas isso precisa ser feito e, se você me der uma folha de papel, será agora mesmo.

— Se eu própria não tivesse uma carta para escrever poderia me sentar ao seu lado e admirar a retidão das linhas que traça, como outra moça fez um dia. Mas também tenho uma tia e ela não pode ser esquecida.

Por não desejar confessar o quanto sua intimidade com o sr. Darcy fora exagerada, Elizabeth jamais respondera a longa carta da sra. Gardiner; mas então, tendo a comunicar algo que sabia que seria muito bem-vindo, ela quase se envergonhou ao se dar conta de que os tios já tinham perdido três dias de felicidade e logo escreveu:

> Eu teria lhe agradecido antes, minha querida tia, como deveria, pelo seu longo, gentil e satisfatório relato dos detalhes; mas, para dizer a verdade, estava irritada demais para escrever-lhe. A senhora supôs mais do que de fato existia. Agora suponha tudo o que quiser; deixe sua imaginação voar, satisfaça suas mais loucas fantasias acerca do assunto e, se não chegar ao ponto de acreditar que já sou uma mulher casada, não poderá se equivocar muito. A senhora precisa voltar a me escrever muito em breve e elogiá-lo bem mais do que na última carta. Eu agradeço, e jamais pararei de agradecer, por não irmos aos Lagos. Como pude ser tola a ponto de desejar isso! Sua ideia dos pôneis é encantadora. Daremos a volta completa no bosque todos os dias. Eu sou a pessoa mais feliz do mundo. Talvez outras tenham dito isso antes, mas nunca com tantos motivos. Sou mais feliz até do que Jane: ela apenas sorri, eu rio. O sr. Darcy manda-lhes todo o amor que não me pertença. Vocês todos estão convidados a ir a Pemberley no Natal.
>
> Da sua etc.

A carta do sr. Darcy para Lady Catherine foi escrita em um estilo diferente; e diferente de ambas foi a que o sr. Bennet enviou ao sr. Collins, em resposta à última:

> Meu caro senhor,
> Preciso importuná-lo mais uma vez pedindo suas congratulações. Elizabeth logo irá se tornar a esposa do sr. Darcy. Console Lady Catherine o melhor que

puder. Mas, se eu fosse o senhor, ficaria do lado do sobrinho. Ele tem mais a oferecer.

Cordialmente, do seu etc.

A carta que a srta. Bingley escreveu ao irmão para parabenizá-lo por seu casamento iminente foi extremamente afetuosa e insincera. Ela escreveu até para Jane, exprimindo seu deleite e repetindo todas as suas declarações de carinho. Jane não se deixou enganar, mas ficou tocada e, embora sem nenhuma confiança na srta. Bingley, acabou enviando-lhe uma resposta muito mais gentil do que sabia que ela merecia.

A alegria que a srta. Darcy exprimiu ao receber informação semelhante foi tão sincera quanto a de seu irmão ao enviá-la. Os dois lados de duas folhas de papel foram insuficientes para conter todo o seu deleite e toda a sua imensa vontade de ser amada pela futura cunhada.

Antes que qualquer resposta do sr. Collins ou qualquer carta da esposa dele parabenizando Elizabeth chegasse, a família de Longbourn soube que os Collins viriam em pessoa a Lucas Lodge. O motivo dessa partida súbita logo se tornou evidente. Lady Catherine ficara tão furiosa com o conteúdo da carta do sobrinho que Charlotte, realmente feliz com a união, quis manter-se afastada até a tempestade passar. Em um momento como aquele, a chegada da amiga foi um prazer sincero para Elizabeth, embora ao longo de seus encontros ela tenha, às vezes, considerado que estava pagando caro demais por ele ao ver o sr. Darcy exposto à cortesia exibicionista e obsequiosa do marido de Charlotte. Ele, no entanto, suportou tudo com admirável tranquilidade. Conseguiu até ouvir Sir William Lucas cumprimentá-lo por ter conquistado a joia mais rara da região e expressar sua esperança de que fossem se encontrar com frequência em St. James com uma serenidade razoável. Se deu de ombros, foi apenas quando Sir William não podia mais vê-lo.

A vulgaridade da sra. Philips era outra prova para a paciência de Darcy, talvez uma prova maior; e embora ela, assim como a irmã, tivesse deferência demais por ele para expressar-se com a familiaridade que o bom humor de Bingley encorajava, sempre que falava era necessariamente vulgar. Além disso, o respeito da sra. Philips por Darcy, embora a tornasse mais silenciosa, não podia torná-la mais elegante. Elizabeth fez o que podia para protegê-lo da atenção frequente de ambas e vivia ansiosa para guardá-lo só para si e para aqueles da família com quem ele podia conversar sem constrangimento; e, embora o embaraço advindo de tudo isso tenha roubado boa parte do prazer do período da corte, ele acrescentou esperança para o futuro, e ela aguardou com deleite o momento em que deixariam para trás companhias tão pouco agradáveis e viveriam em meio a todo o conforto e a elegância de seu círculo familiar em Pemberley.

CAPÍTULO 61

Feliz para todo o seu sentimento materno foi o dia em que a sra. Bennet se viu livre de suas duas filhas mais meritórias. É possível adivinhar com quanto orgulho e alegria ela depois visitou a sra. Bingley e falou da sra. Darcy. Gostaria de poder dizer, pelo bem da família, que a realização de seu maior desejo com o casamento de tantas filhas produziu um efeito tão positivo que a sra. Bennet se tornou uma mulher sensata, amável e bem informada pelo resto da vida; embora talvez tenha sido bom para o marido, que poderia não apreciar um tipo tão incomum de felicidade doméstica, o fato de ela ter continuado ocasionalmente nervosa e invariavelmente tola.

O sr. Bennet sentiu uma imensa falta de sua segunda filha mais velha. Seu afeto por ela o fez passar períodos longe de casa mais do que qualquer outra coisa teria sido capaz de fazer. Ele adorava ir a Pemberley, sobretudo quando era menos esperado.

O sr. Bingley e Jane continuaram em Netherfield por apenas um ano. Uma proximidade tão grande da mãe da esposa e de seus parentes de Meryton não era desejável nem mesmo para o temperamento afável dele ou para o coração afetuoso dela. O grande desejo das irmãs de Bingley foi, então, realizado: ele comprou uma propriedade em um condado vizinho a Derbyshire e Jane e Elizabeth, além de todas as outras fontes de felicidade que já possuíam, passaram a morar a trinta milhas uma da outra.

Kitty, para seu enorme benefício, passou a maior parte do tempo com as duas irmãs mais velhas. Convivendo com pessoas tão superiores às que costumava conhecer, ela aprimorou-se muito. Kitty não tinha um temperamento tão ingovernável quanto o de Lydia e, afastada da influência do mau exemplo, se tornou, com atenção e disciplina, menos irritadiça, menos ignorante e menos insípida. Das maiores desvantagens que a companhia de Lydia poderia trazer, Kitty foi, é claro, cuidadosamente protegida e, embora a sra. Wickham com frequência a convidasse para se hospedar em sua casa, prometendo bailes e rapazes, seu pai jamais consentiu que ela fosse.

Mary foi a única filha que continuou em casa, e precisou parar de se dedicar tanto às suas prendas pelo fato de a sra. Bennet ser incapaz de permanecer sozinha. Mary foi obrigada a se misturar mais com as pessoas, mas ainda conseguia extrair uma moral de cada visita matinal. E, como não era mais mortificada com comparações entre a beleza das irmãs e a sua própria, seu pai suspeitou que se submeteu à mudança sem grande relutância.

Quanto a Wickham e Lydia, as personalidades dos dois não sofreram grandes alterações com o casamento das irmãs. Ele suportou filosoficamente a convicção de que Elizabeth decerto ficaria sabendo do que ainda desconhecia sobre sua ingratidão e sua falsidade e, apesar de tudo, continuou tendo esperanças de que Darcy ainda o ajudaria a se estabelecer. A carta de congratulações que Elizabeth recebeu de Lydia quando se casou mostrou que a esposa, ao menos, tinha essa esperança. A carta dizia:

> Minha querida Lizzy,
>
> Desejo-lhe felicidades. Se o amor que você sentir pelo sr. Darcy for a metade do que sinto por Wickham, deve estar muito feliz. É um grande conforto saber que você ficou tão rica e, quando não tiver mais nada para fazer, espero que pense em nós. Tenho certeza de que Wickham gostaria muito de um cargo na corte, e acho que não vamos chegar a ter dinheiro o bastante para viver sem um pouco de ajuda. Qualquer cargo de cerca de trezentas ou quatrocentas libras por ano serviria. No entanto, não fale sobre isso com o sr. Darcy, se achar melhor.
>
> Da sua etc.

Como Elizabeth por acaso achava *muito* melhor, ela tentou, ao responder à carta, pôr um fim em qualquer pedido ou expectativa do tipo. Mas os auxílios que podia oferecer-lhes, economizando em suas despesas pessoais, ela enviava com frequência. Para Elizabeth, sempre fora evidente que uma renda como a dos Wickham, administrada por duas pessoas com necessidades tão extravagantes e tão descuidadas com o futuro, seria insuficiente para seu sustento, e, sempre que o regimento mudava de cidade, eles pediam ou a ela ou a Jane uma ajudinha para quitar as dívidas. A maneira como viveram, mesmo quando a restauração da paz teria lhes permitido manter residência fixa, continuou sendo incerta ao extremo. Estavam sempre se mudando de um lugar para outro em busca de uma casa barata e sempre gastando mais do que deviam. A afeição de Wickham pela esposa logo se transformou em indiferença. A de Lydia por ele durou um pouco mais e, apesar de sua juventude e de seu comportamento, ela foi capaz de manter o direito a uma reputação que conquistara ao se casar.

Embora Darcy jamais pudesse receber Wickham em Pemberley, pelo bem de Elizabeth ele o ajudou. Lydia às vezes fazia visitas quando o marido ia se divertir em Londres ou em Bath. Já com os Bingley, costumavam permanecer por tanto tempo que nem o bom humor de Bingley resistia, e ele chegava ao ponto de *insinuar* que queria que fossem embora.

A srta. Bingley ficou profundamente mortificada com o casamento de Darcy, mas, como achou aconselhável manter o direito de frequentar Pemberley, abriu mão de todo ressentimento: declarou mais carinho do que nunca por Georgiana, foi quase tão atenciosa com Darcy quanto antes e deu todas as demonstrações de cortesia devidas a Elizabeth.

Pemberley então se tornou o lar de Georgiana, e o afeto entre as cunhadas foi exatamente o que Darcy esperara. Elas conseguiram amar uma à outra tanto quanto pretendiam. Georgiana tinha a melhor impressão possível de Elizabeth, embora a princípio ouvisse com uma perplexidade quase assustada a maneira vivaz e brincalhona com que falava com o irmão. Darcy, que sempre inspirara em Georgiana um respeito que quase superava sua afeição, então passou a ser visto como objeto de indisfarçados gracejos. Sua mente absorveu uma informação com a qual jamais se deparara antes. Graças ao exemplo de Elizabeth, Georgiana começou a compreender que uma mulher pode tomar algumas liberdades com o marido que um irmão nem sempre permitirá a uma irmã mais de dez anos mais nova.

Lady Catherine ficou extremamente indignada com o casamento do sobrinho e, dando vazão a toda a sua genuína franqueza ao responder à carta que o anunciava, usou expressões tão ofensivas, sobretudo em relação a Elizabeth, que durante algum tempo todas as relações cessaram. Mas, afinal, graças à persuasão de Elizabeth, Darcy foi convencido a esquecer o insulto e buscar uma reconciliação e, após um pouco mais de resistência da parte da tia, o ressentimento foi vencido, fosse pela afeição por ele, fosse pela curiosidade de ver como sua esposa se comportava, e ela teve a indulgência de ser hóspede deles em Pemberley apesar de os bosques da propriedade estarem tão conspurcados, não apenas devido à presença da dona da casa mas às visitas de seus tios que moravam na cidade.

Com os Gardiner, eles sempre tiveram a maior das intimidades. Darcy, assim como Elizabeth, os amava de verdade; e os dois sentiram para sempre a mais profunda gratidão pelas pessoas que, ao levá-la a Derbyshire, haviam sido responsáveis por sua união.

CRONOLOGIA

Vida e obra de Jane Austen

1775 | 16 DEZ: Jane Austen nasce no vilarejo rural de Steventon, no condado de Hampshire, a sétima de oito filhos do reverendo George Austen, o pároco local, e de sua esposa, Cassandra Leigh. A família tinha boas relações, embora não fosse rica; dois dos irmãos de Jane Austen viriam a ingressar na Marinha, tendo um deles chegado a almirante.

1776: Declaração de Independência dos Estados Unidos.

1778: Publicação do romance epistolar *Evelina ou A história da entrada de uma jovem no mundo*, de Frances Burney, escritora que abriu caminho para as mulheres na literatura inglesa. Jane Austen admirava sua obra, e retirou o título *Orgulho e preconceito* de um de seus romances.

1785-6: Jane e sua única irmã, Cassandra, frequentam a Abbey School, em Reading.

1787: Jane começa a escrever os textos ficcionais curtos e paródicos conhecidos como a sua *Juvenilia*, que incluem "Jack e Alice".

1789: Início da Revolução Francesa.

1792: Mary Wollstonecraft publica *Reivindicação dos direitos da mulher.*

1793: Início das Guerras Napoleônicas entre Grã-Bretanha e França.

1794: Escreve "Lady Susan", possivelmente. Ann Radcliffe publica *Os mistérios de Udolpho*, romance que inspirou a Jane Austen *A abadia de Northanger.*

1795: Jane escreve "Elinor e Marianne", uma primeira versão de *Razão e sensibilidade.*

1796: Ascensão de Napoleão Bonaparte na França.

1796-7: Jane Austen escreve "Primeiras impressões", que se transformará em *Orgulho e preconceito*.

1797: "Primeiras impressões" é oferecido a um editor, que recusa sua publicação.

1798-9: Jane Austen escreve "Susan", versão primitiva de *A abadia de Northanger*.

1801: O pai de Jane se aposenta, e a família muda-se para Bath, onde Jane permaneceria até 1806.

1802: Jane aceita a proposta de casamento de Harris Bigg-Wither, mas muda de ideia no dia seguinte. Na França, Napoleão é declarado cônsul vitalício.

1803: "Susan" é vendido por £10 para o editor Benjamin Crosby, de Londres, que no entanto não publica o texto.

1804: Jane Austen escreve *Os Watson*, romance que permanece inacabado. Napoleão Bonaparte é coroado imperador da França.

1805: Morte do pai de Jane. A Batalha de Trafalgar põe fim às intenções francesas de invasão da Inglaterra.

1806: Jane Austen muda-se para Southampton com a mãe e a irmã.

1809: Jane, a irmã e a mãe tornam a se mudar, dessa vez para uma casa no vilarejo de Chawton, em Hampshire, pertencente a seu irmão Edward, onde a escritora viveria até o fim de seus dias.

1811: Publicação de *Razão e sensibilidade*. Começa a escrever *Mansfield Park*. Com o adoecimento do rei Jorge III, o príncipe de Gales torna-se príncipe regente.

1813: Publicação anônima de *Orgulho e preconceito*.

1814: Publicação anônima de *Mansfield Park*.

1815 | DEZ: Publicação de *Emma* (datado de 1816), dedicado ao príncipe regente a pedido do mesmo. A vitória da Inglaterra sobre a França na Batalha de Waterloo encerra as Guerras Napoleônicas.

1816: Sua saúde começa a se deteriorar. Conclui a redação de *Persuasão*. "Susan" é comprado de volta de Crosby & Co. *Emma* recebe uma resenha elogiosa de Sir Walter Scott na *Quarterly Review*.

1817 | JAN-MAR: Jane Austen trabalha no texto de "Sanditon". 18 jul: Morre pela manhã, em Winchester, onde se encontrava para tratar da saúde, e é enterrada na catedral local. DEZ: Seu irmão Henry supervisiona a publicação de *A abadia de Northanger* e de *Persuasão* (datado de 1818), com nota biográfica sobre a autora até então anônima.

ESTA OBRA FOI COMPOSTA POR MARI TABOADA EM AMÁLIA PRO E IMPRESSA EM OFSETE PELA GRÁFICA SANTA MARTA SOBRE PAPEL PÓLEN SOFT DA SUZANO S.A. PARA A EDITORA SCHWARCZ EM JUNHO DE 2023

FSC
www.fsc.org
MISTO
Papel | Apoiando o manejo florestal responsável
FSC® C005648

A marca FSC® é a garantia de que a madeira utilizada na fabricação do papel deste livro provém de florestas que foram gerenciadas de maneira ambientalmente correta, socialmente justa e economicamente viável, além de outras fontes de origem controlada.